SALVATE
LA SUA
ANIMA

LIBRI DI LISA REGAN

IN LINGUA ITALIANA

Le ragazze svanite

La ragazza senza nome

La sua tomba nascosta

La confessione finale

Le sue ossa sepolte

Il suo pianto silenzioso

I corpi lungo il fiume

Trovarla viva

Salvate la sua anima

IN LINGUA INGLESE

DETECTIVE JOSIE QUINN

Vanishing Girls

The Girl With No Name

Her Mother's Grave

Her Final Confession

The Bones She Buried

Her Silent Cry

Cold Heart Creek

Find Her Alive

Save Her Soul

Breathe Your Last

Hush Little Girl

Her Deadly Touch

The Drowning Girls

Watch Her Disappear

Local Girl Missing

The Innocent Wife

Close Her Eyes

My Child is Missing

Face Her Fear

Her Dying Secret

LISA REGAN

SALVATE LA SUA ANIMA

Tradotto da Alessandro Cataoli

bookouture

UNO

La pioggia sferzava il viso della detective Josie Quinn. Alcune ciocche della sua chioma di capelli neri erano sfuggite dall'elastico con cui li aveva legati a coda di cavallo e spuntavano da sotto il casco che indossava, attaccandosi alla pelle. Il gommone di salvataggio di classe Achilles ondeggiava nelle acque agitate, provocandole un nodo di nausea allo stomaco. Guardò alle sue spalle e vide la sua collega, la detective Gretchen Palmer, che si teneva saldamente a una delle corde assicurate ai lati del gommone. Il suo viso aveva assunto una tonalità verde pallido.

«Va tutto bene?» le chiese Josie, gridando per farsi sentire sopra il motore e lo scroscio dell'acqua.

Gretchen annuì e agitò una mano in aria per indicare che dovevano proseguire. Alle sue spalle sedeva Mitch Brownlow, un membro del Dipartimento della Protezione Civile della città di Denton. Mitch aveva circa sessant'anni e aveva i capelli brizzolati, ma nonostante l'età era ancora in piena forma e da quarant'anni si occupava di salvataggi in acqua. Non le aveva degnate di uno sguardo da quando si era messo alla guida dell'imbarcazione verso la zona alluvionata nella parte orientale della città di Denton.

Più avanti un grosso ramo d'albero che galleggiava sul pelo dell'acqua si dirigeva verso di loro con una velocità spaventosa. Josie si preparò all'impatto, ma Brownlow manovrò sapientemente il gommone per aggirarlo, con in volto un'espressione determinata ma calma che sembrava non vacillare mai.

Normalmente non era compito del Dipartimento di Polizia di Denton prestare assistenza nelle operazioni di soccorso in caso di esondazioni, ma negli ultimi giorni la città e gran parte della contea erano state duramente colpite da una delle peggiori alluvioni nella storia della regione.

Denton era una piccola città della Pennsylvania centrale, incastonata in mezzo a una catena di alte montagne. La maggior parte dei suoi abitanti e delle sue attività commerciali era concentrata nella valle, vicino alle rive di un ramo del fiume Susquehanna. Il resto della popolazione della città era distribuito lungo le tortuose strade di montagna. Nella sua interezza, Denton si estendeva per venticinque miglia quadrate, anche se in buona parte si trattava di aree boschive montuose.

Un inverno estremamente caldo, cui aveva fatto seguito una prolungata stagione delle piogge, aveva lasciato il terreno intriso d'acqua e molle. Poi si erano susseguiti diversi giorni di forti piogge e temporali. Il Susquehanna e i suoi affluenti si erano gonfiati a una velocità allarmante e avevano finito per inghiottire una buona parte della città vera e propria. Molti cittadini erano stati sfollati e da qualche giorno vivevano nelle sistemazioni di fortuna predisposte all'interno degli auditorium delle scuole superiori della città. Proprio quando le squadre di emergenza sembravano in grado di tenere la situazione sotto controllo, aveva ricominciato a piovere e le acque del fiume avevano divorato un'altra porzione della città. Forse l'unica cosa favorevole in quel disastro era il clima caldo: erano settimane che non scendeva sotto i ventuno gradi e giugno era alle porte.

Il Dipartimento di Polizia di Denton era stato messo a dura prova negli sforzi di assistere il servizio di emergenza della città, ma si trattava di una situazione in cui occorreva tutto l'aiuto possibile: gli agenti di pattuglia stavano già facendo il doppio e il triplo degli straordinari per cercare di soccorrere la popolazione, mettere in sicurezza le case evacuate e impedire alle persone di accedere alle zone alluvionate. Con così tante case e attività commerciali sott'acqua, le aree allagate erano invase non solo dai detriti, ma anche da contaminanti nocivi. Anche Josie e i suoi colleghi dell'unità investigativa, la detective Gretchen Palmer, il detective Finn Mettner e il tenente Noah Fraley, avevano dato il loro contributo ovunque fosse necessario. Con buona parte della città sommersa, non c'erano tanti crimini su cui indagare.

Denton era più preparata di molte altre aree a rischio di inondazioni della Pennsylvania: dopo la terribile alluvione del 2011, il sindaco Tara Charleston aveva speso buona parte del bilancio comunale in attrezzature per fronteggiare le future inondazioni. Qualche anno più tardi, dopo che il nuovo stanziamento di bilancio del sindaco era stato ampliato in modo da prevedere che gli agenti di polizia partecipassero a un addestramento per il salvataggio in caso di alluvione, Josie e Noah ne avevano frequentato uno per salvataggio in acque rapide, mentre Mettner era già qualificato. Una volta tanto, Josie poteva dirsi d'accordo con una decisione presa dal sindaco.

Gretchen era stata assunta molto tempo dopo, per questo era l'unica della squadra a non avere esperienza di salvataggio in acqua, ma quando aveva dichiarato di aver praticato rafting, Brownlow aveva insistito perché si unisse alla squadra. «Può aiutare a caricare le persone sul gommone, no?» aveva detto. «Inoltre, sarà agganciata.» le aveva assicurato e in un attimo, tra le attrezzature in dotazione alla città, le avevano trovato una muta stagna e un casco della sua misura, e così erano partiti.

Quel giorno dovevano prestare soccorso a una donna anziana che era rimasta intrappolata nel portico di casa sua in una zona della parte nord-est di Denton. Una radio gracchiò sulla spalla di Josie. «Imbarcazione Due-Nove-Due in rotta verso Hempstead Road.»

«Ricevuto.» rispose Brownlow. «Imbarcazione Tre-Sette-Uno già in rotta. Tempo di arrivo stimato: cinque minuti.»

«Ci vediamo lì.» rispose l'uomo alla radio.

Hempstead Road si trovava ai margini della città, un blocco di vecchie case ai piedi di una piccola collina. A due isolati verso est scorreva il Kettlewell Creek, un piccolo affluente per la pesca che raramente straripava. Tuttavia, quella mattina, su Denton erano caduti diversi millimetri di pioggia in poche ore, causando un'alluvione improvvisa che si era estesa fino alle case monofamiliari lungo Hempstead Road. Tutti i residenti erano evacuati da soli, tranne una: un'anziana signora di nome Evelyn Bassett, che non era riuscita a mettersi in salvo prima dell'alluvione. La sua telefonata disperata era arrivata pochi istanti prima al numero di emergenza. Poco dopo era arrivata anche la chiamata di un reporter che volava sopra Hempstead Road con un elicottero per segnalare le sue drammatiche condizioni, precisando che la donna si trovava sul portico, ma che l'acqua stava salendo rapidamente. Tutte le imbarcazioni di soccorso erano impegnate in altre missioni in città, quindi era rimasta solo quella di Brownlow, Josie e Gretchen per soccorrere Mrs. Bassett. Per fortuna l'imbarcazione di salvataggio numero 292, impegnata altrove nelle sue operazioni di soccorso, aveva terminato giusto in tempo per raggiungerli e assisterli.

«Attenzione!» urlò Gretchen indicando il punto in cui un grosso ammasso di detriti si era raccolto in un gorgo tra due alberi. In quel momento se ne staccarono alcuni pezzi che vennero trascinati via dalla corrente in bagliori di rosso, bianco e blu.

«Dannati cartelli!» sbottò Brownlow. «Tutta a tribordo!»

Josie e Gretchen si puntellarono sul lato destro della barca mentre Brownlow virava con decisione intorno ai detriti. Lo sguardo di Josie fu catturato da una serie di cartelli "Votate

Dutton" seguiti da altrettanti cartelli "Votate Charleston" che evitarono per un pelo. Tirò un sospiro di sollievo quando si trovarono fuori pericolo.

Con le primarie per il sindaco che si sarebbero dovute svolgere nel giro di due settimane, Denton era stata tempestata di cartelli elettorali dei due unici candidati: l'attuale sindaco, Tara Charleston, e il suo avversario, nonché suo vicino di casa, Kurt Dutton della Dutton Enterprises, una società di sviluppo immobiliare commerciale. In città si diceva che Dutton fosse pericolosamente vicino a spodestare Tara Charleston, che aveva ricoperto la carica di sindaco per quasi un decennio. Il problema per la navigazione era che i cartelli sommersi erano attaccati a sostegni in acciaio zincato da tre centimetri di diametro che, in presenza di correnti intense, potevano rivelarsi pericolosi per i gommoni di salvataggio e per chiunque si trovasse in acqua.

Seguirono il rumore dei rotori dell'elicottero che fendevano l'aria sopra le loro teste. Brownlow portò l'imbarcazione verso Hempstead Road, riducendo drasticamente la velocità. Ancora un metro e mezzo e il cartello verde che annunciava il nome della strada scritto in bianco sarebbe stato sommerso dall'acqua. Davanti a loro passarono altri detriti come rami di alberi, stecche di legno, oggetti domestici e un'auto, di cui emergeva tra i flutti solo il tettuccio.

«È davvero brutta quaggiù.» commentò Gretchen quando intravidero le ultime case di Hempstead Road, oltre le quali si scorgevano altri scrosci d'acqua. Josie sapeva che prima dell'inondazione lì c'era una zona boschiva. Ormai erano poche le cime degli alberi che spuntavano dal pelo dell'acqua, sporadici rami tozzi che si protendevano verso il cielo grigio e gonfio sopra le loro chiome. Josie si strofinò gli occhi umidi e tornò a fissare l'abisso. Si chiese se sarebbe rimasto qualcosa quando l'acqua si fosse ritirata.

Lo spostamento d'aria provocato dal rotore dell'elicottero produsse un appiattimento nella corrente intorno al gommone.

Josie avvertì un senso di pesantezza: l'aria la schiacciava sul fondo dell'imbarcazione. Alzò lo sguardo sull'elicottero nero che incombeva sopra di loro, con le lettere WYEP impresse in caratteri giallo brillante sulla fiancata. Con una mano fece cenno al pilota di allontanarsi e pochi secondi dopo l'elicottero riprese quota.

Gretchen si mise accanto a Josie e puntò alla loro destra. «Laggiù!» gridò.

La piena aveva invaso i giardini e i portici delle case. L'ultima casa era un prefabbricato di due piani con rivestimento color caffè e il tetto del portico sorretto da sottili pilastri quadrati in PVC dipinti di bianco. Contro uno dei pilastri erano rimasti impigliati diversi cartelli dei candidati alle elezioni comunali. Evelyn Bassett, con il viso sottile pervaso da un pallore mortale e i capelli bianchi bagnati e aggrovigliati intorno alla testa, si avvinghiava stretta con le braccia magre intorno a uno degli altri pilastri. L'acqua le scorreva addosso e le arrivava già sottobraccio. Brownlow manovrò il gommone per avvicinarsi il più possibile alla poveretta, che ormai stava per mollare la presa.

«Non potrà resistere ancora a lungo!» gridò Brownlow. «Prendi la sacca da lancio!» ordinò a Josie.

Josie si affannò a cercare il pesante sacco rosso sul fondo metallico del gommone. All'interno c'era una corda di salvataggio galleggiante di colore giallo acceso lunga quindici metri. Josie aprì rapidamente il sacco ed estrasse diversi metri di corda, arrotolandola nella mano che non avrebbe usato per lanciare. Mentre lavorava, Brownlow diresse la barca verso valle e lontano da Mrs. Bassett, prevedendo che presto sarebbe stata trascinata via dalla corrente. E aveva ragione. Mrs. Bassett perse la presa sul pilastro e la corrente la trascinò via. Josie rimase immobile, con i piedi divaricati per mantenersi in equilibrio e la sacca da lancio nella mano destra.

«Ricordati!» gridò Brownlow. «Forte e dritto. Non sbagliare.»

«Forte e dritto...» borbottò Josie tra sé e sé. Il cuore le rimbombava nel petto mentre guardava la corrente che stava letteralmente divorando quella povera donna. Con un movimento dal basso, lanciò la sacca verso Mrs. Bassett, mirando in modo che la corda la superasse o almeno le arrivasse vicino, ma anche dritto sulla sua traiettoria, in modo che potesse afferrare la cima non appena l'avesse raggiunta. La sacca atterrò perfettamente a qualche metro di distanza dalla sua testa e la corda giallo brillante le andò a finire sulla spalla. Mentre la corrente la trasportava davanti all'imbarcazione, la donna riuscì ad allungare una mano e ad aggrapparsi alla corda. Rapidamente, Josie arrotolò l'estremità della corda che aveva tenuto in vita.

«Passa la fune a Palmer!» Brownlow urlò. «Ti farà da ancora.»

Josie passò l'estremità della cima a Gretchen e si appoggiò su un ginocchio contro il bordo del gommone per avere stabilità, cercando di tirare Mrs. Bassett verso di loro. La testa della donna emergeva e affondava sotto il pelo dell'acqua.

«Non resisterà a lungo.» gridò Gretchen.

Le bastò un'occhiata per capire che Brownlow era d'accordo con lei: la corrente andava troppo veloce e Mrs. Bassett era troppo debole per tenersi aggrappata alla corda abbastanza a lungo da permetterle di tirarla a bordo. «Buttati, Quinn!» le disse.

Josie controllò la corda che la legava al gommone passando per il giubbotto di salvataggio, si alzò in piedi, barcollando per il rollio della barca e si tuffò in acqua, nuotando fino a raggiungere Mrs. Bassett da dietro. La donna agitava le braccia, la corda non c'era più. Teneva la testa rovesciata all'indietro, la bocca aperta per cercare di respirare. «Aiu... aiuto!» urlò annaspando quando Josie si avvicinò a pochi metri da lei. Josie nuotò più velocemente che poté, grata di poter nuotare verso valle così da non dover lottare contro la corrente. Allungò una mano mentre si avvicinava. Allungando la sua, Mrs. Bassett riuscì a stringere le dita intorno al polso di Josie proprio mentre un grosso ramo d'albero passava davanti a loro. Colpì la spalla di Josie e rimbalzò sulla testa di Mrs. Bassett che finì sott'acqua. Josie si slanciò in avanti, cercando con le dita tese di aggrapparsi a lei. Non avrebbe permesso che quella donna morisse davanti ai suoi occhi. Quando sentì qualcosa di duro e ossuto sfiorare le dita, Josie lo afferrò; era una spalla, capì dopo un attimo, mentre la corrente sbatteva il suo corpo contro quello di Mrs. Bassett e le spingeva entrambe verso valle.

Dopo un paio di tentativi, Josie riuscì a infilare le braccia sotto le ascelle di Mrs. Bassett e si piegò all'indietro, in modo che l'anziana potesse reclinare la schiena sul suo petto e rimanere fuori dall'acqua, sostenute entrambe dal giubbotto di salvataggio.

Si strinse alla donna il più possibile e provò un enorme sollievo quando la sentì tossire.

«Si rilassi.» le disse Josie. «La tengo io.»

Girando la testa, vide Gretchen che tirava la corda verso la barca. L'elicottero del notiziario si era abbassato di nuovo, c'era un uomo che penzolava dalla fiancata con un'imbracatura e la telecamera puntata nella loro direzione. Il colpo d'aria le raggiunse con forza. Josie si rese conto a malapena di un altro suono in sottofondo: un motore da imbarcazione più rumoroso che proveniva dalla direzione opposta a quella da cui Brownlow le aveva portate, che risaliva la corrente nella loro direzione. Era un'imbarcazione di metallo molto più grande del gommone di salvataggio di Brownlow ed era blu, anziché rosso vivo come i battelli di salvataggio della città di Denton, il che significava che apparteneva a una delle città circostanti della contea. Doveva essere l'imbarcazione 292. Risaliva la corrente a fatica, schivando le cime degli alberi che spuntavano dall'acqua. Mentre si avvicinava, parallelamente alla barca di Brownlow ma tenendosi più vicino a Josie, un salvagente attaccato a una cima volò fuoribordo, atterrando a pochi centimetri da loro. Sostenendo Mrs. Bassett con un braccio, Josie usò l'altro per afferrare il salvagente al centro. Un uomo si sporse oltre la fiancata e, palmo a palmo, le issò sulla barca. Josie non lo riconobbe; indossava un'uniforme dei servizi di emergenza di Dalrymple Township e il nome "Hayes" era scritto sul pettorale sinistro.

«Felice di vedervi!» gli disse Josie mentre lui prendeva per le spalle Mrs. Bassett, tirandola da sottobraccio mentre Josie la spingeva da sotto. Finalmente la donna fu al sicuro a bordo. Hayes non perse tempo e le fece indossare un giubbotto di salvataggio, mentre un altro uomo manovrava la barca. Il motore strideva mentre lottava contro la corrente per rimanere in posizione. Una volta sistemata Mrs. Bassett, il motore riprese a girare e la barca risalì la corrente, tornando verso le case. Gretchen tirò la fune di Josie finché non fu abbastanza vicina da permetterle di risalire sulla barca.

Brownlow fece un'altra virata decisa e diresse la sua barca controcorrente, avvicinandosi a quella di Hayes finché non si trovarono fianco a fianco. La casa di Mrs. Bassett tornò in vista, poi quelle del resto della strada.

«Bel salvataggio.» le urlò Brownlow.

Lei stava per rispondere ma l'aria venne squarciata da una serie di schiocchi. Voltarono tutti quanti la testa, alla ricerca della fonte del suono.

«Era un tuono?» chiese Gretchen.

«No, non direi!» rispose Brownlow.

Seguì un'altra serie di schianti mentre una nuova ondata d'acqua scrosciava nella loro direzione. Con un senso di terrore che le diede la nausea, Josie capì che il suono proveniva da una delle case vicine, che si staccava dalle fondamenta e crollava.

«Viene da là!» gridò.

Si voltarono tutti quanti verso la fila di villette sulla Hempstead, con i portici ormai completamente sommersi. Si udirono altri schiocchi e schianti. Poi, come al rallentatore, la casa di Mrs. Bassett cominciò a scivolare, inclinandosi verso sinistra. Un lato della casa crollò. Il tetto del portico si ridusse in pezzi.

«Andiamocene!» urlò Hayes. Fece un movimento circolare in aria con una mano ed entrambe le barche cominciarono ad allontanarsi dalla casa che scivolò via completamente dalle fondamenta. Afflosciandosi, precipitò di facciata nell'acqua e galleggiò via. Si muoveva con una lentezza straordinaria, data la forza della corrente. Hayes guardò Mrs. Bassett, che era ripiegata su se stessa, con le braccia strette intorno alle ginocchia. Josie ebbe l'impressione di sentirgli dire: «Mi dispiace per la sua casa, signora.»

Una risata isterica sgorgò dal diaframma di Mrs. Bassett; Josie non riuscì a sentirla con tutto il rumore che c'era intorno a loro, ma lo capiva dalla sua espressione e dal modo in cui le sue spalle sussultavano, schiacciate dal giubbotto di salvataggio. La donna vide che la fissavano, ma lei continuò a ridere imperterrita. Josie riconobbe quella risata assurda e inappropriata: era di quel tipo che prorompe di tanto in tanto in seguito a un trauma; lei aveva avuto a che fare con innumerevoli vittime di eventi traumatici e in alcuni rari casi, aveva visto persone così sopraffatte che, anziché scoppiare in lacrime, si erano messe a ridere. Alla fine, Mrs. Bassett si fermò. Con quella pioggia torrenziale, era difficile distinguere se stesse piangendo, ma si asciugò gli occhi. Josie non riuscì a sentire quello che disse a Hayes. Le imbarcazioni sobbalzavano violentemente controcorrente, ancora rollando forte per risalire il fiume. Si voltarono tutti per un momento di tristezza, osservando la ferocia mozzafiato della natura intorno a loro.

Nel punto in cui poco prima si trovava la casa di Mrs. Bassett, l'acqua bruna si agitava e si riempiva di detriti, creando in alcuni istanti un vortice che precipitava nel cratere lasciato dalla casa divelta. Un grosso pezzo di cemento spuntò e fluttuò via, seguito da diversi pezzi più piccoli. Josie notò quella che sembrava una lavatrice o un'asciugatrice e pezzi di tubi che emergevano dall'acqua e venivano trasportati dalla corrente. Mentre la piena superava il punto in cui si trovava la casa e smuoveva altre parti delle fondamenta, emerse un oggetto di colore blu brillante. A una prima occhiata sembrava soltanto un pezzo di tessuto che si agitava nella corrente, tenuto in posizione da qualcosa sotto l'acqua. Poi un altro grosso pezzo di cemento si sollevò e venne trascinato verso valle, e la parte non visibile del tessuto risalì a pelo d'acqua, rivelando che quel tessuto faceva parte di qualcosa di più grande. Molto più grande. A forma d'uomo.

«E quello che cavolo è?» urlò Brownlow quando l'oggetto emerse, mentre la corrente lo spazzava via.

«Un corpo!» risposero all'unisono a gran voce Josie e Gretchen.

Il tessuto blu era un grande telone di plastica, avvolto saldamente intorno al suo contenuto, che Josie stimò di lunghezza non superiore a un metro e ottanta e di larghezza non superiore a mezzo metro. Il telo era chiuso in quattro punti da un giro di nastro adesivo.

Josie si mise sulle ginocchia e incrociò lo sguardo di Gretchen, la quale fece un cenno di assenso e si girò verso Brownlow. «Vai laggiù!»

Lui la guardò stranito. «Ti ha dato di volta il cervello?»

Josie si alzò in piedi, appoggiandosi al bordo della barca. «Dobbiamo recuperarlo. Può staccarsi dal blocco ed essere trascinato via da un momento all'altro.»

«Cosa state facendo?» urlò Hayes via radio. «Andiamocene!»

Brownlow parlò nella sua radio, riposta al sicuro nella custodia impermeabile: «Vuole recuperarlo.»

«Non possiamo! È troppo pericoloso. Dobbiamo andarcene!»

Josie tirò la corda e parlò nella sua radio. «Io lo afferro e Gretchen può tirarmi a bordo.»

«Quinn, ha ragione!» le disse Brownlow. «È troppo pericoloso.»

Dall'altra barca, Hayes li osservava.

«Non sai nemmeno se è un corpo.» aggiunse Brownlow. «Per quanto ne sai, potrebbe essere solo un telone.»

«È un corpo!» insistette Josie con fermezza. «Ne sono sicura.»

«Potrebbe essere qualsiasi cosa.»

Josie pensò a tutti i resti umani che aveva ritrovato nella sua carriera, a tutte le vittime di omicidio che aveva visto, alle tombe improvvisate accanto alle quali si era fermata.

«No.» disse con fermezza. «Non c'è dubbio, è un cadavere.»

Dalla radio li raggiunse di nuovo la voce di Hayes. «Questa è un'operazione di salvataggio, non di recupero.»

«Non possiamo lasciarlo indietro.» rispose Josie alla radio.

Guardò il telo arrotolato che cominciava a spostarsi. Doveva essere stato sepolto sotto le fondamenta della casa. Le persone normali non seppelliscono i loro morti in cantina. Chiunque fosse stato avvolto in quel telone era vittima di omicidio. L'istinto raramente l'aveva delusa. Sapeva che, data la velocità della corrente e l'imprevedibilità dell'inondazione, avrebbero potuto impiegare settimane per ritrovare il corpo se l'avessero lasciato andare via. Non solo, ma se ci si fosse imbattuto qualcun altro dopo di loro prima che venisse ritrovato?

«Devo andare a prenderlo!» ripeté Josie alla radio.

Il telo fu scosso da un grosso ramo che lo oltrepassò. Josie allargò i piedi per mantenere l'equilibrio. Mise un piede sul bordo della barca. Altri cartelli delle elezioni comunali passarono di corsa, mancando di poco la fiancata sporgente dell'imbarcazione di salvataggio.

«Resta su questa barca, Quinn!» sbraitò Brownlow.

Spingendo il piede contro la murata del gommone, Josie si

tuffò di nuovo in acqua e iniziò a nuotare verso il telone, percependo appena le grida alle sue spalle e alla radio sulla sua spalla. La corrente si agitava intorno a lei, rendendole difficile mantenere la rotta. Proprio in quel momento, lo scroscio provocato dal rotore dell'elicottero si abbatté di nuovo su di lei, rallentando la corrente abbastanza a lungo da permetterle di avvicinarsi. Ogni muscolo del suo corpo bruciava per lo sforzo. Il giubbotto di salvataggio la teneva a galla, ma le sue dimensioni ingombranti le rendevano più difficile nuotare. Alla fine si avvicinò abbastanza da afferrare un lembo di materiale plastico blu, lo avvicinò a sé, vi avvolse entrambe le braccia. Un attimo dopo, la barca di Hayes urtò contro la sua spalla, tenendola in posizione mentre l'imbarcazione di Brownlow si avvicinava. Gretchen si sporse, tirando la fune di sicurezza di Josie finché non rimase tra loro solo il telo arrotolato. Tenendosi a galla, Josie glielo passò. Con grande sforzo, Gretchen lo caricò a bordo e poi tornò ad aiutare Josie.

Una volta che furono al sicuro nella barca con il corpo tra loro, Josie si guardò intorno, ma l'altra barca era ormai lontana. Brownlow scosse la testa e, senza lasciarsi andare a qualche commento, virò e procedette spedito per rientrare.

DUE

L'alluvione aveva costretto il Dipartimento della Protezione Civile della città ad allestire un posto di comando temporaneo in uno dei parcheggi dell'Università di Denton. La posizione elevata del campus e la sua vicinanza alle aree più colpite della città lo rendevano il luogo più adatto da cui inviare tutti i soccorsi e i rifornimenti. Erano state montate tende pop-up e diverse ambulanze e volanti della polizia riempivano un angolo del lotto, in attesa di essere chiamate. Il resto del parcheggio era pieno di camioncini che trasportavano o trainavano imbarcazioni di salvataggio di ogni forma e dimensione. Alcune erano di proprietà della città, altre appartenevano a volontari delle città vicine che erano intervenuti per aiutare a far fronte alla situazione. A un miglio di distanza si trovava un'altra area di sosta all'interno del parco cittadino, dove le acque avevano parzialmente sommerso il campo da softball. Le squadre di soccorso avevano portato le loro imbarcazioni al parco e da lì le lanciavano in acqua da una rampa di fortuna. Quando Brownlow vi condusse la barca, non c'era nessuno. C'era soltanto il suo furgone dall'altra parte del campo. Josie e Gretchen saltarono fuori dal gommone per aiutare a trascinarlo sulla terra ferma;

camminando nel fango gli stivali in neoprene di Josie produce-
vano un suono di gomma bagnata e sciabordio.

«Così va bene.» annunciò Brownlow quando l'imbarcazione
fu fuori dall'acqua. «Ora, prima che ognuno torni alle proprie
mansioni, Quinn, voglio che tu sappia che quello che hai fatto
laggiù è stato imprudente e irresponsabile. Non salirai mai più
sulla mia barca.»

Josie mise le mani sui fianchi e cominciò a dire: «Avevo...»

Lui la interruppe. «Risparmiamelo. Non ho tempo per stare
a sentire le tue scuse. Non mi interessano. Accosto il mio
furgone e carico il gommone. Cosa pensi di farci con quello?»

Indicò il telone arrotolato, incastrato nel fondo della barca;
sia Josie che Gretchen lo guardarono. Con il volto in fiamme,
Josie sganciò il sottogola del casco e se lo tolse, scuotendosi
l'acqua dai capelli. Non che servisse a qualcosa, stava ancora
piovendo, anche se moderatamente. «Dobbiamo portarlo all'obitorio.» disse. «Il medico legale dovrà fare l'autopsia.»

«Dovremo chiamare anche della Squadra di Raccolta delle
Prove.» aggiunse Gretchen.

Brownlow alzò un sopracciglio con fare sprezzante. «Raccolta delle prove? La vostra scena del crimine è stata spazzata
via!»

«Non per la scena...» gli spiegò Josie. «Per il telo, il nastro
adesivo e qualsiasi altra cosa ci sia lì dentro insieme al
cadavere.»

«Indizi contestuali.» precisò Gretchen.

Brownlow scosse la testa. «Spero che voi signore abbiate
ragione sul fatto che si tratta di un corpo. Altrimenti ti sentirai
davvero stupida per esserti buttata in mezzo a quelle rapide per
recuperarlo quando lo vedrai in televisione.»

Lo fissarono.

«Cos'altro potrebbe essere?» chiese Gretchen.

Brownlow alzò le spalle. «Non lo so. Un cane o qualche
altro animale... Chi dice che è un essere umano?»

«Sono sicura al cento per cento che è una persona.» disse Josie. «Anche se spero di sbagliarmi. Ma se così fosse, ci sentiremo dannatamente bene perché significherebbe che non abbiamo per le mani una vittima di omicidio.»

Gretchen si abbassò per tirarlo su dal gommone. «Carichiamolo sul furgone, coraggio.»

Brownlow alzò entrambe le mani. «Ah no, scordati di mettere quell'affare sul mio furgone.»

«Stai scherzando?» chiese Josie.

Non rispose.

«Aiutaci a portarlo al posto di comando. Da lì posso metterlo nella mia macchina per portarlo all'obitorio.» disse lei.

«Mi dispiace, signore...» rispose Brownlow. «Vi avevo detto di non tuffarvi dietro a quella cosa e l'avete fatto lo stesso. Non ce lo voglio nel mio furgone e nemmeno voi due.»

Mentre si allontanava, Gretchen sputò qualche parola colorita sottovoce.

Josie sospirò. «Incredibile. Aiutami a scaricarlo dalla barca. Rimani qui a sorvegliarlo mentre io vado a prendere la mia auto.»

«La tua nuova macchina?» la stuzzicò Gretchen mentre sollevavano il telone dalla barca e trovavano un posto lontano dall'acqua dove Gretchen avrebbe potuto sedersi e fare la guardia.

La vecchia auto di Josie, una Ford Escape, era stata distrutta in un incidente il mese prima. Ne aveva appena comprata una nuova. Sospirò, pensando agli interni grigi immacolati e all'odore di auto nuova che ancora la permeava. «Sì, la mia macchina nuova.»

Gretchen si sedette sull'erba accanto al corpo e si tolse il casco, passandosi una mano tra i corti capelli brizzolati a spazzola. «Chiedi a una delle ambulanze se ci portano all'obitorio.»

«No.» disse Josie avviandosi verso il parcheggio dell'università. «Quelle ci servono per i vivi. Non ho intenzione di sottrarre risorse in un momento del genere. Non con queste alluvioni improvvise.»

«Ottima osservazione.» le disse Gretchen.

Josie si asciugò il viso dalla pioggia mentre passava davanti a Brownlow, che stava agganciando il gommone di salvataggio al retro del suo pick-up, e percorse la lunga strada verso il parcheggio dove un cartello di un arancione brillante indicava il posto di comando. Notò immediatamente i furgoni dei notiziari ammassati vicino una delle tende per il triage. I giornalisti, avvolti nei poncho e negli impermeabili, si erano radunati intorno a Evelyn Bassett, che era seduta su una barella sotto una tenda a baldacchino e si teneva un impacco di ghiaccio sulla testa. Tenendo i telefoni puntati verso di lei, le gridavano domande su domande. Dietro di loro, i cameraman la inquadravano in primo piano con grandi e pesanti telecamere avvolte in buste di plastica. Accanto a Mrs. Bassett c'era Hayes, intento ad avvolgerle intorno alle spalle una coperta. Avvicinandosi, Josie vide che anche lui si era tolto il casco. I suoi capelli neri erano in disordine e sparati in tutte le direzioni. Dimostrava più o meno la sua età, sui trentacinque anni, e si era lasciato crescere la barba, scura come i capelli, lungo la mascella affilata.

Un giornalista chiese: «Mrs. Bassett, ha avuto paura? Pensava di essere trascinata via dalla corrente?»

«Certo che ho avuto paura.» rispose lei. «Ho settantotto anni! Ma non pensavo che sarei stata spazzata via. Sapete chi mi ha salvata, vero?»

«La detective Quinn!» gridò un altro giornalista dal fondo.

Josie sentì il disagio scuoterle lo stomaco. Cinque anni prima, aveva risolto uno shoccante caso di ragazze scomparse a Denton e, da allora, era stata determinante nella risoluzione di molti altri casi di alto profilo che avevano attirato l'attenzione nazionale. Era stata tre volte su *Dateline* grazie a sua sorella, una giornalista televisiva di fama mondiale, ed era diventata una specie di eroe locale.

Essere una celebrità nella sua città natale non le si addiceva granché. I casi che l'avevano portata al centro dell'attenzione della popolazione la tormentavano. Tutto quello che voleva era fare il suo lavoro al meglio, ma questa indesiderata notorietà era spesso inevitabile. Josie alzò una mano per sistemarsi i capelli mentre si avvicinava. La voce di Mrs. Bassett la raggiunse di nuovo. «Eccola! Detective Quinn! La mia eroina. È saltata in acqua per salvarmi, eccome!»

Josie rimase congelata sul posto. Per una frazione di secondo, prima che i giornalisti si girassero e si concentrassero su di lei, riuscì a scorgere il cipiglio sul volto di Hayes. Le vennero urlate domande da ogni parte, anche se nessuna riguardava il salvataggio di Mrs. Bassett: «Detective Quinn, cosa c'era dentro il telo?»

«Era un corpo quello che avete recuperato in acqua?»

«Detective, avete scoperto che c'era un corpo all'interno del telo?»

«Sono stati trovati resti umani all'interno di quel telo?»

Josie alzò le mani, mettendo a tacere la folla. «Al momento non posso fare commenti al riguardo.»

Seguirono altre grida, più entusiaste. Josie dovette parlare a voce più alta per farli smettere. «Quando avremo maggiori informazioni, ve lo faremo sapere. Ora ho del lavoro da fare.» Si sporse oltre i giornalisti e incrociò lo sguardo di Mrs. Bassett. «Se non vi dispiace, vorrei parlare con Mrs. Bassett in privato.»

Con riluttanza, i giornalisti si dispersero. Josie si avvicinò alla tenda, felice di potersi riparare dalla pioggia per qualche istante. Aspettò per assicurarsi che nessuno dei giornalisti fosse abbastanza vicino da sentire, prima di rivolgersi all'anziana signora. «Come si sente?»

Mrs. Bassett le fece l'occhiolino. «Benissimo, grazie a lei. Ora devo solo trovare un posto dove vivere.»

Hayes le mise una mano sulla spalla. «Le troverò un posto adatto. Ci sono varie alternative.»

«Aveva un'assicurazione sulla proprietà?» si informò Josie. «Potrebbe riuscire a ricostruire casa sua.»

Mrs. Bassett scosse la testa. «Era in affitto. Ho perso solo le cose che ci avevo messo dentro.»

«Mi dispiace che abbia perso tutti i suoi beni.» le disse Josie. «Ci sono un paio di aziende locali che donano vestiti e altre necessità agli alluvionati che sono rimasti senza casa a seguito dell'esondazione. Le procureranno l'essenziale.»

«Mi assicurerò che abbia ciò di cui ha bisogno.» si affrettò a dire Hayes.

Mrs. Bassett mise la borsa del ghiaccio sulle ginocchia e afferrò il polso di Josie. «Ho perso mio marito in un incendio quindici anni fa. Rinuncerei a tutto ciò che ho posseduto in vita mia per riaverlo. Gli oggetti si possono sostituire.»

Josie rimase stupita dall'ottimismo del suo atteggiamento. L'ultima settimana era stata un vero e proprio inferno: aveva visto i membri della sua amata comunità in condizioni disastrose, alcuni erano rimasti all'addiaccio e molti altri avevano perso la maggior parte dei loro beni. Vero era che fino a quel momento avevano avuto fortuna perché l'inondazione non aveva fatto nessuna vittima, ma comunque la popolazione era sfollata e devastata. Josie accarezzò la mano di Mrs. Bassett. «Sono desolata per suo marito. Le dispiace se le faccio un paio di domande?»

«Non è proprio il momento.» obiettò Hayes.

Ignorandolo, Josie chiese all'anziana signora: «Da quanto tempo viveva in quella casa?»

«Da quindici anni. Mi ci ero trasferita subito dopo l'incendio. Avevo i soldi dell'assicurazione per ricostruire una casa, ma non volevo farlo senza mio marito. Poi c'era la questione del terreno, che era ancora di mia proprietà. Non ero sicura di cosa fare, avevo bisogno di tempo per pensare. Ero senza casa. Non avevamo avuto figli e avevo abusato dell'ospitalità di mia cognata... così avevo cercato una casa in affitto mentre risolvevo le cose. C'era un avvocato del posto che voleva dare in affitto casa sua. Era abbastanza gentile. Ci accordammo per un contratto d'affitto mensile.»

«Ma non se n'è mai andata.» aggiunse Josie.

Mrs. Bassett lasciò la mano di Josie e si strinse la coperta intorno alle spalle. «Le cose si muovono così in fretta, non è vero? Vendetti il terreno su cui sorgeva la nostra casa e misi da parte quei soldi. Ma non sono mai riuscita a comprare un'altra casa. A dire la verità, non ci tenevo tanto. Era più facile rimanere in affitto. Il padrone di casa, Mr. Plummer, si occupa sempre di tutto. Quando qualcosa si rompe, lo fa riparare. Quando occorre sostituire un elettrodomestico, lo ordina e lo fa installare. È lui che si occupa di tutto, anche della cura del giardino e di far spalare la neve. È sempre stato buono con me. Io pago solo l'affitto e le utenze. Se comprassi una casa mia, chi chiamerei per tutte queste cose?»

«Conosce il nome di Mr. Plummer?» chiese Josie.

«Calvin. Calvin Plummer. Il suo ufficio è a South Denton.»

«Ha detto che si prende cura di tutto. Da quando viveva in quella casa ha mai fatto, o ha mai fatto fare, dei lavori nel seminterrato o alle fondamenta?»

«No, non che io ricordi.»

«Sa qualcosa del telone che abbiamo recuperato?»

«Io? No. Non sapevo che fosse lì. Il seminterrato era di cemento. L'ha visto anche lei andare in frantumi.» rispose Mrs. Bassett.

«A proposito del seminterrato...» proseguì Josie. «Ci sono mai stati problemi da quando si è trasferita in quella casa?»

«Un tubo rotto ogni tanto, ma niente di più. Mr. Plummer ha semplicemente fatto venire qualcuno a sistemare tutto.»

«Ha vissuto in quella casa da sola negli ultimi quindici anni?»

Mrs. Bassett annuì.

«Non ha mai ospitato qualche parente? Magari per un certo periodo di tempo? O dei coinquilini?»

«Sono sempre stata sola, Detective Quinn.»

«Josie.»

Mrs. Bassett sorrise e Josie ricambiò il sorriso. «Sa chi ci viveva prima di lei?»

«No, non lo so. Dovrebbe chiederlo a Mr. Plummer.»

«Lo farò.» le disse Josie. «Le darei un biglietto da visita, ma non ne ho con me. Tutte le mie cose sono in macchina. Se ha bisogno di qualcosa, può chiamare il numero della centrale di polizia e chiedere di me.»

Josie le diede una stretta alla spalla e si avviò verso la macchina. La pioggia le scrosciava addosso. Guardando verso l'ingresso del parcheggio, vide i giornalisti che convergevano su Brownlow mentre si accostava al parcheggio. Poi si ritrovò a guardare Hayes che si dirigeva verso di lei, con i suoi occhi azzurri che la penetravano. Josie si fermò e lo squadrò. Tagliandogli la strada, chiese: «C'è qualche problema?»

«Sa benissimo che c'è un problema.» sentenziò mentre la raggiungeva. «Ha agito espressamente contro gli ordini del suo operatore ed è saltata fuori dall'imbarcazione per recuperare... qualsiasi cosa sia quella che ha recuperato.»

«Ho recuperato un cadavere. Probabilmente la vittima di un omicidio.»

«Quello che ha fatto è stato pericoloso, irresponsabile e sconsiderato. Ha messo in pericolo tutti noi oggi, recuperando quel telo...»

«Corpo.»

Lui emise un sospiro di frustrazione. *Telo.* sottolineò. «Non sa se si tratta di un corpo. Il punto è che lei si è messa in una posizione in cui avremmo dovuto salvarla, esponendo il resto di noi a un rischio. Le risorse della città sono già limitate.»

Josie gli restituì uno sguardo di sfida. «Non c'è bisogno che mi dica quanto è grave la situazione, Hayes. Quand'è stata l'ultima volta che il Dipartimento della Protezione Civile ha chiamato i detective della città per i salvataggi in acqua?»

Hayes non rispose.

«Ascolti, Hayes.» disse lei. «Lei è un addetto al pronto soccorso, giusto?»

Lui incrociò le braccia sul petto. «Sono un paramedico. E ho anche un brevetto di salvataggio in acque rapide.»

Lei fece un'alzata di mento verso la toppa sulla sua muta stagna. «Lei lavora per il comune di Dalrymple, giusto?»

Lui non proferì parola, ma la guardò male.

«Dalrymple Township non fa nemmeno parte della città di Denton. Lei si è offerto come volontario qui, e lo apprezziamo. Ma io lavoro per il Dipartimento di Polizia della città...» aggiunse «come lei sa bene.»

«So esattamente chi è lei.» replicò seccato lui, facendosi cadere gocce di pioggia sul viso. «Non pensi che la sua popolarità la tirerà fuori da questa situazione.»

Josie fece un passo verso Hayes che indietreggiò. «Fuori da quale situazione?»

«Oggi ha messo in pericolo delle vite andando appresso a quel telo.»

Lei gli colpì il petto con un dito. «Faccia ricorso al mio capo, ma sappia che io non abbandono nessuno. Vivo o morto che sia. Di chiunque sia il cadavere in quel telo, era il figlio di qualcuno. Forse un fratello o un genitore. A lei piacerebbe se qualcuno che amava fosse avvolto in un telo e sepolto sotto una casa?»

Di nuovo, lui rimase in silenzio. Tenne lo sguardo fisso su di lei e strinse le labbra in una linea sottile.

«Non credo.» disse per lui Josie. «Il suo lavoro è salvare le persone, il mio è occuparmi dei cadaveri. Che ne dice di attenersi al suo lavoro e di lasciarmi fare il mio? Ora, se vuole scusarmi, devo andare all'obitorio.»

TRE

«Che stronzo...» brontolò Josie mentre, insieme a Gretchen, raggiungeva l'obitorio della città, con i resti avvolti nel telo dentro al bagagliaio della sua nuova Ford Escape. All'interno si respirava un odore di terra umida che copriva l'odore di nuovo che Josie aveva assaporato nell'ultima settimana. Inoltre, lo schienale del sedile si faceva sempre più fradicio a ogni minuto che passava. Lei e Gretchen si erano tolte la muta al parcheggio e avevano riposto l'attrezzatura tra i sedili. Josie aveva fatto del suo meglio per asciugarsi i capelli prima di salire in macchina, ma aveva trovato solo un piccolo asciugamano nel portabagagli. Di solito lo usava per pulire il fango dalle zampe del suo Boston Terrier, Trout, quando lo portava a fare una passeggiata nel bosco.

«Boss...» disse Gretchen mentre scorreva il telefono. «Quel tizio non aveva tutti i torti.»

«Come sarebbe?» chiese Josie.

Gretchen scrisse qualcosa al telefono. «Mando un messaggio a Hummel e gli dico di chiamare l'agente Chan e di incontrarci all'obitorio con l'attrezzatura. Gli dico di chiamare l'obitorio e di assicurarsi che la dottoressa Feist ci stia aspettando.»

Josie si fermò al semaforo rosso e fissò la sua collega. «Gretchen...» disse.

Gretchen alzò lo sguardo.

«Come sarebbe a dire che "non aveva tutti i torti"?»

Gretchen sospirò e rimise il telefono in tasca. «Non prenderla nel modo sbagliato...»

Josie la interruppe. «Ogni volta che qualcuno dice "non prenderla nel modo sbagliato" so che la prenderò proprio nel modo sbagliato.»

Gretchen rise. «Stammi a sentire, dal mese scorso, dal caso di tua sorella, non sei più stata la stessa.»

Josie sentì subito la rabbia montare, che in un attimo si sarebbe messa sulla difensiva. Si trattenne dal risponderle bruscamente e aspettò che Gretchen si spiegasse. Il semaforo divenne verde e Josie schiacciò l'acceleratore, imboccando la lunga strada in collina su cui sorgeva il Denton Memorial Hospital.

Gretchen riprese il discorso: «Sei un po' aggressiva. Perdi subito le staffe. Sei un po' più...»

Gretchen si interruppe e, con una sensazione di sconforto, Josie capì la parola che stava evitando. «Emotiva.» disse al posto suo.

Gretchen non disse nulla.

«Non sono stata...» cominciò, ma si fermò, perché Gretchen aveva ragione.

Un mese prima la sorella gemella di Josie, Trinity Payne, era stata rapita e Josie si era occupata delle indagini. Era stato particolarmente drammatico a causa del rapporto tra Josie e Trinity. Fino a qualche anno prima non sapevano nemmeno di essere sorelle. Per Trinity il ricongiungimento era stata un'occasione felice, ma per Josie aveva comportato la consapevolezza che tutta la sua vita era stata una menzogna e che avrebbe potuto risparmiarsi le conseguenze dei traumi subiti da bambina. Il rapimento di Trinity aveva risvegliato in Josie vecchi ricordi di dolore, perdita e rabbia. All'inizio aveva pensato che, dopo che avessero trovato Trinity viva, quei sentimenti sarebbero scomparsi, ma non era stato così. Per le prime due settimane era stato utile avere Trinity vicino, ma poi era dovuta tornare a New York per cercare di salvare la sua carriera di giornalista e adesso Josie sentiva terribilmente la sua mancanza. Inevitabilmente, gli strascichi di quei giorni stavano provocando un'ondata di emozioni confuse e difficili da gestire. Credeva di essere riuscita a reprimerle come faceva sempre. Ma era evidente che stavolta era diverso.

«Ultimamente sei stata poco presente con la squadra.» riprese Gretchen. «Hai dato di matto con quell'ubriacone che abbiamo portato dentro l'altra sera. E la settimana scorsa, in bagno, ti ho sentita piangere.»

Josie teneva gli occhi puntati sulla strada. Non poteva negare nulla di tutto ciò, per quanto lo desiderasse. Eppure, le parole emersero, come di loro spontanea volontà: «Non stavo piangendo in bagno. Io non piango, io...»

Si fermò. Cosa faceva quando era turbata, stressata o ansiosa, quando i suoi demoni minacciavano di sopraffarla? In passato beveva fino a perdere i sensi. Ma aveva smesso di farlo due anni prima perché non portava mai a nulla di buono.

«Giusto.» disse Gretchen. «Allora, stavi cercando di non piangere.»

Josie strinse più forte le mani sul volante. «È stato il giorno in cui quell'autista ubriaco si è schiantato contro un albero. Ho presentato la notifica di morte. Aveva una... aveva una figlia di sei anni.»

Eppure, non era da lei crollare. Nella sua carriera aveva presentato decine di notifiche di morte. Il numero di bambini in lutto che aveva confortato, così come i bambini che aveva aiutato a salvare da situazioni di abuso, ammontava a centinaia.

Aveva sempre mantenuto un contegno professionale anche quando ogni fibra del suo corpo avrebbe desiderato crollare e piangere. La compartimentazione era una delle sue più grandi capacità. Che cosa le stava succedendo? Perché quel caso l'aveva colpita tanto? Perché ultimamente ogni cosa le dava fastidio?

«Oggi...» proseguì Gretchen, «hai messo a rischio la squadra rientrando in acqua. Sicuramente te ne rendi conto. Penso solo che in circostanze normali avresti pensato in modo più pragmatico alla situazione e avresti lasciato andare quel corpo.»

«Mi dispiace.» disse Josie senza guardarla.

Arrivarono in cima alla collina e intravidero il grande Denton Memorial Hospital. L'obitorio comunale si trovava nel seminterrato. Josie non sapeva se gli urbanisti avessero tenuto conto o meno delle inondazioni quando avevano deciso di costruire l'ospedale in quel luogo, ma l'ampio edificio di mattoni si trovava abbastanza in alto rispetto alla città da essere ben lontano dalla zona di pericolo.

«Boss, io sono sempre dalla tua parte.» aggiunse alla fine Gretchen. «Sto solo dicendo che ho notato una differenza in te in questi ultimi giorni. Hayes era frustrato perché si è trovato in difficoltà. Il suo lavoro è di salvare le persone. C'era una certa tensione. Siamo tutti nervosi. Il nostro compito è cercare di salvare delle vite.»

«Lo so.» disse Josie.

«Comunque...» riprese Gretchen. «Dimenticati di quel tizio, intesi? Quante probabilità ci sono che tu debba lavorare di nuovo con lui, o anche solo rivederlo, una volta che queste inondazioni saranno finite? Pensiamo al lavoro che dobbiamo fare adesso.»

Josie sospirò. Si scostò una ciocca di capelli bagnati dal viso. Aveva bisogno di caffè. «Non avrei saputo dirlo meglio.» concesse.

Si fermarono all'ingresso del Pronto Soccorso e Gretchen

entrò per procurarsi una barella. Tempo dieci minuti e stavano spingendo il loro carico lungo i corridoi grigi e umidi delle viscere dell'ospedale, verso il grande laboratorio della dottoressa Anya Feist. Mentre si avvicinavano, le porte dell'obitorio si aprirono. La dottoressa Feist e il suo assistente, Ramon, le fiancheggiarono per accompagnarle.

«Ho appena ricevuto una telefonata.» annunciò la dottoressa Feist. «La vostra Squadra di Raccolta delle Prove dovrebbe essere qui a momenti.»

«Ottimo.» rispose Josie.

Ramon spostò la barella al centro della stanza e lui e il medico legale trasferirono il telo su uno dei tavoli autoptici in acciaio inossidabile con una luce mobile sopra la testa. «Aspetteremo la squadra di Hummel per fare le foto.» disse la Feist. Guardò verso Josie e sorrise mentre si infilava i capelli biondo-argento che le arrivavano fino alle spalle in una cuffia. «Ha avuto una mattinata intensa, vero? Roba da brividi. Ho visto tutto al notiziario. L'hanno trasmesso in diretta.»

«Oh cavolo.» mormorò Josie. Grandioso. Ora la sua umiliazione era su video, conservata per sempre. Le venne in mente un altro pensiero che le diede una stretta al petto: non solo si era ributtata in acqua mettendo in pericolo la squadra, ma qualsiasi cosa fosse andata storta sarebbe stata in diretta televisiva.

«Meno male che il salvataggio e il recupero sono andati a buon fine.» commentò Gretchen.

Josie si sentì immensamente sollevata quando entrarono l'agente Hummel e la sua collega della Squadra di Raccolta delle Prove, l'agente Jenny Chan, interrompendo quella conversazione. Si riunirono tutti intorno al tavolo autoptico sul quale avevano steso il telone arrotolato. Hummel e Chan disimballarono le loro attrezzature.

Gretchen tirò fuori penna e taccuino, pronta a prendere appunti mentre lavoravano. Chan cominciò a scattare fotografie mentre Hummel prendeva misure e annotazioni. Una volta terminato, la dottoressa Feist chiese: «Come volete fare? Tagliamo e apriamo?»

Hummel studiò il telo e guardò Chan. Hummel era stato il capo non ufficiale della Squadra di Raccolta delle Prove di Denton nel corso dei cinque anni precedenti, ma Chan proveniva da un dipartimento più grande e aveva visto molte più scene del crimine. Si rivolse a Josie. «Per quanto tempo è rimasto in acqua?»

«Non più di qualche minuto...»

«Direi una decina di minuti.» valutò Gretchen. «Una volta che si è liberato, il boss l'ha preso e l'abbiamo tirato sulla barca abbastanza in fretta.»

«C'è una minima possibilità di ricavare impronte dal telo e magari anche dal nastro, visto che non è stato in acqua tanto a lungo.» disse Chan rivolgendosi a Hummel. «Dovremmo usare i fumi di cianoacrilato.»

Dall'angolo della stanza, Ramon chiese: «Scusate, cosa sono?»

«Servono a rimuovere le impronte digitali latenti usando la supercolla, in pratica.» spiegò Josie. «I fumi reagiscono con il cianoacrilato per creare una pellicola bianca appiccicosa sulle superfici, in modo da poter vedere le impronte e fotografarle.»

«In genere funziona su superfici non porose.» aggiunse Chan. «Ma potremmo comunque ottenere qualcosa dal telo o dal nastro adesivo, se non addirittura da entrambi.»

«Giusto.» concordò Josie. «Varrebbe la pena provare.»

«Questo corpo è stato sepolto.» le fece notare Gretchen. «Non abbiamo idea di quanto tempo sia rimasto nelle fondamenta di quella casa. Potrebbero essere passati anni. Pensate di poter trovare ancora delle impronte?»

Chan alzò le spalle. «Come ho detto, le possibilità sono poche, ma la detective Quinn ha ragione. Vale la pena provare.»

«Allora possiamo provare a staccare con cura il nastro e a srotolare il telone invece di tagliarlo.» propose Hummel.

Nessuno ebbe da ridire. Josie e Gretchen rimasero a guardare mentre Hummel, Chan, la dottoressa Feist e Ramon si mettevano al lavoro, cercando di mantenere intatti il più possibile il nastro e il telo. Sotto il telo c'era un altro telo tenuto stretto con altri giri di nastro. Ramon spinse la barella contro il lato del tavolo autoptico mentre iniziavano a rimuovere lo strato successivo. Un tanfo di muffa e di decomposizione riempì la stanza mentre si avvicinavano a rivelare il corpo all'interno dei teloni. Alla fine, dopo un'ora di lavoro minuzioso, il nastro e i teloni furono accuratamente riposti dentro dei sacchetti e contrassegnati, e la dottoressa Feist e Ramon sistemarono il corpo sul tavolo autoptico.

Josie e Gretchen fecero un passo avanti per guardare meglio. A Josie si bloccò il fiato in gola e il suo cuore ebbe un piccolo sussulto. Hummel prese la macchina fotografica e iniziò a scattare foto.

Gretchen chiese: «È... è mummificata?»

«Sì.» rispose sommessamente la dottoressa Feist, osservando il corpo.

Josie scorse il tavolo da cima a fondo. Si sarebbe aspettata dei resti scheletrici, visto che il corpo era stato sepolto parecchio in profondità sotto le fondamenta della casa di Mrs. Bassett. Sebbene gran parte dello scheletro fosse evidente, le ossa erano tenute insieme da residui tesi e anneriti di pelle e tendini. Lunghi capelli castani erano aggrovigliati in prossimità del cuoio capelluto, poiché lo scivolamento della pelle li aveva piegati di lato. Dita ossute e annerite spuntavano contorte dalle maniche di un giubbotto ancora intatto, ormai marrone e sbiadito dove un tempo era stato blu e oro, che mostrava la mascotte della Denton East High School: una ghiandaia azzurra sul lato sinistro e le lettere "D" ed "E" ricamate sul lato destro.

Il corpo indossava dei jeans e ai piedi raggrinziti aveva ancora un paio di ballerine argentate. Sia i jeans che le ballerine erano diventati marroni a causa della decomposizione. Josi si sentì investita da un'ondata di tristezza.

La dottoressa Feist disse: «Avvolta nella plastica in modo così accurato e stretto subito dopo la morte, e poi sepolta sotto una casa, non poteva essere esposta all'ossigeno. In queste condizioni insetti e batteri non avrebbero potuto usare il corpo come ospite. È così che il normale processo di decomposizione è stato ostacolato.»

Gretchen smise di prendere appunti e puntò il cappuccio della penna sul giubbotto. «A occhio direi che era un'adolescente.»

«Sì.» sospirò Josie. «Sembra che abbia frequentato il mio stesso liceo.»

«C'è qualcosa che indichi l'anno?» chiese Gretchen.

Hummel continuò a scattare foto mentre Chan si infilava i guanti ed esaminava le maniche del giubbotto. «Qui c'è una toppa del campionato statale di baseball del...» Spazzolò via un po' di sporco dalla toppa. «L'anno era il 2004.»

Josie sentì come se qualcosa le stesse strisciando sul collo fino ai capelli e ci passò sopra il palmo della mano come per mandarlo via.

Gretchen rivolse lo sguardo su Josie. «Non è l'anno in cui ti sei diplomata?»

«No, mi sono diplomata nel 2005. Nel 2004 frequentavo il terzo anno.»

Chan passò al fianco di Josie e tastò la manica del giubbotto. «Qui c'è un numero. Ventisette.»

La sensazione di strisciamento continuò, facendosi strada su tutto il cranio. Si premette entrambe le mani sulla testa.

«Boss...» disse Gretchen. «Stai bene?»

«Sì, sto bene.» disse Josie. «Cos'altro vede, Chan?»

Chan si avvicinò. «Un'altra toppa. Una palla da baseball con le fiamme.»

Ora Josie si sentì come se qualcuno le avesse versato

dell'acqua fredda sulla testa. Cercò di non trasalire. Ricordava il campionato statale di baseball durante il suo terzo anno. Era presente quando avevano vinto. Aveva fatto il tifo per la squadra della sua scuola. Ricordava i giubbotti blu e oro che i ragazzi avevano ricevuto quell'anno. Su una delle maniche di ciascun giubbotto c'era il numero del giocatore e la toppa del campionato sull'altra. E solo un giocatore aveva avuto la toppa con la palla da baseball con le fiamme. Era morto tra le braccia di Josie cinque anni prima, durante il caso delle ragazze scomparse. Ma non poteva essere il suo, giusto? E poi come? Com'era arrivato lì? E chi era quella ragazza che l'aveva indossato prima di essere seppellita?

«Confermerò la fascia d'età una volta effettuata l'autopsia completa.» annunciò la dottoressa. «La prima cosa da fare sarà toglierle questi vestiti e fare delle radiografie.»

Gretchen si rivolse a Josie. «Sapevi di qualche ragazza scomparsa quando frequentavi le superiori?»

«No.» disse Josie. «E il caso di cinque anni fa ha portato alla luce tutte le ragazze che erano scomparse in città, nella contea, da decenni.»

Gretchen si accigliò.

Josie si sentiva stordita. «Possiamo... possiamo tornare alla centrale? Magari riusciamo a raccogliere qualche informazione mentre la dottoressa procede con l'autopsia.»

Gretchen non fece domande, mise via il taccuino e la penna e ringraziò la dottoressa Feist e Ramon. «Buona idea, Boss. Parleremo con il proprietario della casa e magari cercheremo di procurarci qualche annuario dalla Denton East.»

«Chan e io resteremo per prelevare, imbustare ed etichettare i vestiti e tutto ciò che può essere rilevante.» propose Hummel.

«Ottimo.» disse Josie. «Hummel, quando puoi, dovresti anche caricare le foto dei vestiti nell'archivio.»

«Agli ordini, Boss.»

QUATTRO

Josie rabbrividì all'odore pungente e terroso che aleggiava all'interno della sua auto mentre saliva e si metteva alla guida. Non vedeva l'ora di arrivare a casa e farsi una doccia calda, anche se sarebbe stata la seconda entro l'ora di pranzo. Prima che potesse girare le chiavi nell'accensione, Gretchen le mise una mano sul braccio.

«Vuoi dirmi cosa sta succedendo?»

Le spalle le si afflosciarono. Guardò Gretchen e aprì la bocca per parlare, poi la richiuse. Aveva la mente offuscata dalla confusione. Come poteva spiegare quel giubbotto? Era lo stesso? Doveva esserlo. Non c'era altra spiegazione. Con la mente ritornò alle scuole superiori, setacciando i ricordi.

«Boss...» disse Gretchen. «Sembra che tu abbia visto un fantasma.»

È così, voleva dire, ma le parole non le venivano.

«Comincia con i fatti.» le suggerì Gretchen. «Con quello che sai.»

Josie rivolse a Gretchen un sorriso sofferto. Questo rese tutto più facile. «Ti ricordi di Ray? So che non l'hai mai conosciuto, ma ti ricordi chi è, vero?»

«Il tuo defunto marito.» rispose semplicemente Gretchen. «Certo che mi ricordo.»

Josie annuì. Guardò fuori dal parabrezza la valle sotto l'ospedale. Dei bei palazzi di mattoni della via principale della città ora si vedevano solo gli ultimi piani immersi in un'acqua torbida e marrone. «Eravamo fidanzatini al liceo.» disse. «Ci eravamo conosciuti quando avevamo nove anni. Io vivevo in un parcheggio per roulotte e lui nel complesso che stava dietro al parcheggio. Ci incontravamo nel bosco tra il parco e il retro di casa sua. Al primo anno di liceo, l'amicizia si era trasformata in qualcosa di più e siamo stati insieme per tutte le superiori, compreso il terzo anno. Quell'anno Ray giocava come lanciatore della squadra di baseball.»

«La stessa squadra che vinse il campionato statale.» osservò Gretchen.

«Sì.» confermò Josie. «Era davvero bravo. Era stato notato dagli osservatori. Infatti frequentò il college con una borsa di studio per il baseball. Anche lì era stato notato, ma lui voleva solo diventare un agente di polizia, quindi non proseguì nella carriera sportiva.»

«Era nella squadra. Avevano dei giubbotti e quando quell'anno vinsero il campionato nazionale, ricevettero delle toppe speciali.» disse Gretchen. «E il suo numero era il ventisette, non è vero?»

Josie annuì. Sotto di loro, contò tre imbarcazioni di soccorso che attraversavano le strade sommerse della città.

«E che mi dici della toppa della palla da baseball con le fiamme?»

«Ray finì in una rissa... per me. Mi stava difendendo. Fu una cosa stupida. Era una testa calda. Diavolo, lo ero anch'io. Finì per strappare il giubbotto. Gli avevano appena messo la toppa del campionato. Era piuttosto arrabbiato perché sarebbe stato costoso farsi sostituire completamente il giubbotto. Ma sua madre disse che non avrebbe avuto problemi a ricucirla.

Ce la fece, ma aveva un aspetto terribile, così cucì la toppa della palla da baseball con le fiamme sopra lo strappo. Gli disse...»

Inaspettatamente, Josie sentì le lacrime pungerle il fondo degli occhi al ricordo dell'espressione di Ray quando sua madre gli aveva dato il giubbotto e gli aveva detto quelle parole: «Sono così orgogliosa di te.» La loro infanzia era stata talmente costellata di traumi, abusi, sensi di colpa e vergogna che una cosa tanto semplice come sentire quelle parole da sua madre era stato come vincere alla lotteria per Ray.

Josie deglutì per scacciare quell'emozione e continuò: «Gli disse che era molto orgogliosa di lui.»

«Ray sarebbe stato l'unico della squadra quell'anno ad avere quella toppa sulla manica.» osservò Gretchen.

«Esatto.»

«Ma il corpo che si trova in questo momento all'obitorio non appartiene a Ray.»

«No.» disse Josie, con voce più roca di quanto si aspettasse. «L'ho seppellito cinque anni fa. Non so in che modo il suo giubbotto sia finito sul corpo di una ragazza sepolta nelle fondamenta di una casa in Hempstead Road. Non ha alcun senso.»

«Non è possibile che uno degli altri lanciatori della squadra avesse visto la fantastica toppa da baseball fiammante di Ray e ne avesse presa una per sé?»

Josie guardò Gretchen. «E avesse cambiato il numero con quello di Ray?»

«Giusto. Allora cosa accadde al giubbotto? Ti ricordi se l'aveva perso? O se glielo avevano rubato?»

Josie chiuse gli occhi, cercando di ripensarci, ma i suoi ricordi del liceo sembravano ormai lontani milioni di anni, come appartenenti alla vita di qualcun altro. «Non lo so. Non mi ricordo. Venne l'estate, subito dopo che ricevettero i giubbotti... me lo ricordo, perché faceva molto caldo. Per un po' glielo vidi indossare comunque. Non penso di avergli fatto domande quando smise di indossarlo perché immaginavo che l'avesse messo via per l'estate, per via del caldo.»

«Hai qualcuna delle sue vecchie cose?» chiese Gretchen.

«Alcune. Anche sua madre ne ha e anche Misty ha conservato qualcosa.»

Misty era la donna che Ray aveva frequentato dopo il fallimento del matrimonio con Josie.

Gretchen tirò fuori il telefono e iniziò a digitare un messaggio. «Il modo più veloce per verificare se quel giubbotto appartiene a Ray sarebbe quello di chiedere a Hummel di rivoltare la manica e controllare se c'è lo strappo di cui parli, non ti pare?»

«Sì.» disse Josie. «Ma so già che quel giubbotto apparteneva a Ray.»

Gretchen inviò il messaggio a Hummel e disse: «Allora dobbiamo solo capire chi è quella ragazza e come ha avuto il giubbotto di Ray. Magari questo può aiutarci a scoprire cosa le è successo. Possiamo controllare gli annuari e anche indagare sulla storia dei proprietari e degli affittuari della casa in cui è stata rinvenuta. Ma prima abbiamo bisogno di farci una doccia e di metterci qualcosa di asciutto.»

La centrale di polizia di Denton era un edificio in pietra a tre piani con modanature ornamentali sulle numerose finestre ad arco a doppio battente e un campanile a uno degli angoli, e per il momento, miracolosamente l'acqua non era ancora arrivata fino ai suoi locali. Con l'innalzamento del livello dell'acqua nei giorni precedenti, gli addetti all'emergenza e i volontari avevano riempito sacchi di sabbia e avevano costruito un muro vicino all'ingresso dell'edificio, in modo da contenere l'allagamento. Per la parte anteriore dell'edificio era stata prevista una barriera portatile anti-alluvione, che avrebbe richiesto molto meno lavoro per essere montata, ma quando i membri del Dipartimento della Protezione Civile si erano recati nella loro sede per prenderla, si erano accorti che non c'era. I sacchi di sabbia funzionavano abbastanza bene, ma nessuno poteva entrare o uscire dall'ingresso principale; e per fortuna, l'acqua non aveva ancora raggiunto il piano terra dell'edificio, dove si trovavano le celle di detenzione.

Josie si fermò nel parcheggio comunale sul retro del comando di polizia e fece scendere Gretchen, assicurandole che sarebbe tornata con il suo annuario delle superiori.

Josie si riteneva fortunata che la sua casa, dove viveva con il suo fidanzato e collega, il tenente Noah Fraley, si trovasse in uno dei quartieri fuori dalla zona alluvionale. Sapeva che non lo avrebbe trovato a casa perché era stato inviato a South Denton per lavorare con le squadre di emergenza; ma c'era Misty Derossi, che aveva lasciato la sua auto parcheggiata nel vialetto. Misty possedeva una grande e bella casa in stile vittoriano nel quartiere storico della città, che era sommersa dall'acqua da giorni. Così, fino a quando l'alluvione non fosse passata, Josie aveva invitato Misty, il suo bambino di quattro anni, Harris, e il loro cane di razza Chiweenie, un incrocio fra il Bassotto e il Chihuahua, di nome Pepper, a rimanere con lei e Noah. Quando Josie girò la chiave nella porta, sentì il rumore delle zampe del cane sul pavimento dell'ingresso e poi l'abbaio acuto di Pepper si mescolò a quello più profondo di Trout. Quando aprì la porta, entrambi i cani le saltarono addosso, con le lingue penzoloni, sbuffando e cercando di attirare la sua attenzione. Trout, che di solito era molto amichevole con Pepper, le abbaiò contro mentre cercava di attirare l'attenzione di Josie.

Josie lo rimproverò e si abbassò per salutare entrambi, accarezzandoli sui fianchi e dicendo a tutti e due che erano dei bravi cani.

«JoJo!» strillò il piccolo Harris Quinn che le venne incontro dalla cucina, con le braccia aperte.

I cani gli fecero posto mentre lui saltava tra le sue braccia.

Lei rise e si alzò in piedi, facendolo volteggiare e piantandogli un bacio sulla fronte tra le ciocche bionde. «Come stai?»

«Sei tutta spettinata!» osservò lui.

«Sono qui!» la avvertì Misty dalla cucina.

Harris rivolse a Josie uno sguardo serio. «La mamma cucina per stress.»

Josie rise mentre lo portava in cucina, con i cani al seguito. «Cucini per stress?»

Misty si allontanò dal forno aperto e le rivolse un sorriso prima di mutarlo in una piccola smorfia. «L'ha sentito dire da sua nonna e ora non fa altro che ripeterlo a tutti quanti...»

Josie diede un'occhiata alla cucina: sul bancone c'erano due torte che si stavano raffreddando. Sul tavolo c'erano due filoni di pane avvolti tra i canovacci. Dal forno, Misty stava estraendo un vassoio di biscotti per depositarlo nell'unico spazio libero che rimaneva tra le altre cose sparse sul bancone. Poi si tolse i guanti da forno.

Josie la guardò divertita. «È bello, ma siamo solo in quattro qui. Ho paura che non riusciremo a finire tutto...»

Misty scosse la testa. «Non essere sciocca. Li ho fatti per i soccorritori. Voglio preparare dei cestini da lasciare al posto di comando.»

Entrambi i cani si misero ad annusare il pavimento della cucina da un capo all'altro della stanza, alla ricerca di eventuali avanzi caduti, ma Misty era una delle persone più attente e ordinate che Josie avesse mai conosciuto. Non era la prima volta che ospitava lei e il bambino a casa sua. Nel corso degli anni avevano stretto un'insolita amicizia. Dopo la separazione di Josie e Ray, lui aveva iniziato a frequentare con i suoi amici lo strip club locale dove Misty lavorava come ballerina. Avevano iniziato a frequentarsi. Josie all'inizio la disprezzava, lasciandosi sopraffare da una gelosia meschina e proiettando su Misty la colpa della disintegrazione del suo matrimonio.

Col tempo, però, si era resa conto che Misty non aveva assolutamente nulla a che fare con la fine del suo matrimonio e aveva cominciato ad accettare che Ray si fosse innamorato di Misty già prima della sua morte. Dopo Misty aveva dato alla luce il piccolo Harris. Josie aveva pensato che sarebbe stato impossibile anche solo posare gli occhi sul figlio di Ray dal momento che già prima di sposarsi lei e Ray avevano deciso consensualmente di non avere figli. La loro infanzia era stata così traumatica che nutrivano un vero terrore all'idea di mettere al mondo un bambino insieme. Non riuscivano a superare la paura che sarebbero stati dei pessimi genitori. Ma nel momento in cui aveva visto Harris e lo aveva tenuto tra le braccia, aveva sentito un'ondata di amore e di protettività che non aveva mai provato prima. In quello stesso momento aveva capito che sarebbe stata disposta a prendersi una pallottola per quel bambino e aveva giurato di fare tutto il possibile per aiutare Misty a crescerlo e a prendersene cura. Misty era passata dal lavoro come spogliarellista all'ufficio di consulenza presso il centro per le donne locale. Lavorava per molte ore e non aveva una famiglia vicina. Insieme alla madre di Ray, Josie era una delle principali babysitter di Harris.

«Perché i tuoi capelli sono tutti sporchi?» le chiese Harris, prendendo tra le dita una delle sue ciocche stoppose. «Non ti sei pettinata oggi?»

Josie lo posò sul pavimento. «Mi sono inzuppata sotto la pioggia.» gli disse. «Non sono riuscita a pettinarmi.»

Harris, apparentemente pago di quella risposta, chiese alla madre se poteva giocare con il suo tablet. Misty rispose: «Va bene, ma solo per mezz'ora, poi basta. L'ho lasciato in salotto.» Aspettò che uscisse dalla cucina, poi disse a Josie: «Ti ho visto al notiziario. Mi sono spaventata a morte. Pensavo che avessi smesso di fare follie del genere.»

Josie rise. «Non ho mai detto niente del genere.»

L'espressione di Misty si fece d'un tratto seria. «Era un cadavere?»

Josie annuì.

«Santo cielo.» disse Misty. «È terribile.»

«Misty...» disse Josie. «Quando Ray era vivo...»

Vide subito che irrigidiva le spalle. Anche dopo tutti quegli anni, parlare di Ray era difficile per Misty e Josie non poteva biasimarla. Per Josie, Ray era stato il suo migliore amico, il suo amore al liceo e poi suo marito. Era stato la sua ancora di salvezza. Misty non lo conosceva da così tanto tempo come lei, ma si era innamorata di lui. Prima della sua morte, Ray aveva fatto cose moralmente discutibili e Josie sapeva che Misty aveva sofferto quanto lei per conciliare l'amore che aveva provato per lui con quello in cui si era trasformato. Qualsiasi discussione su di lui suscitava sempre questi sentimenti contrastanti.

Misty appoggiò un fianco al bancone e incrociò le braccia sul petto. «Non preoccuparti.» disse. «Chiedi pure.»

Josie si spinse un groviglio di capelli attorcigliati dietro le orecchie. «Quando Ray era vivo, parlava mai del liceo?»

«No, non mi sembra. Voi due stavate insieme al liceo, quindi non era una cosa di cui si parlava molto. Non riusciva a parlarne senza che venisse fuori il tuo nome. Era un po' imbarazzante a dire il vero.»

Josie fece un sorriso imbarazzato. Non poteva contraddirla: anche lei non poteva parlare del liceo senza menzionare Ray. Allora perché non si ricordava che fine avesse fatto il suo giubbotto?

«Ha mai parlato del baseball?»

Misty annuì. «Oh, beh, sì. Era il lanciatore titolare nella finale del campionato statale al terzo anno. Quella storia me l'avrà raccontata un milione di volte, soprattutto quando beveva un po'. Quindi quasi ogni sera.»

Josie scoppiò in una risata secca. «Giusto. E in quei momenti... cosa raccontava di quel periodo?»

Misty socchiuse gli occhi. «Josie, ormai conosco abbastanza il tuo lavoro per sapere che su qualsiasi cosa tu stia indagando, che sia il corpo che hai trovato oggi o qualunque altra cosa, non puoi dirmi i dettagli. Almeno non per il momento.» Fece una voce grave per imitare tutti gli agenti di polizia che Josie aveva visto al notiziario. «Non possiamo fare commenti su un'indagine in corso.» Poi sorrise. «Quindi chiedimi solo quello che devi chiedermi.»

«Ma non puoi rispondere con un'altra domanda.» obiettò Josie. «O meglio, puoi, ma io non ti posso rispondere.»

«Lo so bene.»

«Ray ha mai parlato del suo giubbotto da baseball?»

Misty abbassò lo sguardo, ma il sorriso sul suo volto era pieno di amore e di desiderio. «Il suo prezioso giubbotto da baseball che sua madre aveva ricucito dopo che lui aveva strappato una manica? Quello con la toppa speciale fatta con una palla da baseball in fiamme, che davano al lanciatore più veloce?»

Josie sentì un nodo alla gola. Negli anni il disagio non era diminuito nell'ascoltare Misty raccontare episodi condivisi intimamente da lei e da Ray o di cui era stata testimone in prima persona. Misty lo aveva conosciuto soltanto per qualche anno, eppure Ray le aveva raccontato cose che Josie aveva vissuto per tutta la vita al suo fianco. «Sì.» gracchiò lei. «Quel giubbotto.»

«Beh, le prime volte che sentivo quella storia, lui mi raccontava di averlo perso.»

«Perso?» domandò Josie. «Dove?»

Misty alzò una mano in aria. «Non ci credevo. Dal modo in cui parlava di quella squadra, di quella stagione e di quell'ultima partita... era chiaro che quel giubbotto significava qualcosa per lui. Non avrebbe mai potuto perderlo. Gli chiesi più volte cosa ne fosse stato davvero.»

«Cosa ti rispose?»

Misty scosse la testa. «Circa una mezza dozzina di cose diverse. Che l'aveva dato a te. Che l'aveva lasciato nello spogliatoio della scuola e che gliel'avevano rubato. Che l'aveva prestato a qualcuno e non l'aveva più riavuto. Che l'aveva riposto nella soffitta di sua madre e quando era andato a cercarlo da adulto non c'era più. Che l'aveva perso durante un trasloco. E che gliel'avevi preso tu quando vi eravate lasciati.»

Josie elaborò mentalmente tutte le possibilità e stabilì che poteva direttamente scartarne quattro su sei: Ray non l'avrebbe mai impacchettato e lasciato nella soffitta di sua madre, perché avrebbe voluto indossarlo di nuovo non appena avesse fatto più fresco. Ma non l'aveva fatto, si rese conto Josie. Non lo aveva più visto indossare il giubbotto dopo il terzo anno. Non l'aveva regalato a lei né lei gliel'aveva preso quando si erano lasciati. Non era andato perso in un trasloco. Si erano trasferiti diverse volte dopo il matrimonio, avevano vissuto in una serie di appartamenti squallidi prima di trovare una casa insieme. Ma Josie non aveva mai visto il giubbotto durante nessuno dei loro traslochi. Rimaneva la possibilità che gliel'avessero rubato o che l'avesse prestato a qualcuno che non gliel'aveva restituito. Ma se fosse stato rubato, perché non avrebbe dovuto dirlo? Se fosse stato davvero ciò che era successo al giubbotto, perché tenerlo nascosto? Josie conosceva Ray meglio di chiunque altro. O credeva di conoscerlo. Aveva fatto cose assurde e mentito per la sola ragione che pensava che lei si sarebbe arrabbiata o avrebbe disapprovato.

«Immagino che non l'abbia tu quel giubbotto.» disse Misty, interrompendo tutti i suoi ragionamenti.

«No, non ce l'ho io.»

Se non era stato rubato, significava che Ray l'aveva prestato a qualcuno. Ma aveva comunque mentito a Misty su tutta la faccenda. Per quale motivo? Un brivido la scosse tutta come se una mano fredda le fosse risalita lungo la schiena. Perché la persona a cui l'aveva prestato non gliel'aveva restituito? Forse perché lo indossava quando era morta?

Misty la stava fissando con attenzione. «Ma tu hai visto quel giubbotto.» disse. «Oggi. Dopo il salvataggio.»

Josie non disse nulla.

Misty si voltò e prese una spatola per tastare i biscotti sul vassoio. Fece scivolare la spatola sotto ciascun biscotto e li trasferì uno dopo l'altro in un contenitore Tupperware.

«Devo solo prendere una cosa dal garage e poi vado a farmi una doccia.» disse Josie.

Si girò per lasciare la stanza quando da dietro le arrivò la voce di Misty. «Ray è stato molte cose, buone e cattive. Ci ha deluse entrambe. Molte persone si sono fatte male a causa di ciò che ha messo in atto. Per quello che non ha fatto, a voler essere precisi. Era un debole. Ma, Josie...»

Josie si girò per guardarla. Si fissarono negli occhi e Misty disse: «Ray non avrebbe mai ucciso nessuno.»

CINQUE
2004

Josie si strinse il giubbotto sulle spalle. Il freddo filtrava dalla pietra sotto di lei. La coperta che Ray aveva portato non faceva granché per rendere il loro posto più caldo o più comodo. D'altronde, non c'era nessun posto particolarmente comodo dove sedersi alle Cataste. Questo però non impediva ai ragazzi della Denton East High School di ritrovarsi lì. Nascosto nei boschi dietro il liceo, era il luogo perfetto per avere un po' di pace dagli adulti. Alle Cataste gli studenti bevevano, fumavano e facevano altre cose che gli adulti non avrebbero approvato. Il luogo aveva preso quel nome dalle grandi lastre di roccia che erano cadute dal fianco della montagna, formando letteralmente dei mucchi di pietre piatte. Quella sera le Cataste erano più affollate di quanto Josie le avesse mai viste, e questo perché ai Denton East Blue Jays mancava solo una vittoria per vincere il campionato statale di baseball della Pennsylvania.

«Avremmo dovuto avvicinarci al fuoco.» disse Josie guardando Ray. «Sto congelando.»

Lui mise giù la lattina di birra e si tolse il giubbotto per avvolgerglielo intorno, tirando e chiudendo i risvolti, e dopo averle dato un bacio leggero sulle labbra, le disse: «Ecco. Va meglio?»

Josie sorrise, appoggiando la fronte contro la sua. «Mi stai dando il tuo giubbotto da baseball? Davvero?»

Ray tirò indietro la testa in modo che lei potesse vedere il suo sorriso. «Poi dovrai ridarmelo.»

«Certo. Ti servirà per quando riceverai la toppa del campionato di Stato.»

Lui la baciò di nuovo. «Ci resta ancora una partita da giocare.»

Josie controllò l'orologio. «Sì, ma pensando al presente, si sta facendo tardi, Ray. Quante birre hai bevuto?»

Le scostò una ciocca di capelli dietro l'orecchio. «Non molte.» rispose «Ma hai ragione. Si sta facendo tardi. Tra poco ce ne andiamo, okay?» disse prendendo la lattina e tracannando quel che restava della birra. «Un'altra e basta.»

Josie si strinse nel giubbotto, grata del suo calore. «Solo una però, d'accordo?»

«Rilassati, Jo.» disse lui.

Saltò giù dalla roccia dove erano seduti e si avvicinò a un gruppo di ragazzi della squadra di baseball. Erano riuniti in un cerchio accanto a un falò, tutti con il giubbotto da baseball, tutti che ridevano e si divertivano, alcuni accompagnati dalle loro ragazze. «Quinn!» disse uno di loro quando Ray si avvicinò. Gli porse una birra. «Devastiamoci un po'! Che ne dici?»

Ray prese la birra e sorrise. «Non posso. Domani abbiamo scuola e poi c'è l'allenamento. Non voglio sbronzarmi.»

Il gruppo emise un brontolio collettivo. «Vivi un po', Quinn!» disse un altro ragazzo. Si chiamava Harley. Era il ricevitore.

«Appunto.» disse un terzo ragazzo, di nome Carter, uno dei lanciatori di riserva. «Non è che devi fare tutto quello che ti dice *mammina*.» e pronunciò la parola "mammina" con enfasi sarcastica guardando direttamente Josie.

«Ehi, bello...» lo ammonì Harley. «Non parlare così della sua ragazza o ti aprirà il culo.»

Josie si stava già avvicinando al gruppo. «Ray.» chiamò. «Andiamo.» Alla luce del fuoco, vide un muscolo della mascella di Ray contrarsi. «Non ne vale la pena.» gli disse in modo che solo lui potesse sentire.

«Vai pure, Quinn. Vai a casa con la tua mammina.» lo stuzzicò Carter.

Josie si girò verso di lui. «Ti sei mai chiesto perché sei così in basso nella formazione, Carter? Perché non sei un lanciatore titolare?»

Il lieve brusio di sottofondo si acquietò e Josie sentì gli occhi di tutti i presenti su di sé. Carter la fissò, i suoi occhi scuri scintillavano nella luce tremolante. Josie si protese verso di lui. «È per il tuo pessimo atteggiamento.» gli disse.

Carter scosse la testa. «Chiudi la bocca, putta...»

«Attento!» lo ammonì Ray, spingendo con forza la spalla di Carter.

Harley si mise in mezzo a loro, alzando entrambe le mani. «Andiamo, ragazzi. Rilassatevi.»

Ray puntò la lattina di birra ancora chiusa sul petto di Harley. «Me ne vado.» disse. «Ci vediamo domani agli allenamenti, stronzi.»

Prese Josie per mano e la trascinò con sé fino al parcheggio della scuola. Quando raggiunsero l'auto di sua nonna, Lisette Matson, Josie disse: «Sai, Ray, non devi batterti con tutti quelli che si comportano da idioti.»

Lui le sorrise. «Lo faccio se ti mancano di rispetto.»

Lei si tolse il giubbotto e glielo porse.

«Tienilo.» disse lui. «Non avrai freddo?»

«Non in macchina.» disse lei. «Prendilo.»

Lui lo indossò prima di sedersi al posto del passeggero.

Josie salì e mise in moto l'auto. «Sto solo dicendo, Ray... che non devi sempre litigare ogni volta che la situazione si scalda. Stasera avresti potuto lasciar perdere.»

Lui si avvicinò e le mise una mano calda sulla coscia. «Non me ne frega niente di Carter, né di nessuno di quei ragazzi. Non me ne frega niente di nessun altro a questo mondo, se non di te, Jo. Solo di te.»

Josie sentì una vampata di calore sulle guance mentre usciva dal parcheggio della Denton East e imboccava una strada rurale immersa nella notte. Sulla sinistra c'era una foresta, i cui alberi spuntavano dall'oscurità tendendo i loro rami sottili; a destra c'era un campo aperto. Con la luna nascosta dietro spesse nuvole, la notte era avvolta nelle tenebre. Non c'erano lampioni e non si vedevano nemmeno le luci delle case circostanti. Quando superarono una piccola collina, colsero i bagliori delle luci blu e rosse della polizia. Davanti a loro, una volante della polizia di Denton aveva fermato una macchina.

«Che succede?» si chiese Josie ad alta voce. Rallentò mentre si avvicinavano.

«Riconosco quell'auto.» disse Ray. «È di una ragazza della nostra classe. Come diavolo si chiama?»

Mentre passavano, videro un agente di polizia di Denton in piedi accanto alla piccola berlina blu che aveva fermato. Stava aprendo la portiera del lato del guidatore e Josie vide solo per un istante una chioma bionda. L'agente fece cenno alla ragazza di scendere. Girò la testa verso di loro mentre passavano lentamente.

«Merda!» disse Josie. «Quello è Manomorta.»

«Torna indietro.» disse Ray, girando la testa per guardare dal vetro posteriore. «Presto.»

Manomorta era un soprannome composto che i ragazzi avevano dato all'agente James Lampson che si era reso noto perché fermava le ragazzine per semplici infrazioni, e non sempre si serviva necessariamente di qualche pretesto, e le faceva scendere dall'auto per perquisirle. Si diceva anche che la perquisizione fosse un po' troppo disinvolta.

Josie si fermò sul lato opposto della strada, sotto una chioma di alberi, parallelamente a Manomorta e alla berlina. Ray disse: «Lana, ecco come si chiama.»

Josie tenne lo sguardo fisso su Manomorta mentre si slacciava la cintura di sicurezza. Sia lui che la sua preda erano ben illuminati dai fari dell'autovettura della polizia. Lana era in piedi accanto a lui, rivolta verso Josie. Aveva le gambe divaricate e le mani appoggiate all'auto. Manomorta ricambiò lo sguardo di Josie.

«Resta qui...» disse.

Ray la afferrò per il polso. «Mi prendi in giro? No. Tu resta qui. Vado io.»

«Pensi che non sia in grado di gestire Manomorta?»

«Jo, so che puoi occuparti di chiunque. Non è questo il problema. Manomorta è un maiale. La prenderà meglio se ci vado io.»

«Ray, sei ubriaco. Gli basta che tu dica mezza parola per portarti dentro. Ti rovinerà la vita. Dovrai rinunciare al baseball. Niente borsa di studio. Niente college. Resta in macchina.»

Prima che lui potesse replicare, Josie scese dall'auto. La notte sembrava chiudersi su di lei mentre si avvicinava a Manomorta. Lui incrociò le braccia sul petto, guardandola. «Bene, bene, cosa abbiamo qui? Ti sei persa, signorina?»

Josie lanciò un'occhiata alle sue spalle, dove Lana era appoggiata all'auto. Tremava, seppur impercettibilmente.

«Dovevo seguire Lana a casa.» si inventò lì per lì Josie. «Abbiamo un progetto da consegnare domani. Dovevamo andare a casa sua proprio adesso per finirlo. Ma mi sono persa.»

«Proprio adesso?» chiese Manomorta leccandosi le labbra e sorridendo come un carnivoro che mostra i denti. «Ma non è un po' troppo tardi per lavorare a un progetto scolastico?»

Josie si avvicinò. «Sì è tardi.» riconobbe. «Per questo dobbiamo proprio andare.» Fece un gesto verso Lana. Né Manomorta né Lana si mossero.

Josie aveva il cuore in gola. Si sentì raggelare. Non ci aveva pensato bene. Non aveva un piano. L'unica cosa che voleva era che Manomorta tenesse le sue manacce lontano da una ragazzina. Ma come avrebbe potuto evitarlo? Non aveva alcuna autorità su di lui. Non era nemmeno maggiorenne. Prendere Lana e fuggire era a dir poco assurdo. Cosa diavolo poteva fare?

«Agente...» provò allora, «se promettiamo di guidare con prudenza, chiuderà un occhio per farci tornare a casa?»

«Ho fermato questa ragazza per un fanalino rotto.» disse Manomorta. «Pensi che dovrei lasciarla andare?»

«Un fanalino rotto?» sbottò Josie. «E deve perquisirla per un fanalino rotto?»

Se ne pentì nello stesso istante in cui le parole le uscirono di bocca.

Gli occhi di Manomorta si ridussero a due fessure. Indicò lo spazio accanto a Lana. «A dire il vero, abbiamo beccato parecchi ragazzini della Denton East in possesso di sostanze illegali e la tua amica sembrava essere sotto l'effetto di una di queste sostanze. E penso che anche tu sia sotto l'effetto di qualcosa. Quindi, se non ti dispiace, fatti avanti così posso perquisire entrambe.»

Josie non poté trattenersi e cominciò a tremare. Avrebbe voluto poterlo nascondere. Stringendosi le braccia in vita, lo fissò. «No.» disse.

Le ombre gli deformarono il viso mentre rovesciava indietro la testa e scoppiava a ridere. Josie guardò da un capo all'altro della strada, desiderando che passasse qualcun altro, un altro adulto, un altro poliziotto magari. Ma anche se fosse passato, non si sarebbe fermato, no? Avrebbe visto solo un agente di polizia alle prese con una coppia di ragazzine che avevano commesso una violazione del codice della strada. "Non c'è niente da vedere".

«Come hai detto, scusa?» chiese Manomorta. «Hai detto di no a un rappresentante della legge?»

Prima che Josie potesse rispondere, la portiera della sua auto sbatté e Ray la raggiunse di corsa, sorridendo a Manomorta. «Agente Lampson, va tutto bene qui?»

L'agente lo studiò. «Non credo che siano affari tuoi, figliolo.»

«Oh, certo.» disse Ray. «Non volevo mancarle di rispetto, Signore. Anzi, non volevamo affatto disturbarla. Stavamo solo cercando la nostra amica Lana. Eccola qui. Pensavamo di averla persa. Ci ha risparmiato di cercarla tutta la sera facendola accostare, in realtà. Vero, Jo?»

Guardò Josie con occhi che imploravano di stare al gioco, ma lei riuscì solo ad annuire. Aveva la bocca piena di saliva. Manomorta fissò Ray, osservando il suo sorriso facile e poi il suo giubbotto.

«Ehi!» disse Manomorta. «Sei quel lanciatore, vero? Dei Denton East Blue Jays.»

Ray tese una mano all'uomo per stringerla. «Sì, Signore, Ray Quinn.»

Manomorta gli prese la mano, stringendola un attimo più del necessario. «Voi ragazzi vincerete il campionato.» disse.

«Lo spero.» concordò Ray mentre Manomorta gli lasciava la mano. «Agente, se non le dispiace, ho davvero bisogno di portare a casa queste signore.»

Ci fu un lungo momento di silenzio. I grilli frinivano nell'oscurità oltre i veicoli. Una falena svolazzò davanti alla macchina della polizia, provocando uno strano e momentaneo effetto stroboscopico. Manomorta passò lo sguardo da Ray a Josie, poi a Lana e di nuovo a Ray, come se stesse prendendo una decisione. Alla fine disse: «Voi signorine non dovreste tenere fuori il nostro

campione fino a tardi...» e fece loro cenno di avvicinarsi a Ray.
«Andatevene di qui e tornate subito a casa.»

«Grazie, Signore.» disse Ray, inserendosi tra le due ragazze
e Manomorta.

Josie afferrò il braccio di Lana e la trascinò verso l'auto della
nonna, aprì la portiera di dietro e la spinse. «Sali.»

Ray si mise al posto del passeggero. Le mani di Josie trema-
vano mentre metteva in moto.

«Vai, vai, vai.» la esortò Ray.

«La mia macchina!» esclamò Lana.

«Te la riporto domani.» le disse Ray. «Adesso dobbiamo
andarcene da qui prima che quella testa di cazzo cambi idea e
decida di fotterci tutti e tre.»

Quando l'auto di Manomorta sparì dalla vista e rientrarono
in città, Josie tirò un sospiro di sollievo. Dal sedile posteriore,
Lana disse: «Grazie.»

«Non c'è problema.» rispose Ray.

«Come lo sapevate?» chiese Lana. «Di lui?»

«Ho una lista.» rispose Josie.

Ray rise.

«Una lista di cosa?» chiese Lana.

«Di tipi perversi da evitare.» chiarì Ray.

«Come Mr. Rand?» chiese Lana.

«Quello di chimica all'ottava ora?» chiese Josie. «Sì. Esattamente. Comunque, quello che ci siamo appena lasciati alle
spalle è sulla lista. Lo chiamiamo Manomorta.»

Nello specchietto retrovisore, Josie osservò gli occhi di Lana
che si allargavano. «Quello era Manomorta? Ho sentito parlare
di lui, ma non sapevo che aspetto avesse.» Si allungò in avanti e
diede un colpetto alla spalla di Ray. «Grazie per esserti immischiato. Hai corso un grosso rischio.»

Josie lanciò un'occhiata a Ray. «Ha ragione. Hai rischiato.
Ti avrebbe potuto arrestare per guida in stato di ebbrezza.
Davvero, avrebbe potuto inventarsi qualsiasi cosa e portarti

dentro. Tanti saluti partita di campionato. Buongiorno accuse penali. Pensi che tua madre possa permettersi un avvocato in questo momento?»

Ray guardò se c'era qualcuno dietro di loro, ma non c'erano lampeggianti della polizia che li inseguivano. «Siamo stati fortunati.»

«Per fortuna c'eri anche tu.» disse Lana. «Ti metteremo nella lista dei buoni.»

SEI

Nel giro di mezz'ora, dopo una doccia, un cambio di vestiti e un pranzo veloce, Josie si fermò nel parcheggio del comando di polizia. Continuava a piovere a dirotto, ma questo non aveva impedito a una manciata di giornalisti di radunarsi all'ingresso dell'edificio, avvolti negli impermeabili, tutti rannicchiati sotto gli ombrelli. Un cameraman solitario era accasciato sotto il peso di una grande telecamera avvolta in una busta di plastica trasparente. Negli ultimi giorni i giornalisti avevano girato per la città, cercando di catturare le immagini della distruzione dell'alluvione e delle squadre di salvataggio. Se stavano aspettando all'entrata della stazione, sotto la pioggia, significava che stavano ancora cercando di ottenere informazioni sul corpo che Josie aveva recuperato in Hempstead Road. Con un sospiro, si spostò sul sedile del passeggero e prese il suo annuario del liceo, che aveva recuperato dal garage, e il cestino di filoni di pane e dolci che Misty le aveva dato da distribuire ai colleghi. Aveva sfogliato l'annuario in camera sua prima di fare la doccia, ma nessuna foto aveva attirato la sua attenzione o aveva fatto scattare qualcosa nella sua memoria. Si sarebbe ricordata se qualcuna fosse scomparsa dalla Denton East negli anni in cui la frequentava. E anche se non se ne fosse ricordata, tutti i casi di giovani scomparse nella contea erano stati riaperti e rivalutati cinque anni prima, durante il caso delle ragazze svanite.

Uscì dall'auto e si affrettò verso la porta, tenendo lo sguardo fisso davanti a sé mentre i giornalisti si accalcavano su di lei, urlando le stesse domande che le avevano rivolto al posto di comando. Abbaiò un paio di volte "nessuna dichiarazione" e poi si ritrovò al sicuro all'interno. Salì le scale fino al secondo piano ed entrò nell'ufficio comune, un'area ampia e aperta, piena di scrivanie e schedari. Su una parete era appeso un televisore. In quel momento trasmetteva la cronaca dell'alluvione. Josie lo ignorò e si diresse verso le quattro scrivanie accostate al centro della stanza. Erano riservate ai detective del dipartimento: lei, la detective Gretchen Palmer, il tenente Noah Fraley e il detective Finn Mettner.

Josie e Noah avevano iniziato la loro carriera a Denton, passando alla squadra investigativa dopo diversi anni trascorsi in pattuglia. Gretchen era arrivata al dipartimento da Philadelphia, dove aveva lavorato per quindici anni nella Squadra Omicidi. In realtà, era stata Josie ad assumerla quando aveva ricoperto il ruolo di capo della polizia ad interim. Alla fine, quel posto era stato occupato dall'attuale capo della polizia, Bob Chitwood, che aveva promosso Finn Mettner da agente di pattuglia a detective con una promozione interna al dipartimento. Mettner era il più giovane dei quattro, ma era dedito e scrupoloso e nella sua nuova posizione aveva già lavorato in qualità di responsabile delle indagini nel corso di alcuni casi importanti.

Josie depositò il cestino in mezzo alle scrivanie e si guardò intorno.

La stanza era vuota, a parte un agente di pattuglia che stava sbrigando delle pratiche a una delle scrivanie in comune. La voce di Bob Chitwood rimbombò da dietro la porta chiusa del suo ufficio. Josie non ne fu sorpresa. Come amavano scherzare i detective, Chitwood aveva due volumi: alto e altissimo. Così, fece qualche passo verso il suo ufficio, cogliendo alcune parole: «...Non me ne frega niente se in quel quartiere ci vive il sindaco e tantomeno se ci vive lei, Dutton! Lei è solo un candidato, non significa un bel niente per me. Il consiglio comunale? Non mi importa nemmeno se è alle Nazioni Unite. Per quanto mi interessa, a Quail Hollow potrebbero viverci anche la maledetta regina d'Inghilterra e il Papa! Non potete dirottare le risorse pubbliche dalle aree che ne hanno bisogno...»

Josie sgranò gli occhi. Lo "scandalo delle tenute di Quail Hollow", come lo aveva ribattezzato un giornalista locale, era stato la rovina per il capo dall'inizio dell'alluvione. Quail Hollow era una zona della città in cui vivevano i residenti più facoltosi, tra cui il sindaco, Tara Charleston, insieme al marito chirurgo, nonché il suo avversario, Kurt Dutton, con la moglie. Negli ultimi anni, Dutton aveva edificato il quartiere, arricchendolo di abitazioni di lusso per i cittadini più benestanti e con un piccolo ruscello che circondava il complesso. Gli abitanti che vivevano nei dintorni lo chiamavano "il fossato" ma ai residenti dei Quail Hollow Estates non sembrava dispiacere. Non era brutto, doveva riconoscere Josie, e le sponde del ruscello erano ben curate. Quello che i progettisti non avevano previsto era l'eventualità delle esondazioni. Un tratto particolare del fossato era stato gravemente danneggiato dalle recenti piogge, e l'acqua si era riversata nel cortile di una grande villa incompiuta sul retro del quartiere. Gli ingegneri comunali avevano infatti ritenuto il lotto troppo pericoloso e avevano bloccato i lavori. Si era anche aggiunta la preoccupazione per una possibile frana, che sarebbe stata catastrofica per i residenti di Quail Hollow, per non parlare del quartiere adiacente.

Nei giorni immediatamente precedenti le autorità avevano notato che i residenti di Quail Hollow si stavano accaparrando risorse dai magazzini della città, come barriere, pompe portatili e altre attrezzature. Quando uno dei reporter della WYEP aveva denunciato quello che stavano facendo, il sindaco era intervenuto e aveva cambiato la parola "accaparrarsi" con "dirottare", come se fosse meglio. Il resto della cittadinanza si era infuriato, ma questo non aveva impedito ai residenti di Quail Hollow di "dirottare" sempre più risorse per evitare che le loro case fossero allagate.

La voce del capo Chitwood risuonò ancora più forte da dietro la porta. «Quelle sono risorse pubbliche! Non sono per voi ricchi stronzi che ve le potete prendere a vostra discrezione. Proprio così. Appartengono alla città e la città può stabilire dove vanno e quando. Chi? Il capo del Dipartimento della Protezione Civile, ecco chi. La supervisione? Le sto dando la supervisione proprio ora. Le sto dicendo di restituire quelle barriere, quelle pompe e il resto delle forniture entro la fine di questa settimana o richiamerò i miei uomini dalle operazioni di salvataggio per venire ad arrestarvi tutti!»

Ci fu un momento di silenzio. Poi Chitwood urlò: «Non minacciarmi, figliolo. Faccio questo lavoro da quando tu eri in fasce. Non riuscirai a intimidirmi. Ho del lavoro da fare!»

Sentì che sbatteva il ricevitore e si precipitava alla scrivania. Intanto, era apparsa Gretchen che, seduta alla sua scrivania, curiosava tra le cose che aveva cucinato Misty. «Il Capo è di nuovo alle prese con quella gente di Quail Hollow, vero?»

«Sì.» disse Josie. «Credo fosse al telefono con Dutton. Ha perfino sfoderato la sua battuta "faccio questo lavoro da quando tu eri in fasce".»

Scoppiarono a ridere entrambe. Era un classico del repertorio del capo Chitwood, che tirava fuori quando era più incattivito del solito. Aveva passato i sessant'anni e di conseguenza anche l'età della pensione e non si curava più delle questioni di politica che accompagnavano il suo lavoro. All'inizio Josie non sopportava il suo approccio aggressivo, ma da quando sia lei che i suoi colleghi si erano guadagnati il suo rispetto, lui li appoggiava con costanza e loro lo accettavano sempre di più.

Josie consegnò a Gretchen l'annuario. «Ci ho già guardato. Non mi è saltato all'occhio niente. Nessuna ragazza scomparsa.»

Gretchen si infilò un biscotto in bocca e sfogliò il libro fino a quando non trovò la foto di Ray. «E che mi dici delle persone con cui Ray era amico in quel periodo?»

«Intendi altre ragazze? A quel tempo non aveva molte amicizie tra le ragazze. Avevamo alcune amiche in comune e posso indicartele nell'annuario, ma per quanto ne so, sono tutte ancora vive e vegete.»

«Va bene, rimbocchiamoci le maniche.» disse Gretchen. «Penso che dovremmo dare un'occhiata anche ai precedenti inquilini della casa. Per vedere se salta fuori qualcosa.»

Josie avviò il computer e aprì il database per la ricerca di proprietà nella contea. Pochi minuti dopo aveva recuperato la storia della casa di Hempstead Road. «Sembra che Calvin Plummer ne sia il proprietario da decenni.» Selezionò di nuovo la funzione di ricerca e questa volta cercò il suo nome. «Ha sei proprietà in locazione a Denton, più il suo ufficio e quella che sembra la residenza, che è... senti questa! Ai Quail Hollow Estates!»

Gretchen si appoggiò allo schienale e la guardò stupita. «Non ci credo!»

Josie cercò la casa su Google Maps e cliccò su Street View. «Già, ma la sua è una delle case originarie, non una di quelle più recenti. Ci viveva da molto prima che trasformassero il quartiere in Quail Hollow.»

«Chissà se avrà intenzione di assumere la difesa dei Quail Hollow Estates quando Chitwood li arresterà tutti.» si chiese Gretchen.

Josie consultò il sito web di Calvin Plummer. «Non direi. Sembra che si occupi di diritto tributario.»

«Scusatemi?» chiese una voce femminile che non riconobbero dalla tromba delle scale.

Josie e Gretchen si girarono di scatto e videro all'ingresso una giovane donna dai lunghi capelli ramati e dalla pelle chiara. Indossava una gonna aderente a vita alta e una camicetta bianca infilata nella gonna metteva in risalto la sua figura. I primi bottoni della camicetta erano aperti, rivelando una porzione di pelle chiara e una lunga collana con un ciondolo di pietra color ambra che pendeva dal collo. In una mano reggeva una valigetta. Mosse qualche passo incerto verso di loro accompagnata dal ticchettio dei tacchi sulle piastrelle, e guardò Josie. Sorrise e, da vicino, Josie vide che era straordinariamente bella, con gli occhi di un azzurro così vivo da sembrare quasi turchese.

«Lei è Josie Quinn.» disse.

Josie le rivolse un sorriso. «Posso aiutarla?»

Lei allungò una mano e Josie la strinse. «Amber Watts.» si presentò. «Sono la nuova addetta dell'ufficio stampa.»

Josie e Gretchen, rimaste per un attimo senza parole, si scambiarono un'occhiata. Poi Gretchen chiese: «Ufficio stampa?»

«Sì.» rispose Amber. «Sono qui per agevolare e mantenere la comunicazione tra il Dipartimento di Polizia e il pubblico. Cercherò anche di migliorare il rapporto tra il Dipartimento di Polizia e l'ufficio del Sindaco.»

«Ovvero, si occuperà lei delle conferenze stampa così che non dovremo più farlo noi.» commentò Gretchen.

Amber fece una piccola risata. «Sì, in pratica.»

«Chi l'ha assunta?» chiese Josie.

Con innocenza, Amber rispose: «Il sindaco Charleston.»

Josie soppresse un lamento. Gretchen borbottò: «Oh, il capo ne sarà entusiasta.»

«Come prego?» chiese Amber, con un'espressione incerta. «Niente, niente.» disse Josie. «È solo che non avevamo idea che fosse stato assunto un addetto stampa. Deve assolutamente parlarne con il capo. Venga, la accompagno nel suo ufficio.»

Ma prima che Josie potesse accompagnarla, la porta dell'uf-

ficio di Bob Chitwood si spalancò e lui ne uscì con qualche ciuf-
fetto di capelli bianchi che gli fluttuava in cima alla testa.
Guardandosi intorno, puntò gli occhi castani sulle tre donne.

«Quinn, Palmer. Dobbiamo parlare di... Chi diavolo è
quella?»

Amber gli si avvicinò e gli tese una mano. «Amber Watts.»
disse. «Mi ha mandata il sindaco. Sono la nuova addetta all'ufficio stampa del Dipartimento di Polizia.»

Per un momento di prolungata attesa, Chitwood la fissò
mentre secondo dopo secondo il suo viso si tingeva sempre più
di rosso. Alla fine, disse: «Stronzate. Non abbiamo bisogno di un
addetto stampa. Sei una spia, ecco cosa sei. Torna dal sindaco e
dille che può andare a farsi fottere.»

Per sua fortuna, Amber non si scompose. Gli rivolse un
sorriso smagliante, come se si fossero scambiati qualche barzel-
letta, e disse: «Signore, mi rendo conto dell'impressione
che fa...»

Lui incrociò le braccia sul petto magro e la guardò dall'alto
in basso. «Oh, sul serio?»

«Certamente.» rispose lei senza esitazione. «Con lo scandalo di Quail Hollow che fa notizia e il contenzioso sulle risorse
pubbliche che mette in contrapposizione lei e il sindaco, deve
sembrare che mi abbia mandata qui per tenerla d'occhio. Posso
assicurarle che non è così.»

«Oh, puoi assicurarmelo? E come faresti, sentiamo!»

«Ho risposto a un annuncio di lavoro per una posizione da
addetto stampa mesi fa. Ho sostenuto il colloquio prima ancora
che iniziasse questa alluvione.» rispose lei.

Lui le puntò un dito contro. «Altre stronzate. Il sindaco non
può assumere dipendenti senza informarmi.»

«Beh, Signore, temo che di questo debba parlarne con il
sindaco. Il mio compito non è solo quello di organizzare gli
incontri con la stampa e altre questioni interne, ma anche quello
di coordinare il Dipartimento di Polizia e l'ufficio del Sindaco

per assicurare che entrambi trasmettano al pubblico il medesimo messaggio.»

«Quello che intende dire è che lei è qui per assicurarsi che il nostro messaggio sia allineato a quello del sindaco.» intervenne Josie.

Chitwood, che normalmente avrebbe rimproverato Josie per essersi intromessa, rimase in silenzio, fissando intensamente Amber, in attesa della sua risposta.

Amber, con un sorriso che non vacillò neanche per un istante, si rivolse a Josie. «No, non è questo il mio compito. Non sono il lacchè del sindaco.»

«Lei è qui per far girare le cose.» disse Gretchen.

«Mi scusi, non siamo state presentate.» disse Amber. «Lei è?»

«Detective Gretchen Palmer.»

«Oh sì. Beh, Detective Palmer, se non ricordo male, lei è rimasta coinvolta in prima persona in un caso che è stato molto seguito dai media un paio d'anni fa.»

«Questo non la riguarda.» sbottò Josie.

Gretchen allungò una mano tenendo Josie per un braccio. «Va tutto bene, Boss.»

Il sorriso di Amber si affievolì. «Non sono qui per farmi dei nemici. Tutt'altro. So che non sembra, soprattutto considerando che è stato il sindaco ad assumermi, ma io sono dalla vostra parte. L'unico motivo per cui ho menzionato la sua storia, Detective Palmer, è per farle notare che negli ultimi cinque anni questa città è stata teatro di diversi episodi di cronaca di alto profilo. Casi che hanno catturato l'interesse nazionale. Una persona come me vi avrebbe fatto comodo già molto tempo fa. Il mio compito non è quello di ostacolarvi o di rendervi il lavoro più difficile. Al contrario, il mio compito è quello di renderlo più facile. Trattando con la stampa, permetto a tutti voi di continuare il vostro lavoro investigativo. Proprio questa mattina, la detective Quinn è stata ripresa dai notiziari mentre recuperava in una zona alluvionata quello che sembrava un cadavere. I giornalisti si sono accampati qui fuori e aumentano di minuto in minuto. Posso aiutarvi a gestire questo tipo di situazioni. È il mio mestiere.»

I tre la guardarono con diffidenza e siccome nessuno di loro proferiva parola, Amber aggiunse: «Non si può dire che il sindaco abbia esattamente spianato la strada per il mio arrivo. Non voglio che partiamo con il piede sbagliato.» Si voltò verso Chitwood. «Che ne dice se organizzo un incontro con il sindaco? Potremmo discuterne tutti e tre in privato. Questo la tranquillizzerebbe?»

Chitwood la guardò scettico. «Per tranquillizzarmi ci vorrebbe che quell'arpia del sindaco si tenesse alla larga da me e smettesse di fare giochetti con il Dipartimento della Protezione Civile!»

Amber aprì la sua valigetta e ne estrasse un cellulare. «Possiamo senz'altro includere le sue rimostranze nel programma da discutere. La chiamo subito.»

Josie e Gretchen fissarono Chitwood, preparandosi a un'esplosione: era capace di scatti d'ira tra i più sgradevoli che Josie avesse mai visto sul lavoro. Per lo più la gente era intimidita da lui, o quantomeno infastidita, invece Amber non si era scomposta. Ascoltarono in silenzio mentre parlava con il sindaco, senza mai perdere il suo contegno professionale.

Josie doveva concederglielo: era calma e imperturbabile.

Amber allontanò per un attimo il telefono dall'orecchio e chiese a Chitwood: «Va bene oggi alle due? Al ristorante appena superato il campus universitario. Credo che un territorio neutrale sia la cosa migliore.»

Le guance butterate di Chitwood si infiammarono. Gli ci volle un grande sforzo per dire: «Certo, sì.»

Amber confermò con il sindaco e chiuse la telefonata esclamando: «Fantastico!» Poi regalò a tutti un altro sorriso e disse:

«Vedo che siete tutti molto impegnati, quindi non vi ruberò altro tempo. Signore, ci vediamo più tardi.»

Lui non rispose. Amber inclinò la testa e ammorbidì la voce. «Tralasciando l'imbarazzo per il mio arrivo, non vedo l'ora di lavorare con tutti voi. Detective Quinn, sono una sua ammiratrice da tempo.»

Josie riuscì a dire un debole "grazie" e guardò Amber scomparire nella tromba delle scale. Chitwood si sistemò i peli sparsi sulla sommità del capo e si lasciò andare a una serie di imprecazioni prima di rivolgersi a Josie. «Quinn, voglio che tu mi trovi quell'annuncio di lavoro, siamo intesi?»

«Certo.» rispose Josie, grata che l'arrivo di Amber avesse messo in ombra le sue azioni di quella mattina. Si era aspettata che il capo la mettesse in riga, ma le macchinazioni del sindaco lo preoccupavano molto di più.

«Non intendo andare a questo incontro impreparato.» sentenziò. «Non mi farò intimidire da quella donna. Non mi importa se è il mio superiore.»

Josie ricordava i rapporti che aveva avuto con il sindaco quando era stata capo della polizia ad interim. Avevano lavorato a un caso in cui un neonato era stato rapito e sua madre picchiata, e per un breve periodo il marito del sindaco era stato uno dei sospettati; il sindaco aveva chiesto personalmente e in privato a Josie di ignorare il collegamento tra il marito e il caso, ma Josie non aveva accettato e da allora i suoi rapporti con il sindaco erano sempre stati tesi. «Scoprirò tutto quello che posso.» assicurò a Chitwood, che annuì e poi aggiunse: «C'è dell'altro: Palmer mi ha aggiornato sugli eventi di quest'oggi. Mi aspetto che l'autopsia della dottoressa Feist dimostri che abbiamo per le mani una vittima di omicidio. Palmer, Quinn... vi occuperete voi del caso.»

Josie si aspettava che menzionasse il suo gesto avventato per recuperare il corpo nel telone, ma lui non disse nulla.

«Stiamo andando a incontrare il proprietario della casa.» gli disse Josie. «Calvin Plummer.»

Chitwood assunse un'espressione stizzita. «È uno di quegli stronzi di Quail Hollow Estate. Non il peggiore, però. Buona fortuna. Tenetemi aggiornato. Devo andare al posto di comando e valutare lo spettacolo di merda del giorno, prima di vedere il sindaco.»

SETTE

Lo studio di Calvin Plummer si trovava a South Denton, un quartiere prevalentemente commerciale. Lungo la strada principale si affacciavano edifici tozzi e dai tetti piatti che ospitavano, tra le altre cose, un centro commerciale, un'agenzia di noleggio auto e un magazzino. Anche le abitazioni rimaste erano state da tempo convertite in attività commerciali. Josie percorse le strade secondarie per evitare quelle allagate, ma quando imboccò la strada principale, vide che l'acqua la attraversava a perdita d'occhio. Due auto di pattuglia erano ferme all'incrocio, con i fari lampeggianti accesi e due agenti in impermeabile giallo brillante camminavano su e giù, facendo cenno alle auto di allontanarsi dalla strada ormai inagibile.

«Il ramo sud del fiume deve essere straripato.» osservò Josie. «Da queste parti ci sono diversi ruscelli che vi confluiscono.» A circa un quarto di miglio lungo la strada, sulla destra, si riusciva a vedere la casa coloniale a due piani con l'insegna appesa al portico che annunciava: *Calvin Plummer, Procuratore legale.*

«Si allaga velocemente.» osservò Gretchen.

«Hai portato gli stivali di gomma?» le chiese Josie, parcheggiando l'auto.

Gretchen sorrise. «Mi prendi in giro? Dopo una settimana come questa? Sono nel bagagliaio.»

Si precipitarono fuori sotto la pioggia e Josie aprì il portellone. Indossarono gli stivali di gomma e gli impermeabili e si avviarono verso lo studio dell'avvocato Plummer. Gli agenti della pattuglia le salutarono con un cenno del capo mentre avanzavano nell'acqua che arrivava alle caviglie. La striscia d'erba tra la strada e la porta d'ingresso dello studio di Plummer non era ancora stata invasa dall'acqua, ma sentirono il terreno molle sotto i loro piedi. Appena oltre la porta aperta c'era un piccolo salotto con un divano, due sedie imbottite con un tavolino al centro e un piccolo scrittoio di ciliegio vuoto. Dall'altra parte dell'ingresso c'erano due porte, entrambe aperte, e all'estrema sinistra una rampa di scale. Da una delle porte uscì un uomo con una scatola di cartone in mano. Josie riconobbe dal sito web che si trattava di Calvin Plummer. Era basso e tarchiato, con capelli grigi e radi e un viso paffuto. Indossava i pantaloni di un completo ed era senza giacca.

«Abbiate pazienza...» disse, «ma non è proprio il momento. La polizia ci sta facendo evacuare.»

Gretchen gli mostrò le sue credenziali mentre si avvicinava fianco a fianco con Josie. «Siamo noi la polizia.»

«Oh...» disse Calvin, dando prima un'occhiata al tesserino di Gretchen e alzando poi lo sguardo su di lei. «Detective? Immagino che si tratti della mia proprietà in Hempstead Road.»

«Precisamente.» confermò Josie, mostrandogli a sua volta il distintivo.

Plummer diede un'occhiata sbrigativa anche al suo documento d'identità e, spostandosi la scatola tra le mani, disse: «Sarei felice di parlare con voi, ma ora devo portare questi documenti al secondo piano prima di uscire di qui.»

Josie si guardò intorno. Dalla stanza da cui Calvin Plummer era appena uscito proveniva il rumore di un cassetto di metallo che sbatteva. «È la mia segretaria.» spiegò. «Tammy. Ora, se non vi dispiace...»

Le superò di slancio e si precipitò su per le scale. «Possiamo aiutarla.» si offrì Josie.

Gretchen la guardò brevemente di sottecchi, ma poi fece a Plummer un cenno di assenso.

«Bene.» esclamò lui indicando con un cenno della testa di andare verso la stanza dell'archivio. «Entrate. Tammy vi darà delle scatole.»

Da fuori giungeva il suono martellante della pioggia battente sul tetto del portico, all'improvviso coperto dall'ululato lungo e basso della sirena di emergenza dei vigili del fuoco di South Denton.

«Sbrigatevi!» disse Plummer.

Tammy aveva poco più di vent'anni, lunghi capelli scuri che le ondeggiavano sulla schiena mentre prendeva le cartelle dagli armadietti metallici della stanza e le infilava in alcune scatole portadocumenti. Era più bassa di Josie e molto più formosa, il suo vestito nero attillato e i tacchi da quindici centimetri trasudavano più energia sessuale che professionalità. Avrebbe fatto una bella sfacchinata a trasportare velocemente le scatole portadocumenti su e giù per le scale con quelle scarpe. Si presentarono e Tammy consegnò a ciascuna una scatola. Plummer si unì a loro, prendendo una terza scatola. Josie e Gretchen lo seguirono su per le scale mentre lui cominciava. «Possiedo quella casa di Hempstead Road da anni.» disse. «È un vero peccato. Evelyn Bassett sta bene?»

«Sì.» confermò Josie. «Un piccolo bernoccolo sulla testa, ma per il resto sta bene ed è contenta di essere viva.»

«Ha perso tutto, però.» mormorò Calvin. Arrivati in cima alla scala, lo seguirono a sinistra e in un lungo corridoio. Al secondo piano, il tambureggiare insistente della pioggia era quasi uno scroscio. «Sapete dirmi come la posso contattare? Le potrei almeno restituire il deposito cauzionale. Ora non mi serve più. È sempre stata un'ottima inquilina. Avete una vaga idea di quanto sia difficile trovare dei buoni affittuari?»

Gretchen cominciò rispondendo alla prima domanda. «Non sappiamo ancora dove verrà sistemata, ma appena lo sapremo glielo comunicheremo.»

«A proposito di inquilini...» disse Josie mentre si avvicinavano a una porta. «Ci chiedevamo se potesse parlarci degli inquilini che hanno vissuto in quella casa prima di Evelyn Bassett.»

Calvin entrò in una grande stanza completamente vuota, a parte una pila di scatole portadocumenti disposte lungo una parete. Fece loro cenno di mettere le scatole in cima alla pila. «Si tratta di quella cosa per cui lei si è buttata in acqua, vero? Al notiziario i giornalisti hanno ipotizzato che si trattasse di un corpo. È così?»

«Sì.» rispose Josie, posando la scatola. «È un corpo. Il medico legale lo sta esaminando.»

Calvin abbassò la testa. «Mi state dicendo che c'era un cadavere sepolto sotto una delle mie case?»

Gretchen mise la sua scatola sopra quella di Josie. «Sì. Ha idea di come possa esserci arrivato?»

Calvin rise mentre tornava nella stanza degli archivi. «Se sapessi qualcosa su un cadavere nascosto nelle fondamenta di una delle mie proprietà, stareste parlando con il mio avvocato, in questo momento. È ovvio che non ne so niente. Sentite, quella proprietà è sempre stata in affitto. Come ho detto, ce l'ho da decenni. Prima di Mrs. Bassett, ci sono stati diversi inquilini, non dei tipi più gradevoli, se mi spiego. Chiunque tra di loro avrebbe potuto commettere atti illegali. In effetti, non mi sorprenderebbe per niente se ne avessero fatti. Sono stato fortunato a trovare Mrs. Bassett. Mi dispiace che se ne debba andare. Mi dispiace che la casa sia andata distrutta. L'assicurazione coprirà tutto, immagino.»

«A proposito dei precedenti inquilini...» disse Josie, cercando di tenerlo in argomento mentre tornavano di sotto da Tammy a prendere altri scatoloni e seguivano Calvin di nuovo al piano di sopra. «Ha dei registri? Un elenco? Qualcosa che possiamo usare per rintracciarli?»

«Ho l'obbligo di tenere i registri solo per sette anni, ma credo di poter controllare e vedere cosa mi è rimasto.» spiegò Plummer. «In realtà, è probabile che Tammy sappia dove si trovano quei documenti meglio di me.»

Tornati nell'archivio, si rivolse alla sua giovane segretaria. «Tammy...» disse «Ho bisogno di tutti i documenti che abbiamo sulla proprietà di Hempstead Road, se riesci a trovarli, e in fretta.»

Guardò fuori dalla stanza degli archivi verso la porta d'ingresso. Fuori, l'acqua torbida e marrone cominciava a coprire l'erba.

Con un sospiro, Tammy si voltò e attraversò lateralmente uno stretto passaggio tra due pile di scatole portadocumenti, per poi dirigersi verso uno schedario nell'angolo della stanza, bloccato da una cassettiera mobile con sopra delle apparecchiature elettroniche.

«Credo che siano qui dentro.» disse lei, spingendo il carrello da una parte. La guardarono mentre si chinava per aprire il cassetto inferiore e si metteva a cercare. Intanto, Josie si girò e vide lo sguardo di Plummer incollato sul fondoschiena della segretaria, con occhi famelici. Gretchen tirò una gomitata nel fianco di Josie, intimandole di non fissarlo. Josie distolse gli occhi dall'avvocato e fece un passo avanti, cercando una scatola vuota. Un attimo dopo, lei e Tammy vi stavano infilando le cartelle con sopra scritto "Hempstead".

«Confido che me li restituirete quando avrete finito...» disse Plummer. «Non abbiamo tempo di fare delle copie in questo momento.»

Dall'esterno li raggiunse il lugubre lamento della sirena dei vigili del fuoco.

«Non sarà necessario fare delle copie.» gli assicurò Gretchen. «Glieli possiamo riportare appena avremo finito.»

«Perfetto.» disse Plummer. Poi fece un gesto verso gli altri documenti nella stanza. «Vi dispiacerebbe aiutarci anche con questi?»

OTTO

«Mi sento sporca.» disse in tono scherzoso Gretchen una volta tornate in macchina, sistemandosi sulle ginocchia la scatola contenente i documenti di Calvin Plummer. «E non solo perché sto sudando. La prossima volta, prima di offrire entrambe come volontarie per i lavori forzati, chiedimi se sono d'accordo.»

Josie rise. «Secondo te che differenza di età c'è tra Plummer e Tammy?»

«Non farmici pensare.» rispose Gretchen. «Direi il numero di anni che sommati fanno "disgustoso".»

Josie rise ancora più forte e mise in moto l'auto, azionando i tergicristalli al massimo. Altre due auto di pattuglia accostarono, aggirando il suo veicolo per chiudere la strada. Da quando avevano lasciato lo studio di Plummer, l'acqua si era alzata e ora arrivava ai polpacci.

Josie fece inversione e si allontanò dalla zona alluvionata. «C'è chi dice che l'età è solo un numero.» commentò.

Gretchen scosse la testa. «A dire il vero, io ero dodici anni più giovane di mio marito, ma credo che gli anni che separano Plummer da Tammy siano molti di più.»

Tornarono alla stazione di polizia, facendosi largo tra la folla di giornalisti che, per quanto fossero bagnati fradici, non si schiodavano dall'ingresso posteriore, e portarono la documentazione sulle loro scrivanie. Una volta che si furono tolte gli impermeabili e gli stivali di gomma e che si sentirono sufficientemente asciutte, sparsero i documenti sulla scrivania di Josie e li esaminarono.

«Questo tizio ha conservato una copia di tutti gli assegni che Evelyn Bassett gli ha versato.» osservò Josie.

«E sono un sacco di assegni.» disse Gretchen. «Ecco, questa è dell'inquilino che l'ha preceduta.»

Tirò fuori dalla scatola una sottile cartellina a tre lembi. Josie radunò i documenti di Evelyn Bassett e fece spazio al nuovo fascicolo. Gretchen lo aprì e iniziò ad affiancare vari documenti. Il contratto di affitto, copie di assegni, lettere e quelli che sembravano documenti legali. Josie ne prese uno e lo lesse rapidamente. Sulla parte superiore era apposto il sigillo del tribunale municipale di Denton. «Questa è una istanza di sfratto.» disse. «Calvin Plummer contro Vera Urban, 9 aprile 2004.»

Qualcosa nell'ombra, in fondo alla mente di Josie, cominciò a lottare per emergere.

Gretchen passò a esaminare altri documenti. «Sembra che Vera abbia vissuto in quella casa per circa sette anni prima che Plummer presentasse l'istanza. Fu approvata?»

Josie sfogliò le pagine ma non trovò alcuna prova che Vera fosse stata effettivamente sfrattata. Passò al resto dei documenti legali fino a trovare una richiesta di annullamento. «Devono aver risolto» concluse Josie, «perché lui ritirò l'istanza il 18 giugno 2004.»

«Allora, cosa successe?» chiese Gretchen.

Josie sfogliò le copie degli assegni di affitto di Vera, poi tornò a quelli di Evelyn Bassett. «C'è un intervallo di un anno tra l'ultimo assegno di affitto emesso da Vera Urban e il primo di Evelyn Bassett.»

«Questo vuol dire che la casa di Hempstead Road è rimasta libera per un anno?»

«A quanto pare, è così. Dal momento in cui Plummer aveva presentato l'istanza di sfratto, sembra che Vera non avesse pagato l'affitto per due mesi. Due mesi dopo la ritirò, ma qui non risulta che lei abbia mai saldato i conti con lui o che lui le abbia mai restituito il deposito cauzionale.» disse Josie.

«Probabilmente lei se n'era andata e lui si tenne il deposito cauzionale.» ipotizzò Gretchen.

«Dovremo chiederlo a lui. Nel frattempo, vediamo cosa riusciamo a scoprire su Vera Urban.»

Gretchen sfogliò il resto dei documenti nella scatola, mentre Josie si collegava al database del TLO XP, usato dalle forze dell'ordine per la ricerca di documenti vari, e si prese qualche minuto per consultarlo. «È strano.» disse poi.

Gretchen si chinò sopra la sua spalla per guardare lo schermo.

«Negli ultimi sedici anni Vera Urban non ha acquistato nulla, non ha pagato le bollette e non ha nemmeno avuto un telefono.» disse Josie.

Gretchen si infilò gli occhiali da lettura e si avvicinò. Josie spostò un po' la sedia per farle posto. «C'è qualcosa che non torna.» borbottò Gretchen.

Josie si avvicinò e selezionò alcune schede del database. «È nata nel 1962. Qui c'è il diploma di scuola superiore conseguito alla Denton West High School nel 1980. Nessun precedente penale. Un paio di multe per eccesso di velocità. È stata arrestata una volta per un assegno scoperto, ma non è stata incriminata. Qui ci sono le utenze di vari indirizzi, tra cui quello di Hempstead Road, ma niente di più.»

«Cerca la sua patente di guida.» disse Gretchen. «Dovrebbe averla rinnovata.»

Josie la cercò, ma anche l'ultima patente registrata risaliva a sedici anni prima. Qualcosa di simile a una stretta le prese lo stomaco. Gretchen le disse di scostarsi e ripercorse tutte le ricerche e le informazioni che Josie aveva appena esaminato, per poi ricapitolare: «Vera Urban ha smesso di esistere dopo il 2004. Potrebbe essere suo il corpo quello che abbiamo trovato.»

«È possibile, ma perché avrebbe dovuto indossare un giubbotto da liceale?» si chiese Josie.

Perché avrebbe dovuto indossare il giubbotto che Ray aveva al liceo? aggiunse nella sua testa. A quell'epoca, Vera avrebbe benissimo potuto essere sua madre.

«Non lo so.» rispose Gretchen. «Ne sapremo di più sull'età del corpo dopo che la dottoressa Feist avrà fatto l'autopsia.»

«Aspetta un attimo.» disse Josie. Si alzò di scatto dalla sedia e andò alla scrivania di Gretchen dove aveva lasciato il suo annuario. Sfogliandolo, trovò le foto degli studenti del terzo anno. Al liceo, il suo cognome era Matson. Trovò immediatamente la sua foto, e rabbrividì nel rivedere i suoi capelli a spaghetto e i segni dell'acne. Poi trovò Ray Quinn, che nella foto fatta a scuola appariva meno attraente di come se lo ricordava. Nei suoi ricordi, lui avrebbe sempre avuto il bagliore del primo amore febbrile e appassionato. Ma nella foto aveva un aspetto un po' da imbranato: i capelli biondi pettinati da una parte e impastati di gel, il sorriso a trentadue denti. Mostrava i tratti acerbi dell'uomo che sarebbe diventato. Sfogliò ancora qualche pagina, seguendo l'ordine alfabetico.

«Oh mio Dio.» esclamò a un tratto.

«Che succede?» chiese Gretchen.

Josie si avvicinò e le mostrò la foto. «Beverly Urban.» disse. «Era in classe con me e Ray. Penso che fosse la figlia di Vera.»

Josie posò l'annuario e consultò il database, alla ricerca di una persona qualunque che fosse associata a Vera Urban. Sicuramente il nome di Beverly doveva essere elencato tra i "parenti stretti". Per avere ulteriori conferme della loro parentela, Josie cercò di nuovo tra i documenti di Calvin Plummer fino a trovare il contratto d'affitto originariamente firmato da Vera: c'era una sezione in cui doveva dichiarare il nome, l'età e la parentela di tutti coloro che intendevano vivere con lei a Hempstead Road. Aveva scritto il nome di Beverly, insieme alla sua età, e sotto la domanda "grado di parentela" aveva scritto "figlia".

Josie batté un dito sulla pagina dell'annuario. «Avevo ragione. È la figlia di Vera. Beh, *era* la figlia di Vera.»

Studiò la foto: Beverly era più alta e più formosa di Josie. Tra le ragazze della loro classe, era stata la prima ad avere il seno, la prima ad avere le mestruazioni e, si diceva, la prima a fare sesso. A differenza di Josie, che si era sviluppata completamente solo alla fine del terzo anno, Beverly esibiva l'aspetto di una studentessa universitaria già il primo giorno della terza media. E Josie ricordava quanto lei e molte altre compagne della loro classe si fossero sentite goffe e poco attraenti quando Beverly sembrava essere entrata nella pubertà da un giorno all'altro. Ricordava come la guardavano i ragazzi, come facevano a gara per attirare la sua attenzione. «Era carina.» disse Gretchen.

La foto dell'annuario la mostrava solo dalle spalle in su, ma Gretchen aveva ragione. Beverly aveva un ampio sorriso, una pelle chiara e candida e lunghi capelli castani e ricci. I suoi occhi nocciola contenevano un pizzico di malizia. Se non la si conosceva, la si poteva trovare intrigante. Ma Josie sapeva che quello sguardo nascondeva il suo lato maligno.

«Sì, era molto carina.» disse Josie. «Ma non era molto simpatica.»

Gretchen alzò lo sguardo. «Perché dici così?»

Josie rise. «Era la bulletta della scuola.»

Gretchen la guardò sorpresa. «Non so come mai, Boss, ma non riesco a immaginare che tu sia stata vittima di bullismo da parte dei tuoi compagni, nemmeno al liceo.»

Josie appoggiò un fianco alla scrivania. «Io non sono mai stata vittima di bullismo. Ma questo non impediva a Beverly di provarci.»

Gretchen tirò fuori il telefono e scattò una foto di Beverly dall'annuario. «Di preciso, cosa cercava di fare?»

Josie sospirò. «Di tutto... diffondeva dei pettegolezzi sugli altri ragazzi, cercava la rissa. Sapeva essere molto autoritaria. Hai presente quando, da ragazzi, ti dicono che alcune persone fanno stare male gli altri per sentirsi meglio con se stessi? Credo che Beverly fosse così.»

«Fece mai girare voci su di te?»

«Qualche volta, ma per lo più era fissata con Ray.»

Il ricordo tornò veloce e colpì duro, come se le avessero scagliato un sasso in mezzo al petto, e per qualche secondo si sentì soffocare.

«Boss?» fece Gretchen per riportarla alla realtà.

«Aveva una cotta per Ray.» concluse Josie. «O almeno, così credo io. Non sono sicura se il motivo fosse che aveva una cotta per lui o se semplicemente mi odiasse, ma al terzo anno iniziò a far girare la voce sul fatto che Ray mi tradiva con lei.»

«E tu non ci credevi?»

«Certo che no. Ray e io...» Josie si interruppe. Come poteva spiegarglielo? Il legame che lei e Ray avevano creato, soprattutto nei primi anni, aveva un valore sacro. Entrambi avevano subito abusi dalle persone che avrebbero dovuto amarli e proteggerli. Entrambi avevano portato le profonde cicatrici della vergogna. Durante l'infanzia e poi nell'adolescenza, avevano potuto contare solo l'uno sull'altra. La fiducia tra loro era sempre stata incrollabile. A questo Josie aveva creduto, fin nel profondo della sua anima. All'epoca, aveva riso delle voci secondo cui Ray sarebbe andato a letto con Beverly. Ma ormai erano passati sedici anni. Si erano lasciati prima dell'università, erano tornati insieme, si erano sposati, si erano separati e poi Ray l'aveva tradita, non solo nel matrimonio, ma anche come persona, essendosi rivelato completamente diverso dall'uomo che lei conosceva. Era possibile che quelle voci fossero vere?

Fu colta da una sensazione di nausea profonda che la costrinse ad accostare la sedia per sprofondarci.

Gretchen mise da parte l'annuario e si collegò a un altro database. «E il padre di Beverly?»

«Non c'era un padre.» disse Josie. «Non conoscevo molto della sua situazione familiare, ma tutti sapevano che c'erano solo lei e sua madre.» Passò a Gretchen il contratto di affitto stipulato tra Vera e Plummer. «Vera non aveva indicato altri occupanti oltre a lei e Beverly.» Gretchen lo studiò e poi lo mise da parte, tornando al computer. Con pochi passaggi, tirò fuori il certificato di nascita di Beverly Urban.

«Nessun padre indicato.» osservò. «Nata nel 1987 al Geisinger. È a circa un'ora da qui, giusto?»

«Sì.» disse Josie. «Deve essere stato un parto difficile se mandarono Vera al Geisinger per partorire. Là hanno servizi molto più specializzati.»

«Cos'è successo a Beverly?» si informò Gretchen.

«Non lo so» rispose Josie, «ma ora comincio a chiedermi se non l'abbiano uccisa e sepolta sotto la casa di Hempstead Road.»

«Non vi diplomaste insieme?»

Josie scosse la testa. «No. Verso la fine del terzo anno si vociferava che avrebbe dovuto trasferirsi perché sua madre non poteva permettersi la casa. Poi arrivò l'estate, poi cominciò l'ultimo anno e dato che non la si vedeva più in giro, pensammo tutti che si fossero trasferite.»

«Ma a quanto pare non fu così.» disse Gretchen. «Secondo i registri pubblici, Vera scomparve dalla faccia della terra ed è lecito pensare che anche Beverly sia svanita nel nulla. Credo che tu abbia ragione, il corpo che abbiamo trovato appartiene a una di loro.»

«Controlla il database TLO XP.» le disse Josie. «Vedi se ci sono prove dell'esistenza di Beverly dopo il 2004. Rinnovo della patente, utenze, carte di credito, prestiti, acquisto di una casa, qualsiasi cosa.»

Gretchen tornò a concentrarsi sul computer. Josie rimase a osservare ogni tentativo di ricerca di Gretchen che si concludeva con un nulla di fatto. Il database non forniva molte informazioni sui minori. Si basava su informazioni ricavate dai dati dei telefoni cellulari, dalle società di servizi e simili. Beverly avrebbe dovuto raggiungere l'età adulta per iniziare a utilizzare i tipi di servizi che avrebbero lasciato simili tracce. Se Beverly si fosse diplomata e avesse vissuto la sua vita come le persone normali, avrebbero trovato qualche traccia delle sue attività, anche se si fosse trattato soltanto di utenze a suo nome. Ma non c'era nulla.

«Va bene.» disse Gretchen. «Sembra che siano scomparse entrambe dalla faccia della terra nel 2004. Io non ho visto altri corpi quando la casa è stata spazzata via, e tu?»

«Nemmeno io.» disse Josie.

«Delle due, quale pensi che abbiamo recuperato oggi dall'alluvione?»

«Beverly.» rispose Josie. «Per via del giubbotto.»

«Pensi che fosse stato Ray a darglielo? Oppure che lei glielo avesse rubato? Se aveva una cotta per lui, potrebbe averlo fatto. O se voleva vendicarsi di te, potrebbe averlo rubato per farti credere che glielo avesse dato lui.»

«Non lo so.» ammise Josie, ripensando a quello che aveva detto Misty e a quello che sapeva di Ray. «Credo che possa averglielo dato lui, ma non saprei per quale ragione.»

«Non pensi che...»

Josie si strinse il ponte del naso con il pollice e l'indice. «Oh mio Dio...» disse, «che Ray avesse avuto davvero una relazione con lei? Che sia stato lui a darle il giubbotto? Che l'abbia... uccisa? So che nei casi di omicidio le prime persone su cui indaghiamo sono le più vicine alla vittima, ma Ray non avrebbe mai fatto una cosa del genere. Non avrebbe potuto uccidere qualcuno, specialmente una donna.»

«Boss, non vorrei che la prendessi come una mancanza di rispetto, ma credo che in questo caso il tuo giudizio possa essere influenzato.»

Josie aprì la bocca per protestare, ma poi il ricordo della notte in cui il suo matrimonio con Ray era finito le tornò alla mente in tutto il suo orrore. Ray si era ubriacato di brutto e l'aveva picchiata. Era un peccato che non poteva perdonargli. Se era stato capace di colpire addirittura lei, la sua migliore amica d'infanzia, il suo amore del liceo, sua moglie, allora non era certo escluso che fosse anche in grado di commettere un omicidio. Possibile che avesse ucciso Beverly per coprire la relazione?

«Ma se quello è il corpo di Beverly e lui l'ha uccisa, cosa ne è stato di Vera?»

«E chi può dirlo?» disse Gretchen. «Ma prima di formulare altre ipotesi, dobbiamo accertarci che quello che abbiamo trovato sia davvero il corpo di Beverly Urban.»

«Cominciamo a chiamare in giro per vedere se qualche dentista locale ha conservato la sua documentazione.» propose Josie. «Per il DNA potrebbero volerci settimane se non mesi.»

Gretchen si spostò alla sua scrivania. «Mi chiedo anche come abbia fatto il corpo a finire sotto la pavimentazione in cemento del seminterrato.»

«Dovremmo verificare se Plummer ha i registri dei lavori eseguiti nella casa.» concordò Josie. «E controllare presso l'ufficio comunale per vedere che tipo di permessi sono stati rilasciati per quella casa.»

Passarono la mezz'ora successiva a chiamare i dentisti della zona, finché non trovarono quello che aveva avuto in cura Beverly Urban ai tempi delle superiori. Josie trattenne il fiato mentre l'addetta all'accettazione si assicurava che conservassero ancora documenti così datati. Per fortuna ce li avevano.

«Sono in pellicola, però.» disse la donna. «Risalgono a prima del passaggio al digitale.»

«Se vengo con un mandato nella prossima ora, posso ritirarli?»

«Certamente.» disse la donna. «Ma faccia in fretta perché credo che ci stiano per evacuare. I torrenti stanno straripando.»

«Lo so.» disse Josie. «Saremo da voi il prima possibile.»

Riattaccò, pronta a riferire la notizia a Gretchen, ma il telefono della scrivania squillò. Era la dottoressa Feist. «Ho concluso l'autopsia.» annunciò. «Le dispiace se ci vediamo all'obitorio? Penso che voglia vederlo di persona.»

NOVE

La dottoressa Feist era alla sua scrivania, intenta a scrivere al computer, quando Josie e Gretchen entrarono nel suo studio. Era tutt'altra cosa rispetto alla sterile sala autoptica della porta accanto, dove eseguiva innumerevoli esami di corpi mutilati e decomposti. Le pareti erano di mattoni colorati di azzurro e la dottoressa Feist aveva fatto del suo meglio per rendere l'ambiente allegro e caldo. Le lampade emettevano un'illuminazione più morbida rispetto al tipico bagliore fluorescente del resto dell'ospedale. Alle pareti erano appesi quadri astratti in rilassanti tonalità pastello. Dall'ultima volta che Josie era stata in quello studio, aveva aggiunto una grande pianta in vaso accanto alla sua scrivania.

«Detective...» le accolse con un sorriso cupo. «Avete per le mani una vittima di omicidio.»

«Non mi sorprende.» disse Gretchen. «Visto il luogo in cui l'abbiamo trovata.»

La dottoressa Feist si alzò. Dallo schienale della sua sedia, sfilò un vecchio maglione bianco e morbido e lo indossò sopra il suo camice celeste. Indicò la grande busta sotto il braccio di Josie. «Cosa mi ha portato?»

«Radiografie dentali.» rispose Josie. «Pensiamo di conoscere l'identità della vittima.»

Consegnò la busta alla dottoressa Feist e lei e Gretchen la seguirono nell'ampio laboratorio autoptico. Gli occhi di Josie furono immediatamente attratti dal tavolo da visita più vicino, che però era stato coperto da un lenzuolo. La dottoressa attraversò la stanza, estraendo le pellicole radiografiche dalla busta e ne fece scattare una sul vecchio visore a parete. «Una di voi potrebbe prendere il mio portatile?» chiese da sopra una spalla.

Gretchen lo prese dal bancone vicino al tavolo da visita e glielo portò. La dottoressa lo aprì, si posizionò in modo che la videocamera inquadrasse subito il suo volto per il riconoscimento facciale e le desse accesso alla schermata iniziale. Muovendo le dita eleganti sul mouse, visualizzò le radiografie scattate durante l'autopsia. Josie e Gretchen si misero dietro di lei mentre confrontava le due serie di immagini. Pochi istanti dopo, si girò verso di loro, con il portatile aperto tra le mani, e annunciò: «Abbiamo una corrispondenza.»

Le due detective si guardarono. Josie sentì un peso sulle spalle. Lei e Beverly erano state acerrime nemiche a scuola, ma Josie non le avrebbe mai augurato la morte e nulla di tutto ciò che poteva essere accaduto tra Beverly e Ray avrebbe cambiato questo fatto. Nessuno meritava un destino come quello che era toccato a quella povera ragazza: uccisa, sepolta e dimenticata.

La dottoressa Feist passò davanti a loro e tornò al bancone, posando il portatile e guardandole. «Cosa sappiamo?»

«Si chiamava Beverly Urban.» cominciò Josie. «Da quello che possiamo dedurre con le poche informazioni che abbiamo raccolto finora, è probabile che sia stata uccisa sedici anni fa. Aveva appena finito il terzo anno alla Denton East High School.»

Gretchen tirò fuori il suo blocco note, lo sfogliò, inforcò gli occhiali da lettura e disse: «Aveva appena compiuto diciassette anni. Dovremo indagare più a fondo, ma in base a quanto ha potuto ricostruire la Detective Quinn, aveva finito il terzo anno ma non era tornata per l'ultimo, quindi è presumibile che sia stata uccisa durante l'estate del 2004.» Gretchen tirò fuori il telefono e mostrò al medico legale la foto di Beverly sull'annuario.

«Ma abbiamo bisogno di parlare con i suoi amici e con tutti i parenti che riusciamo a trovare per avere una conferma dell'ultima volta che qualcuno l'ha vista o le ha parlato.» aggiunse Josie.

«Beh, lascio a voi il lavoro investigativo.» disse la dottoressa. «I risultati dell'esame sono compatibili con quelli di una ragazza caucasica di un metro e settanta, in base alla forma della scatola cranica e alle suture craniche ancora aperte, alle dimensioni del processo mastoideo, alle condizioni delle placche di crescita e, naturalmente, alle ossa pelviche. Non voglio annoiarvi con aspetti scientifici che ormai conoscete benissimo e comunque avrete una copia del mio rapporto. Quello che probabilmente vi interessa di più in questo momento è questo...»

Tornò al suo portatile e tirò fuori altre radiografie digitali. Scorrendo, arrivò a diverse radiografie del cranio. «Qui, nella parte posteriore della testa, si può vedere qualcosa che assomiglia quasi a un effetto *starburst*, con il foro al centro e tutte queste fratture che si estendono a ragnatela verso l'esterno. È compatibile con il foro di un proiettile. Sono riuscita a recuperare il proiettile dall'interno del cranio.»

Le superò per raggiungere un'altra parte del bancone, dove era appoggiata una piccola bacinella di acciaio inossidabile. All'interno, Josie vide la punta parzialmente appiattita di un proiettile, scurita dal tempo. Josie prese dalla tasca della giacca un paio di guanti di lattice e le chiese: «Posso?»

«Certo.» disse la dottoressa Feist, porgendole la bacinella. «Ho già chiesto a Hummel. Ha detto che non può ricavare impronte da questo.»

Josie prese il proiettile e lo tenne in mano. Gretchen si avvicinò, scrutandolo attraverso gli occhiali da lettura. «Una nove millimetri.» disse. «Non ti sembra?»

«Sì.» disse Josie. «Sicuramente. Di una pistola. Questo deve andare al laboratorio della Polizia di Stato per le analisi balistiche.»

«Naturalmente.» disse la Feist.

Josie ripose il proiettile nella bacinella e si tolse i guanti, gettandoli in un cestino vicino. Un brivido le corse lungo la schiena. «Le hanno sparato alla nuca.»

«Esatto.» confermò la dottoressa Feist con una smorfia. «Date le misure che ho preso dal corpo e l'aspetto della ferita, posso ipotizzare che la persona che le ha sparato era molto probabilmente alta circa un metro e ottanta, centimetro più, centimetro meno. È difficile dire con precisione quanto fosse ravvicinata la distanza dello sparo, non senza qualche test balistico... però, direi che chiunque le abbia sparato si trovava a non più di un metro da lei.»

«Pensa che fosse in piedi quando le hanno sparato?» disse Gretchen.

«Sì. Se fosse stata in ginocchio o seduta, il foro di entrata si presenterebbe molto più vicino alla parte superiore della testa invece che alla parte posteriore. Qualsiasi tiro sarebbe stato molto scomodo per il tiratore, se questa ragazza non fosse stata in piedi.»

«Ma comunque...» osservò Josie, «sparare alla nuca di una diciassettenne è come un'esecuzione.»

La dottoressa Feist annuì. «Non mi capita frequentemente di vedere questo tipo di ferite da arma da fuoco, a meno che non siano la conseguenza di uno scontro tra bande o di uno scambio di droga andato male.»

Gretchen si rivolse a Josie. «Beverly si drogava?»

«Non la conoscevo molto bene.» rispose Josie. «Non saprei dire... ma è sicuramente un aspetto su cui possiamo indagare.»

«Non è tutto...» intervenne il medico legale.

Dalla postura delle sue spalle, Josie capì che qualsiasi cosa la dottoressa Feist stesse per mostrare non sarebbe stata buona. Si avvicinò al tavolo autoptico e scostò delicatamente il lenzuolo per rivelare i resti di Beverly. Ripiegato il lenzuolo si spostò in fondo al tavolo autoptico. «Qui.» disse a bassa voce, indicando. «Ho rimosso questi resti dalla regione pelvica di Beverly. Immagino che vorrete farli analizzare per verificare la presenza di eventuale DNA.»

Josie si avvicinò di un passo, sentendo il cuore sussultare. Le ossa erano minuscole e delicate, quasi simili a quelle di un uccellino. Era stupita che qualcosa di così fragile fosse sopravvissuto dopo sedici anni, sepolto sotto terra. Lei, Gretchen e la dottoressa Feist si misero attorno al tavolo autoptico, fissando le ossa che il medico aveva rimosso dal corpo più grande, e chinarono il capo in un tacito momento di silenzio per quella vita che era stata stroncata prima ancora di cominciare.

Gretchen si schiarì la gola. «A che punto era?»

«Credo che fosse al quinto mese di gravidanza quando è stata uccisa.» disse la dottoressa Feist.

«Dio mio...» sussurrò Josie.

DIECI

2004

Una goccia di sudore scese lungo il viso di Josie. Continuava a spostarsi in modo scomposto sulla sedia del banco, cercando la posizione migliore per sentire almeno una parola di quello che stava dicendo il professore di chimica. L'aria della classe era pregna di sudore misto alla nebbia di profumo che alcune delle altre ragazze avevano usato per coprirlo. L'aria condizionata della Denton East High School si era rotta proprio in quello che, per il momento, era il giorno più caldo dell'anno tanto che nemmeno le finestre aperte offrivano un filo di sollievo. Josie guardò l'orologio: almeno poteva rallegrarsi che mancassero solo cinque minuti alla campanella che avrebbe chiuso quella giornata. Non vedeva l'ora di farsi una doccia. A un tratto qualcosa le colpì la spalla da dietro: era un foglio di carta, che atterrò vicino al suo banco. Alle sue spalle scoppiò un coro di risatine.

«C'è qualche problema?» chiese Mr. Rand.

Tendendo l'orecchio, Josie credette di sentire una ragazza sibilare: «Ragazze, piantatela!» Dalla voce, sembrava Lana.

Un'altra delle ragazze disse: «No, nessun problema. Josie ha fatto cadere una cosa.»

Il professore la fissò finché lei non si abbassò e raccolse il foglio di carta piegato. Stringendolo nel palmo della mano, sorrise rigidamente guardando Mr. Rand.

«Miss Matson...» disse. «È qualcosa di cui dovrei essere informato anch'io?»

I compagni di classe l'avevano presa in giro per tutto il giorno, ma lei si sarebbe dannata se avesse fatto la spia. Era l'attenzione ciò che volevano, diceva sempre sua nonna, quindi non osava dargliela. Inoltre, sarebbe sembrata una pappamolla e una spiona se avesse detto la verità. Nessuno lo faceva. E a parte questo, a lei piaceva gestire le cose da sola. «No.» gli rispose mentre infilava il foglio in fondo al suo libro di chimica.

Lui fece un passo verso di lei, soffermando lo sguardo sul suo petto. Josie desiderò improvvisamente di non essere rimasta in canottiera. Prima che potesse parlare di nuovo, suonò la campanella. Si alzarono tutti insieme dai loro posti e si precipitarono verso la porta. Ignorando i continui commenti alle sue spalle, Josie si lasciò trascinare dall'ondata di studenti che cercavano di uscire dalla porta per raggiungere il corridoio, dove la temperatura era appena un po' più fresca. La folla la trasportò lungo il corridoio fino al suo armadietto.

«È meglio che inizi a cercarti un nuovo accompagnatore per il ballo.» disse una voce alle sue spalle. Josie non si voltò e rimase concentrata sull'apertura del suo armadietto.

Un'altra voce si aggiunse alla precedente: «Sì, certo. Buona fortuna allora. Nessuno vorrà uscire con quella.»

La rabbia le ribolliva nello stomaco mentre spalancava lo sportello dell'armadietto, che sbatté contro quello di fianco. Facendo un respiro profondo, Josie iniziò a sistemare metodicamente i suoi libri di testo, cercando di concentrarsi su quelli che avrebbe dovuto portare a casa con sé quella sera. Mentre riponeva il libro di chimica nell'armadietto, la sua mano si bloccò.

Non guardarlo, disse una voce nella sua testa. *Tanto sono tutte bugie. Pettegolezzi.* «Non c'è niente di vero...» mormorò tra sé e sé. Ma era la terza volta, quell'anno, che quel particolare pettegolezzo circolava tra i corridoi della Denton East.

Le sue dita si chiusero su un foglietto di carta. Quando lo aprì, vide un cuore disegnato a mano, con inchiostro nero. Una freccia lo attraversava. All'interno c'era scritto "Ray e Beverly". Chiuse la mano, accartocciando il foglio e sbatté lo sportello dell'armadietto, si caricò lo zaino sulle spalle e trovò il cestino più vicino, felice che la maggior parte dei suoi compagni se ne fosse andata per quel giorno.

Preparandosi ad affrontare la soffocante rampa di scale, Josie attraversò la porta solo per imbattersi in Beverly Urban.

«Sta' un po' attenta!» esclamò Beverly, con voce stridula.

Josie sentì un brivido nel petto. «Ma sta' attenta tu!» ribatté di scatto.

«Non dirmi cosa devo fare, sfigata!» rispose Beverly.

Josie la superò e si diresse verso le scale. Da sopra la spalla disse: «Ah, sarei io la sfigata? Però non sono io quella che si deve inventare storielle sui fidanzati delle altre per far credere che qualcuno vuole stare con me. Trovati un ragazzo tuo una buona volta!»

Beverly emise un forte sbuffo e un attimo dopo Josie sentì qualcosa spingere con forza contro lo zaino che aveva sulla schiena. Precipitò verso le scale. Alzò le mani, cercando qualcosa a cui aggrapparsi, ma era troppo tardi. Rotolò giù. Solo lo zaino rallentò la caduta. Si fermò a faccia in giù sul pianerottolo. Alzandosi in piedi, guardò in cima alle scale, verso Beverly. Lentamente, cercò di capire se si era fatta male. Dopo un po' il ginocchio sinistro prese a dolerle, così come le mani, i polsi e anche la spalla destra. Ma non le sembrò che ci fosse qualcosa di rotto. Si portò le mani al viso e alla testa, ma non vide sangue. Sopra di lei, Beverly la osservava, con il petto ansante e una strana espressione sul viso. Trionfo? Piacere?

«Ma sei pazza o cosa?» gridò Josie. «Potevi ammazzarmi!»

Beverly scese le scale lentamente, quasi con regalità, come una regina che guarda un suddito del popolo. Quando raggiunse il pianerottolo, le diede un colpetto e le rivolse un'occhiata sprezzante. «Peccato, non ci sono riuscita. Ray si merita di meglio.»

Josie le sferrò un pugno, prendendola in pieno all'orbita sinistra; Beverly emise un grido e si portò le mani al viso. Questo avrebbe lasciato un segno, pensò Josie. Ma se ne pentì immediatamente. Era già nei guai con il preside e con la nonna. «Devi imparare a controllare questi impulsi.» le dicevano ogni volta che la nonna veniva chiamata per qualcosa che aveva combinato.

L'unica cosa che impediva al preside di sospenderla era che Lisette gli ricordava continuamente degli abusi che Josie aveva subito per mano di sua madre prima che Lisette ne assumesse la custodia. Josie non sopportava che sua nonna tirasse sempre in ballo quell'argomento, ma era anche l'unico che le permetteva di rimanere a scuola. Inoltre, Josie normalmente non aveva problemi di comportamento. Gli incontri con il preside erano quasi sempre il risultato di alterchi che coinvolgevano Beverly. Anche se, prima di quel giorno, Beverly non era mai stata così esplicitamente violenta nei suoi confronti e, sebbene Josie avesse sognato di farlo in molte occasioni, non le aveva mai dato un pugno prima di allora.

Beverly allontanò le mani dal viso. Con grande sorpresa Josie vide che era scoppiata in lacrime. «Come hai potuto?» ansimò. «Mi hai... mi hai tirato un pugno! Avresti potuto... io...»

Le ultime parole furono inghiottite da un singhiozzo. La reazione era così insolita per Beverly che Josie rimase senza parole. Beverly era la regina delle provocazioni, conosciuta in tutta la scuola per la sua crudeltà. Non aveva mai pianto, neanche una volta, almeno non davanti a qualcuno. E in quel momento Josie si ritrovava a fissarla in lacrime, stupefatta. Intanto, il dolore provocato dalla caduta per le scale cominciava a diffondersi in tutto il corpo. All'improvviso si accorse del sudore che le colava sul viso.

La porta in cima alla scalinata si aprì e Mr. Rand apparve sopra di loro. «Voi due!» disse scuotendo la testa. «Nell'ufficio del preside. Subito.»

Un'ora più tardi, Josie era seduta su una sedia fuori dall'ufficio del preside, con i vestiti che le si erano appiccicati addosso, incollati alla pelle da ore di sudore. Il ginocchio sinistro le pulsava. All'interno, sua nonna stava ancora cercando di convincere il preside a non sospenderla.

«Jo, sei qui!» Ray le apparve davanti. Lei sorrise debolmente e lui si mise su un ginocchio davanti a lei, accarezzandole il viso. «Non toccarmi...» disse lei. «Sono in un bagno di sudore. E puzzo, lo so.»

Lui sorrise. «Tutta la scuola puzza. Ho sentito quello che è successo. Stai bene?»

Josie guardò altrove. «Non ti preoccupi che la tua ragazza stia bene?»

«È quello che ho appena chiesto.»

Lei lo guardò fisso negli occhi. «Sai cosa voglio dire. Tutta la scuola pensa che vai a letto con Beverly alle mie spalle. Che la porti al ballo di fine anno. All'inizio, queste scemenze erano anche divertenti. Ma ora comincio a chiedermelo, Ray. Conosci quel detto? Dove c'è fumo, c'è fuoco.»

Lui fece un mezzo sbuffo e scuotendo la testa si sedette accanto a lei, le cinse un braccio intorno alle spalle e la tirò vicino a sé. La maglietta della sua divisa da baseball le graffiò la guancia ma, suo malgrado, si appoggiò a lui, provando una scarica di sollievo.

«Non c'è nessun fuoco. Non crederai a quelle voci, Jo! Dimmi che non ci credi.» disse.

«Non so a cosa credere.»

Con un dito le sollevò il mento verso il suo viso. «Credi a me.» le disse. «Credi a noi. Non ho mai neanche parlato con

Beverly Urban in tutta la mia vita. Non mi importa di lei. Non mi importa di nessuno tranne che di te. Ti amo, Jo. Lo sai.»

Josie lo fissò negli occhi. Lui le asciugò una goccia di sudore dalla fronte. «Siamo io e te, Jo. Nessun altro conta. Tu sai cosa c'è tra noi. So che lo senti anche tu. Quello che abbiamo passato io e te, con tua madre e mio padre... nessun altro potrebbe mai prendere il tuo posto, Jo. Quelle sono solo chiacchiere. Questo è reale.»

Pensò a Ray e Beverly, cercò di immaginarli mentre si incontravano, si baciavano, si abbracciavano. Non ci riuscì. Inoltre, lei e Ray trascorrevano insieme gran parte del loro tempo libero. Quando avrebbe avuto il tempo di frequentare Beverly? Non ne avrebbe avuto, soprattutto perché aveva gli allenamenti di baseball. Lo scopo della vita di Beverly, fin dalla seconda media, sembrava essere quello di renderla infelice. Quale modo migliore di renderla infelice se non quello di mettere in dubbio la relazione che aveva con Ray?

«Hai ragione.» disse Josie. «Mi dispiace di aver dubitato di te. È stata solo... una brutta giornata.»

La porta dell'ufficio si aprì e Beverly ne uscì, sola, ancora singhiozzando in modo incontrollato. Probabilmente non aveva smesso di singhiozzare da quando aveva iniziato in mezzo alle scale. Beverly si premette un fazzoletto sul viso. Girò la testa, diede un'occhiata a loro due e corse via lungo il corridoio.

«Si comporta in modo strano.» osservò Josie.

Ray rise. «E chi se ne frega se si comporta in modo strano! Ti ha spinta giù per le scale, per la miseria!»

Josie guardò l'orologio. «Ray, sei in ritardo per l'allenamento. Il coach ti ucciderà.»

Lui la strinse. «Tu sei più importante di un allenamento di baseball.»

Josie si liberò dall'abbraccio e si alzò in piedi. «Stiamo parlando del campionato statale, Ray. Devi andare ad allenarti. Andiamo. Vado a dire alla nonna che ti accompagno al campo.»

Ray la aspettò mentre tornava nell'ufficio, interrompendo una riunione delicata tra il preside, la madre di Beverly e sua nonna e dopo aver detto alla nonna dove era diretta, tornò in corridoio. Ray si alzò di scatto e la prese per mano, portandola via. Josie si guardò alle spalle, ma di Beverly non c'era traccia.

UNDICI

«Dobbiamo parlare di nuovo con Calvin Plummer.» sentenziò Josie mentre uscivano dall'obitorio e tornavano alla macchina.

«Sì.» concordò Gretchen. «È un buon punto di partenza.»

Gretchen usò il Mobile Data Terminal nell'auto per cercare l'indirizzo di casa di Plummer nel quartiere dei Quail Hollow Estates mentre Josie si metteva alla guida in un turbinio di pensieri sulla fine che aveva fatto Beverly Urban: non c'era il minimo dubbio che per anni fosse stata una grande fonte di guai per lei, in alcune occasioni era stata crudele, in altre addirittura pericolosa, ed era stato un gran sollievo quando non era tornata alla Denton East per l'ultimo anno; ma adesso Josie la vedeva sotto una luce completamente diversa. Sua madre aveva avuto difficoltà finanziarie. Lo sapeva dalle voci che giravano a scuola e ora dalla documentazione dell'avvocato Plummer. Beverly aveva diciassette anni ed era incinta. Chi era il padre? Vera lo sapeva? Lo aveva detto a qualcuno? Josie cercò di mettere a fuoco altri ricordi legati a Beverly, ma la maggior parte erano sparsi e indistinti. Sembravano passati secoli dagli anni delle superiori, come se appartenessero alla vita di un'altra persona.

«Ma guarda un po'!» rifletté Gretchen mentre si avvicinavano all'ingresso dei Quail Hollow Estates. «Dimostranti.»

Ai lati del cartello che annunciava il nome del quartiere si trovava una manciata di persone in impermeabile e sotto gli ombrelli che reggevano cartelli abbozzati con le scritte: *A Quail Hollow sono Ladri e criminali!, Charleston è un sindaco, non un dittatore!, Dutton è un truffatore!* e *Restituite i rifornimenti di emergenza!* Una persona aveva un cartello con su scritto sia *Votate Dutton* che *Votate Charleston*, con i nomi di entrambi i candidati cancellati da freghi tracciati rabbiosamente a pennarello rosso. La folla si riversò davanti a loro quando Josie entrò nel viale. Fece un cenno alla manifestante più vicina, che si fermò, si voltò verso le persone alle sue spalle e fece loro segno di andarsene, annunciando: «È la Detective Quinn!», al che il resto dei manifestanti la salutò con entusiasmo prima di lasciarle passare.

«Non c'è da stupirsi che il capo Chitwood abbia delle crisi isteriche.» disse Gretchen. «Come se l'alluvione non fosse già abbastanza grave, questa faccenda si sta trasformando in uno scandalo su larga scala.»

Si inoltrarono per le strade degli Estates. Per due volte dovettero fare una deviazione dove le strade erano state bloccate a causa del canale che era esondato invadendo le costruzioni più recenti.

Poi, finalmente, arrivarono in uno dei vicoli originali, dove le case erano più vecchie, più signorili e più distanti dalla strada. Calvin Plummer viveva in una grande villetta in stile Tudor circondata da siepi di azalee rosa. Josie imboccò il vialetto dietro una piccola Subaru con un'ammaccatura nella portiera posteriore del lato conducente.

«Mi sarei aspettata che un avvocato che vive ai Quail Hollow Estates guidasse qualcosa di più sofisticato.» commentò Gretchen.

«Questa non è la sua.» disse Josie. «È della segretaria. L'ho vista parcheggiata in strada quando siamo usciti dal suo studio. È fortunata che l'acqua non gliel'abbia spazzata via.»

Gretchen finse un conato di vomito. «Ho l'impressione che questa visita mi farà sentire ancora più schifata di quando siamo andate nel suo ufficio.»

La grande porta di legno vantava un enorme battente di ferro con impresso il muso di un leone. Josie sollevò l'anello e lo fece battere più volte contro il portone. Dopo un lungo momento, la porta si aprì e Tammy apparve davanti a loro, stavolta vestita con jeans attillati e una maglietta aderente. Con un abbigliamento informale sembrava ancora più giovane.

«Dobbiamo parlare con l'avvocato Plummer.» le disse Gretchen.

Senza rispondere, Tammy le condusse attraverso un atrio riccamente decorato fino a una grande cucina. Le piastrelle di marmo bianco facevano da complemento agli armadietti color pelle d'uovo, ognuno dei quali era arricchito da elaborate modanature e maniglie d'argento scintillante. I piani di lavoro erano tutti in granito, color sabbia bianca. Anche gli elettrodomestici erano bianchi. Calvin Plummer era seduto al bancone dell'isola, in pantaloni cachi e polo, con una rivista in una mano e una forchetta nell'altra. Arrotolava la pasta con la forchetta e se la infilava in bocca, chinandosi sul piatto per evitare che il sugo che già gli colava sul mento finisse sulla camicia. Di fronte a lui, sul tavolo, giaceva un piatto mezzo mangiato. Tammy prese posizione lì, riprendendo a mangiare come se Josie e Gretchen non ci fossero.

Plummer alzò lo sguardo. «Non pensavo che vi avrei riviste. Che succede?»

«Abbiamo identificato con certezza la vittima di omicidio trovata sotto le fondamenta della sua proprietà in Hempstead Road.» annunciò Josie.

Plummer posò la forchetta e la rivista, si pulì la bocca con un tovagliolo e si appoggiò allo schienale. Il suo volto era impassibile. «Vittima di *omicidio*?»

«Proprio così.» disse Josie.

«Com'è successo?»

«Le hanno sparato alla testa.» gli disse Gretchen. «Si chiamava Beverly Urban. Aveva diciassette anni. Crediamo che sia stata una sua affittuaria.»

Tammy li osservava con occhi spalancati, la forchetta in bilico sul piatto.

Plummer si grattò il mento. «Urban. Era la figlia, giusto? Avevo affittato a sua madre. Come si chiamava?»

«Vera.» rispose Josie.

Lui annuì. «Sì, mi ricordo. Gliela affittai per un po'. Una madre single. Una brava donna, ma l'ultimo anno che visse là era sempre in ritardo con l'affitto. Avevo avviato le procedure di sfratto ma poi una sera se ne andò, portando via con sé tutte le sue cose.»

Josie e Gretchen si scambiarono uno sguardo interrogativo. Gretchen tirò fuori il suo taccuino e iniziò a prendere appunti. «Si portò via tutti i suoi oggetti personali?»

«La maggior parte. Lasciò qualche soprammobile. Tutti i mobili. Pensai che se ne fosse andata perché doveva pagare l'affitto. Vendetti i mobili e usai il deposito cauzionale per fare delle riparazioni. Non ho più avuto sue notizie.»

«Che tipo di riparazioni?» chiese Gretchen.

Plummer scrollò le spalle. «Non me lo ricordo proprio. Tra un affittuario e l'altro dovevo sempre far venire qualcuno a ridipingere le pareti.»

«Sono stati fatti dei lavori nel seminterrato?» chiese Josie.

«Non saprei proprio dirle. Sentite, ho sei proprietà in affitto, il mio studio e questa vecchia e grande casa. Stiamo parlando di sedici anni fa. Sono sicuro di aver fatto delle riparazioni in Hempstead Road nel corso degli anni, ma non le ricordo tutte.

Posso dirvi però che avevo bisogno dei permessi per qualsiasi intervento su quegli immobili. Dovreste informarvi presso gli uffici comunali del Catasto.»

«Lo faremo senz'altro.» disse Gretchen. «Non teneva un registro delle riparazioni effettuate nelle sue proprietà in affitto?»

«Forse per le tasse.» disse lui. «Ma non così indietro nel tempo.»

«E Beverly?» chiese Josie. «Si ricorda di lei?»

«Purtroppo no, mi dispiace dirlo. Non la ricordo per niente. In effetti, credo di non averla mai incontrata. Ricordo soltanto che Vera aveva una figlia perché le era stato richiesto di elencare gli altri residenti nel contratto di affitto. Inoltre, aveva sempre fatto valere la sua condizione di madre single. Non c'era conversazione in cui non ne parlasse.»

«Le risulta che Vera abbia mai avuto uomini che vivevano o soggiornavano con lei?» chiese Gretchen.

«No.» sospirò Plummer. «Ascoltate, io non conosco i miei affittuari, chiaro? Mi spediscono gli assegni e mi chiamano se si rompe un tubo. Quando succede chiamo un tecnico e lo pago per le riparazioni. Tutto qui. Non incontro mai queste persone. Non socializzo con loro.»

«Cristallino.» disse Josie. «Per caso, ha un elenco di imprese a cui si rivolge regolarmente?»

«Certo. Tammy può mandarvi un elenco via e-mail. Avete un indirizzo e-mail?»

Gretchen lo scrisse e lo passò a Tammy.

«Un'ultima cosa...» chiese Josie. «Lei possiede armi da fuoco?»

Lui abbassò la testa, con un sorriso. «Certo.» rispose. «State pensando che potrei aver ucciso quella ragazza?» Si alzò e si avviò fuori dalla stanza, facendo loro cenno di seguirlo. «Venite.» le invitò.

Lo seguirono attraverso una serie di corridoi che conducevano a uno studio pieno di librerie di legno lucido e con una scrivania gigantesca. Lungo una parete c'era un armadio per le armi e dietro il vetro Josie contò tre carabine e un fucile a canna liscia. Nessuno dei quali era un nove millimetri. Mentre Gretchen studiava le armi e ne annotava i modelli, Plummer disse: «Una volta andavo a caccia. Molto, molto tempo fa. Non ho mai preso niente, ma ho questi fucili da allora.»

«Non ha pistole o revolver?» chiese Josie. «Per difesa domestica o per sicurezza personale?»

«Nessuna.» rispose Plummer.

Sarebbe stato abbastanza facile verificare presso la Polizia di Stato o l'FBI se stava mentendo o meno. «Grazie per il suo tempo, avvocato Plummer.» disse Josie. «Attendiamo di ricevere l'elenco delle imprese appaltatrici dalla sua...»

«Segretaria.» rispose lui senza perdere un colpo.

Lo ringraziarono e tornarono alla macchina. La pioggia era diminuita, riducendosi a una leggera pioggerellina, cosa di cui Josie fu grata. Prima o poi avrebbe smesso, no? Mentre si allontanavano, Gretchen assunse un'espressione di disgusto. «Un tipo come quello? Con un debole per le giovinette?» disse. «È impossibile che non abbia notato Beverly Urban, attraente com'era.»

«Ma non possiamo escludere che abbia detto la verità, cioè che non l'abbia mai incontrata.» argomentò Josie mentre uscivano dai Quail Hollow, salutando il gruppo di manifestanti. «Non sembra il tipo che si preoccupa di inquilini di poco conto, a meno che l'affitto non sia scaduto.»

«È vero.» concesse Gretchen. «Tuttavia, non credo che lo possiamo scartare completamente.»

«Mettilo sulla lista, allora.» disse Josie. *Insieme a Ray*, aggiunse tra i suoi pensieri.

Gretchen tirò fuori il telefono. «È tardi.» disse. «Ora dobbiamo aspettare che Tammy la segretaria ci mandi l'elenco delle imprese edili, e l'ufficio del Catasto è chiuso. Non so te, ma io sono esausta. Vogliamo chiudere qui la giornata?»

«Ma sì.» disse Josie. «Però mi riporto a casa l'annuario e vediamo se riesco a mettere insieme un elenco degli amici più stretti di Beverly.»

DODICI

Le finestre del piano inferiore della casa di Josie erano illuminate. Quando entrò, i cani la accolsero in preda alla frenesia. La casa era impregnata di odori deliziosi che provenivano dalla cucina. Il piccolo Harris sonnecchiava nel suo pigiamino di Spiderman sul divano. Dai fornelli, Misty la chiamò: «Josie, sei tu?»

«Sì.» rispose lei, accovacciandosi per accarezzare entrambi i cani. Pepper perse interesse dopo un attimo, ma Trout rimase accanto a lei, spingendo il suo corpicino grassottello tra le mani di Josie.

«Sto preparando un arrosto.» annunciò Misty. «Spero che tu non abbia già mangiato.» Si affacciò dalla cucina con espressione speranzosa. «Hai portato qualcuno con te? Ho preparato un sacco di cose da mangiare.»

Josie sorrise. «No, ci sono solo io. Però ho visto la macchina di Noah qui davanti. Non è in casa?»

«Si sta facendo la doccia.» rispose Misty, sparendo di nuovo in cucina e annunciando: «Mangeremo tra mezz'ora!»

Josie salì le scale con Trout che correva ansioso dietro di lei. Trovò Noah nella loro camera da letto, a petto nudo e con un asciugamano calato sui fianchi, che si asciugava i folti capelli castani con un altro asciugamano. A volte erano così presi dalla loro vita quotidiana che lei si dimenticava di rimirarlo.

Si appoggiò alla porta chiusa e studiò le linee muscolari del suo fisico, finché i suoi occhi si posarono su un cerchio di carne raggrinzita nella spalla destra, suscitando in lei un'ondata di senso di colpa. Gli aveva sparato una volta. Lui l'aveva perdonata, ma lei probabilmente non avrebbe mai perdonato se stessa.

«Ehi!» la salutò Noah gettando sul letto l'asciugamano che stava usando per asciugarsi i capelli, che adesso erano sparati a raggiera. Josie si avvicinò e glieli lisciò, allontanandoli dal viso. Lui la prese per i polsi e le sorrise. «Ti ho visto al notiziario oggi.»

Lo guardò incuriosita. «Credevo che fossi impegnato tutto il giorno con le chiamate d'emergenza. Come hai trovato il tempo di guardare la televisione?»

Lui la strinse in un abbraccio. Lei appoggiò la guancia contro la sua carne calda.

«Mett e io ci siamo fermati alla stazione di polizia dopo aver finito e l'abbiamo saputo da un paio di ragazzi di pattuglia.» spiegò Noah. «È stato abbastanza facile trovare il filmato sul sito web della WYEP. Sono contento che tu stia bene.»

Si tirò indietro e lo guardò in faccia, contenta che non le avesse fatto la predica per aver fatto qualcosa di pericoloso. «Hai saputo dell'addetta stampa che ha mandato il sindaco?»

«In realtà l'ho incontrata. È arrivata seguendo il capo dopo un incontro con il sindaco, raggiante come pochi. Lui è entrato nel suo ufficio e le ha sbattuto la porta in faccia.»

Josie scosse la testa. «Immagino allora che la riunione sia andata bene...»

«Sembra che dobbiamo sopportarla. Mett però sembrava piuttosto contento.»

«E questo cosa vorrebbe dire?»

«Cosa pensi che significhi? Penso che quel ragazzo si sia

preso una cotta per lei. O questo oppure stava cercando di farla sentire particolarmente a suo agio.»

«Quand'è l'ultima volta che Mett ha cercato di mettere qualcuno a proprio agio? Si preoccupa solo di fare il suo lavoro e nient'altro.»

«Non oggi...» disse Noah, liberandola dall'abbraccio. «Oggi era tutto concentrato su quella donna. Ad ogni modo, raccontami del corpo.»

Mentre lui si rivestiva, Josie si sedette sul letto e ripercorse tutto ciò che lei e Gretchen avevano scoperto quel giorno. Noah ascoltò senza fare commenti.

«Tu eri... quanto? Due anni indietro rispetto a me alle superiori?» chiese Josie.

«Tre.» disse Noah.

«Ti ricordi di Beverly?»

«No, per niente. Non ero ancora alla Denton East quando lei frequentava il terzo anno.»

«Giusto...» disse Josie.

«Però mi ricordo di te e di Ray.»

Josie lo fissò incuriosita: non aveva mai notato Noah fino a quando non era entrato a far parte del corpo di polizia di Denton solo pochi anni dopo lei e Ray.

Noah andò a sedersi accanto a lei e le prese una mano. «So che non ti ricordi di me al liceo.» disse. «Ero al primo anno quando voi due eravate all'ultimo. Non mi aspetterei che tu ti ricordassi di nessuno della classe delle matricole.»

«Invece tu ti ricordi di me.» sottolineò Josie.

Le sue guance si tinsero di rosso. «Josie, dai, lo hai sempre saputo che avevo una cotta per te.»

I suoi occhi si allargarono. «Pensavo che fosse iniziata quando sei entrato nella polizia di Denton.»

Scosse la testa. «No. Sapevo già chi eri dal liceo. Eri molto bella allora, proprio come lo sei adesso, e intelligente e...»

«E cosa?»

Lui rise. «E non accettavi mai che qualcuno ti mettesse i piedi in testa.»

Rimasero in silenzio per un lungo momento. Josie disse: «Non lo sapevo. Ti ricordi di Ray?»

«Certo.» rispose Noah. «Ero invidioso di lui e ho continuato a invidiarlo per un sacco di anni.»

Misty li chiamò dal piano di sotto, interrompendoli. Noah accarezzò la gamba di Josie. «Ascolta, qualsiasi cosa tu scopra su Ray durante questo caso, andrà tutto bene. Fidati.»

Josie annuì, anche se nel suo intimo non era sicura che sarebbe andata così. I pensieri e i ricordi del liceo le si affollarono nella mente per tutta la cena. Se Noah, Misty o Harris la trovarono distratta, non dissero nulla. Dopo cena, si rannicchiò sul divano, con Trout accoccolato addosso a lei, e si mise a sfogliare il suo annuario, mentre Noah giocava a rimpiattino con Harris che ridacchiava, rincorrendolo per tutto il piano.

Beverly non aveva molti amici. Non ci volle molto perché Josie trovasse le sue due migliori amiche nell'annuario: Kelly Ogden e Lana Rosetti. Erano state entrambe compagne di classe di Josie. Lana frequentava l'ottava ora di chimica con Josie al terzo anno. Erano il gruppo di Beverly, le sue "comari" come le aveva definite sua nonna. Beverly era la leader e, come un serpente a tre teste, il trio creava scompiglio tra le altre ragazze della scuola. Kelly era perfida quasi quanto Beverly e non metteva mai in discussione i suoi ordini; invece, se non ricordava male, Lana era più gentile e sensibile, e per questo era spesso in contrasto con Beverly.

Josie ricordava che una volta, all'inizio del terzo anno, Lana era stata cacciata dal gruppo per non aver accettato di partecipare a uno scherzo crudele: Beverly voleva che falsificasse un biglietto con la calligrafia del ragazzo più popolare e bello della classe e lo consegnasse a una ragazza che veniva spesso presa in giro perché era in sovrappeso, invitandola al ballo. Fortunatamente, per merito dell'opposizione da parte di Lana, il piano non era stato portato a termine e solo quando Beverly e Kelly le si erano rivoltate contro, il resto della classe lo aveva scoperto. Avevano smesso di parlarle e avevano detto a tutti i compagni di scuola che se l'era fatta addosso sulle montagne russe in spiaggia durante l'estate. Umiliata, Lana era rimasta sola e sconsolata a pranzo per due settimane. Poi, come per magia, era stata riaccolta nel gruppo. Anche allora, Josie non aveva capito come facesse Lana a continuare a essere loro amica quando passavano il tempo a escogitare nuovi modi per torturare i compagni di classe più vulnerabili. Soprattutto perché ogni volta che Lana non assecondava i loro piani, la punivano.

Josie trovò il suo portatile sul tavolino sotto una pila di giocattoli di Harris e lo aprì, accedendo a Facebook per cercare sia Lana che Kelly. La foto del profilo di Kelly Ogden mostrava una donna che appariva molto più vecchia dei suoi trent'anni, con i capelli castani tirati indietro in una stretta coda di cavallo e già brizzolati alla radice. Il suo profilo non era privato, ma non c'erano molte foto o post. Josie riuscì così a scoprire che aveva una figlia adolescente e che lavorava in un supermercato locale. La pagina di Lana aveva impostazioni di privacy molto più rigide, ma la foto del suo profilo la ritraeva insieme a un uomo e a un ragazzino biondo su una spiaggia di qualche località marittima. Tutti e tre sorridevano. Lana sembrava uscita da una rivista, con i lunghi capelli biondi mossi dal vento, la pelle abbronzata e gli occhi azzurri e luminosi. Josie chiuse Facebook e si collegò a uno dei database della polizia, rintracciando subito l'indirizzo di Kelly in città. L'elenco degli indirizzi di Lana era lungo, ma quello più recente era a Denton.

Josie non era entusiasta di fronte alla necessità di parlare con nessuna delle due, avrebbe di gran lunga preferito lasciare i ricordi del liceo nel passato, ma ormai non aveva altra scelta. Qualcuno aveva ucciso la ragazza che le aveva dato il tormento alle superiori, ed era suo compito trovare quella persona e metterla in prigione.

Il suono di due cellulari che squillavano contemporaneamente la fece trasalire. Noah e Harris si fermarono in mezzo all'ingresso. Noah prese il telefono dalla tasca posteriore dei jeans. «È Mettner.» disse.

Josie prese il suo dal tavolino. «Io ho Chitwood.» disse.

Noah sospirò. «Non promette bene.»

Scorse il dito per rispondere alla chiamata e Josie fece lo stesso. Il capo Chitwood le abbaiò nell'orecchio. «Quinn! Ho bisogno di qualcuno al distretto commerciale di South Denton. Ci sono degli sciacalli, e parecchi. La pattuglia li ha rastrellati, ma devono essere schedati.»

«Pensavo che South Denton fosse sotto mezzo metro d'acqua...» rispose lei.

«Ma a quanto pare, ai ladri non importa di bagnarsi un po'!» ribadì Chitwood.

Riattaccò. Josie guardò Noah, che aveva appena riattaccato con Mettner. «Vado io.» disse. «Mett è già per strada.»

Josie pensò di replicare, ma era esausta. Gli sorrise. «La prossima volta vado io.»

TREDICI

Nel cuore della notte Noah si infilò piano nel letto accanto a Josie. Trout, che aveva preso il posto di Noah in sua assenza, brontolò quando gli diede una spintarella. Si alzò e si diresse verso i piedi di Josie, girando intorno e lasciandosi cadere giù, con la schiena pelosa morbida e calda contro le sue gambe. Lei aprì gli occhi e riuscì a scorgere la sagoma di Noah nella luce fioca proiettata dai numeri verdi delle loro sveglie. «Com'è andata?» gli chiese.

«Triste.» le disse. «Il negozio di liquori, il negozio di telefonia Spur Mobile, quella piccola boutique di abbigliamento, la farmacia... tutto ripulito. Tutto sparito, tranne la libreria. Immagino che i criminali non leggano molto.»

«È una vergogna.» commentò Josie. «Siete riusciti a prenderli tutti?»

«Cinque.» le disse lui. «Probabilmente saranno rilasciati nel giro dei prossimi due giorni, quando saranno chiamati in giudizio. Per la maggior parte erano di East Bridge, sfollati a causa dell'alluvione.»

A Denton c'erano due ponti, uno a sud e uno a est. L'area sotto il ponte orientale era stata per molto tempo un luogo di ritrovo per i senzatetto della città e per il traffico di stupe-facenti.

Josie si sentì trascinare all'indietro dal sonno e lasciò che gli occhi si chiudessero. Noah le sfiorò una guancia. «Josie?»

Aprì di nuovo gli occhi, sbattendo le palpebre per metterlo a fuoco. «Dormi un po'.» gli disse. «Sono le tre passate. Dobbiamo tornare alla stazione di polizia tra qualche ora.»

«Io...» cominciò lui, ma il trillo del cellulare di Josie li interruppe. Lei si girò verso il comodino e lo guardò. «È la centrale!» esclamò.

Accese la lampada sul comodino, prese il telefono e scorse per rispondere. «Quinn.»

«Detective Quinn?» disse una voce maschile. «Sono l'agente Hiller. Mi dispiace disturbarla a quest'ora. C'è una donna sull'altra linea che vuole parlare solamente con lei.»

«Mi stai prendendo in giro?» disse lei. «È notte fonda. Non potevi farti lasciare un messaggio?»

Seguì un attimo di silenzio. Poi Hiller riprese: «Ho pensato che volesse parlarle. Conosce il nome della vittima di Hempstead Road.»

Josie si tirò su a sedere. Trout alzò la testa dai piedi del letto, con le orecchie perfettamente all'insù. Noah picchiettò sul copriletto accanto a sé e Trout si avvicinò, sistemandosi contro la sua pancia.

Josie chiese: «Che cosa ha detto esattamente?»

«Ha chiamato e ha detto che doveva parlare con la detective Josie Quinn a proposito dell'omicidio di Beverly Urban.»

Josie strinse con forza la mano intorno al telefono. Il nome di Beverly Urban non era stato comunicato alla stampa, né il fatto che fosse una vittima di omicidio. Le uniche persone che conoscevano il suo nome e le modalità della morte erano la dottoressa Feist, i membri della squadra di Josie, Calvin Plummer e la sua segretaria. Non poteva essere Tammy a chiamare, no?

«Ha detto come si chiama?» chiese Josie. Rivolse lo sguardo a Noah, ma lui aveva le palpebre pesanti. Si sarebbe addormentato in pochi istanti.

«Ha voluto darci solo il nome, Alice. Tutto qui.»

Josie si alzò e sgattaiolò silenziosamente verso il corridoio e al piano di sotto, in cucina. «Passamela e mandami un messaggio con il numero da cui ha chiamato, in caso di disconnessione.»

«Agli ordini, Boss.»

La luce sopra il lavello era stata lasciata accesa nel caso in cui Misty o Harris si fossero alzati durante la notte. Mentre aspettava di essere collegata ad Alice, Josie si guardò intorno, stupita di quanto Misty tenesse pulita la cucina. Avrebbe voluto bere un po' d'acqua, ma non voleva turbare quell'ordine. Così, appoggiò un fianco al bancone e rimase in attesa. Sentì il passaggio di chiamata e poi un cambiamento nella qualità del silenzio. Infine, una voce femminile disse: «Pronto? Detective Quinn?»

Troppo vecchia per essere Tammy, pensò Josie. A meno che non stesse camuffando in qualche modo la sua voce. Una fumatrice, a giudicare dal suono graffiante. «Sono Josie Quinn. Cosa posso fare per lei, Alice? Ha qualche informazione sul corpo che abbiamo recuperato sotto la casa in Hempstead Road?»

Un'esitazione. Poi: «S-sì. Sì.»

«Che tipo di informazioni?» chiese Josie.

«So cosa è successo a quella ragazza.» disse Alice.

Josie tese l'orecchio per captare qualche rumore di fondo, ma non c'era nulla. «Cosa vuole dire?»

«So che è stata uccisa. So chi è stato.»

Non sarebbe stata la prima volta che il dipartimento riceveva una chiamata da qualcuno in cerca di attenzione che sosteneva di avere informazioni su un crimine. Josie doveva accertarsi che quella donna fosse sincera. «E come è morta Beverly?»

«Non posso parlarne al telefono.» disse Alice. «Dobbiamo incontrarci.»

«Alice, ricevo molte telefonate. Un sacco di segnalazioni.» disse Josie. «Devo cercare di capire se sta dicendo la verità o no.»

Ancora un'esitazione. «Le hanno sparato in testa, va bene?»

Josie si sentì attraversare da un brivido. «Va bene, Alice. Penso che lei abbia ragione. Dobbiamo incontrarci.»

«Voglio incontrarla in privato. Solo lei. Nessun altro.» precisò Alice frettolosamente.

«D'accordo.» disse Josie. «Che ne dice di domani alla centrale di polizia di Denton? Sa dove si trova?»

«Non possiamo incontrarci alla centrale. Non è sicuro.»

«Alice, posso assicurarle che in questa città non c'è posto più sicuro della centrale di polizia. Sarò lì alle nove del mattino. Dovrà entrare dal retro. Se vuole, posso aspettarla fuori, nel parcheggio.»

Alice abbassò la voce a un sussurro. «Se pensa che la stazione di polizia sia sicura, non è così intelligente come pensavo.»

Prima che Josie potesse rispondere, la linea cadde. Josie trovò il messaggio della centrale con il numero e provò a richiamarlo. Squillò sette volte prima che partisse la segreteria telefonica, con un avviso automatico che recitava il numero che aveva appena chiamato e invitava a lasciare un messaggio.

«Alice...» disse Josie dopo il segnale acustico. «Sono Josie Quinn. È estremamente importante che mi richiami. Ho bisogno di parlare con lei. Per favore, mi richiami a questo numero il prima possibile. Ci incontreremo dove vorrà.» le comunicò il suo numero e riattaccò.

Aspettò dieci minuti, ma nessuno la richiamò. Non c'era modo di tornare a dormire dopo una cosa del genere. Un vortice di domande le frullava nella mente. Chi era Alice? Come faceva a sapere dell'omicidio di Beverly? Perché aveva mantenuto il segreto per sedici anni? Era stata lei a uccidere Beverly?

Alla fine, andò al piano di sopra a vestirsi.

QUATTORDICI

Sebbene ci fossero due furgoni per i notiziari nel parcheggio comunale, non c'erano giornalisti in attesa vicino all'ingresso della centrale. Il maltempo continuava a battere sotto forma di una leggera pioggerellina. Josie riuscì a scivolare all'interno dell'edificio coperta dall'oscurità senza essere notata. Il sergente del turno di notte la registrò e lei raggiunse la sua scrivania. Cercò in vari database, ma il numero da cui Alice aveva chiamato era un telefono prepagato. Josie scrisse un mandato che le avrebbe permesso di contattare le principali reti di telefonia mobile per cercare di localizzare quello da cui l'aveva chiamata Alice, dal momento che anche i telefoni usa e getta devono utilizzare le reti mobili per effettuare le chiamate; quindi, se fosse riuscita a risalire a quale rete si era agganciato il numero, sarebbe stata in grado di triangolare la posizione del telefono e questa operazione le avrebbe consentito di restringere un'area di pochi chilometri. E se anche non avesse ottenuto le informazioni prima di qualche giorno, dovendo affidarsi alla rapidità dell'ufficio legale della rete, sarebbe stato meglio di niente. Intanto, avrebbe aspettato il normale orario di ufficio per chiedere la firma del mandato a un giudice.

Nell'attesa, provò a chiamare di nuovo Alice, ma rispose solo la segreteria telefonica. Poi cercò tra i documenti di Calvin Plummer e nell'annuario del liceo, ma non trovò nessuna Alice. Quando le prime luci del giorno si insinuarono dalle finestre, gli occhi presero a bruciarle per la stanchezza e dovette trattenere un lamento quando la pioggia prese a battere contro i vetri. Sembrava che non dovesse finire mai di piovere. L'alluvione stava raggiungendo proporzioni apocalittiche e il livello del fiume non accennava a volersi abbassare. Sentì la porta delle scale che si apriva e un attimo dopo le apparve davanti una tazza di caffè fumante e una confezione di prodotti da forno.

«I pasticcini sono da parte di Misty.» disse Noah. «Non mi hai nemmeno lasciato un biglietto. Va tutto bene?»

Josie assaporò il caffè con gratitudine e si appoggiò allo schienale. Noah si sedette di fronte a lei, alla sua scrivania e ascoltò il resoconto della telefonata di Alice.

«Perché non mi hai svegliato?» le chiese.

«Così non avresti dormito affatto. Inoltre, ora come ora è un vicolo cieco. A meno che non richiami.»

Gretchen e Mettner entrarono dalla porta delle scale, entrambi scuotendosi l'acqua dai capelli. Assaltarono la confezione di Misty e si sistemarono alle loro scrivanie, pronti a mettersi al lavoro. Gretchen avviò il computer, controllò la posta elettronica e iniziò a stampare i documenti. Prima che Josie potesse aggiornarli sul caso di Beverly Urban o sulla misteriosa donna che l'aveva chiamata di notte, arrivò Amber, vestita sempre con gonna e camicetta aderenti, ma questa volta in tonalità più scure. Invece di una valigetta, portava con sé un portabicchieri pieno di tazze da caffè di carta. Lo posò sulla scrivania di Mettner. «Salve a tutti.» disse sorridendo. «Ho pensato ne aveste bisogno.» La sua espressione si spense quando vide che Josie aveva già un caffè in mano, ma riprese rapidamente il suo sorriso. «Così ne ha due.» le disse, mettendole una tazza davanti. «Ah, detective Quinn...» aggiunse, «il detective

Mettner mi ha detto che le piace il caffè con due cucchiaini di zucchero e metà panna e metà latte.»

«Mett.» disse Josie. «Lo chiamiamo semplicemente Mett. Grazie.»

Josie bevve un altro po' di caffè dalla tazza che Noah le aveva portato mentre guardava Amber che distribuiva le altre, ognuna fatta secondo i gusti di ciascuno, come da istruzioni di Mett.

«Le avevo detto che di solito ci piacciono quelli del Komorrah's Koffee, ma adesso è allagato.» spiegò Mettner.

Stando al gioco, Noah rispose: «È stato un pensiero molto gentile. Grazie.»

Quando ebbe finito di distribuire i caffè, Amber prese una sedia da una delle scrivanie non occupate. Tirò fuori un tablet con tastiera che aprì sulle sue ginocchia. Poi li guardò in attesa.

«Miss Watts...» fece Gretchen, «d'ora in poi si unirà a noi per tutte le riunioni?»

La ragazza sorrise. «Per favore, mi chiami Amber. Comunque, no, non a tutte le riunioni, ma per il momento pensavo di partecipare a quante più possibile, per ambientarmi. In questo modo potrò farmi un'idea del tipo di casi a cui lavorate e dei problemi che potreste avere con la stampa.» Josie voleva dirle che la stampa era stata gestita benissimo da quando lei lavorava nel dipartimento, ma era ovvio che, nonostante le proteste del capo, Amber era lì per restare. Vedendo che nessuno spiccicava parola, Amber aggiunse: «Sentite, detective, non sono una spia del sindaco, chiaro?»

«Nessuno lo stava insinuando.» disse Mettner.

Josie, Gretchen e Noah si girarono a fissarlo e lui, notando le loro occhiate, disse: «Cosa? Pensate che sia un'informatrice del sindaco? Sul serio?»

«È tutto a posto.» disse Amber. «Davvero. Ascoltate, non posso cambiare il fatto che sia stato il sindaco ad assumermi, ma io sono qui per fare un lavoro che è quello di occuparmi di tutte le attività di stampa in modo che tutti voi possiate fare il vostro di lavoro. Questo è il mio compito e, se può farvi sentire meglio, risponderò al vostro capo, non al sindaco.»

Nessuno parlò.

Dopo un momento di tensione, Mettner disse: «Forza, ragazzi. Potremmo sfruttare al meglio questa situazione. Abbiamo del lavoro da fare.»

«A lei cosa succede se il sindaco Charleston non viene rieletto?» chiese Gretchen. «Perde il lavoro?»

Amber fece un cenno di disinteresse con la mano. «Oh, mancano ancora alcuni mesi alle elezioni. Non me ne preoccupo per adesso.»

«Ma le primarie sono tra un paio di settimane.» le fece notare Noah. «Il partito avversario non ha un candidato, il che significa che Charleston o Dutton saranno i soli candidati alla carica di sindaco a novembre. Tra due settimane scoprirà chi sarà il suo capo l'anno prossimo.» E Josie aggiunse: «Dutton è in corsa con una campagna per il taglio delle spese e ha fatto credere che Charleston abbia fatto pazzie con il bilancio comunale.»

Amber li fissò, con un sorriso cordiale bloccato sul volto. Ci fu un momento di imbarazzo. Poi tirò un sospiro e disse: «Beh, non posso preoccuparmi di questo adesso. Ho un lavoro da fare finché rimango qui, quindi se non vi dispiace...»

Con riluttanza, iniziarono la riunione mattutina sul caso Beverly Urban. Gretchen ripercorse tutto ciò che avevano appreso il giorno precedente. Josie raccontò di aver rintracciato le due migliori amiche di scuola di Beverly, della telefonata di Alice, di averne cercato il nome nei documenti relativi al caso Urban e dei mandati che aveva preparato per le reti mobili. Poi Gretchen passò un elenco di imprese appaltatrici che la segretaria di Plummer aveva inviato via e-mail quella mattina.

Noah lo scorse. «Ecco.» disse. «Newton Basement Waterproofing. Io parlerei prima con loro.»

«È quello che stavo pensando anch'io.» disse Gretchen. «Ma vorrei comunque recuperare i permessi dall'ufficio del Catasto.».

«Me ne occupo io.» disse Noah.

«Oggi dovrei lavorare al posto di comando.» disse Mettner. «Posso chiedere a qualcuno di portarmi a Hempstead Road e vedere se è ancora allagata. Se non lo è, posso dare un'occhiata in giro per vedere se riesco a trovare qualche indizio.»

«Vai a valle; cerca la casa di Mrs. Bassett.» gli disse Josie. «Vedi se riesci a trovare qualcosa lì.»

«Ricevuto.» disse Mettner. Si alzò, prese la tazza di caffè e sorrise ad Amber. «A più tardi.»

Noah disse: «Vado all'ufficio del Catasto. Probabilmente ci vorrà qualche ora. In questo modo, mentre me ne occupo, voi due potete iniziare a parlare con queste persone.»

Amber continuava a scrivere sul suo tablet, mentre Josie prendeva in mano alcuni documenti che Gretchen aveva stampato quella mattina, alla ricerca di parenti noti di Vera Urban. «Pare che abbia un fratello.» disse Josie.

«Sì.» rispose Gretchen. «L'ho cercato. Vive in Georgia. Non è sposato. È un ingegnere chimico. Sembra che abbia dieci anni più di lei.»

«Chiamiamolo.»

QUINDICI

Josie prese il telefono e lo mise in vivavoce per poter sentire entrambe. Compose il numero del fratello di Vera. Dopo sei squilli, rispose una voce maschile.

«Parlo con Mr. Floyd Urban?» chiese Josie.

«Chi è lei?»

Josie presentò se stessa e poi anche Gretchen, e gli spiegò il motivo per cui lo stavano chiamando. Per un lungo momento ci fu solo silenzio. Poi disse: «Ha detto che mia nipote è stata uccisa? Mi dispiace dirvelo, detective, ma non ho una nipote.»

«Ma lei ha una sorella, dico bene?» chiese Gretchen.

«Sì, certo, ma non le parlo da una vita. Ci siamo... come si dice?... Allontanati.»

«E perché?» chiese Josie.

«Non ho tempo per spiegarvelo.» disse Floyd.

«Va bene, allora quello che possiamo fare è contattare la polizia della sua zona e chiedere che la sottopongano a un interrogatorio.» tentò Josie. «Così andrebbe meglio?»

Un pesante sospiro passò attraverso la linea. Poi Floyd disse: «Nostra madre morì quando Vera era molto piccola e nostro padre quando Vera aveva appena finito il liceo. Non ci lasciò molto e quel poco lei lo voleva tutto. La casa, l'auto, qualsiasi cosa ci fosse nei suoi conti bancari. Diceva di averne bisogno. Disse che io me ne ero andato da casa da dieci anni e che ero già affermato. Quando insistetti per avere la mia metà del patrimonio, cercò di spacciare un testamento falso, dicendo che nostro padre lo aveva scritto prima di morire, tagliandomi fuori e lasciando tutto a lei.»

«Come faceva a sapere che era stato falsificato?» chiese Gretchen.

«Mia sorella aveva diciotto anni all'epoca e, credetemi, non è mai stata un genio. Lo sapevo e basta. Non appena minacciai di coinvolgere gli avvocati, fece marcia indietro. Dividemmo il patrimonio a metà e da allora non ci siamo parlati mai più.»

«Nemmeno una volta?» chiese Josie. «Nemmeno attraverso i social media? Nessuna telefonata in occasione di eventi importanti o delle feste?»

«Mettiamola così, agente, non la invitai nemmeno al mio matrimonio. I miei figli sono cresciuti senza neppure sospettare della sua esistenza. E comunque, non volevo una persona del genere nella loro vita.»

«Una persona del genere.» gli fece eco Josie. «Vera era solo una ragazzina.»

Floyd rise amaramente. «Detective, lei parla come mio padre. Era abbastanza grande per distinguere il bene dal male. Senta, non era un'assassina o una criminale, questo è vero, però era subdola e mentiva in continuazione. La faccenda della proprietà è stata la goccia che ha fatto traboccare il vaso.»

«Quindi, non aveva idea che Vera avesse avuto una figlia?» domandò Gretchen.

«No, affatto, spiacente.»

«E non ha più sentito, parlato o avuto contatti con Vera da quando aveva diciotto anni?» ribadì Josie.

«Proprio così.»

«Mr. Urban, conosce una persona di nome Alice?» chiese Josie.

«No.»

«Sa se Vera conosceva una persona con questo nome?»

«No, non lo so. Gliel'ho detto, non abbiamo più avuto contatti. Dico davvero, non posso proprio aiutarvi.»

«Il medico legale restituirà presto il corpo di Beverly Urban...» lo informò Gretchen, «di solito chiedono ai parenti più stretti di prendere accordi.»

Dal ricevitore uscì una risata amara. «Non sono io il parente più stretto.»

«Temo che invece lo sia, Mr. Urban.» disse Josie.

«Questa figlia di Vera avrà avuto un padre, no?» chiese.

«Sul certificato di nascita non c'è.» disse Gretchen.

Lui rise di nuovo. «Sì, sembra proprio da Vera. Beh, avrete il vostro bel da fare, no? Trovate il padre, perché io non pagherò per il funerale.»

E riattaccò.

Josie guardò Gretchen. «Ho come la sensazione che Vera sia stata fortunata che lui abbia smesso di parlarle tanti anni fa.»

Scuotendo la testa, Gretchen disse: «Credo che tu abbia ragione.» Annotò alcuni appunti sul suo taccuino. «Beh, questo non ci porta da nessuna parte.»

«Dobbiamo trovare qualcuno che conoscesse Vera.» disse Josie. «Magari tra i vecchi colleghi o gli amici.»

«È possibile che gli amici di Beverly sappiano dove lavorava la madre o quali persone frequentasse.» suggerì Gretchen.

«Vale la pena di provare.» convenne Josie.

La voce del capo Chitwood rimbombò nella stanza. «Detective!» disse, uscì dal suo ufficio ignorando Amber e poi chiese: «Che cosa avete per me?»

Lo informarono e lui ascoltò, con le pieghe del suo volto rugoso che si facevano più profonde a ogni dettaglio. Quando finirono, disse: «Organizziamo una conferenza stampa.»

Amber tirò su la testa dal suo tablet. «Capo Chitwood...» disse. «È sicuro che sia una buona idea a questo punto dell'indagine?»

«Watts!» sbraitò. «La decisione di organizzare conferenze stampa spetta a me, in ultima analisi. Se dico ai miei detective di informare la stampa di quello che sta succedendo, è quello che faranno.»

«Questo è un caso irrisolto, Signore.» rispose Amber. «Non c'è alcuna fretta di...»

Chitwood la interruppe, puntandole contro un dito. «Non crede che mettere un assassino dietro le sbarre sia urgente, Watts?»

Amber alzò una mano. «Non è quello che ho detto. Intendevo solo dire che potrebbe essere prudente ottenere maggiori informazioni prima di rendere pubblica l'indagine.»

Josie si schiarì la gola. «Signore...» disse. «Credo che Miss Watts voglia dire che una volta resi pubblici i dettagli del caso, chiunque possa avere informazioni sull'omicidio di Beverly Urban e sul luogo in cui si trova ora la madre potrebbe volatilizzarsi o nascondere informazioni che altrimenti ci avrebbe dato. Quella donna, Alice... che succederebbe se scappasse non appena rendessimo pubblico il nome di Beverly Urban?»

Una delle sue sopracciglia folte si inarcò e un capello grigio come lana d'acciaio balzò all'insù. «Quinn, nel mio ufficio. Subito.»

Con un sospiro, Josie lo seguì nel suo ufficio, chiudendosi la porta alle spalle. Lui si mise a camminare davanti alla scrivania. Lei si aspettava che le desse una lavata di capo per essersi mostrata in disaccordo con lui di fronte alla nuova addetta stampa, ma invece disse, tenendo la voce bassa: «Ascolta, Quinn, ho bisogno di togliermi di dosso questi manifestanti dei Quail Hollow Estates. Devo dare all'opinione pubblica qualcos'altro da rosicchiare. Cosa c'è di meglio di questo? Un caso di omicidio. Per l'amor del cielo, non posso nemmeno più parlare liberamente nella mia stazione di polizia.»

«Signore, non stavo suggerendo di non tenere una conferenza stampa, ma solo di limitare le informazioni che daremo ai giornalisti. Se questa Alice ci può offrire una vera pista, non voglio perderla. Lei può decidere cosa divulgare e cosa tacere. Ma non riveli ancora il nome di Beverly. Lasci che sia Amber a organizzare la conferenza. D'altronde, è qui per questo, no?»

Chitwood annuì. «Ho bisogno di qualcosa che la tenga occupata finché la faccenda di Quail Hollow non sarà risolta. Se il sindaco pensa che l'invio di una spia mi impedirà di far cadere tutta la forza della legge su di lei e sui suoi compari, l'attende un brusco risveglio.»

«Rilasci qualche vago dettaglio in giornata: che abbiamo trovato il corpo di una diciassettenne sotto una casa di Hempstead Road, che stiamo lavorando per identificarla e determinare da quanto tempo potrebbe essere stata sepolta lì. Che il medico legale ha confermato che la morte è avvenuta per omicidio. E domani faremo parlare Amber con qualcosa di più.» suggerì Josie.

Chitwood annuì via via che Josie parlava. «Sì.» disse poi. «Posso darle una lista di suggerimenti da seguire. Per esempio, chiedere alla gente di fornirci delle segnalazioni. Ottimo lavoro, Quinn. Prendi Palmer, fai firmare quei mandati e segui qualche pista. Ora esci dal mio ufficio e mandami qui Miss Watts, che le spiego cosa deve fare. Poi dovrò occuparmi ancora di queste stronzate dei Quail Hollow Estates prima che scoppi una rivolta.»

Josie tornò alla sua scrivania e disse ad Amber che il capo voleva vederla. Lei si alzò, si lisciò la gonna, si stampò un sorriso in faccia ed entrò nell'ufficio del capo.

«Che voleva da te?» chiese Gretchen.

Josie aspettò che la porta del capo si chiudesse prima di riferire la conversazione a Gretchen.

«Cavolo...» disse Gretchen. «Potrebbe rivelarsi un vantaggio imprevisto la presenza di un referente per la stampa.»

«Trovi?» chiese Josie. «E quale sarebbe?»

«Chitwood potrebbe passare più spesso dalla nostra parte.»

Il cellulare di Josie notificò l'arrivo di diversi messaggi. Digitò il codice di accesso e lesse quello che le aveva scritto Noah. «Abbiamo una pista.» annunciò. «Sembra che ci siano stati dei grossi problemi idraulici nella casa in Hempstead Road quando ci vivevano Vera e Beverly. Uno dei muri portanti era marcio. Il lavoro è stato eseguito dalla Zurzola Contracting.»

Gretchen si spostò con la sedia verso il computer e iniziò a cercare. «Sembra che abbiano chiuso nel 2007.» Prese una stampata dell'e-mail che aveva ricevuto da Tammy e la studiò. «Non sono nemmeno su questa lista. C'è scritto qualcosa su chi ha fatto i lavori all'impianto idraulico?»

«Sì.» disse Josie. «Ma è inutile controllare, l'idraulico è morto.»

«Fantastico.» sospirò Gretchen. «Siamo davvero a buon punto.»

«Aspetta...» disse Josie, scorrendo i testi e i documenti in PDF che Noah aveva inviato. «Cerca Newton Basement Waterproofing, la società che Noah ha menzionato prima. Più o meno nello stesso periodo, richiesero un permesso per rinforzare il seminterrato. Se il problema idraulico era così grave da richiedere di scavare una parte del seminterrato, o addirittura tutto, forse Plummer aveva deciso di procedere con l'abbassamento dell'intero seminterrato nello stesso momento.»

Le dita di Gretchen volarono sulla tastiera e un sorriso le illuminò il volto. «Siamo fortunate. Sono ancora in attività e il loro ufficio non si trova in una delle zone alluvionate!»

SEDICI

Dopo essersi occupate dei mandati, si diressero alla Newton Basement Waterproofing. Aveva smesso di piovere, ma sopra di loro c'era ancora una cappa di nuvole gonfie e grigie che non mostravano segni di schiarita. Da giorni Josie desiderava vedere il cielo azzurro e il sole, anche perché quel tempo cupo non giovava al suo umore. Si voltò per un istante verso Gretchen. «Hai scoperto qualcosa su questa azienda?»

«Sembra che sia di proprietà della famiglia Newton.» le spiegò. «Da una quarantina d'anni. Il padre l'ha passata al figlio. L'attuale proprietario si chiama George Newton. È sui quarantacinque. Hanno un organico di dieci persone.»

Josie aggirò la parte allagata della città, prendendo un percorso tortuoso fino a raggiungere la parte nord di Denton, una zona della città più scarsamente popolata e montuosa. La Newton Basement Waterproofing aveva sede in un edificio di blocchi di cemento con il tetto piatto e un ampio parcheggio. Davanti all'edificio c'erano due furgoncini con i pianali pieni di attrezzature. Josie e Gretchen parcheggiarono accanto a questi e si diressero all'interno. Quando aprirono la porta e varcarono la soglia il loro ingresso venne annunciato dal trillo di un campanello. Alla loro sinistra c'erano alcune sedie vuote e davanti una scrivania piuttosto alta e non presidiata, con sopra una serie di opuscoli disposti in pile ordinate. Da dietro una porta alle spalle della scrivania, una voce maschile avvisò: «Arrivo subito!»

Aspettarono cinque minuti buoni, poi finalmente dalla porta uscì un uomo dalla faccia rubiconda e dai capelli corti e castani. Indossava jeans sporchi e una maglietta nera con una scritta bianca: *Newton Basement Waterproofing. Since 1980.* «Cosa posso fare per voi?» chiese.

Josie e Gretchen stavano tirando fuori i distintivi quando lui indicò Josie e disse: «Ehi, ma io la conosco. Lei è quella detective!»

Josie gli mostrò il suo identificativo. «Sì, sono la detective Josie Quinn.»

L'uomo lanciò un'occhiata di sfuggita al documento di Gretchen e rimase concentrato su Josie. «In cosa posso aiutarla?»

«Non so se ha avuto modo di seguire il notiziario nelle ultime ventiquattro ore...» cominciò Josie, «ma abbiamo recuperato dei resti umani sotto le fondamenta di una casa in Hempstead Road.»

Lui fece una smorfia. «Oh sì, l'ho visto al notiziario. Era un corpo, vero?»

«Sì, purtroppo. Era il corpo di una ragazza che ha vissuto in quella casa tra il 1997 e il 2004. Era stata sepolta sotto le fondamenta. Abbiamo controllato i permessi comunali per vedere se erano stati fatti dei lavori nel seminterrato ed è così che abbiamo scoperto che la vostra azienda aveva richiesto un permesso per il consolidamento delle fondamenta nel 2004.»

La sua espressione si rabbuiò per la confusione. «Pensate che io abbia qualcosa a che fare con questa faccenda?»

«Lei è Mr. Newton, esatto?» chiese Gretchen.

«Sì, sono io.» disse lui. «George.»

«Al momento stiamo solo cercando di stabilire in quali

circostanze il corpo è finito sotto la casa. Si ricorda di aver lavorato in Hempstead Road?»

Newton spalancò gli occhi. «No. Voglio dire che se abbiamo richiesto un permesso, allora sono sicuro che abbiamo fatto il lavoro, ma personalmente non lo ricordo.»

«Lei lavorava qui all'epoca?» chiese Josie.

«Oh sì.» rispose. «Non è che coprissi il ruolo di responsabile o simili, ma ho lavorato per mio padre per molto tempo prima che mi cedesse l'azienda. Facevo parte del personale. Ci mandava nei posti e noi facevamo i lavori.»

Sul suo telefono, Josie selezionò il documento PDF che Noah le aveva inviato e glielo mostrò. Lui si tastò il bavero e poi cercò sotto la scrivania, finché non trovò un paio di occhiali da lettura. «Le dispiace?» chiese, allungando la mano verso il telefono.

«Niente affatto.» gli disse Josie, porgendogli il telefono.

Studiò il documento per diversi minuti prima di dire: «Sembra che mio padre abbia richiesto il permesso per questo. Riconosco la sua firma. Avevano problemi idraulici e fognari piuttosto gravi. Abbiamo dovuto demolire l'intero scantinato e abbassarlo, rifare le fondamenta.»

Gretchen gli chiese: «Possiamo parlare con suo padre?»

«No, purtroppo. È morto lo scorso anno.»

«Mi dispiace molto.» disse Josie. «Ha qualche documento in suo possesso relativo a questo lavoro?»

George scosse la testa. «Teniamo solo registri che risalgono fino a sette anni fa. Spiacente.»

«Conosce qualcuno che potrebbe aver fatto parte della squadra che eseguì il lavoro a Hempstead Road?» insistette Josie.

«Non saprei dirle.» ammise. «Probabilmente c'ero anch'io nella squadra. Dovete capire che facciamo centinaia di lavori all'anno e questo risale a quasi vent'anni fa.»

Josie riprese il telefono e tirò fuori l'ultima foto disponibile della patente di Vera Urban per mostrargliela. «Si ricorda di questa donna?»

Lui si strofinò il mento. «Mi sembra familiare.»

Gretchen prese il suo telefono per mostrargli la foto dell'annuario di Beverly. «E questa ragazza?»

Fissò la foto. «Oh, lei...» disse. «Sì, me la ricordo. Era una vera piaga, quella lì.»

Josie sentì un brivido di eccitazione nel suo cuore. «Perché dice così?»

«Comincio a ricordarmi di questo lavoro. Sapete, non è che mi rammenti di molti lavori. Come ho detto, ne facciamo centinaia ogni anno e non posso ricordarli tutti. Alla fine, sono quelli che si trasformano in una rottura di scatole che ti rimangono impressi nella memoria, capite?»

«Certo.» dissero all'unisono Gretchen e Josie.

«Sua madre era malata o qualcosa del genere. Era disabile. Non lo so. Aveva difficoltà a muoversi. Non la vedevamo mai. Se ne stava sempre in camera da letto. Ma questa ragazza veniva ad accoglierci in casa la mattina e poi, tornata a casa da scuola, restava nei paraggi. Non riuscivamo a compicciare un bel niente. Si era presa una cotta per uno dei nostri ragazzi.»

«Quale ragazzo?» chiese Gretchen.

«Non ricordo come si chiamava. È stato con noi solo un paio di mesi. Lo aveva assunto mio padre. Avevamo cercato di formarlo, ma non gli interessava imparare il mestiere. Voleva solo i soldi da mettersi nel naso.»

«Aveva problemi di droga?» chiese Josie.

«E non da poco. Come ho detto, era con noi da circa due mesi e poi una volta, dopo il giorno di paga, non si presentò al suo turno. Non l'ho più sentito e poi ho letto sul giornale locale che era morto di overdose.»

«Quindi è deceduto.» sospirò Josie. Un altro vicolo cieco. «Cosa voleva Beverly da quel ragazzo?»

George alzò le spalle. «E chi lo sa? Non avevo tempo di

spiarli. Dovevamo portare a termine il lavoro. Ma ogni volta che lei era in casa, lui la seguiva in un'altra stanza oppure fuori e se ne stavano con le teste unite.»

«Non ricorda nient'altro di lui?» chiese Josie.

George si prese un lungo momento per riflettere, strofinandosi di nuovo il mento e socchiuse gli occhi come se l'atto di richiamare i ricordi fosse faticoso. Alla fine, disse: «Il nome iniziava con la A. Andrew, Ambrose, qualcosa del genere.»

Gretchen tirò fuori il suo taccuino e annotò i nomi. «Quanti anni aveva allora? Se lo ricorda?»

«Probabilmente aveva la mia età, quindi all'epoca doveva avere tra i venticinque e i trent'anni.»

«Sa se vedeva Beverly fuori dal lavoro?» chiese Josie.

«No, non ne ho idea. Non ero amico di quel tipo. L'unico motivo per cui mi ricordo di lui è che era un pessimo dipendente e volevo che mio padre se ne sbarazzasse. Era già abbastanza grave che non facesse il suo lavoro. Per di più faceva il cascamorto con una liceale! Quello non era un bel soggetto. Non mi piaceva.»

«Mr. Newton, sa se quel gentiluomo possedeva armi da fuoco?» chiese Josie.

«Non credo, ma non posso dirlo con assoluta certezza.»

«E lei?» chiese Gretchen. «Possiede delle armi da fuoco?» «No, assolutamente.» rispose lui.

«Quanto tempo richiese il lavoro?» chiese Josie, prima che lui potesse chiedere perché si preoccupassero tanto del fatto che possedesse o meno delle armi.

Lui alzò le spalle. «Non ricordo di preciso. Probabilmente il tempo che richiedono sempre. Un paio di mesi.»

«Ci furono interruzioni durante i lavori?» chiese Gretchen. «Che lei ricordi al momento? Qualcosa di insolito?»

Passò lo sguardo da Gretchen a Josie e viceversa. «Pensate che qualcuno abbia seppellito quella ragazza sotto le fondamenta mentre eravamo nel bel mezzo dei lavori? E che non ce ne accorgemmo?»

Non risposero.

Di nuovo, lui fece una smorfia che indicava che stava scavando tra i suoi ricordi. «Un paio di volte ci dovemmo fermare perché stavano facendo anche delle riparazioni idrauliche, se non ricordo male. E, inoltre, noi non lavoravamo nei fine settimana. Ci fu un momento in cui, alla fine dei lavori, la casa era vuota. Mio padre dovette farsi dare la chiave dal padrone di casa, se non sbaglio. Dovemmo aver pensato che madre e figlia fossero fuori per una gita o una vacanza. A quel punto volevamo solo finire il lavoro. È tutto ciò che ricordo. Voglio dire, è possibile che qualcuno ce l'abbia messa mentre eravamo nel bel mezzo dei lavori, se l'ha fatto al momento giusto e ha rimesso tutto come l'avevamo lasciato.» Fu scosso da un brivido. «È terribile. Non voglio neanche pensare che abbiamo gettato cemento su quella ragazza e non ce ne siamo accorti.»

Josie tirò fuori un biglietto da visita e glielo porse, dicendogli di chiamarla se avesse ricordato qualcos'altro che pensava dovessero sapere. Lui lo prese lentamente, con un'aria improvvisamente stupita e molto angosciata.

«Mr. Newton? Sta bene?» chiese Gretchen. «C'è qualcos'altro?»

Lui scosse la testa e Josie credette di vedere i suoi occhi brillare. «È solo che... chi farebbe una cosa del genere? Una cosa così terribile?»

«È quello che scopriremo.» disse Josie.

DICIASSETTE

Si stava avvicinando l'ora di pranzo, così presero qualcosa da asporto che mangiarono in macchina prima di recarsi all'indirizzo di Kelly Ogden. Mentre Josie guidava, Gretchen inviò un messaggio a Noah per chiedergli di controllare se Calvin Plummer e George Newton possedevano armi da fuoco così da confermare che entrambi avessero detto la verità. Gli chiese anche di verificare se fosse possibile trovare un certificato di morte o un necrologio di un uomo di circa venticinque anni il cui nome iniziava per A, risalente all'estate del 2004.

«Ricapitoliamo i possibili sospetti: ci sono il padrone di casa...» cominciò Josie. «Ray, George Newton e ora questo tizio della squadra degli operai di Newton a cui Beverly faceva il filo.»

«La lista si allunga ogni volta che parliamo con qualcuno.» commentò Gretchen.

«E non aiuta il fatto che metà delle persone su questa lista siano morte.» aggiunse Josie.

Si fermarono davanti a un fatiscente edificio di cinque piani in una zona degradata di Denton che, in qualche modo, era sfuggita all'alluvione.

Trovarono l'appartamento di Kelly Ogden abbastanza facilmente, ma dopo aver suonato il campanello e bussato per diversi minuti, non ricevettero risposta. Allora, dato che Josie aveva consultato la sua pagina Facebook e scoperto che lavorava in uno dei supermercati locali, si diressero lì, dove la trovarono a lavorare alla cassa della corsia sette. Faceva scorrere le persone attraverso la sua fila con un'efficienza distaccata, parlando con i clienti solo per informarli dell'ammontare della spesa e per chiedere se avessero dei buoni sconto. Come nella foto del suo profilo, i suoi capelli castani erano tirati indietro in una stretta coda di cavallo. Di persona, dimostrava molto di più dei suoi trentatré anni.

Gretchen lasciò Josie all'interno del negozio per andare a cercare il direttore. Nel giro di un quarto d'ora, Kelly le condusse imbronciata nel parcheggio, a lato dell'edificio. Una leggera nebbiolina aveva iniziato a scendere dalle nuvole appesantite.

Sotto una piccola tettoia, un portacenere solitario spuntava tra le erbacce sull'asfalto sconnesso. Kelly tirò una lunga boccata di sigaretta e si avvolse un braccio sul petto come a farsi da scudo. «Non so niente di quel furto di ieri sera. So che avete preso mio fratello, ma io non c'ero. Ero a casa a dormire, a farmi gli affari miei. Ho un lavoro, io. Non ho bisogno di rubare. Mio fratello, lui è entrato nel giro della droga, o quello che è. Io non mi drogo. I furti e tutte quelle cose lì non erano neanche una sua idea. Ha iniziato a frequentare quel vecchio tizio... come si chiama? Anche lui è stato arrestato ieri sera, sapete. Dovreste parlare con lui, non con me.»

Josie e Gretchen la fissarono.

«Non è per questo che siamo qui.» spiegò Josie.

Di scatto Kelly alzò la mano in cui reggeva la sigaretta. «Zeke!» esclamò. «Ecco come si chiama.»

Il cuore di Josie andò in fibrillazione per qualche secondo, prima di calmarsi. Sottovoce, rivolgendosi a Gretchen, disse: «Zeke è stato arrestato ieri sera per saccheggio?»

Gretchen aggrottò le sopracciglia. «Non lo so, Boss. Se ne sono occupati Noah e Mett...»

Perché Noah non glielo aveva detto? O forse aveva cercato di dirglielo, ma lei aveva ricevuto la telefonata di Alice e da allora non aveva avuto modo di parlargli in privato. Si chiese se avesse importanza. No, si disse. Niente di tutto ciò che Larry Ezekiel Fox poteva aver fatto aveva importanza per lei. Cancellò dalla mente ogni pensiero che lo riguardava e tornò a concentrarsi su Kelly.

«Kelly...» disse Gretchen. «Siamo qui per parlarti di Beverly Urban.»

Kelly la fissò per un lungo momento. Tirò un'ultima boccata di sigaretta, la gettò a terra e la calpestò. Poi tirò fuori un'altra sigaretta e l'accese. Dopo una profonda boccata, disse: «Beverly Urban... non pensavo a lei dai tempi del liceo.»

«Eravate buone amiche.» disse Josie.

Kelly raddrizzò le spalle e, con un certo orgoglio, disse: «Ero la sua migliore amica.»

«Quando è stata l'ultima volta che le hai parlato?» le chiese Gretchen.

Kelly abbassò il mento sul petto. Prese un'altra boccata e soffiò fuori il fumo prima di dire: «Perché non mi chiedete quand'è stata l'ultima volta che mi ha parlato lei? Eravamo migliori amiche e poi un giorno ha smesso di chiamarmi e di venire a trovarmi.»

«Non hai mai pensato di informarti?» chiese Josie.

Kelly aggrottò la fronte. «Informarmi? E su che cosa? Che non fosse malata? Non era malata. Sono andata a casa sua e non c'era più. Né lei né sua madre. Se n'erano andate, senza dirlo a nessuno. Se n'erano andate e basta.»

«Non l'avevi trovato insolito o sospetto?» chiese Gretchen.

«No... l'avevano detto che dovevano andarsene. Erano al verde. Non c'era modo che evitassero il trasloco. Ma non pensavo che se ne sarebbero andate senza salutare o che Beverly non mi avrebbe più chiamata. Suppongo che sia per colpa di sua madre. Quella donna era rigida come se avesse un bastone su per il culo.»

«Per cosa?» chiese Josie.

Kelly rise. «Pensi che non mi ricordi di te? C'eri anche tu. *Per cosa*. Ma per favore! Sai bene com'era Beverly. Si metteva sempre nei guai.»

«Non ero sua amica. Ho bisogno di sapere in che tipo di guai si era cacciata prima di andarsene.»

Solo in quel momento Kelly sembrò rendersi conto del motivo per cui due detective della polizia erano venute sul posto di lavoro per parlare di un'amica che non vedeva e non sentiva da sedici anni. «Ehi, aspetta un attimo.» disse, puntando la sigaretta verso Josie. «Cosa sta succedendo qui? Beverly ha combinato qualcosa?»

«No.» disse Gretchen. «Non ha fatto nulla. Mi dispiace dirtelo Kelly, ma è morta.»

«Oh merda!» esclamò Kelly. Si mise a camminare in cerchio, come se non riuscisse a contenere quel colpo. «Oh merda, c'era lei in quel telo, vero? In televisione! Era sotto la casa? È stata... ammazzata?»

«Sì.» rispose Josie. «Stiamo cercando di capire cosa le sia successo e chi possa averla uccisa. Oltre a te e a Lana Rosetti, c'era qualcun altro che frequentava regolarmente?»

Kelly scosse la testa ma poi disse: «No, eravamo le sue migliori amiche.»

«Beverly faceva uso di droghe?» chiese Josie.

«No, nessuna droga. Aveva solo gli uomini, capisci?»

«Uomini?» la incalzò Gretchen.

Kelly roteò gli occhi. «È così che li chiamava. Non so

nemmeno se non se li inventasse. A Beverly piaceva chiacchierare. Pensava di essere uno schianto. Cioè, in un certo senso lo era. Poteva conquistare qualsiasi ragazzo, davvero, ma le piaceva anche raccontare storie, esagerare. Quando aveva una cotta per un ragazzo, si comportava come se si stessero frequentando, anche se non era così.»

«Ti ricordi i nomi di questi ragazzi?» chiese Josie.

«Non ci ha mai detto i loro nomi. Per questo dico che era difficile capire se esistessero davvero o se erano una sua invenzione. Ne parlava senza sosta, ma non ne abbiamo mai visto o incontrato uno.»

«Cosa vi diceva di loro?» chiese Gretchen, con la penna in bilico sul suo taccuino. «Soprattutto nei mesi precedenti l'ultima volta che le parlaste.»

Kelly batté la cenere sul cemento. «Ci raccontava, ad esempio, cosa le dicevano, quanti complimenti le facevano, cose così, e com'erano.»

«Aveva rapporti con qualcuno di loro?» chiese Josie.

Kelly roteò gli occhi. «A sentire lei, tutti quanti volevano farci sesso, ma non so se lo facesse davvero. Come ho detto, Beverly parlava molto. Una gran parte delle cose che diceva, su qualsiasi cosa, erano stronzate.»

Ma Josie sapeva che non tutto quello che Beverly aveva lasciato intendere era una bugia, visto che era incinta di cinque mesi quando era stata uccisa.

«Di quanti uomini stiamo parlando?» chiese Gretchen.

«Direi quattro.» rispose Kelly. «Credo che fosse andata davvero a letto con uno di loro, perché aveva un tatuaggio di cui parlava sempre. Come se questo lo rendesse un duro o qualcosa del genere. Chi non ce l'ha un tatuaggio? Ma allora eravamo giovani e stupide, e uscire con un ragazzo con un tatuaggio ci sembrava una cosa grossa.»

«Che tipo di tatuaggio?» chiese Gretchen.

Kelly scrollò le spalle e lasciò cadere a terra un po' di

cenere. La leggera nebbia si stava trasformando in una pioggerella costante. «Non ricordo. Era grande, però, mi sembra.»

«Dove ce l'aveva?» chiese Josie. «Te lo disse?»

Kelly si prese qualche secondo per riflettere. «Non lo so davvero. Non me lo ricordo.»

«Però ti ricordi che ha parlato di quattro ragazzi diversi.» obiettò Gretchen.

«Sì. Uno di loro era...» fissò Josie e si morse il labbro inferiore.

«Ray Quinn.» rispose Josie. «Si vedeva con lui?»

«Ci disse che lo faceva alle tue spalle, ma non credo fosse vero.» spiegò Kelly. «Ogni volta che cercava di parlargli, vedevo che lui non la degnava di uno sguardo.»

Eppure, Beverly indossava il suo prezioso giubbotto quando è stata uccisa.

«E gli altri?» chiese Gretchen, allontanando la conversazione da Ray.

«Disse che erano più grandi. Ray era l'unico ragazzo del liceo a cui diceva di essere interessata. C'era un ragazzo che stava facendo dei lavori a casa sua, se non ricordo male.»

Questo corrispondeva a quanto aveva detto George Newton. «Se non ti ha mai detto i loro nomi, come li chiamava quando ne parlava?» chiese Josie.

«Li chiamava con dei soprannomi.»

«Ti ricordi quali erano?» insistette Josie.

Kelly scosse la testa. Tirò un'ultima boccata dalla sua seconda sigaretta e gettò via il mozzicone. «No, non me lo ricordo è passato troppo tempo. Mi dispiace.»

«Ce n'era uno con cui faceva più sul serio?» domandò Gretchen.

«Non so se c'era uno che le piaceva più degli altri.» disse Kelly. «Ma c'era uno che aveva perso interesse per lei e questo l'aveva mandata su tutte le furie.»

«Hai idea di chi potesse essere?» chiese Josie.

«No, non ne ho idea.»

«E di suo padre?» chiese Josie. «Beverly l'ha mai nominato? Sapeva chi era?»

«No, non sapeva chi fosse e sua madre le diceva solo che suo padre non voleva essere coinvolto. Beverly non le credeva ma, secondo me, era solo perché non voleva credere che perfino suo padre non volesse avere niente a che fare con lei.»

Quello era un triste dettaglio della vita di Beverly e Josie si chiese cosa fosse passato per la mente a Vera Urban quando aveva detto una cosa del genere alla figlia. Si chiese se non ci fosse un modo più gentile per darle una spiegazione per l'assenza del padre. Probabilmente non c'era, senza mentirle.

«Cosa puoi dirci di sua madre, di Vera?» le chiese allora Josie.

«Era... una specie di disabile.»

«In che senso?» chiese Gretchen.

«Aveva un disco della colonna vertebrale danneggiato. Doveva prendere una tonnellata di Percocet e altrettanto ossicodone per fare anche le cose più semplici.»

«Era così per un incidente o una malattia?» chiese Josie.

Kelly tirò fuori il pacchetto di sigarette schiacciato, ne prese un'altra e se la accese. La pioggia batteva sulla tettoia di alluminio. «Per una rissa.»

Gretchen e Josie si guardarono. Josie sapeva che Gretchen stava pensando alla fedina penale di Vera che avevano trovato. Un paio di multe per eccesso di velocità e un'accusa archiviata per aver emesso un assegno a vuoto. Niente di violento.

«Non è successo in un bar o qualche locale...» precisò Kelly, come se le risse potessero avvenire solo in quei posti. «Lei e Beverly avevano litigato. Litigavano sempre. La madre sapeva essere una vera stronza. Un giorno, quando Beverly andava alle medie, avevano litigato di brutto e lei l'aveva spinta giù dalle scale.»

«Beverly spinse sua madre giù dalle scale?» chiese Josie attonita.

Kelly rise, soffiandole un getto di fumo in faccia. «Che c'è, ti sorprende?»

«No, direi di no. Pensavo che sfogasse la sua rabbia solo sulle persone che non le piacevano.»

«Cosa ti fa pensare che le piacesse la vecchia Vera? Ti assicuro che sua madre era un'autentica rottura di palle. Non permetteva a Beverly di fare un bel niente. Non sono mai andate d'accordo.»

«Sai per quale motivo?» chiese Gretchen.

«Mi stai ascoltando? Perché Vera era una stronza!»

«Chiaro.» disse Josie. «Kelly, abbiamo altre domande su Vera. Hai detto che era disabile a causa del mal di schiena. Sai se prima lavorava?»

«Oh sì, faceva la parrucchiera. Smise dopo che Beverly la fece cadere dalle scale. Non poteva stare in piedi tutto il giorno, o almeno così diceva. Si era operata alla schiena, ma la situazione era peggiorata.»

«Vera aveva un fidanzato?» chiese Gretchen.

«No, non l'ha mai avuto. Beverly era solita dirle che aveva bisogno di farsi scopare e che avrebbe dovuto trovarsi un uomo, e allora Vera le rispondeva che nessun uomo l'avrebbe voluta perché aveva una ragazzina marcia per figlia.»

Anche in questo caso, Josie provò una punta di compassione per Beverly, sebbene non fosse stata in grado di suscitare in lei alcuna compassione quando andavano a scuola insieme. D'altra parte, Josie non aveva idea di come fosse la vita familiare di Beverly a quel tempo.

«Solo un'ultima domanda, Kelly.» disse Josie. «Beverly ti aveva mai accennato a una gravidanza?»

Spalancò gli occhi. «No, mai. Pensi che fosse incinta?»

«Non possiamo proprio parlarne.» disse Gretchen. «Cosa

puoi dirci di qualche amica di Beverly o di Vera che si chiamava Alice? Ti ricordi se c'era una ragazza di nome Alice?»

Kelly scosse la testa. «No. Non mi dice niente.»

«Quando è stata l'ultima volta che hai parlato con Lana Rosetti?» le domandò infine Josie.

«Non ci parlo dai tempi del liceo.» rispose Kelly.

Gretchen consegnò a Kelly un biglietto da visita. «Ci sei stata molto utile. Chiamaci se ti torna in mente qualcos'altro.»

DICIOTTO

2004

L'aria era piena di energia e di eccitazione. All'esterno del campo da baseball si aggiravano un sacco di persone. Le gradinate erano già piene e alcuni abitanti di Denton si erano portati delle sedie pieghevoli da casa e le avevano sistemate ovunque avessero trovato posto. Il sole aveva cominciato a calare, ma il caldo e l'umidità erano ancora intensi. Josie si scostò per un attimo i suoi lunghi capelli neri dal collo, godendosi la sensazione dell'aria sulla nuca. Attendeva davanti alla recinzione a rete di metallo lungo la linea della prima base, dove gli amici e le famiglie dei giocatori della Denton East si riunivano prima dell'inizio di ogni partita per augurare buona fortuna ai giocatori. Dietro di lei, la gente si accalcava a decine, ma lei resisteva. Lisette aspettava nella lunga fila per gli hot dog e le bibite. Un boato si levò dalla folla quando i giocatori entrarono in campo.

Josie individuò subito Ray dalla sua corsa a perdifiato. Girò la testa e le fece l'occhiolino prima di prendere posto sul monte di lancio. Lui e il ricevitore cominciarono a fare un po' di riscaldamento mentre gli altri giocatori correvano per il campo e si lanciavano palle l'un l'altro, preparandosi per la finale di campionato. Josie si sciolse i capelli e si aggrappò alla recinzione. Una patina di sudore le ricopriva le braccia e le gambe nude. Intorno a lei, la gente gridava incoraggiamenti ai giocatori. Dopo alcuni minuti, la squadra si fece da parte per permettere agli avversari di uscire e riscaldarsi. Battendo il guanto contro la gamba, Ray si avvicinò a Josie. Sembrava il ritratto della sicurezza, ma lei capì dal modo in cui spostava lo sguardo tutt'intorno che era nervoso.

Lei si protese verso di lui per un bacio quando la raggiunse alla recinzione. «Stai tranquillo.» gli disse. «Andrai alla grande.»

Lui si infilò il guanto sottobraccio e con una mano le scostò i capelli dal viso. «Credi, Jo?»

Josie sorrise. «Ne sono sicura. Questa sarà la tua partita migliore. Aspetta e vedrai.»

«Spero che tu abbia ragione.»

Si baciarono di nuovo finché qualcuno nelle vicinanze non gridò: «Prendetevi una stanza!»

Poi l'allenatore raggiunse il campo con un gruppo di uomini vestiti in modo informale, con uno spezzato e il colletto sbottonato, e chiamò la squadra. Ray si guardò alle spalle. «Cazzo.» disse. «Devo andare. Dobbiamo fare le foto con gli sponsor prima che inizi la partita.»

Josie gli raddrizzò il cappellino da baseball. «Ti augurerei buona fortuna, ma non ne hai bisogno. Ci vediamo dopo.»

Lo guardò correre via, con il cuore che le tremava nel petto. Quanto si augurava che vincessero. Ray si era goduto talmente tanto la stagione del campionato, che era riuscito a uscire dai periodi di depressione in cui a volte cadeva. Aveva lavorato duramente e lei sperava di avere ragione sul fatto che tutto quel duro lavoro avesse dato i suoi frutti. Alla casa base, la squadra si schierò e si mise su un ginocchio con l'allenatore e quattro uomini d'affari locali in piedi dietro di loro. Josie riconobbe il fondatore della caffetteria locale, Komorrah's Koffee, con i suoi capelli bianchi e le spalle ricurve. Josie aveva sentito dire che presto sarebbe andato in pensione e avrebbe ceduto l'attività alla figlia. Poi c'era il proprietario della pizzeria appena fuori dal campus universitario, un uomo sulla cinquantina dai capelli biondi e unti e baffi che sembrava stentare a crescere. E poi, dava l'idea che mangiasse tante pizze quante ne vendeva. C'erano altri due uomini che sembravano avere tra i trenta-cinque e i quarant'anni. Uno era alto e allampanato, con folti capelli castani ondulati e un paio di occhiali sottili che continua-vano a scivolargli sul naso. Era abbastanza sicura che fosse il proprietario di una società di software locale che aveva avuto molto successo negli ultimi tempi, anche se non riusciva a ricor-darne il nome. L'ultimo uomo era di statura media, abbronzato e tonico, con i capelli castani quasi rasati, a spazzola e ingellati sulle punte, come se cercasse di sembrare più giovane di quanto non fosse in realtà. Josie non conosceva il suo nome e non ricor-dava di quale azienda fosse proprietario, ma lo aveva visto in televisione qualche volta. Qualcosa che riguardava la ristruttu-razione del teatro storico del centro.

Lo scatto e il flash delle macchine fotografiche dietro di lei attirarono la sua attenzione. Si voltò e vide diverse persone che tenevano in mano delle macchine fotografiche. Josie si fece strada a forza in mezzo a quell'assedio. Nel momento in cui si allontanò, questi si avvicinarono alla recinzione, gridando ai giocatori e scattando foto a raffica. Ci vollero diversi minuti per trovare Lisette lungo il lato delle gradinate, seduta su una sedia da giardino lungo la linea della terza base. Accanto a lei c'era una sedia uguale, la cui seduta traboccava delle cose da mangiare che aveva comprato al chiosco. «Eccoti qui.» disse Lisette. «È meglio che ti sieda prima che qualcun altro cerchi di prendere questo posto.»

Frugò in quella montagna di provviste che sarebbero state sufficienti a sfamare entrambe per una settimana, figuriamoci per una sola partita: aveva comprato quattro hot dog, una mezza dozzina di sacchetti di salatini, patatine fritte coperte di ketchup e alcuni brownies.

«Nonna, è troppo!» disse Josie.

Lisette scosse la testa. «Ray avrà fame dopo la partita. Gli daremo tutto quello che non avremo finito noi. Oh no! Ho dimenticato di prendere i tovaglioli. Mi faresti il piacere di fare una corsa al chiosco? Prendine un bel po'.»

Mancavano pochi minuti all'inizio della partita e la gente si stava dirigendo verso i propri posti, cercando di accaparrarsi spazio ovunque lo trovasse. Josie fece il giro passando dietro alle gradinate, dove c'era solo erba disseminata di involucri di cibo e che terminava con una recinzione di rete più alta. Oltre la recinzione c'era un parcheggio e, accanto, un'area boschiva. La gente continuava ad affluire attraverso lo stretto ingresso dal parcheggio e lei dovette arrancare fino al chiosco, rischiando di finire a terra quando si trovò di fronte un muro. Non un muro, si rese conto poi, quando mani forti la afferrarono per le braccia, ma un uomo. Alzò lo sguardo ritrovandosi davanti uno degli sponsor. Quello abbronzato e tonico. «Scusami tanto.» disse lui, sorridendole con labbra carnose e denti bianchi e dritti. Avrebbe potuto essere affascinante se non l'avesse tenuta stretta per un attimo di troppo e se il suo pollice non le avesse sfiorato lievemente il lato del seno mentre la sosteneva. Allontanandosi, Josie abbassò il mento e cercò di superarlo. «Nessun problema.» disse. La gente scorreva intorno a loro senza degnarli di uno sguardo.

Lui le toccò la spalla, trattenendola lì. «Ci conosciamo?»

Josie indicò con un pollice sopra la sua spalla. «Il lanciatore è il mio ragazzo.» disse. «Probabilmente mi ha visto con lui.»

Il suo sorriso si fece cospiratorio, come se stessero condividendo un segreto di qualche tipo. «Quel ragazzo è bravo.» disse. «Sul campo.»

Josie sentì le sue guance avvampare. «Io dovrei...»

Prima che potesse finire la frase, qualcosa alle sue spalle attirò la sua attenzione. Si sentì sollevata quando lui disse: «È stato un piacere conoscerti.» prima di passarle accanto e proseguire per la sua strada. Josie non si voltò. Si segnò mentalmente di inserirlo nella sua lista dei pervertiti.

C'era ancora la fila davanti al chiosco e diversi avventori le urlarono contro quando cercò di tagliare la fila per prendere una manciata di tovaglioli. Tamburellando un piede per l'impazienza sul sentiero di terra battuta antistante la tribuna, attese doverosamente dieci minuti buoni per i tovaglioli. Si affrettò a tornare indietro, questa volta facendo il giro lungo del campo esterno, sperando di evitare il signor Abbronzato e Tonico. E Disgustoso, pensò. C'era comunque parecchia gente vicino ai bagni. Se non fosse tornata presto al suo posto, si sarebbe persa l'inno nazionale. La povera Lisette avrebbe pensato che fosse stata rapita. Mentre superava la fila per il bagno delle donne, un giocatore della squadra avversaria le passò accanto di corsa, facendosi strada in mezzo alla fiumana. Le urtò la spalla, facendola girare e facendole cadere i tovaglioli di mano. Josie imprecò sottovoce e si accovacciò, riprendendo i tovaglioli. Qualcuno della fila urlò al ragazzo: «Sta' attento, idiota!»

Stringendosi al petto il mucchio di tovaglioli, Josie proseguì. Il presentatore diede il benvenuto a tutti e chiese di alzarsi in piedi per l'inno nazionale. Prima che lei si girasse verso la linea della terza base, una ragazza incespicò da dietro il bagno delle donne e finì direttamente davanti a lei.

«Ehi!» disse Josie. «Attenta.»

Davanti a lei c'era Beverly Urban, con gli occhi spalancati come un cervo alla luce dei fari. I suoi folti riccioli erano spettinati.

«Oh cazzo...» disse Josie.

Ma nessun ghigno apparve sul volto di Beverly. Nessuna parola tagliente uscì dalla sua bocca. Si limitò a fissarla, come se le stesse guardando attraverso. Dagli altoparlanti risuonarono le prime note dell'inno nazionale. Macchie rosa tappezzavano il collo di Beverly. In una mano stringeva qualcosa. Un pezzo di tessuto bianco.

Senza pensarci, Josie le chiese: «Stai bene?»

Come se fosse uscita da uno stato di stordimento, gli occhi di Beverly si ridussero a due fessure. Infilò il pugno nella tasca della gonna. «Stammi lontano.» ringhiò.

Con un'alzata di spalle, Josie fece un ampio passo intorno a lei. «Con piacere.» disse senza voltarsi.

DICIANNOVE

L'indirizzo che avevano trovato registrato a nome di Lana Rosetti le aveva portate nella parte occidentale di Denton, in un quartiere di case singole con ampi spazi verdi tutto intorno. I prati erano ben curati, anche se intrisi d'acqua a causa della pioggia che continuava a cadere a ritmo costante. Fino a quel momento, solo una parte del quartiere era stata allagata. Josie e Gretchen seguirono diverse deviazioni fino ad arrivare alla casa di Lana Rosetti, contente nel vedere che era fuori dalla zona alluvionale. Un cartello sul giardino anteriore diceva: *Rosetti Psicologa.*

«È una psicologa?» domandò Gretchen.

«Si direbbe di sì.» disse Josie mentre scendevano dalla macchina e si incamminavano lungo il vialetto. Cinque gradini e arrivarono sul pianerottolo davanti alla porta d'ingresso dipinta di rosso scuro. Ai lati c'erano delle piante in vaso. Josie suonò il campanello e aspettarono. Pochi istanti dopo apparve una donna. Assomigliava molto a Lana Rosetti, ma era troppo vecchia per poter essere lei. La sua corporatura sottile era avvolta in un abito a stampa floreale che le arrivava fino alle caviglie. I capelli biondi ondulati le ricadevano sulle spalle.

Occhi azzurri e brillanti guardavano sopra un paio di occhiali mentre studiava le due detective. «Posso aiutarvi?»

Le mostrarono i loro distintivi e Josie disse: «Lei è Mrs. Rosetti? La madre di Lana?»

«Sì, sono io. Può chiamarmi Paige. State cercando Lana?»

«Sì, vorremmo parlare con lei, se possibile.» disse Gretchen. «Per caso è qui?»

Paige le studiò entrambe per un lungo momento. «Posso chiedere di cosa si tratta?»

«Certo.» disse Josie. «Stiamo indagando sulla morte di una sua compagna di liceo. Speravamo di poter parlare di tutto ciò che ricorda di quel periodo e che potrebbe aiutarci nelle indagini.»

«Oh cielo.» disse Paige. «Forse dovreste entrare.»

La seguirono attraverso un ingresso arioso e con pavimenti in legno chiaro, fino alla cucina, dominata al centro da un tavolo di legno rustico fuori misura per quello spazio. Da una parte c'era un computer portatile aperto. Paige lanciò un'occhiata a Josie da sopra la spalla. «Hai frequentato il liceo con mia figlia, vero?»

«Sì.» disse Josie. «Ma non eravamo amiche.»

Paige indicò le sedie di legno spaiate, sistemate sotto il tavolo. «Prego, accomodatevi.» disse loro. «Posso offrirvi qualcosa? Acqua? Caffè?»

Entrambe rifiutarono e Gretchen chiese: «Lana è in casa?»

Paige sorrise. «No, ma ho in programma una videochiamata con lei tra diciassette minuti, se volete aspettare.»

«Preferiremmo incontrarla di persona, se è possibile.» spiegò Josie.

Paige rise, prendendo posto davanti al portatile. «Oh, temo che non sia possibile. Mia figlia e la sua famiglia sono dall'altra parte del mondo. L'unico momento in cui riesco a vederli o a parlare con loro sono le videochiamate programmate, e la metà delle volte non si concludono. L'infrastruttura in cui si trovano non è delle migliori.»

«Dov'è?» chiese Gretchen.

«In Burundi.» rispose Paige. «È in Africa. Lana e suo marito lavorano con Medici Senza Frontiere e mio nipote è lì con loro.»

«Magari un caffè lo prendiamo.» disse Josie.

Paige rise. «Ottima idea.» disse, andando a preparare una caffettiera mentre aspettavano che Lana si collegasse. «Avete detto che si trattava di una compagna delle superiori?»

«Beverly Urban.» disse Gretchen. «I suoi resti sono stati trovati di recente qui a Denton. Sembra che sia stata uccisa subito dopo la fine del terzo anno di liceo.»

«Oh, che tristezza...» disse Paige. «È terribile!»

«Si ricorda di Beverly?» chiese Josie.

«Sì. Ricordo che il suo rapporto con Lana a volte era difficile. Pensavo che non avesse una buona vita familiare perché spesso si comportava in modo strano. Cercava molto l'attenzione e la mia Lana, all'epoca, era troppo gentile a scapito del suo stesso bene.»

«Conosceva la madre di Beverly?» chiese Josie. «O ha mai avuto occasione di parlarle?»

Paige mise davanti a loro tazze e cucchiai, insieme a una ciotola di zucchero e a un piccolo cartone di latte. Mentre si servivano il caffè, Paige si prese un momento per riflettere e poi scosse la testa. «No, non l'ho mai incontrata. A volte ci pensavo. A volte Beverly sapeva essere crudele con Lana, ma alla fine riuscivano a risolvere sempre tutto. Poi Beverly si trasferì e non fu più un problema.»

Il portatile di Paige emise un segnale. Josie e Gretchen sorseggiarono il loro caffè e aspettarono mentre Paige e Lana si collegavano e chiacchieravano brevemente. Poi Paige spiegò che la polizia era lì e perché. Sentirono la voce di Lana, che diceva: «Oh mio Dio. Povera Beverly. Sono lì in questo momento? Fammici parlare.»

Josie e Gretchen si alzarono e si strinsero per entrare nell'inquadratura alle spalle di Paige. Si vedevano in un piccolo riquadro nell'angolo in alto a destra dello schermo. Lana apparve in un riquadro che riempiva il centro dello schermo. I suoi capelli biondi e ricci erano legati all'indietro in una coda di cavallo disordinata. Aveva la pelle scottata dal sole e si stava spellando sul naso. Indossava una maglietta grigia sbiadita di Medici Senza Frontiere. Si vedeva che era all'interno di una tenda di un verde scialbo. Josie fece le presentazioni. Ci volle più tempo del previsto, perché ogni tanto le immagini si bloccavano e le parole si perdevano e dopo un po' Josie sentì che cominciava a montare la frustrazione, ma si impose di rimanere calma e concentrata. Poi, finalmente arrivarono alle domande.

«Lana, sappiamo che eri una buona amica di Beverly.» disse Gretchen. «Abbiamo saputo che non è stata vista da nessuno di quelli che le erano vicini dopo la fine del terzo anno delle superiori. È stata quella l'ultima volta che hai parlato con lei?»

«L'ultima volta che le ho parlato è stata circa una settimana dopo la fine della scuola. Avevamo passato la serata a casa mia e lei era rimasta a dormire da me. Poi la mattina era tornata a casa sua e da allora non l'ho più sentita.»

«E non andasti a casa sua?» chiese Josie. «Non telefonasti in giro? Non cercasti di scoprire dov'era andata?»

«Certo.» disse Lana. «Ma non c'era nessuno. Nessun altro l'aveva vista. Sapevamo tutti che doveva trasferirsi, quindi io pensai che fosse questo il motivo, che se ne fossero semplicemente andate.»

Per un momento le immagini sullo schermo impazzirono. Il punto in cui si trovava Lana divenne un groviglio di linee. Aspettarono un po', poi tornò a posto e Gretchen disse: «Oggi abbiamo parlato con Kelly Ogden. Ci ha detto che c'erano diversi uomini a cui Beverly era interessata alla fine del vostro terzo anno di liceo.»

«È vero.» confermò Lana.

Josie si intromise. «Kelly ha detto che erano quattro. Ti ricordi che fosse così?»

«Sì.»

«Uno di loro era Ray Quinn?»

«Sì.»

«Ti ricordi di me?»

Lana si avvicinò allo schermo, gli occhi e la fronte occuparono la maggior parte dell'immagine. «Sì, mi ricordo di te. Onestamente, non so se ci fosse qualcosa tra lei e Ray. Lei diceva che c'era, ma non ne sono sicura. Non ci credevo davvero. Credo che lei volesse che succedesse qualcosa con Ray, ma lui non era interessato.»

«Uno dei ragazzi che le piacevano era un uomo che faceva lavori di ristrutturazione a casa sua?» chiese Gretchen.

Lana si appoggiò alla sedia e si grattò la punta del naso. «Sì, me lo ricordo. Era più grande. Le piaceva davvero. E lui sembrava interessato a lei. Una volta ero a casa sua in un momento in cui si stavano stuzzicando. Non ricordo il suo nome, però.»

«Sai chi erano gli altri due uomini?» chiese Josie.

«No. Beverly era riservata su di loro. Per questo io e Kelly non eravamo sicure che quello che ci diceva fosse vero. Posso però dirvi questo: andava a letto solo con uno dei ragazzi che le piacevano. Voleva dare l'impressione che fosse una specie di seduttrice irresistibile, come se gli uomini non potessero controllarsi davanti a lei, ma in realtà era in intimità solo con un ragazzo. Questo è quello che mi aveva detto. Non so quale fosse, ma so che aveva un tatuaggio.» Lana rise. «Per qualche motivo, pensava che un ragazzo con un tatuaggio fosse così... adulto. Eccitante.»

Gretchen disse: «Sì, lo stesso ci ha detto Kelly. Ti ricordi che tipo di tatuaggio aveva questo tizio?»

Lana si scostò una ciocca di capelli dagli occhi. «Oh, mi sembra che fosse...» L'audio si interruppe e sullo schermo il volto di Lana si bloccò, distorcendosi per le linee che lo attraversavano.

«Oh, accidenti...» disse Paige. «Non so per quanto tempo ancora potremo parlare con lei. Aspettate solo un minuto. Tornerà, se tutto va bene.» Dopo un lungo momento, Lana tornò in linea. Le chiesero di nuovo del tatuaggio. «Non prendetelo come oro colato, ma sono abbastanza sicura che fosse un teschio. Non so però in quale punto del corpo.»

Gretchen aveva tirato fuori il suo taccuino per annotare questo nuovo dettaglio.

«Lana, sai se Beverly assumeva droghe?» chiese Josie.

Lana scosse la testa. «No. Non l'ho mai vista farne uso.»

«Hai idea di chi possa averla uccisa?»

«Oh Dio, no. In questo non posso aiutarvi. Non ne ho la più pallida idea. So che si vedeva con un ragazzo più grande e che litigava con sua madre come una pazza, ma non riesco a immaginare che qualcuno volesse ucciderla. Oh, ma...» si interruppe e Josie pensò che il collegamento fosse di nuovo saltato, ma Lana si stava solo prendendo un momento per pensare. Quasi tra sé e sé, mormorò: «Credo che ormai non abbia più importanza. Infatti, se è stata uccisa subito dopo la fine della scuola, probabilmente l'avrete già scoperto con l'autopsia. Beverly era incinta.»

«Sì.» disse Josie, sorpresa che Beverly l'avesse confidato a Lana e non a Kelly, visto che al liceo apparentemente era lei quella più vicina a Beverly tra le due. D'altronde, Josie si rese conto che Kelly era più che altro una leccapiedi: faceva tutto quello che Beverly le ordinava di fare. La sua funzione non era quella di fornire consigli o conforto. Lana era evidentemente la più sensibile delle due compagne, rifiutandosi di mettere in atto gli stratagemmi più crudeli orditi da Beverly. «È stato confermato dall'autopsia. Sai chi era il padre?»

Lana si accigliò. «Ho paura di no. Ma come ho detto, poteva essere solo uno dei suoi uomini. È così che ho scoperto che aveva rapporti intimi con una sola persona. Quando mi aveva detto della gravidanza, le avevo chiesto se sapeva di chi fosse e allora mi aveva confessato di non avere rapporti così frequenti come ci aveva lasciato intendere.»

«Ti ha mai detto i nomi di qualcuno di questi uomini? Oltre a quello di Ray?» chiese Josie.

«No.»

«Kelly ci ha detto che aveva dei soprannomi per loro. Ne ricordi qualcuno?»

«No, non li ricordo. È stato tanto tempo fa. Mi dispiace davvero. Vorrei potervi aiutare. Ci penserò ancora un po', ma... insomma, è accaduto al liceo.»

«Capisco.» disse Josie. «E una persona di nome Alice? Conoscevate una ragazza con questo nome? Vera aveva qualche amica che si chiamava Alice?»

«No, non che io ricordi.» disse Lana.

L'immagine tremolò di nuovo, Lana scomparve ancora una volta e uno strano clangore metallico risuonò dagli altoparlanti. Paige mosse le dita sul mouse, cliccando più volte per cercare di ripristinare l'immagine. Sentirono la sua voce prima che il suo volto tornasse a comparire. «Vera lo sapeva.»

Josie sentì un brivido sulla nuca. «Vera sapeva? Sua madre sapeva degli uomini?»

Linee multicolori riempirono lo schermo. Si udì un suono simile a un «Sì».

Gretchen si avvicinò allo schermo e chiese a gran voce: «Vera sapeva i loro nomi?»

«Sì.»

Per un lungo momento, al posto di Lana non ci fu altro che un riquadro nero. Poi apparve di nuovo sullo schermo. Josie lasciò andare un respiro che non si era resa conto di aver trattenuto.

«Mi dispiace.» disse Lana. «La connessione non è buona.»

«Vera sapeva che Beverly era incinta?» domandò Josie.

«Sì, Vera sapeva della gravidanza. Vera sapeva chi era il padre, apparentemente, anche se non so come, perché Beverly non voleva dirlo né a me né a Kelly. Credo che non abbia nemmeno mai detto a Kelly che era rimasta incinta. Ma lei e Vera avevano litigato terribilmente per questa storia.»

«Diresti che Vera era violenta?» chiese Gretchen.

Lana aggrottò la fronte. «È difficile da dire. Non credo che volesse esserlo. Credo che avessero solo un rapporto molto teso.»

«Pensi che potrebbe essere stata Vera a uccidere Beverly?» chiese Josie.

Lo schermo si distorse di nuovo in un caleidoscopio di immagini digitali spezzate. Sentirono una sola parola di Lana prima che la connessione si interrompesse del tutto. «Possibile.»

VENTI

Paige le invitò a tornare nel giro di qualche giorno per la successiva videochiamata in programma con Lana. Diede loro l'indirizzo e-mail della figlia, ma avvertì che Lana aveva raramente il tempo di rispondere.

Una volta alla stazione di polizia, Josie e Gretchen ordinarono il cibo da asporto e si sedettero alla scrivania con Noah, che era tornato dall'ufficio del Catasto. Amber non si trovava da nessuna parte, anche se il suo tablet era ancora su una delle scrivanie vuote. Josie e Gretchen aggiornarono Noah sui loro colloqui con Kelly e Lana.

Noah finì il suo cheeseburger e si pulì le mani su un tovagliolo. «State pensando che Vera abbia ucciso la propria figlia, l'abbia seppellita e se ne sia andata?»

Josie sgranocchiò una patatina fritta, pensandoci su. Poi dal computer recuperò una copia della patente di Vera. «Qui c'è scritto che Vera era alta un metro e sessantacinque. La dottoressa Feist ritiene che chi ha sparato a Beverly fosse alto almeno un metro e ottanta. In base al foro d'entrata del proiettile e all'altezza di Beverly e Vera, sembra improbabile. Ma Vera è sparita dalla circolazione da sedici anni. Perciò o si è nascosta perché, se avesse ucciso sua figlia, avrebbe cercato di sparire... oppure chi ha ucciso Beverly ha ucciso anche lei. Personalmente, propendo per l'ipotesi che anche Vera sia stata uccisa.»

«E perché?» chiese Gretchen.

«Perché se era in pessime condizioni fisiche come hanno confermato le persone con cui abbiamo parlato fino a questo momento, non posso pensare che fosse in grado di seppellire il corpo di Beverly sotto il pavimento del seminterrato.»

«Giusta osservazione.» concesse Noah. «Ma potrebbe essere stata aiutata.»

«Da chi?» chiese Gretchen. «Vera non aveva un fidanzato. Sembra che non avesse nemmeno degli amici.»

«Per quanto ne sappiamo.» precisò Josie. «Non abbiamo abbastanza informazioni su di lei. Dobbiamo rintracciare le persone che la conoscevano.»

«Dobbiamo scoprire dove lavorava prima di farsi male alla schiena. Doveva essere un salone locale.»

Il cellulare di Josie squillò. Quando guardò il numero, il cuore le balzò in gola. «È Alice!» disse, rispondendo al telefono. La stanza calò nel silenzio, tutti gli occhi erano puntati su di lei.

«Detective Quinn?» disse Alice. «È lei?»

«Sì, Alice. Sono io. Sono contenta che mi abbia richiamata. Abbiamo davvero bisogno di parlare.»

«Sì, dobbiamo.»

Josie guardò Gretchen e Noah che le fecero cenno di continuare. «Posso incontrarla in un posto privato, ma devo portare con me un collega. Sicuramente lo può capire. È per la sicurezza di tutti.»

«Chi? Chi porterebbe?»

Josie pensò a quello che aveva detto Alice sul fatto che la stazione di polizia non era sicura. Non credeva nemmeno per un istante che qualcuno della sua squadra fosse stato corrotto, ma ovviamente Alice aveva delle preoccupazioni. Ne avrebbero potuto discutere quando si sarebbero incontrate. «La detective

Gretchen Palmer.» disse Josie. «È venuta qui qualche anno fa da Philadelphia.»

Seguì un lungo silenzio. Poi Alice disse: «Bene. Può portarla. Ma solo lei. Ha capito?»

«Sì.» disse Josie. «Ho capito. Dove vuole che ci incontriamo?»

«C'è uno Stop-N-Go vicino all'Interstatale. Lo conosce?»

«Sì, lo conosco.» disse Josie. «Ci vediamo nel parcheggio? Tra mezz'ora?»

«No, non nel parcheggio.» rispose Alice. «Dietro lo Stop-N-Go.»

«Dietro lo... Alice, lì dietro non c'è altro che alberi ed erba. C'è solo la strada che porta all'Interstatale.»

«Così nessuno ci vedrà.» ribadì lei. «Nessuno penserà di venire a cercarci là. Non dica a nessuno che sta per incontrarmi. Ha capito? A nessuno. Se vedo qualcun altro oltre a voi due, chiunque altro, me ne vado. Intesi?»

«Sì.» confermò Josie. «Chiaro.»

«Ci vediamo tra mezz'ora.» concluse Alice e riattaccò.

Josie infilò il telefono in tasca e guardò Gretchen. «Andiamo.»

Nel parcheggio, i giornalisti che si stringevano sotto gli ombrelli si precipitarono su di loro, gridando altre domande. Come dischi rotti, Josie e Gretchen dissero "Nessun commento" una mezza dozzina di volte, finché non uscirono dalla mischia. La pioggia era leggermente diminuita. Con così tante strade sbarrate, ci vollero venti minuti per percorrere solo pochi chilometri fino allo Stop-N-Go, un distributore di benzina che faceva anche da mini-market situato in cima a una piccola collina, appena fuori dalla rampa di uscita dell'Interstatale 80. Josie scelse un posto nel parcheggio e si incamminarono lentamente verso il retro dell'edificio. Gli altri clienti stavano correndo dalle loro auto al negozio e ritorno, con i cappucci degli impermeabili abbassati sul viso, affrettandosi a mettersi al riparo dalla pioggia, che scendeva incessante. Nessuno si accorse di loro due. Josie sentì l'odore del cassonetto prima ancora di vederlo. Era a filo della parete posteriore dell'edificio, con la vernice verde scrostata e il coperchio di plastica nera aperto. Lo spazio di manovra per il camion dell'immondizia era appena sufficiente da permettergli di arrivare lì dietro e raccogliere i rifiuti. Poco più avanti, come Josie aveva fatto notare ad Alice, c'era circa un ettaro e mezzo di prato punteggiato di alberi. Il terreno terminava con un dislivello che si affacciava sul nastro dell'Interstatale 80 sottostante.

I loro stivali facevano un rumore simile a un risucchio mentre camminavano sull'erba verso gli alberi.

«Non vedo nessuno.» disse Gretchen a bassa voce.

«Aspettiamo.» disse Josie.

Trovarono un posto sotto un grande acero frondoso e aspettarono. In lontananza, l'autostrada si estendeva davanti a loro. A est, il fiume Susquehanna era una spessa striscia marrone che passava sotto l'autostrada a circa un miglio di distanza. Le luci rosse dei freni lampeggiavano periodicamente quando le auto si avvicinavano al cavalcavia.

«Porca puttana.» mormorò Josie. «Guarda là. Credo che il fiume stia straripando sull'Interstatale.»

Gretchen si asciugò la pioggia dagli occhi e guardò in direzione del fiume. «C'è un torrente che corre parallelo all'Interstatale dall'altra parte, vero?»

«Sì.» rispose Josie. «Quel cavalcavia finirà sott'acqua entro un'ora.»

Tirò fuori il telefono e chiamò la centrale per chiedere di chiamare il Dipartimento della Protezione Civile e la Polizia di Stato. Mentre parlava, sentì una fitta alla gola e le lacrime che le salivano agli occhi. Cosa stava succedendo alla sua città? Per quanto tempo ancora sarebbe durata quella situazione? Cosa sarebbe rimasto? Aveva trascorso tutta la sua vita in quella città. Si era diplomata a Denton. Si era sposata a Denton. Aveva prestato servizio nella polizia locale per anni. Aveva sacrificato molto per la sua città, aveva sanguinato, letteralmente, per la sua città e in più di un'occasione. Era sua ed era stata devastata. Distogliendo lo sguardo da Gretchen, inspirò con un brivido e cercò di concentrarsi sulle istruzioni da dare all'addetto alla centrale. Per la prima e unica volta dall'inizio dell'alluvione, Josie fu grata alla pioggia. Sperava che Gretchen non si accorgesse che stava cominciando a commuoversi.

Dieci minuti dopo, le luci dei freni erano un bagliore costante, mentre l'acqua si riversava oltre la barriera e sul cavalcavia. Non c'era traccia di Alice. Josie compose il suo numero, ma lei non rispose.

«Cosa ne pensi?» chiese Gretchen. «Si sarà spaventata?»

Josie si sfregò le tempie, cercando di evitare che il mal di testa che le si stava formando dietro gli occhi peggiorasse e che quelle lacrime vaganti trapelassero. «Non lo so. Può darsi che questa fosse solamente una prova. Magari lei può vederci, ma noi non possiamo vederla. Voleva essere sicura che saremmo venute da sole.»

Tornarono lentamente verso lo Stop-N-Go, scrutando tutto intorno alla ricerca di una donna seduta in un veicolo o in piedi sotto un albero. Di fronte allo Stop-N-Go, a un angolo, c'era solo una collinetta erbosa accanto alla rampa d'ingresso della statale. Agli altri due angoli si trovavano una banca, che era chiusa, e una modesta casa in stile ranch. Da dove si trovavano, Josie non vedeva nessuno che potesse essere Alice.

«Andiamocene...» disse Josie.

Mentre salivano in macchina, il lungo lamento di una sirena d'emergenza risuonò di nuovo in lontananza.

VENTUNO

I giornalisti se n'erano andati, concedendo alla stazione di polizia un po' di tregua. Josie e Gretchen salirono al secondo piano dove trovarono Mettner seduto alla sua scrivania, con i capelli castani tutti in disordine e i vestiti che sembravano umidi. «Ehi, Boss!» la salutò.

«Che fine hanno fatto i giornalisti?» chiese Josie.

«Amber sta tenendo una conferenza stampa al posto di comando.» spiegò, prima di aggiungere: «Ehi, ho trovato qualcosa.» Dal pavimento tirò su una scatola di cartone e la posò sulla scrivania.

«Che c'è lì dentro?» chiese Josie, avvicinandosi per guardare all'interno. Mettner usò entrambe le mani per scostarsi i capelli dal viso.

«Hempstead Road è ancora sott'acqua. Non sono riuscito a trovare niente. Probabilmente ci vorranno ancora uno o due giorni prima che l'acqua si ritiri. Ma ho localizzato il relitto della casa di Mrs. Bassett.» Indicò la scatola.

«Questi sono alcuni dei suoi effetti personali. Ho preso tutto quello che ho potuto raccogliere in sicurezza. Forse, quando la Protezione Civile riuscirà a intervenire sulla zona per eseguire delle operazioni più approfondite, potrà entrare nella casa e recuperare qualcosa di più.»

Josie fissò il contenuto: alcune fotografie incorniciate, un piccolo portagioie, qualche paio di scarpe e diversi capi di abbigliamento. «Mett, è fantastico. Sono sicura che Mrs. Bassett ne sarà entusiasta. Dobbiamo solo capire dove l'hanno sistemata i servizi di emergenza per portarle queste cose.»

Gretchen si avvicinò alla scatola e cominciò a tirare fuori gli oggetti. «Vediamo se riusciamo ad asciugare un po' di questa roba.»

Stesero ogni oggetto su dei tovaglioli di carta sopra una delle scrivanie vuote. Mettner trovò un ventilatore nel magazzino del terzo piano e lo usarono per accelerare il processo di asciugatura. Poi andò a fare qualche altra chiamata d'emergenza, mentre Gretchen cercava di rintracciare il salone in cui Vera Urban aveva lavorato quasi vent'anni prima. Josie si occupò di rintracciare Mrs. Bassett, la quale, come scoprì, era stata ricoverata a Rockview Ridge, l'unica casa di riposo specializzata di Denton, dove viveva anche la nonna di Josie.

Alzandosi, cominciò a radunare gli oggetti di Evelyn Bassett ormai asciutti. «Glieli porto io, così ne approfitto per parlare con mia nonna mentre sono lì. Non può essersi dimenticata di Vera Urban. Magari avrà qualcosa di utile da dirci.»

***

Rockview Ridge si trovava nella periferia di Denton, in cima a una collina rocciosa. La nonna ultraottantenne di Josie vi risiedeva da quasi dieci anni. Con l'avanzare dell'età, l'artrite aveva reso sempre più difficile per Lisette vivere da sola, così Josie e Ray l'avevano portata a vivere con loro. Si erano presi cura di lei il più a lungo possibile, ma dopo diverse cadute quando era a casa da sola, non avevano avuto altra scelta che trovarle una nuova sistemazione in una struttura per anziani. Il fatto di non poter tenere Lisette a casa con sé dava a Josie uno dei maggiori sensi di colpa, ma sapeva che a Rockview si prendevano ottima cura di sua nonna e Josie la portava a casa sua ogni volta che il lavoro glielo permetteva.

Josie portò gli oggetti personali di Mrs. Bassett all'accoglienza e aspettò che la receptionist cercasse il numero della sua stanza. Josie conosceva bene la struttura. Consegnò le cose a Mrs. Bassett nella sua stanza e la aiutò a sistemare alcune fotografie incorniciate sul comodino e sul davanzale prima di andare a cercare sua nonna. Come al solito, Lisette si trovava nella caffetteria, seduta a un tavolo, a mescolare un mazzo di carte. Di fronte a lei sedeva un uomo con i capelli scuri e le spalle larghe. Incuriosita, Josie accelerò il passo e si avvicinò al tavolo, scoprendo che l'uomo era Hayes.

Si immobilizzò, fissandolo.

«Josie, che piacere vederti.» esclamò Lisette.

Distolse lo sguardo da Hayes per guardare la nonna. Il suo sorriso era teso, le rughe intorno ai suoi occhi azzurri erano increspate. «Nonna...» disse Josie. «Che succede?»

Lisette indicò Hayes. «Niente di nuovo. Questo è un mio amico, Sawyer.»

«Sawyer?» chiese Josie.

«È il mio nome di battesimo.» disse lui.

«Siete amici?»

«Josie...» disse Lisette.

Sawyer si alzò in piedi, con un sorriso nervoso sul volto. «Dovrei andare.» disse. «Mrs. Matson, è stato un piacere vederla.»

Josie lo guardò allontanarsi e poi si sedette.

Lisette le lanciò un'occhiata severa. «Non sei stata molto educata, ti pare?»

«Scusami.» disse Josie. «Abbiamo avuto un diverbio ieri durante un salvataggio. Quel tipo non mi piace per niente e credo che la cosa sia reciproca.»

Gli occhi di Lisette si posarono sul tavolo. Mescolò il mazzo di carte che iniziò a disporre per una partita a Solitario. «Mi dispiace sentirtelo dire.»

«E com'è che voi vi conoscete?» si informò Josie.

Lisette iniziò a girare le carte. «Abbiamo avuto un notevole afflusso di nuovi residenti con tutte le inondazioni. Sawyer ha portato molte persone e così abbiamo avuto modo di parlare, ecco tutto.»

Josie la studiò per un lungo momento: Lisette non la guardava e lei ebbe la netta sensazione che ci fosse qualcosa che la nonna non le stava dicendo, ma non riuscì a immaginare di cosa potesse trattarsi. A meno che Lisette non fosse davvero dispiaciuta che Josie non avesse riservato a Sawyer Hayes un'accoglienza migliore. Sapeva bene quanto la vita della nonna a Rockview Ridge poteva essere solitaria. Chi era Josie per negarle di farsi delle amicizie? Così, allungò una mano e la posò su quella di Lisette. «Mi dispiace, nonna. Sono stata sgarbata. Ti prometto che la prossima volta che vedrò Sawyer mi impegnerò di più.»

Lisette le rivolse un breve sguardo prima di tornare a giocare. «Lo apprezzerei molto.»

Josie lasciò passare un momento, osservando le mani nodose di sua nonna che radunavano le carte del Solitario e ricominciava a mescolare. Infine, alzò lo sguardo verso Josie. «Ti va di giocare a Kings in a Corner?»

Josie annuì. Lisette finì di mescolare e distribuì le carte. «Ho visto in televisione che avete un omicidio per le mani. Una ragazza giovane, giusto?»

«Sì.»

«Allora...» disse Lisette mentre iniziavano a giocare sul serio, entrambe con il pilota automatico. Giocavano a Kings in a Corner da quando Josie aveva dieci anni. «Con tutto quello che sta succedendo in questa città e un omicidio, intuisco che non sei qui per una visita di cortesia.»

Josie si avvicinò a Lisette. «Il corpo che abbiamo trovato è di Beverly Urban.»

Lo sgomento distese i tratti del viso di Lisette. Chinò la testa, i suoi riccioli grigi ondeggiarono. «Oh, cielo.»

«È stata uccisa, nonna. Le hanno sparato alla testa e l'hanno seppellita nel seminterrato di casa sua. Tutti pensavano che si fosse trasferita. Per quanto ne sappiamo, sua madre è scomparsa nello stesso periodo. Non riusciamo a trovare alcuna traccia di Vera dalla fine del terzo anno di liceo di sua figlia.»

Lisette scosse la testa. «È una tragedia. Quella povera ragazza. So che voi due non andavate d'accordo. Credimi, io stessa avevo una mezza idea di strozzarla quando eri a scuola, ma ho sempre avuto la sensazione che avesse dei problemi seri a casa.»

«È per questo che sono qui.» le disse Josie. «So che hai dovuto incontrare Vera in diverse occasioni quando io e Beverly...»

«Vi azzuffavate? Vandalizzavate gli armadietti l'una dell'altra? Vi rigavate l'auto a vicenda?»

«Io le ho vandalizzato l'armadietto e l'auto perché lei lo aveva fatto a me e aveva scritto con lo spray parole sconce sulla mia roba. Io mi sono soltanto limitata a scassinare il lucchetto del suo armadietto e a riempirle la sua macchina di carta igienica.»

Lisette la guardò di nuovo con aria seria, ma Josie poté vedere che stava trattenendo un sorrisetto sulle sue labbra. «Che mi dici di quella volta che Beverly ti ha spinta giù dalle scale a scuola e tu le hai tirato un pugno in faccia? Le hai fatto un occhio nero. Per poco non vi sospendevano tutte e due. E avrebbero dovuto farlo, in realtà. Ma ho fatto pressione sul preside.»

«Avrebbe potuto ammazzarmi.» le fece notare Josie. «Non c'è mai un buon motivo per spingere qualcuno giù per le scale.»

«E c'è un buon motivo per dare un pugno in faccia alla gente?»

«Sì, è vero, mi sono comportata come una testa calda. È questo che vuoi sentirti dire?»

Lisette rise. «Ti sto prendendo in giro, Josie. Eri un'adolescente, in preda agli ormoni, e stavi ancora cercando di elaborare tutti gli abusi che avevi subito prima di venire a vivere con me. Penso ancora che un po' di terapia ti avrebbe fatto bene, ma ti sei sempre rifiutata.»

Il gioco finì con la vittoria di Lisette. Josie prese le carte e le mescolò per un'altra partita. «Non avevo bisogno della terapia.»

«Pah!» fece Lisette, ridendo. «Ne hai bisogno pure adesso.»

Josie se la prese, ma non disse nulla. Sapeva che Lisette non avrebbe ceduto su questo argomento. «Il punto è, nonna, che hai incontrato e parlato con Vera molte volte. Ho bisogno di sapere tutto quello che riesci a ricordarti su di lei.»

«Beh, vediamo...» cominciò Lisette mentre Josie distribuiva le carte per la seconda partita. «Quello che ricordo di più è che Vera non aveva quasi nessun controllo su Beverly. Io ero l'equivalente di una madre single che cresceva una ragazzina dalla testa calda, proprio come lei, e me la cavavo benissimo. Vera era... un disastro. Stremata, come se fosse alle porte coi sassi con Beverly. D'altronde, una buona parte delle volte era sotto l'effetto degli antidolorifici. Almeno, lo era quando voi due andavate a scuola.»

«Ci hanno detto che aveva avuto un incidente.»

«Sì.» confermò Lisette. «Ne aveva parlato durante una delle riunioni con il preside, dicendo che la schiena le faceva male e che l'operazione era fallita, e che essere chiamata a scuola così spesso era un'impresa per lei. Si lamentava sempre di dover chiedere un passaggio. Evidentemente non guidava, o non poteva farlo, a causa della schiena.»

«Sai dirmi chi la accompagnava a scuola?»

Lisette scosse la testa. «Un tizio. L'ho visto solo un paio di volte. Non scendeva neanche dall'auto. La accompagnava e la riprendeva soltanto.»

«Che tipo di macchina?»

Lisette sorrise. «Una macchina blu. È tutto quello che so dirti, tesoro. Mi dispiace. È stato molto tempo fa.»

«Non preoccuparti.» disse Josie. «Vera si riferiva a lui come a un suo amico, non come al suo compagno, giusto?»

«Esatto.» disse Lisette. «Non credo che avessero una relazione sentimentale. Alle riunioni non parlava mai di nessun altro se non di sé e di Beverly. Non credo che ci fosse un uomo nella loro vita. Parlava sempre di come doveva "procurarsi" un passaggio, sottintendendo che era un grosso inconveniente. Parlava molto dei suoi problemi alla schiena, ma non ha mai parlato di avere qualcuno che la aiutasse.»

«Pensi che fosse così gravemente infortunata come sosteneva?»

Lisette ci pensò un attimo. «Era sicuramente ridotta male, su questo non c'è dubbio, ma ogni volta che la vedevo mi sembrava si muovesse bene. Il problema di Vera era la droga, non il dolore.»

«Cosa te lo fa pensare?»

Lisette sospirò, incrociando lo sguardo della nipote. «Josie, ho avuto abbastanza esperienza con una tossicodipendente da riconoscere i segnali.»

«Giusto.» convenne Josie. Quando Josie aveva tre settimane di vita, una delle donne che facevano le pulizie per i suoi genitori aveva appiccato un incendio in casa e l'aveva rapita. Quel giorno i genitori biologici di Josie erano fuori e avevano lasciato lei e sua sorella con una tata. All'inizio, sembrava che soltanto la gemella di Josie, Trinity, fosse sopravvissuta; tutti i membri della famiglia biologica di Josie avevano creduto che lei fosse morta nell'incendio. In realtà, la sua rapitrice, Lila Jensen, l'aveva portata a Denton e, nel tentativo di tornare insieme alla sua vecchia fiamma, Eli Matson, il figlio di Lisette, aveva spacciato

Josie per la loro bambina. Aveva detto a Eli che nell'anno trascorso da quando si erano lasciati aveva dato alla luce Josie e che era sua figlia. Infatti, Eli l'aveva cresciuta come una figlia, fino alla sua morte, avvenuta quando Josie aveva solo sei anni. Lila era poi caduta in un abisso di droga e violenza, abbandonandola infine alla custodia di Lisette quando Josie era ormai alle superiori.

«Pensi che Vera fosse violenta nei confronti di Beverly?» chiese Josie.

«Non lo so, tesoro, ma ne dubito. Vera era frustrata e abbattuta e sembrava preoccupata soprattutto di rimanere a casa e di alimentare il suo vizio. Sai, c'è stata una riunione in cui abbiamo aspettato e aspettato che Vera si presentasse. Eravamo io e il preside. Dopo un'ora si presentò Beverly. Disse che Vera aveva preso troppo ossicodone ed era svenuta. Fu terribilmente imbarazzante per lei. Quella è stata la prima volta che ho avuto il sentore che Beverly fosse davvero in difficoltà a casa.»

«Diamine...» disse Josie. «Non l'avrei mai sospettato.»

«Certo, e come avresti potuto? Eri una bambina.»

«Conoscevi Vera prima dell'incidente?»

«L'avevo incontrata qualche volta. Era piuttosto vivace e simpatica. Ci siamo fatte delle belle risate su voi ragazze. Allora era meno logorata, anche se Beverly le creava problemi ben più gravi di quelli che mi creavi tu con il tuo comportamento.»

«In che modo?» domandò Josie.

«Mi raccontò che a casa Beverly era molto irrispettosa, al punto che temeva la odiasse. Io le risposi che tutte le ragazzine di quell'età attraversavano quella fase, ma lei era sicura che c'era qualcosa di più.»

«Ha mai parlato del padre di Beverly?»

«Solo per dire che non c'era e che non c'era mai stato.»

«Ricordi se Beverly o Vera hanno mai parlato di una persona di nome Alice?»

«No, non mi sembra. Mi dispiace.»

«Nonna, per caso sai dove lavorava Vera prima dell'incidente? Ci hanno detto che faceva la parrucchiera.»

«Oh sì, era una parrucchiera.» rispose Lisette. «Prima dell'incidente era sempre così ben vestita e curata. Qualcuno del suo salone le faceva regolarmente i capelli. Aveva sempre un aspetto meraviglioso. Poi, dopo l'incidente, è diventata un'altra persona.»

«Ti ricordi per quale salone lavorava?»

Pensandoci, Lisette strinse le labbra e strizzò gli occhi. «Non ricordo il nome. Era un posto molto elegante. In May Grove Street, vicino al college, tra le... Oh, cielo, le attività commerciali sono cambiate dopo tutto questo tempo. Credo che ora ci sia uno Starbucks da un lato e un negozio di cellulari dall'altro. Credo che il salone sia ancora lì, ma ha cambiato proprietario da quando ci lavorava Vera. Sicuramente ora si chiama in modo completamente diverso.»

Josie provò un piccolo brivido di eccitazione. Una pista. Non ricordava il nome del salone a cui si riferiva Lisette, ma ci era passata davanti un sacco di volte. Inoltre, se era vicino all'università, non era certo allagato. Se era sempre stato un salone, c'era la possibilità che qualcuno che ci lavorava ancora si ricordasse di Vera. Era una possibilità remota, ma l'avrebbe sfruttata.

Finirono la partita, poi Josie si alzò per andarsene, girando intorno a Lisette per abbracciarla e darle un bacio. Quando si scostò dalla nonna, Lisette la afferrò e la strinse a sé e all'orecchio le disse: «Sai quanto ti voglio bene, vero?»

Josie sentì i riccioli di Lisette solleticarle la guancia. «Certo, nonna. Anch'io ti voglio bene.»

«Tu sei mia e io sono tua, Josie. A prescindere da tutto. Niente al mondo può cambiarlo. Non dimenticarlo mai.»

Il cuore di Josie ebbe un sussulto e poi riprese a battere. Si tirò indietro e guardò Lisette in faccia. «Stai bene, nonna? C'è qualcosa che vuoi dirmi?»

Lisette sorrise e le accarezzò una guancia. «L'ho appena fatto.»

Josie rimase a guardarla ancora per un attimo; cominciò a sentire la gola secca. «Non stai per morire, vero?»

Lisette rise e la liberò dalla stretta. «No, certo che no. Non c'è niente di cui preoccuparsi, tesoro. So che devi tornare al lavoro. Ci vediamo presto.»

VENTIDUE

Le strane parole di Lisette attraversarono a ripetizione la mente di Josie mentre guidava per Denton, alla ricerca del salone di cui Lisette aveva parlato. Si trovava in un centro commerciale con grandi vetrine. L'insegna all'esterno del salone recitava *Envy*; Josie sapeva che non si era sempre chiamato in quel modo, ma non riusciva a ricordare quale fosse il vecchio nome prima che venisse cambiato. Lasciò la macchina nel parcheggio e quando entrò, venne subito assalita dall'odore di sostanze chimiche. L'interno del salone sembrava uscito da una rivista: la sala d'attesa era piena di sedie imbottite, tavolini coperti da riviste e persino un tavolo con snack e bevande in omaggio. In sottofondo, si sentiva una musica soffusa. Dietro il bancone della reception c'era un'ampia stanza con dieci poltrone per lo styling su ogni lato e una postazione per il lavaggio dei capelli in fondo. Tre delle sedie erano occupate. Le parrucchiere, tutte vestite di nero, si aggiravano tra le clienti, spazzolando, mescolando tinture per capelli e chiacchierando con loro.

Josie aspettò al bancone finché qualcuno non disse: «Arrivo subito!»

Pochi minuti dopo, una porta alla destra del bancone si aprì e ne uscì una donna sulla sessantina. Sembrava fluttuare nel lungo abito di cotone nero, con un sorriso ampio e accogliente. Gli orecchini d'oro pendenti si stagliavano contro i suoi capelli corti e argentati, tagliati in stile pixie chic.

«Il tuo nome, prego?» chiese a Josie, spostandosi verso la scrivania della reception e cliccando sul computer.

«Oh, non ho un appuntamento.» si affrettò a dire Josie, presentandosi e mostrando distintivo e tesserino.

La donna sorrise mentre glieli riconsegnava. «Cosa posso fare per lei, Detective Quinn?»

«Volevo sapere se lei o qualcun altro del personale lavorava qui anche prima che questo posto si chiamasse *Envy*.»

La donna annuì e si portò una mano perfettamente curata sul petto. «Sono la proprietaria, e lo ero anche quando si chiamava "Bliss". Per la verità, ero comproprietaria di Bliss, ma una decina di anni fa ho rilevato il mio socio e ho cambiato marchio. Comunque, sono Sara Venuto.»

«Piacere di conoscerla.» disse Josie. «Sono qui per scoprire tutto ciò che può dirmi su una sua dipendente che lavorava qui. Vera Urban.»

Il sorriso di Sara vacillò mentre ci pensava. «Vera Urban…»

Josie tirò fuori il telefono e recuperò la foto della patente di Vera che avevano trovato per mostrarla alla donna.

«Oh mio Dio, sì!» esclamò Sara. «Vera. Noi la chiamavamo V. Diamine! Non pensavo a lei da secoli. È…» Si interruppe, le rughe del suo viso si fecero più profonde, la tristezza le fece piegare gli angoli della bocca e la sua voce si abbassò. «Se è venuta qui a chiedere di lei, presumo che non ci siano buone notizie.»

Josie infilò il telefono in tasca. «Purtroppo, no. Avrà visto il notiziario sul corpo ritrovato di recente in Hempstead Road.»

«No, non l'ho visto. Non ho guardato molto la televisione ultimamente. È veramente una tragedia vedere la nostra piccola città devastata da questa alluvione. Posso sopportare ancora una minima dose di cronaca prima di avere un esaurimento nervoso.»

«Capisco.» disse Josie. «La casa dove Vera viveva con la figlia è stata spazzata via ieri. Sotto le fondamenta abbiamo trovato il corpo di Beverly.»

Sara sussultò e dovette appoggiarsi al bancone, attirando finalmente l'attenzione delle dipendenti alle sue spalle. «Mio Dio!» disse. Guardando dietro, fece un cenno alle parrucchiere, che continuarono il loro lavoro. Si voltò di nuovo verso Josie. «Perché non andiamo nel mio ufficio?» Guidò Josie attraverso la porta da cui era uscita in un piccolo ufficio dipinto di grigio con una semplice scrivania e alcuni armadietti. Davanti alla scrivania c'era una sedia per gli ospiti e Sara fece cenno a Josie di accomodarsi. Poi trascinò davanti la propria sedia in modo che non ci fosse alcuna barriera tra loro due. Aveva ancora un'espressione stravolta quando si sedette, incrociò le braccia in vita e si protese verso Josie. «La prego...» disse. «Mi racconti.»

«Beverly Urban è stata uccisa e ancora non siamo riusciti a rintracciare Vera.»

«Sarei felice di aiutarla, detective, ma Vera non lavora qui da quasi vent'anni, se non di più.» spiegò Sara.

«Me ne rendo conto.» disse Josie. «Il fatto è che Vera è scomparsa. Anzi, crediamo che sia scomparsa da parecchi anni. Ora stiamo cercando di ricostruire la sua vita e di rintracciare le persone che la conoscevano nella speranza che possano raccontarci qualcosa di lei prima della scomparsa. Tutto ciò che scopriremo potrebbe aiutarci a localizzarla o a far avanzare le indagini sull'omicidio di Beverly.»

«Oh, accidenti, questo è davvero bizzarro. Ed è anche terribile. La Polizia pensa... pensate che sia morta anche lei?»

«In questo momento non possiamo proprio dirlo, Ms. Venuto.»

«Oh, la prego, mi chiami Sara. Sì, capisco. Beh, mi lasci pensare. Vera è stata con noi per molto tempo, sa. Avevo avviato l'attività con il mio socio. Avevamo aperto da qualche anno quando assumemmo Vera. All'epoca, come le ho detto, ci chiamavamo Bliss. Il mio desiderio era quello di offrire un'esperienza, non di limitarci a tagliare o ad acconciare i capelli. Volevo che la nostra clientela sentisse che questo era un rifugio sicuro dove potevano venire a sfogare tutti i loro problemi e sentirsi coccolate. Volevo che fosse... un'oasi di pace!»

Rise, ma brevemente e gli occhi le si riempirono di lacrime. «Santo Dio, non riesco a crederci. Povera Vera... povera Beverly. Amava quella bambina. Ricordo che le organizzammo una festa prenatale proprio qui, con tutte le colleghe e le clienti. La adoravano tutte. Grazie al cielo riuscimmo a farla prima che fosse costretta a letto. E successe molto presto. Ma ci assicurammo che avesse tutto ciò di cui aveva bisogno prima di allora. Poi non l'abbiamo più vista per mesi. Era andata a stare da suo fratello finché non nacque Beverly.»

«Suo fratello?» chiese Josie. «Floyd?»

«Oh, non ricordo il suo nome. So solo che aveva un fratello maggiore...»

«Che viveva in Georgia.» disse Josie.

«Non so dove vivesse. Vera ci disse solo che si sarebbe preso cura di lei mentre era costretta a letto. La volta successiva che la vedemmo, aveva una bellissima bambina.»

«Vera ha mai parlato del padre di Beverly?» chiese Josie.

«No, almeno per quanto ricordo. Disse semplicemente che lui non voleva essere coinvolto. Ma lei era felicissima di diventare madre. E Beverly era così dolce.»

All'improvviso, Sara abbassò la testa come se si fosse ricordata di qualcosa di sconvolgente.

Josie disse: «Finché non lo è stata più.»

«Non voglio dire... Guardi, è stato difficile per Vera essere una madre single. I bambini possono essere molto problematici, soprattutto quando diventano un po' più grandi, sugli undici o dodici anni. Insomma, subito prima della pubertà.»

«Beverly aveva problemi di comportamento.» aggiunse per lei Josie.

«Esatto.» disse Sara, con un'aria di rassegnazione. «La prego di credermi, non intendo parlare male dei morti.»

«Sto solo cercando i fatti.» la rassicurò Josie. «A prescindere da qualsiasi problema che Beverly possa aver avuto nella sua breve vita, il mio compito è trovare la persona che l'ha uccisa e sbatterla in prigione per molto tempo.»

Sara sorrise tristemente. «Vera la mandò in terapia da un professionista. Da uno psichiatra e da uno psicologo. Era... selvaggia. Irrispettosa. Iniziò quando compì undici o dodici anni, mi pare. Non ne sono sicura. Me lo ricordo però perché Vera era davvero angosciata. Veniva al lavoro, giorno dopo giorno, spesso in lacrime, e diceva alle altre ragazze: "Cosa è successo alla mia dolce bambina?". Le altre donne che avevano figli ridevano e le dicevano che era solo una fase, ma in privato Vera mi disse che era molto di più. Beverly era... distruttiva. Rompeva le cose in casa, andava su tutte le furie. Credo che Vera avesse paura di lei e suppongo a ragione, perché un giorno ebbero una discussione e Beverly la spinse giù dalle scale.»

Josie annuì. «Sono a conoscenza di quell'episodio.»

«Si è trattato soltanto di un incidente. Lo è stato davvero. Tempo dopo andai un paio di volte a casa sua per darle una mano. Beverly era sinceramente contrita.»

«Vera le ha mai detto quali erano i risultati delle consultazioni psichiatriche e psicologiche?» si informò Josie.

«No. Solo che Beverly soffriva di bassa autostima, scarso controllo degli impulsi e depressione. Avevano consigliato di sottoporla a una terapia, ma Vera era fortemente contraria. Inoltre, le cose tra di loro si erano un po' sistemate dopo quell'incidente.»

«E Vera si licenziò dopo l'accaduto?» chiese Josie.

«Cercai di tenerla il più a lungo possibile, prima part-time e poi solamente quando era in condizioni di fare un turno, ma era diventato eccessivo per lei. Se avessi potuto, l'avrei tenuta per sempre. Aveva un grande talento e una grande personalità. Le sue clienti rimasero sconvolte quando dovette lasciare il lavoro. Alcune di loro avevano instaurato un rapporto molto stretto con lei. Credo che fossero amiche anche fuori dal salone.»

«Dopo il licenziamento...» chiese Josie, «Vera è rimasta in contatto? Ha mantenuto amicizie con le colleghe?»

«Certo.» rispose Sara. «Ma con il passare degli anni sono diminuiti, finché non abbiamo più avuto sue notizie.»

«E tra le sue clienti?» chiese Josie.

«Beh, non saprei. Continuavano a tornare al salone, ma non ho più sentito nessuna di loro parlare di lei.»

«Si ricorda se c'era una donna nella sua clientela che si chiamava Alice? O magari si chiamava così qualcuna delle colleghe?»

«No. Non ricordo di aver avuto nessuna Alice.»

«Posso immaginare che non conserviate registri che risalgono a così tanto tempo fa, ma ricorda i nomi di qualcuna tra le sue vecchie clienti? Quelle con cui era più in amicizia, magari?»

Sara scosse la testa. «No, infatti, non abbiamo registri così lontani nel tempo.»

«E tra le altre dipendenti?» chiese Josie. «C'è qualcuna di loro che lavorava qui quando c'era Vera?»

«Ci sono due ragazze... due donne. Sì, potrei chiederlo a loro. O può farlo direttamente lei. Non entrano in servizio fino a sera tardi. Ma ho seri dubbi che si ricordino più di quanto mi ricordo io.»

«Se potesse chiedere a loro delle clienti di Vera, sarebbe molto utile.» disse Josie.

Sara batté le mani. «Sa cosa ho? Gli album fotografici! Prima delle fotocamere dei cellulari e dei social media, eravamo solite scattare delle foto della nostra clientela e conservarle negli album che le nuove clienti potevano sfogliare. Potrei chiedere alle altre due ragazze di esaminare insieme alcuni dei nostri vecchi album e di stilare un elenco della clientela di Vera. Non sarà un elenco completo, ma sarebbe già qualcosa.»

Josie sorrise. «Le sarei davvero grata se potesse farlo. Magari se potesse anche selezionare alcune di quelle foto...»

«Certamente.» rispose Sara. «Le farò sapere non appena avremo qualcosa.»

Josie cercò in tasca un biglietto da visita mentre il suo cellulare cominciava a squillare. Lo tirò fuori e rispose senza guardare il numero. «Quinn.»

Ci fu un respiro e poi: «Detective? Sono Alice.»

Le dita di Josie sfiorarono un biglietto da visita nella tasca della giacca. Lo porse a Sara e indicò il suo numero di cellulare. «Mi chiami a questo numero.» disse. «Non stia ad accompagnarmi all'uscita.»

Tornando nel parcheggio con il telefono premuto contro l'orecchio, disse: «Alice? C'è ancora?»

«Sono qui.»

«Cosa è successo questa mattina? Siamo venute nel posto che ci aveva indicato, ma lei non c'era.»

«Non ho potuto. Non potevo raggiungerlo. Non era sicuro.»

«Non era sicuro?» ripeté Josie, rintanandosi nella sua auto per ripararsi dalla pioggia. «Alice, è in pericolo? Qualcuno sta cercando di farle del male? Se è così, posso incontrarla subito da qualche parte e metterla sotto custodia protettiva finché non risolviamo la situazione.» In realtà, il Dipartimento di Polizia di Denton non disponeva di strutture designate per la custodia protettiva, ma se Josie fosse riuscita ad avvicinare quella donna, avrebbe trovato una soluzione con il capo Chitwood e la sua squadra per assicurarsi che Alice fosse tenuta al sicuro da ogni pericolo.

«Non posso. Non posso proprio. È una... è una cosa delicata. Posso spiegarle, ma devo farlo di persona.»

«Mi dica dove si trova e verrò a prenderla subito. Non occorre che qualcuno lo sappia o che ci veda.»

«No.» disse Alice. «Se lo facciamo, deve essere alle mie condizioni. Domani presto. Di prima mattina, alle sette spaccate. Ha presente quella strada che corre parallela all'Interstatale? Lì ci sono alcuni edifici. Un motel, un magazzino e una pista da bowling abbandonata.»

«Ce l'ho presente.» disse Josie. «Lockwood Road. Ma, Alice, è parzialmente allagata. La zona dell'Interstatale accanto a Lockwood Road si è allagata proprio oggi. L'abbiamo visto dallo Stop-N-Go. Non è sicuro.»

«Non è tutto allagato.» insistette Alice. «Dietro la pista da bowling abbandonata. Ci incontreremo là. Nessuno verrà a cercarmi da quelle parti.»

Nessuno andrebbe a cercare qualcuno da quelle parti, pensò Josie. Tutta quella strada era praticamente un cimitero. «Alice, è troppo pericoloso stare così vicino a una delle zone inondate. Credo che dovremmo scegliere un altro posto...»

Alice emise un verso di frustrazione. «Alle sette di mattina, dietro la pista da bowling abbandonata sulla Lockwood. È l'ultima volta che mi espongo. Che lei venga oppure no, domattina alle sette e un quarto me ne andrò e non avrà più notizie di me.»

Dopodiché, Josie sentì solo silenzio.

VENTITRÉ

Era quasi ora di cena quando Josie tornò alla centrale. La prima cosa che fece fu chiamare il Dipartimento di Polizia del distretto della Georgia dove viveva Floyd Urban. Spiegò che avevano per le mani un caso con un omicidio e una donna scomparsa e che nel 1987 quella donna scomparsa, Vera Urban, aveva dichiarato di essere rimasta con il fratello durante un periodo in cui era stata costretta a letto. Chiese loro se potevano interrogare Floyd, i membri della sua famiglia e magari anche i vicini, dato che sembrava che avesse vissuto nella stessa casa per oltre trent'anni, per scoprire se qualcuno ricordava di aver visto Vera in casa con lui. Poi inviò per e-mail la foto della vecchia patente di Vera. Josie aveva la sensazione che si trattasse di un vicolo cieco e che Vera avesse semplicemente mentito sul fatto di essere andata a stare con il fratello mentre era costretta a letto, ma sarebbe stato da irresponsabili non indagare più da vicino su Floyd Urban.

Una volta terminato, Josie si incontrò con Gretchen e Noah.

Mettner era ancora fuori a rispondere alle chiamate di emergenza per le inondazioni. Amber era seduta a una delle scrivanie vuote, intenta a digitare sul suo minuscolo tablet. Non diede l'impressione di accorgersi di loro, ma Josie era certa che stesse ascoltando ogni parola che dicevano. Noah sventolò un documento in aria. «Ho trovato il tuo operaio edile. Quello che lavorava per la ditta di impermeabilizzazione di scantinati di George Newton.» annunciò passandole i fogli. Mentre Josie li sfogliava, Gretchen fece scorrere la sua sedia per poter dare un'occhiata a sua volta: c'erano un necrologio e un certificato di morte.

«Si chiamava Ambrose McNeil.» disse Noah. «Come potete vedere, aveva una storia di arresti per possesso di stupefacenti e spaccio. Era stato condannato per possesso di eroina - quattro grammi - e aveva trascorso due anni in prigione prima di cominciare a lavorare per Newton.»

Josie indicò una riga sul certificato di morte. «È morto per overdose di eroina.»

«E aveva solo ventisette anni.» disse Gretchen.

«Sì.» confermò Noah. «È andato in overdose entro un anno dal completamento dei lavori della casa di Hempstead Road.»

«Avete controllato con la Polizia di Stato e l'FBI se Ambrose possedeva armi da fuoco?» chiese Josie.

Noah fece posto tra le cose sulla scrivania prima di metterci sopra un'altra pila di pagine. «L'ho fatto. In effetti, mentre lo facevo, ho ripreso il vostro elenco delle persone di cui volevate controllare l'acquisto di armi da fuoco e le ho verificate tutte.»

«È fantastico.» disse Gretchen. «Che cosa hai trovato?»

Lesse l'elenco prima di passarlo a loro perché lo consultassero di persona. «Ambrose McNeil possedeva una sola pistola, una calibro .45 ACP. Non risulta che George Newton abbia mai acquistato armi da fuoco. Calvin Plummer possiede tre fucili da caccia, uno acquistato nel 1986, uno nel 1999 e uno nel 2003. Possiede anche una carabina acquistata nel 2001.»

Josie gli prese i fogli di mano e li lesse lei stessa. «Nessuna nove millimetri.»

«Nessuna che sia stata acquistata legalmente.» le fece notare Noah.

«È vero.» convenne Gretchen. «Ognuno di loro avrebbe potuto procurarsi illegalmente una pistola da nove millimetri e non ne sarebbe rimasta traccia.»

«Sì, ma per il momento...» disse Josie, «non abbiamo prove che una di queste persone possedesse una pistola dello stesso calibro di quella che ha ucciso Beverly.»

«Purtroppo.» concordò Noah. «Ho anche controllato se Vera avesse mai acquistato un'arma da fuoco. Non ho trovato nulla.»

«E la documentazione sulle incarcerazioni di Ambrose McNeil? Possiamo procurarcela? Così possiamo scoprire se aveva qualche tatuaggio.»

«L'ho già fatto.» disse Gretchen. «A quanto risulta, aveva diversi tatuaggi, ma niente che rappresentasse uno o più teschi.»

Josie si sedette sulla sedia e si accasciò. La stanchezza appesantiva ogni centimetro del suo corpo. Chiuse gli occhi per un attimo, cercando di placare il vortice di pensieri e la frustrazione che le ribollivano dentro.

«Stai bene, Boss?» chiese Gretchen.

Josie aprì di scatto gli occhi. «Sto bene. Ho un paio di piste da seguire.»

Gretchen e Noah la fissarono in attesa. Raccontò loro del salone e poi iniziò a raccontare della telefonata di Alice, ma vedendo Amber dietro di loro si fermò. Alice continuava a dire che non era sicuro incontrarsi al dipartimento di polizia. Era ovviamente preoccupata di essere seguita. Non si era fidata che Josie e Gretchen andassero all'incontro da sole quella mattina. In circostanze normali, Josie poteva essere assolutamente certa che nessuno degli agenti rappresentasse una minaccia per Alice o per chiunque altro, ma le circostanze non erano normali. In effetti, l'unica differenza negli ultimi due giorni era stata la presenza di Amber nel Dipartimento.

«Che cosa ha detto?» le chiese Noah. «Ci incontrerà di nuovo?»

«Sì. Ci incontrerà domani.» disse Josie. «Ma devo aspettare che mi richiami per sapere il luogo e l'ora.»

Avrebbe raccontato a Gretchen i veri dettagli della telefonata più tardi. Per il momento, se Alice era così paranoica riguardo alla polizia, Josie doveva prendere sul serio questa preoccupazione.

Prima che Gretchen o Noah potessero fare altre domande, la porta delle scale si aprì di scatto ed entrò l'agente Hummel tenendo un documento in una mano e una busta di carta nell'altra. Si avvicinò alle scrivanie e, ignorando Amber, mise un rapporto sulle impronte digitali davanti a Josie.

«Boss!» esclamò. «Questo è il rapporto delle impronte che siamo riusciti a ricavare dai teloni e dal nastro adesivo. Abbiamo ottenuto diverse impronte non identificate sul tessuto.»

Il suo cuore saltò un battito per l'emozione, che si spense rapidamente quando esaminò il rapporto.

«Oltre alle impronte di Vera e di Ambrose McNeil sui teloni...»

«Ma non sul nastro adesivo.» concluse Hummel.

Noah chiese: «Avete ricavato delle impronte dal nastro?»

«Un'impronta ancora analizzabile.» disse Hummel. «Ma non ha avuto riscontro nell'AFIS. Quindi chi ha lasciato quell'impronta non è mai stato arrestato o accusato di un crimine.»

«I teloni erano probabilmente usati in casa o stesi per coprire qualcosa se c'erano dei lavori in corso. Non mi sorprende che alcune delle impronte siano di Vera o di questo Ambrose. Invece, penso che l'impronta sul nastro sia dell'assassino.»

«Il che non ci serve a nulla in questo momento.» si lamentò Noah. «Non abbiamo nessuna corrispondenza.»

«Ma ne troveremo una.» disse Josie e poi voltandosi a guardare Hummel, gli sorrise: «Grazie. Ottimo lavoro.»

Hummel annuì. «Ho anche dato un'occhiata alla parte interna della manica della giacca, ed era strappata e ricucita proprio come sospettavamo. Inoltre, c'era questo.» Frugò nella busta e tirò fuori un vecchio pezzo di carta avvolto nella plastica. Lo tenne in mano perché lo vedessero. «Questo era in una delle tasche della giacca.»

«È una ricevuta della clinica Wellspring.» disse Josie.

«Che cos'è?» chiese Noah.

«Era uno studio medico che si occupava di persone a basso reddito.» disse Josie. «O delle persone che non avevano l'assicurazione, o che non avevano una buona assicurazione. Facevano pagare una tariffa agevolata in base al reddito della famiglia. Sono stata una loro paziente fino a quando non sono entrata all'università. Si trovava nel centro di Denton, nel quartiere storico, ma ha chiuso anni fa.»

«È logico che Beverly si fosse rivolta a loro.» disse Gretchen. «Da quello che sappiamo sulla situazione finanziaria sua e di Vera. Cos'altro dice la ricevuta?»

La stampa era sbiadita. Anche con gli occhiali da lettura, Gretchen dovette strizzare gli occhi per riuscire a leggerla. «Sembra che le sia stato addebitato un esame di qualche tipo.»

«Possiamo usare la fotocopiatrice per scurirla.» suggerì Noah.

Hummel lo diede a Noah. «Volevo che lo vedeste prima di prendere le impronte, quindi mettiti i guanti e fa' molta attenzione.»

«Certo.» disse Noah.

Josie notò che Amber, seduta a diversi metri di distanza, li osservava con interesse, con le dita congelate sulla tastiera. Guardarono Noah che si metteva i guanti, estraeva lo scontrino dalla busta, lo appoggiava a faccia in giù sul vetro della fotocopiatrice e poi premeva alcuni tasti.

Pochi istanti dopo, consegnò a ciascuno di loro una copia

scurita della ricevuta. Josie guardò la data: 28 maggio 2004. Ovvero qualche settimana prima della fine dell'anno scolastico. «Non c'è modo di ottenere la documentazione di questa visita.» disse Josie. «Wellspring non c'è più e anche in caso contrario, i fornitori di servizi medici non sono tenuti a conservare la documentazione per periodi di tempo così lunghi.»

«Hummel...» chiese Noah. «C'era qualcos'altro nelle tasche della giacca o dei jeans?»

Hummel scrollò le spalle. «Un paio di dollari e un lucidalabbra. Nient'altro.»

Gretchen sospirò. «Quindi, finché non incontreremo Alice o non otterremo l'elenco delle clienti dalla vecchia datrice di lavoro di Vera, supponendo che siano in grado di compilarlo, non abbiamo davvero nessuna pista.»

Nessuno rispose.

Dall'altra parte della stanza, Amber si schiarì la gola.

«Questo potrebbe essere un buon momento per rendere nota la scomparsa di Beverly. Potremmo chiedere alla popolazione di aiutarci a localizzare Vera. Il capo Chitwood mi ha accennato alla possibilità di istituire una linea per le segnalazioni, visto che il caso è piuttosto vecchio. Ho già gettato le basi durante la conferenza stampa di oggi. A questo punto basterebbe che rilasciassi una dichiarazione con alcune foto. La stampa ne parlerà nei notiziari e sui social media. Mi offro per rispondere alle segnalazioni.»

Josie guardò Noah e poi Gretchen e vide dalle loro espressioni che nessuno dei due aveva alcuna obiezione da fare.

«Se ottieni l'approvazione del capo...» disse Josie, «per noi va bene.»

«Andiamo, Watts.» la esortò Gretchen. «Ti accompagno a parlare con il capo. Dobbiamo capire quali informazioni vogliamo comunicare al pubblico e quali vogliamo tenere riservate.»

Josie e Noah le guardarono entrare nell'ufficio di Chitwood. Aspettarono un lungo momento, prevedendo di sentire le urla di Chitwood; invece, ci furono solo suoni di voci sommesse e il ticchettio delle dita di Amber sulla tastiera del suo tablet.

«Tu sei pronta per tornare a casa?» le chiese Noah. «Misty ha detto che sta preparando la paella. Dovrebbe venire anche Patrick. A quanto ho sentito, ha portato la sua nuova ragazza.»

Josie sorrise. Non vedeva il fratello minore da qualche settimana. Era uno studente dell'Università di Denton. Josie di solito lo invitava ad andare a trovarla offrendogli la possibilità di usare la lavatrice e l'asciugatrice. In effetti, lui le aveva detto che usciva con una ragazza, ma lei non l'aveva ancora incontrata. «Mi sembra una splendida notizia.» disse lei. «Ma devo parlare con Gretchen prima di partire. Tu vai pure. Ci vediamo a casa.» Non essendoci nessun altro nella stanza, Noah le si avvicinò, si chinò e la baciò. «Non metterci troppo.»

Gretchen e Amber uscirono dall'ufficio del capo qualche minuto più tardi. Amber si sedette a una delle scrivanie e iniziò a scrivere. «La dichiarazione sarà pronta per essere esaminata tra pochi minuti, detective Palmer.» annunciò.

Gretchen le diede un pollice in su e si diresse verso la porta per le scale. Josie la seguì, aspettando che raggiungessero il pianerottolo e che la porta si fosse chiusa per parlarle del piano per incontrare Alice la mattina seguente.

Gretchen si guardò alle spalle nell'angusta tromba delle scale. «Non vuoi che Amber lo sappia?»

«Assecondami, va bene?» rispose Josie. «Alice non pensa che questo sia un posto sicuro per incontrarsi. L'unica cosa diversa qui è la nostra nuova addetta stampa.»

«Ma non ha alcun legame con nessuno qui. Come potrebbe essere pericolosa per la nostra donna del mistero?» domandò Gretchen.

«Ha legami con il sindaco, che ha legami con il consiglio

comunale. Non è detto che sia la polizia a preoccupare Alice. Forse è qualcun altro. Qualcuno più in alto.»

Gretchen strinse le labbra iniziando a considerare questo aspetto. «Mi sembra una forzatura, ma non c'è niente di male a tenerlo nascosto ad Amber, quindi non lo saprà da me.»

Josie la ringraziò e si avviò verso casa.

La cena fu favolosa, come sempre, e con la presenza di Patrick e della sua nuova ragazza, Brenna, Harris ebbe nuovi adulti a cui raccontare le storie degli insetti che aveva visto in giardino, dei denti finti di sua nonna e delle imprese di Pepper e Trout. Josie rideva quando anche gli altri ridevano, ma la sua mente era concentrata sul caso.

Dopo cena, Patrick e Brenna tornarono al campus e gli altri andarono in salotto a guardare il notiziario locale, che aveva come notizia principale il servizio su Beverly e Vera Urban. Josie si sedette sul divano con Trout da un lato e il cane di Misty, Pepper, dall'altro.

Dal suo posto sul pavimento, dove stava montando un set Duplo Lego con Harris, Noah si mise a ridere. «Il capo Chitwood ne sarà entusiasta. È la prima volta in una settimana che la notizia principale non è Quail Hollow.»

Josie ascoltò il conduttore che leggeva gli scarni dettagli offerti dalla polizia di Denton: l'identità della vittima recuperata durante l'allagamento di Hempstead Road era stata confermata come Beverly Urban; si confermava inoltre che Beverly era stata uccisa; il fatto che Beverly era stata un'ex studentessa della Denton East High School nel 2004 e che sua madre, Vera Urban, sembrava introvabile. Il numero per le segnalazioni apparve per un attimo sullo schermo e poi il notiziario passò al servizio successivo.

«Pensi che riceveremo qualche telefonata?» chiese Noah.

«No.» rispose Josie. «Non è possibile che Alice chiami la stampa. Nessun altro al mondo ha notato che Vera e Beverly non si sono semplicemente trasferite. È come se non avessero nessuno nella loro vita.»

«Tranne un assassino.» disse Noah.

«E chiunque fosse il padre del bambino di Beverly.» aggiunse Josie.

Il centro di Denton era affollato il sabato mattina. Josie lasciò l'auto della nonna in uno dei parcheggi pubblici e fece una passeggiata lungo Aymar Avenue. La giornata era splendida, con un cielo azzurro perfetto, il sole e una leggera brezza fresca che le solleticava le braccia nude. Era previsto che avrebbe dovuto fare più caldo nel corso della giornata, ma a mezzogiorno era ancora piacevole. Quando arrivò in prossimità del cantiere, sentì il vocio degli uomini che gridavano, il rumore metallico di un martello idraulico che faceva tremare le orecchie, il ronzio degli scavatori, lo stridio delle trivelle, il rombo delle escavatrici e il raschiare delle benne che raccoglievano terra e roccia. All'esterno della struttura di sei piani in costruzione all'angolo tra la Aymar e la Stockton, lungo il marciapiede era stata eretta un'alta recinzione provvisoria in rete metallica. Qualcuno vi aveva apposto sopra una rete di sicurezza arancione brillante per avvisare tutti i passanti che l'area era potenzialmente pericolosa. Josie trovò il cancello di cui le aveva parlato Ray, su cui erano affissi diversi cartelli metallici che vietavano l'accesso a chiunque non lavorasse in cantiere. Dall'altra parte era seduto un uomo con casco e giubbotto arancione, appollaiato su una barriera di cemento, tutto preso a leggere una rivista.

«Ehi!» lo chiamò Josie. Lui non alzò neanche lo sguardo. «Ehi!» disse lei di nuovo. «Sto cercando Ray Quinn.»

Senza guardarla, l'uomo estrasse un walkie-talkie dalla cintura e schiacciò un pulsante. «Ho bisogno di Quinn.» abbaiò. «C'è la sua ragazza qui fuori.»

E si rimise a leggere la sua rivista. Josie rimase ad aspettare Ray e aspettò cinque minuti buoni prima di vederlo arrivare con la tuta e una canottiera bianca macchiata di terra. Il sudore gli colava lungo le braccia e gli luccicava sul viso. Aspettò che fossero fuori dalla vista del guardiano prima di darle un rapido bacio.

«Quanto tempo hai?» gli chiese Josie.

«Mezz'ora.» disse Ray. «Andiamo a piedi fino all'altro angolo. C'è una gelateria.»

«Solo mezz'ora?» chiese Josie. «E dai Ray!»

Mentre camminavano, lui le prese la mano. «Tanto ci vediamo stasera, dopo il lavoro.»

«No, non verrai.» disse Josie. «Ti addormenterai subito dopo cena. Ray, questo lavoro ti sfinisce.»

«Devo solo abituarmici. La giornata si fa più lunga al caldo. E poi, è solo nei fine settimana, Jo.»

Gli strattonò la mano, attirandolo più vicino a sé. «I fine settimana sono gli unici momenti in cui riesco a vederti. Per quanto tempo farai questo lavoro?»

«Lo sai che manca poco alla fine della scuola. E allora potrò lavorare durante la settimana.»

«Pensavo che quest'estate avremmo fatto i bagnini insieme al centro sociale.» si lamentò lei. «Come l'estate scorsa. Così ci saremmo visti tutti i giorni.»

Quando Ray le lasciò la mano e le passò un braccio intorno alle spalle per stringerla a sé, il sudore impregnò il vestito di lino, ma lei non lo allontanò. «Guadagno di più con questo lavoro, Jo.»

Arrivarono a un incrocio e si fermarono al semaforo. Josie abbassò lo sguardo al suolo. «Da quando hai bisogno di guadagnare più di quanto hai fatto l'estate scorsa? C'è qualcosa che non va? Va tutto bene con tua madre?»

«Oh, Jo.» sospirò Ray, allontanandola dalla traiettoria degli altri pedoni mentre attraversavano. Si fermarono insieme sul marciapiede opposto e Ray la girò per guardarla in faccia. «Volevo farti una sorpresa, ma il vero motivo per cui ho accettato questo lavoro sei tu.»

Josie lo guardò negli occhi. «Io? Preferirei stare insieme a te. L'anno prossimo partiremo entrambi per l'università. Voglio approfittare del tempo che abbiamo adesso.»

Lui la tirò a sé, avvolgendola con le braccia e incrociando le mani sulla sua schiena. Così si sarebbe bagnata il davanti del vestito, ma non ci badò in quel momento. «Ricordi quando hai detto che volevi andare al mare?»

«Ray! Ma di cosa stai parlando?»

«Se faccio questo lavoro per due mesi, avrò abbastanza soldi per portarti al mare per una settimana intera e quanto basta da mettere da parte per l'università e aiutare mia madre con le bollette. Ti avrei fatto una sorpresa con il viaggio alla fine dell'estate. Ne ho già parlato con tua nonna e ha mi ha detto che mi aiuterà a organizzare la vacanza.»

Josie non riuscì a trattenere un sorriso smagliante e lo tirò più vicino a sé, appoggiando la guancia sul suo collo umido. «Ray!» strillò. «Non posso crederci! Una settimana intera? Sei sicuro?»

«Sì. Mi sono già accordato con tua nonna e anche mia madre ha detto che va bene. Vedrai, ci divertiremo un mondo. Sarà una piccola fuga prima che cominci l'ultimo anno.»

Quando il semaforo cambiò di nuovo, Josie attraversò l'incrocio quasi saltando. Si strinse forte alla mano di Ray, provando un senso di euforia che praticamente non aveva mai provato. Fino a quando non aveva compiuto quattordici anni ed era andata a vivere con Lisette, la sua vita era stata costellata di traumi e abusi. Le vacanze erano fuori discussione. Era fortunata se riusciva a mangiare una volta al giorno. Quando la nonna aveva ottenuto la sua custodia, aveva cercato di offrirle il maggior numero possibile di avventure e divertimenti. Era stata Lisette a portare Josie in gita al mare per la prima volta l'estate alla fine del primo anno delle superiori e lei si era subito innamorata della piccola città di mare di Ocean City, nel New Jersey, e dell'oceano. Lisette era riuscita a riportarla per qualche gita di un paio di giorni, ma lei aveva sempre desiderato trascorrervi un'intera settimana. Ora questa possibilità era a portata di mano e ci sarebbe andata con Ray. Le sembrava di galleggiare.

«Oh, qui lo fanno buono!» annunciò Ray, fermandosi davanti a una vetrina con la scritta *Jessie Mae's Ice Cream*. In quel momento avrebbe potuto suggerire del vetro macinato, e a Josie sarebbe andato bene lo stesso.

All'interno della piccola pittoresca gelateria, l'aria era gelida. Alle pareti erano allineati piccoli tavolini per due persone. Un bancone si estendeva quasi al centro del locale. Ai lati c'erano delle vetrine refrigerate con vari gusti di gelato all'interno. Si avvicinarono a un cartello con la scritta: *Ordina qui*. Josie, che fino a quel momento aveva tenuto lo sguardo incollato su Ray, lo distolse per ordinare e in quel momento la sensazione di felicità che aveva provato all'esterno la abbandonò immediatamente, come defluita dai suoi piedi.

A restituirle lo sguardo, da dietro la cassa, c'era Beverly. I suoi riccioli castani erano tirati indietro in una coda di cavallo. La sua uniforme consisteva in una maglietta rosa pastello sotto una salopette bianca. In testa aveva appuntato un cappellino a forma di ciliegia. Anche con quello stupido cappello, era bellissima, femminile, persino sensuale.

Ray parve non accorgersene. O forse sì, ma fece solo finta di non notarla. I suoi occhi erano incollati al menù sopra la testa di Beverly. Frequentava spesso quel posto? Sapeva che Beverly ci lavorava? Non si scambiarono il minimo cenno di saluto. Josie si lisciò il vestito di lino ormai stropicciato, provando un certo imbarazzo. «Ray...» gli sussurrò all'orecchio. «Forse dovremmo andare da qualche altra parte.»

Prima che potesse risponderle, Beverly si allontanò e gridò a una collega che stava pulendo una macchina per i gelati dietro di lei. «Morgan, hai una cliente. Vado in pausa...» e senza dare nell'occhio, si allontanò verso il retro del negozio.

VENTICINQUE

La mattina seguente, Josie si svegliò alle cinque per il rombo dei tuoni e lo scroscio della pioggia che batteva sul tetto. Trout si era infilato nel letto in mezzo a lei e a Noah. Tremava e mugolava. Josie allungò una mano per accarezzargli la schiena setosa e sfiorò la mano di Noah che era già appoggiata lì. «Non gli piacciono i rumori forti.» disse Noah a bassa voce.

«Lo so.» disse Josie. Le sue dita strisciarono fino al punto più morbido dietro le orecchie e lo accarezzarono dolcemente. Rimasero sdraiati lì tutti e tre, Josie e Noah a coccolare Trout, finché non passarono i tuoni e i lampi e per Josie fu il momento di prepararsi a incontrare Alice.

Gretchen stava aspettando nel parcheggio dello Stop-N-Go e quando vide arrivare Josie, scese dalla sua auto e salì su quella di Josie, lato passeggero. Uscirono dal parcheggio e imboccarono Lockwood Drive. Aveva smesso di piovere, ma il cielo non si era schiarito. Josie pensò a Trout che tremava sotto le sue carezze e alla città che veniva inghiottita dalle inondazioni ogni giorno di più. Si sentì attanagliare da una sensazione di terrore, così intensa da essere quasi fisica, come se l'oscurità si stesse avvicinando e la stesse avvolgendo.

La strada era poco frequentata e non aveva molto da offrire oltre alla foresta da un lato e alle attività commerciali per lo più abbandonate dall'altro, a parte uno dei motel più squallidi della città, che era inspiegabilmente ancora in attività. I tecnici della manutenzione stradale non dedicavano molto tempo a quel tratto di Lockwood Drive. L'asfalto era spaccato e sconnesso, tanto che Josie dovette aggirare diverse buche, le linee gialle che dividevano le corsie erano ormai sbiadite da tempo e sembravano coriandoli gettati alla rinfusa al centro della strada. Dallo Stop-N-Go, Lockwood Drive correva in discesa, parallelamente all'Interstatale per parecchie miglia. Solo che in quel momento, in lontananza, si vedevano grandi barriere di plastica arancione che si estendevano lungo l'autostrada dove il livello dell'acqua si era alzato. Un enorme cartello bianco con una scritta a lettere nere annunciava la chiusura della strada.

Alice aveva ragione: il bowling era l'ultimo edificio sulla strada prima che iniziasse la zona di inondazione. Josie entrò nel parcheggio. Gli pneumatici scricchiolarono sulla ghiaia e sul manto asfaltato sconnesso. Lasciò la macchina dietro il vecchio edificio, in un punto in cui il terreno erboso era disseminato di rifiuti e completamente deserto, separato da una striscia di terra che costeggiava le barriere di cemento dell'Interstatale da una semplice recinzione sfondata. Scesero e si guardarono intorno, ma non c'era nessuno in vista.

«Forse dovremmo entrare nell'edificio...» propose Gretchen.

«No.» disse Josie. «Ha detto dietro la pista da bowling, non dentro. Inoltre, questo posto è vuoto da anni, dubito fortemente che la struttura sia sicura.»

Alla loro destra, a circa mezzo miglio di distanza sulla collina, c'era il retro del Patio Motel, al di là del quale il terreno che costeggiava l'Interstatale saliva fino a trasformarsi nel ripido dislivello dove si erano fermate il giorno prima, dietro lo Stop-N-Go. Alla loro sinistra, una ventina di metri di terra accidentata le separava dalle acque fangose del Susquehanna che avevano invaso quella zona di Lockwood Drive quando il fiume aveva allagato il cavalcavia dell'Interstatale. La transenna che avrebbe dovuto separare i lotti dalla statale era caduta in acqua. Una decina di metri più avanti si trovava la parte dell'Interstatale appena prima del cavalcavia allagato. La Polizia di Stato aveva eretto barriere di cemento sulle corsie dell'autostrada e il traffico era stato deviato intorno alla chiusura e attraverso il centro abitato. Ogni cosa era ferma e tranquilla, tranne la corrente del fiume, che scorreva a gran velocità.

«Non credo che verrà...» disse Gretchen.

Si stava mettendo a piovere più forte. «Non succederà di nuovo.» disse Josie. Tirò fuori il telefono. «La chiamo.»

Questa volta Alice rispose immediatamente. «Alice, siamo al punto d'incontro.» disse Josie. «Dove si trova?»

«Vi vedo...» sussurrò.

Josie si girò di scatto, perlustrando i dintorni. «Dove? Se ci vede, venga fuori. Non c'è nessun altro qui.»

«Non può saperlo. Sto aspettando di vedere se siete state seguite.»

«Penso che lo sapremmo se fossimo state seguite.» ribadì Josie. Gretchen si girò lentamente su se stessa, guardandosi intorno. Indicò la salita verso il Patio Motel. Josie iniziò a camminare con lei in quella direzione, ma poi Alice disse: «Non ve ne andate. Aspettiamo ancora qualche minuto per assicurarci che nessuno vi abbia seguite. Non chiedo altro.»

Josie si fermò. Guardò Gretchen e indicò alle loro spalle. Si voltarono e tornarono verso l'area allagata. «Alice, deve assolutamente dirci cosa sta succedendo. Se è così preoccupata per la sua sicurezza, credo che dovrebbe darci la possibilità di accompagnarla alla centrale.»

Silenzio.

«Alice?»

«Mi sembra di sentire qualcosa.» disse lei.

Josie allontanò il telefono dall'orecchio e lei e Gretchen si sforzarono di percepire un rumore di pneumatici sull'asfalto o di passi, ma non si sentiva niente. Gretchen fece un gesto verso l'Interstatale e mormorò: «Credo che sia laggiù.»

Josie le andò dietro, seguendone i movimenti e tenendo gli occhi puntati sulle barriere di cemento, che erano state disposte in modo che gli automobilisti non finissero direttamente nella piena, dietro alle quali c'era ancora un tratto dell'Interstatale asciutta prima che l'acqua risalisse e superasse il cavalcavia. Non era il nascondiglio più sicuro, ma per Alice sarebbe stato il punto perfetto per avere una chiara visuale del retro di tutti gli edifici che salivano sulla collina senza essere vista e un nascondiglio ideale, perché nessuno l'avrebbe cercata sulla statale chiusa.

Josie fece un cenno a Gretchen e lentamente iniziarono a camminare in quella direzione. Alice ricominciò a parlare, ma le sue parole si persero quando sul telefono di Josie arrivò un'altra chiamata. Lo allontanò dall'orecchio e guardò lo schermo: era Noah. Qualsiasi fosse il motivo per cui la stava chiamando, avrebbe dovuto aspettare. Rifiutò la chiamata e lasciò partire la segreteria telefonica. «Che cosa ha detto, Alice?»

Il cellulare di Gretchen squillò. «È Noah...» disse guardando lo schermo. Anche lei lasciò partire la segreteria telefonica.

Mentre scavalcavano il guardrail e si incamminavano lungo l'autostrada, una donna emerse da dietro le barriere. Teneva un cellulare premuto contro l'orecchio. Lo allontanò, premette sullo schermo e lo infilò nella tasca dell'impermeabile blu scuro sotto il quale indossava un paio di jeans neri e scarpe da ginnastica bianche. Era magra, aveva i capelli lunghi e scuri evidentemente tinti, ma Josie riconobbe subito i suoi lineamenti.

«Vera?»

La donna si fermò e alzò entrambe le mani. «Fermatevi. È stato un errore.»

«No, non è stato un errore.» la trattenne Gretchen. «Qualunque cosa stia succedendo, possiamo aiutarla.»

Il telefono di Josie riprese a ronzare per una nuova chiamata in arrivo. Era sempre Noah. Rimise il telefono nella tasca della giacca e lasciò partire di nuovo la segreteria telefonica. Da dove si trovavano, così vicine al fiume, il rumore della corrente era ancora più forte e da dietro le barriere, sembrava che l'acqua scorresse più velocemente. Continuava a piovere forte, aumentando di minuto in minuto, e a ogni goccia Josie sentiva il cuore affondare ancora di più: altra pioggia avrebbe comportato altre inondazioni, altre piene improvvise, altri danni. Ma in quel momento doveva concentrarsi su Vera Urban.

«Vera, non sarebbe venuta qui se credesse davvero che si tratti di un errore.» le fece notare Josie. «Ha corso un rischio per incontrarci, dico bene?»

La donna annuì. Con la pioggia che le imperlava il viso, Josie non era ancora sicura se stesse piangendo o meno, ma i suoi lineamenti si contorsero e un singhiozzo proruppe dalla gola. Un attimo dopo, rimbombò il fragore paralizzante di un colpo di pistola e una macchia rosso scuro si formò sullo stomaco di Vera. Barcollò all'indietro, con le mani che cercavano di afferrare qualcosa e, con un'espressione smarrita per lo sgomento, cadde.

Josie non perse tempo e corse verso di lei. Gretchen aveva già sfoderato la pistola e la teneva alzata puntandola in ogni direzione. Un secondo colpo squarciò l'aria e, a pochi metri di distanza, un pezzo di cemento schizzò da una delle barriere. «Viene dall'edificio.» gridò Gretchen.

Distesa sulla schiena, Vera muoveva le labbra come un pesce agonizzante. «Loro... loro... lo...»

«Portala dietro la barriera.» le urlò Gretchen, piazzandosi davanti a entrambe, con la pistola puntata verso la pista da bowling. Fissò l'occhio destro sul mirino della sua Glock, ma senza sparare. Josie si spostò dietro la testa di Vera e le infilò le braccia sotto le ascelle per trascinarla dietro uno dei grossi blocchi di cemento. Gretchen la seguì e si inginocchiò accanto a lei, spingendo Vera il più vicino possibile alla barriera in modo che non fosse esposta. Un altro colpo passò sopra le loro teste.

«Fai pressione.» disse Gretchen, tornando verso la pista da bowling, con la pistola spianata. Un altro colpo rimbombò e lo sentirono conficcarsi sull'altro lato della barriera. A Josie fischiarono le orecchie. Si tolse l'impermeabile e lo appallottolò, premendolo sull'addome di Vera.

Per la seconda volta sentì la familiare suoneria del telefono di Gretchen che dovette gridare per farsi sentire sopra l'eco rimbombante degli spari e il costante gorgoglio del fiume alle loro spalle, dicendo: «È nella mia tasca. Deve essere Noah. Rispondigli. Abbiamo bisogno di rinforzi, adesso.»

Josie tenne una mano premuta sull'addome di Vera, mentre l'altra affondava nella tasca della giacca di Gretchen e tirava fuori il telefono. Scorse il pollice per rispondere, ma con la pioggia che scendeva sullo schermo ci vollero tre tentativi perché era bagnato. «Noah!» gridò.

Vera afferrò una spalla di Josie, le sue labbra continuavano a tremare per dire qualcosa. Josie abbassò l'orecchio libero verso il viso di Vera, cercando di sentire cosa stesse dicendo. «Per... per favore...»

Nell'altro orecchio, sentì la voce di Noah: «Josie! Sei ancora a Lockwood? Sto venendo da te. L'argine della ferrovia si è infranto. Non ha retto con i temporali della notte. Ci sarà una forte ondata a valle. Dovete andarvene subito da lì.»

Al rumore di un altro sparo Vera si scosse sotto la mano di Josie. Noah stava dicendo qualcosa, ma Josie non riusciva a capirlo. La pioggia cadeva troppo forte. Sentì qualcosa contro le caviglie e si voltò per vedere che l'ondata di cui Noah le stava parlando le aveva già raggiunte. Soltanto pochi istanti prima l'acqua era a una decina di metri di distanza e adesso era arrivata ai loro piedi. Sentì la morsa del panico stringerle il cuore. Doveva rimanere calma e concentrarsi. Noah stava arrivando.

«Siamo bloccate qui!» gridò nel telefono, cercando di farsi sentire sopra lo scroscio del fiume. «Qualcuno ci sta sparando.»

«Cosa? Ma che succede?»

«Devi chiamare subito altre unità! E ci serve subito un'ambulanza. Non avvicinatevi da soli e assicuratevi di avere i giubbotti antiproiettile!» gli disse Josie. «Siamo sulla statale. Sul lato est, dietro le barriere di cemento prima del cavalcavia. Vera... Alice è ferita, si è beccata un colpo di pistola all'addome. È viva, ma non so ancora per quanto.»

«Porca puttana, Josie...»

«Non stare a discutere! Gretchen pensa che il tiratore sia vicino al bowling. O all'interno dell'edificio o nelle vicinanze. Adesso riattacco. Chiama altre unità e avvicinatevi con cautela.»

Mentre riponeva il telefono di Gretchen in tasca, sentì una sirena in lontananza. Il suo cuore sussultò al pensiero che i rinforzi fossero così vicini, ma poi si rese conto che era solo la sirena di emergenza dei pompieri. Il fiume stava per devastare di nuovo la città e Josie e Gretchen si trovavano nella sua voragine, bersagliate da colpi di arma da fuoco mentre cercavano di tenere in vita una donna ferita.

VENTISEI

Gretchen indietreggiò e si appoggiò con la schiena contro la barriera, con la pistola ancora a portata di mano. «Non possiamo andare da nessuna parte.» disse. Un'ondata sollevò Vera da terra. Josie le passò un braccio sotto la testa per evitare che finisse sotto il pelo dell'acqua. «Siamo bloccate qui! Stiamo per essere trascinate via dalla corrente!» la avvertì.

«Non possiamo andarcene da qui dietro!» disse Gretchen. «Se usciamo allo scoperto, siamo dei bersagli facili. Non possiamo farcela.»

Il volto di Vera era ormai bianco come la morte, la bocca serrata e le palpebre socchiuse. «Non credo sia possibile spostarla...» disse Josie. L'acqua le turbinava violentemente intorno alle gambe. «Ma stiamo per essere travolte.»

Cercò di fare pressione sulla ferita e di tenere la testa di Vera fuori dall'acqua, ma era una battaglia persa. Il sangue le colava da sotto l'impermeabile. «È da un po' che non sento spari.» disse Josie. «Forse se ne sono andati. Dovremmo spostarla dall'altra parte. Sull'autostrada, lontano dall'acqua.»

Gretchen scosse la testa. «Non possiamo. Se ti sbagli...»

Partì un altro colpo. Sentirono che fendeva l'aria proprio

sopra le loro teste. Josie si accasciò su Vera, stringendola a sé. Gretchen le mise una mano sulla sua spalla e con voce tremante disse: «Boss, guarda.»

Josie girò la testa e guardò verso il fiume accorgendosi che il livello dell'acqua saliva rapidamente. Avevano solo pochi istanti prima che un'ondata d'acqua bruna e impetuosa le travolgesse. Noah e il resto dei soccorsi non avrebbero mai fatto in tempo a fermare il tiratore e a venire a prenderle. Josie impiegò una frazione di secondo per prendere una decisione.

«Tienila.» disse a Gretchen, sollevando Vera verso di lei. Gretchen tenne la pistola puntata verso il cielo e infilò l'altro braccio sotto la testa di Vera. Josie si alzò, facendo attenzione a tenersi bassa, in modo da non essere vista oltre la barriera, e si tolse gli stivali, gettandoli in acqua. Poi aprì la cerniera dei jeans e li sfilò. Gretchen la guardò con occhi spalancati. «Boss, non credo che questo sia il momento...»

«Guarda.» le gridò Josie. L'acqua era ormai salita al livello delle ginocchia.

Legò insieme le gambe dei pantaloni. Tenendo la vita dei jeans, li sventolò, intrappolando l'aria all'interno delle gambe. Più velocemente che poté, ripiegò e chiuse il cinturino della vita. In questo modo le gambe dei pantaloni si erano riempite d'aria. «Aiutami!» la esortò Josie; Gretchen si precipitò a darle una mano sorreggendo Vera per infilarle la testa nell'incavo tra le due gambe gonfie d'aria, in modo che i jeans fungessero da dispositivo di galleggiamento. Poi Josie si lasciò andare nell'acqua che continuava a salire. Un attimo dopo, i suoi stivali risalirono in superficie e galleggiarono via. Poi anche i jeans presero a galleggiare. Con una mano Josie tenne stretta Vera, mentre Gretchen annodava insieme le gambe dei suoi pantaloni, ma non riuscì a far entrare l'aria dalla parte superiore, così si tenne ferma Vera mentre Josie lo faceva per lei.

Poi l'acqua le sollevò, trascinandole via. Gretchen infilò la testa nei pantaloni-salvagente e cercò di raggiungere la mano di

Josie, ma lei e Vera erano già lontane, trascinate a gran velocità dalla corrente. Josie dovette impiegare tutte le sue forze per tenere stretta la presa sul corpo di Vera, che sentiva ormai completamente afflosciato. Per un attimo Josie finì con la testa sott'acqua. Riuscì a tornare in superficie e sputò. Di nuovo, sentì una stretta al petto. *Calma*, disse una voce. *Devi rimanere calma.* Ma non c'era modo di restare calmi. Un urlo le uscì dalla gola mentre si girava sulla schiena e faceva girare Vera, che era finita a pancia in giù. Il dispositivo di galleggiamento improvvisato non era sufficiente per entrambe. Josie continuava a sprofondare sotto la superficie. I polmoni le bruciavano.

Si concentrò solo sul tentativo di tenere le braccia avvolte intorno a Vera. Di nuovo, l'acqua le sommerse la testa e le finì nei polmoni. Si dimenò per tornare in superficie e il suo corpo fu scosso da forti conati per espellere l'acqua, con fitte di dolore che le trapassarono la parte alta della schiena. Poi l'acqua la travolse un'altra volta. Aveva gli occhi aperti, ma vedeva solo oscurità. L'abisso nero del fiume rabbioso e vorace la stava inghiottendo completamente. Non riusciva a fermarlo. Non poteva fermare un bel niente. Né il fiume. Né la morte di Vera. Né i suoi demoni o le lacrime che arrivavano anche in quegli ultimi momenti, mentre affogava.

L'oscurità non può farti del male, Jo.

Era la voce di Ray, una delle ultime cose che le aveva detto. La sentì chiaramente come se le stesse parlando all'orecchio. Ma era impossibile, perché era sott'acqua, aggrappata a una donna morente che continuava a galleggiare sul pelo dell'acqua solo grazie ai suoi pantaloni gonfiati d'aria. Poi ci fu una specie di mutamento nella corrente, come se avessero attraversato un'ostruzione o una specie di dislivello. I loro corpi ruotarono di lato e lei riuscì a tornare di nuovo a galla. Tossì, cercando di far uscire l'acqua dai polmoni. La testa di Vera andò a finire contro la sua spalla. Josie si impose di muovere le gambe, di sbatterle per tenersi a galla. Con la coda dell'occhio vide un grosso ramo che passava davanti a loro. Gli alberi! Doveva raggiungere la riva o avvicinarsi a qualche albero travolto dall'alluvione per aggrapparvisi. Non ce l'avrebbero mai fatta se avessero continuato a farsi trascinare dalla corrente. I soccorsi non le avrebbero trovate prima che lei finisse le forze e fosse annegata.

Si mise a scalciare con le gambe, mentre allungava il collo, cercando di trovare qualche segno di terra. Finalmente, alla sua destra, apparve un boschetto di alberi. Ogni muscolo del suo corpo bruciava per lo sforzo di nuotare di lato con Vera agganciata a un braccio. Superarono gli alberi prima che Josie potesse raggiungerli. Le sfuggì un gemito di frustrazione. Era sempre più difficile respirare, restare a galla, resistere. Ma in quel momento era più vicina alla riva del fiume di quanto non lo fosse stata da quando l'onda le aveva trascinate via. Lanciò un'invocazione silenziosa a qualsiasi entità superiore che potesse essere in ascolto, e un attimo dopo fu ricompensata da un'altra fila di alberi, questi con tronchi più sottili ma raggruppati più vicini tra loro. Allungò la mano libera mentre la corrente le portava avanti. Il palmo della mano sbatté contro un tronco che scivolò via. La stessa cosa accadde con l'albero successivo. L'acqua scorreva troppo velocemente. Con ogni briciolo di energia che le rimaneva, riprese a scalciare, ruotò su se stessa e si preparò all'impatto. Andò a sbattere con la schiena contro il tronco dell'albero più vicino e poi il suo corpo venne schiacciato da quello di Vera. L'urto le fece quasi perdere il fiato, ma alla fine la fortuna fu dalla loro parte. Anche se la corrente cercava di farle scivolare intorno al tronco e di trascinarle via ancora una volta, i rami dell'albero che si allungavano verso il basso frenarono la corsa dell'acqua. Josie allungò la mano libera verso l'alto e si aggrappò al ramo più spesso che riuscì a trovare, tenendo se stessa e Vera in posizione. Strizzò gli occhi e si aggrappò forte, provando un po' di sollievo.

Quando sentì urlare, spalancò gli occhi di scatto. Gretchen stava sfrecciando verso di loro, con i pantaloni gonfiati sotto le braccia. Avrebbe colpito il tronco dell'albero o sarebbe schizzata davanti a loro. Tenendo Vera, Josie cambiò posizione, cercando di avvicinarsi al tronco. Con un braccio attorno a Vera e l'altro attorno al tronco dell'albero, allungò le gambe, lasciandole oscillare nella corrente. «Aggrappati!» gridò a Gretchen.

Più si avvicinava, più Gretchen allungava entrambe le mani verso Josie. Riuscì ad aggrapparsi a una delle cosce di Josie ma scivolò verso il basso.

«No!» urlò Josie.

Sentì la presa di Gretchen stringersi intorno alla sua caviglia. Per un attimo, Josie si aspettò che allentasse la presa e che venisse di nuovo trascinata via dalla corrente, ma, al contrario, stringeva così forte la sua caviglia che poté sentire la pelle escoriarsi; poi, con una lentezza esasperante, Gretchen sfruttò la gamba di Josie per avvicinarsi al tronco, fino a potervi avvolgere intorno le braccia.

Josie si sentiva le braccia come gelatina. Non sapeva per quanto tempo ancora avrebbe potuto tenersi stretta a Vera e all'albero. Quando fu sicura che Gretchen non sarebbe stata trascinata via dalla furia del fiume, scostò Vera e si avvicinò a Gretchen. «Dobbiamo arrampicarci.» disse. «Saliamo sull'albero. Ci sono dei rami che ci sosterranno, almeno fino all'arrivo dei soccorsi. Aiutami con lei. Devo portarla lassù.»

Il viso di Gretchen era più pallido di quanto Josie l'avesse mai visto. Le sue labbra erano quasi blu. L'aria era calda, ma l'acqua era piuttosto fresca e loro erano dentro da... da quanto tempo? Josie non ne aveva idea. Sembrava un'eternità. Giorni. Settimane. Gretchen lasciò il tronco e girò il viso di Vera verso di sé, premendo due dita contro il collo. «Boss...» disse Gretchen. «Se n'è andata.»

«No!» urlò Josie.

Sotto l'acqua, qualcosa sbatteva contro le sue gambe. Detriti. Dio solo sapeva cosa c'era in quell'acqua. Josie non osava pensarci. Si avvicinò per controllare il battito di Vera, ma non lo trovò. Allora le diede uno schiaffo su una guancia e le urlò: «Vera! Vera! Svegliati!»

«Se n'è andata.» ripeté Gretchen.

«No!» insistette Josie. Altri schiaffi. «Vera! Forza! Svegliati!» Si guardò intorno disperatamente. Non poteva farle la rianimazione in quelle condizioni. Non c'era modo di fare le compressioni. Avrebbe anche potuto provare a gonfiarle i polmoni, ma non c'era modo di posizionare correttamente la testa e il collo in modo che l'aria li raggiungesse effettivamente. «No!» sbottò Josie. «No.»

Gretchen si allungò su Vera e scosse la spalla di Josie. «Boss, è morta. Non possiamo fare più niente per lei.»

«E allora?» gridò Josie, sputando dalle labbra saliva, acqua del fiume e pioggia. «E adesso? Non possiamo... cosa facciamo? La lasciamo andare? La lasciamo alla corrente? No!»

Le dita di Gretchen scavarono nei muscoli sopra le scapole di Josie. «La possiamo legare all'albero con i nostri pantaloni. Ci arrampichiamo e aspettiamo i soccorsi. Potrebbe resistere qui abbastanza a lungo finché non verranno a prenderci.»

Josie guardò il volto cinereo di Vera, sentì il peso del suo corpo senza vita contro il suo fianco. Gretchen si strinse a Josie, guardandola con occhi spalancati, in attesa. Alle sue spalle, il fiume continuava a ruggire. Apparve il tetto spiovente di una casa: la casa di qualcuno, la vita di qualcuno, che fluttuava con una lentezza glaciale apparentemente in contrasto con la potenza dell'acqua intorno a loro.

Qualcosa si era rotto dentro Josie. Lo sentiva. Come l'argine di una ferrovia, come una diga che crolla. Quello che rimaneva era inarrestabile. Singhiozzi silenziosi le scossero il corpo. Le emozioni le sgorgarono così velocemente e con tale intensità, come se stessero martellando ogni posto morbido dentro di lei mentre risalivano e uscivano, che non riuscì a parlare. Le lacrime le annebbiarono la vista finché praticamente non riuscì più a vedere Gretchen e Vera.

Voleva dire a Gretchen che era d'accordo sul fatto che avrebbero dovuto legare il corpo di Vera all'albero per non perderlo, ma la sua gola non collaborava. L'unica cosa che riusciva a esprimere era la massa di emozioni che si scatenavano dentro di lei, quasi come se fossero il valore di una vita intera. Josie annuì tra le lacrime. Su e giù, su e giù, finché non sentì Gretchen che diceva: «D'accordo, allora tu tienila stretta mentre lego i nostri pantaloni, okay? Non c'è altro modo per farli aderire al tronco e a Vera.»

Josie annuì di nuovo, tra i singhiozzi. Il mondo era un caleidoscopio di marrone torbido e morte, intriso di lacrime. Qualche minuto dopo, sentì di nuovo la voce di Gretchen. «Boss, sei più brava di me ad arrampicarti. Ho bisogno che tu vada per prima. Trova un punto saldo e aiutami a tirarmi su.»

Josie annuì.

«Boss? Josie? Devi andare tu. Arrampicati.»

La mano di Gretchen le avvolse il polso e le fece appoggiare il palmo contro il tronco dell'albero. «Josie!» gridò. «Arrampicati! Ho bisogno che ti arrampichi.» Gretchen la scosse di nuovo e le braccia di Josie si allungarono verso l'alto, trovando due piccoli rami a cui aggrapparsi per tirarsi su.

«Arrampicati, Jo, arrampicati!» le urlò Gretchen.

Il suo corpo mise il pilota automatico. Aveva di nuovo dieci anni, era nel bosco dietro la roulotte in cui era cresciuta, si stava nascondendo dalla madre violenta. Lila non andava mai a cercarla tra gli alberi. Sotto di lei, Ray sussurrava con foga: «Arrampicati, Jo! Arrampicati!»

Si arrampicò sull'albero, avvolgendo le gambe intorno al tronco e spingendosi verso l'alto, finché non trovò un ramo abbastanza robusto da reggere sia il suo peso che quello di Gretchen, almeno per un po' di tempo. Sbattendo via le lacrime e la pioggia dagli occhi, guardò verso il basso e vide Gretchen che con fatica le si avvicinava. Quando fu abbastanza vicina, Josie allungò una mano e Gretchen la prese, facendosi strada a forza fino al punto in cui Josie era appollaiata. Senza fiato, si aggrapparono l'una all'altra e all'albero. Sotto, il corpo di Vera si avviluppava intorno all'albero. Alle sue spalle si stavano radunando dei detriti, che le sbattevano contro e poi si allontanavano per essere trasportati via dalla corrente. Josie osservò il passaggio di una massa aggrovigliata di cartelli di candidati a sindaco.

VENTISETTE

Per una forma di ironia su cui Josie non volle riflettere più del dovuto, Sawyer Hayes si trovava su una delle imbarcazioni di soccorso che le avevano finalmente localizzate. L'altra imbarcazione, pilotata e gestita da alcuni membri dell'equipaggio di soccorso in acque rapide della città, che Josie conosceva soltanto di vista, recuperò Vera e la portò via, all'obitorio, suppose Josie. Sawyer aiutò Gretchen e poi Josie a scendere nell'altra barca. Si assicurò di non guardare le loro gambe nude e una volta munite di giubbotto di salvataggio e legate all'interno dell'imbarcazione, aprì un astuccio nel giubbotto di salvataggio e ne estrasse un piccolo pacchetto argentato con un involucro blu. Josie lo riconobbe subito: era una coperta di emergenza isotermica. Sembravano passate ore da quando la sua mente si era scollegata dal corpo. Più o meno da quando aveva cominciato a battere i denti. In realtà, non aveva idea di quanto tempo fossero rimaste sull'albero. Sawyer tirò fuori la coperta e la srotolò, scuotendola con entrambe le mani. Mentre l'operatore della barca provvedeva ad allontanarla dagli alberi e a portarli in salvo, Sawyer le coprì con la coperta, infilando con cura i bordi sotto di loro.

«Grazie.» disse Gretchen.

Sawyer le rispose con un pollice in su. Josie cercò di sorridere; non era sicura di quale espressione fosse riuscita a mostrare, ma lui le sorrise a sua volta. Chiuse gli occhi e lasciò cadere la testa sulla spalla di Gretchen.

L'ora successiva fu una confusa successione di eventi. Il resto del parco pubblico era stato inghiottito dall'ultima inondazione, quindi era stata costruita una nuova rampa per le barche più vicina al posto di comando. Dalla lancia furono portate direttamente sul retro di un'ambulanza, dove furono fatte sedere sulla morbida panca in vinile e avvolte con altre coperte. All'ospedale, vennero sistemate nello stesso box, ognuna su una barella. Un'infermiera passò a Josie un camice da ospedale e poi ne tirò fuori uno dal carrello della biancheria per Gretchen. «Voi ragazze indossate questi. Io torno subito.»

«Sto bene.» disse Josie. «Mi servono solo i pantaloni... e un passaggio a casa.»

L'infermiera rise. Gretchen stava già lasciando cadere la giacca e la maglietta bagnate sul vicino tavolino e si stava infilando il camice.

«Tesoro...» le disse l'infermiera, «hai le labbra blu, sei fradicia fino alle ossa e hai una brutta lacerazione sulla gamba.»

Josie si guardò le gambe: fino a quel momento non aveva notato l'ampio squarcio sulla parte esterna della coscia destra. «Oh cazzo...» mormorò. L'infermiera le fece cenno di mettersi sulla barella. «Intanto ti porto qualche coperta calda. Che ne dici?»

Josie non poté ribattere.

Gretchen disse: «Ci vuole proprio.»

Nelle due ore successive Josie sonnecchiò sotto tre coperte riscaldate. Aveva otto punti di sutura nella coscia e finalmente le si erano asciugati i capelli. Accanto a lei, Gretchen dormiva della grossa, con respiri lunghi e regolari e le palpebre che si muovevano di tanto in tanto. Josie non riusciva a capacitarsi di come facesse a dormire così profondamente, perché ogni volta che lei chiudeva gli occhi, vedeva il corpo senza vita di Vera nel fiume.

La voce del capo le svegliò di soprassalto. Da qualche parte, oltre la tenda, stava dicendo: «Dove sono le mie detective?»

Un attimo dopo, la tenda venne scostata e il capo Chitwood, Noah e Mettner si precipitarono dentro. Noah si avvicinò subito a Josie, accarezzandole il viso, i capelli, le braccia e infine prendendole una mano, e le si avvicinò, guardandola negli occhi. «Stai bene?»

Non stava bene. Non stava bene come non le capitava da un sacco di tempo, ma annuì comunque.

«Mi hai spaventato a morte!» disse in un sussurro. «Pensavo di averti persa.»

Lei gli strinse delicatamente la mano. «Mi dispiace.»

«Io ero... io...» si interruppe e Josie ebbe l'impressione di vedere dai suoi occhi che gli veniva da piangere. Noah le lasciò la mano, si raddrizzò e si allontanò per un momento. Josie capì che stava cercando di mantenere un certo contegno.

«Mi dispiace davvero, Noah.» gracchiò lei.

Voltandosi, lui si protese in avanti per baciarla. «Non dispiacerti. Sono solo felice che tu sia qui.»

«Quinn e Palmer, voi due dovete stare fuori dall'acqua fino a nuovo ordine.» annunciò Chitwood. «Sant'Iddio, che giornata! Prima vi sparano, poi vi affogano! Cosa credete che sia? Una specie di film d'azione?»

Mettner, che si era piazzato in mezzo alle barelle, guardò il capo Chitwood con aria contrariata. «Non è colpa loro, sa!»

Il capo puntò un dito contro Mett. «Non dirmi quello che devo sapere, figliolo. Oggi ho quasi perso i miei due migliori detective.»

Mettner ridacchiò. «Cavolo, grazie.»

«Sta' un po' zitto, Mett!»

Noah si appollaiò sul lato del letto di Josie e da un angolo della bocca borbottò: «Immagino che sia così quando è veramente arrabbiato.»

Gretchen si tirò su le coperte fin sotto il mento e chiese: «Siete riusciti a prendere quello che ci ha sparato?»

Mettner scosse la testa. «No, purtroppo no. Quando siamo arrivati in zona, non c'era più nessuno. Abbiamo trovato dei bossoli vicino al bowling. Nove millimetri. Ma non abbiamo visto nessuno allontanarsi quando siamo arrivati.»

«Abbiamo controllato i filmati di sicurezza dello Stop-N-Go e della banca dall'altra parte della strada per vedere se c'erano veicoli che arrivavano da quella direzione, ma nessuna delle due telecamere raggiunge la strada.» spiegò Noah.

«Ovvio...» disse Josie.

«Hummel ha raccolto le cartucce.» aggiunse Chitwood. «Vedremo se riuscirà a rilevare le impronte.»

«A proposito di impronte...» disse Mettner. «Abbiamo la conferma che la donna che avete incontrato era Vera Urban. La dottoressa Feist sta effettuando l'autopsia.»

«Vi ha detto qualcosa prima che...» chiese Noah.

«Qualcuno iniziasse a spararci addosso?» finì per lui Gretchen. «No. L'abbiamo riconosciuta subito e si è spaventata. Un attimo dopo stava morendo dissanguata per una ferita d'arma da fuoco allo stomaco e poi il fiume ci ha trascinate via. Bella pensata, usare i pantaloni come dispositivi di galleggiamento, Boss.»

Josie annuì, timorosa di provare a parlare, mentre l'emozione tornava ad affiorare. Pensava di averla tirata fuori tutta o, per lo meno, di essere troppo esausta per poterne tirare fuori di più, e invece eccola lì, che le provocava un groppo in gola e un tremito al labbro inferiore che poteva solo augurarsi non venisse notato da nessuno.

«È per questo che voi due eravate senza pantaloni?» chiese Chitwood.

«Come fa a sapere che eravamo senza pantaloni?» chiese Gretchen.

«Quando abbiamo chiamato per assicurarci che foste entrambe qui sane e salve, l'infermiera ci ha detto di portarvi dei pantaloni.» spiegò Noah.

Josie trovò la voce. «Però non li avete portati...»

Noah, Mettner e Chitwood si guardarono gli uni con gli altri e Chitwood sbottò: «Dove diavolo li andavamo a trovare dei pantaloni?»

Noah rise, rompendo la tensione nella stanza. «Ci penso io.»

«Prima che ve ne andiate, credo che dovremmo parlare del fatto che negli ultimi sedici anni Vera Urban era ancora viva.» disse Gretchen.

«Non solo...» aggiunse Josie, «ma sapeva che sua figlia era stata uccisa e sapeva com'era successo. Penso che sapesse proprio chi è stato. Credo che sia per questo che voleva incontrarci: per dircelo.»

«Ma perché farsi avanti solo adesso?» chiese Mettner.

Noah sospirò: «Perché adesso la notizia dell'omiciodio di Beverly è stata resa pubblica e adesso la polizia sta cercando l'assassino.»

«Cosa diavolo avrà fatto per sedici anni?» si chiese Mettner.

«Si è nascosta, ovviamente.» rispose Gretchen. «Non ha mai avuto nessuna utenza a suo nome, non ha mai presentato una dichiarazione dei redditi; non ha mai avuto nemmeno un cellulare a suo nome. Chi è che non ha un cellulare al giorno d'oggi?»

«Deve aver assunto un'altra identità.» rispose Josie. «Alice. A meno che non fosse solo un nome inventato sul momento.»

«Il padrone di casa vi ha detto che tutti gli oggetti personali di Vera e di Beverly erano spariti dalla casa di Hempstead Road, giusto?» chiese Noah. «Deve averli portati con sé. Voleva che sembrasse che si fossero semplicemente trasferite. Ha sempre saputo chi aveva ucciso sua figlia. La domanda ora è: da chi si nascondeva?»

Gretchen tirò fuori una mano da sotto la coperta e se la passò tra i capelli a spazzola. «La stessa persona che ha ucciso Vera questa mattina.»

«Ma chi avrebbe voluto uccidere Beverly?» si chiese Chitwood. «Cosa avrebbe spinto Vera a nascondersi invece di denunciare l'omicidio della figlia?»

L'immagine del volto di Vera balenò nella mente di Josie: la sua bocca cercava di formulare parole mentre moriva dissanguata dietro la barriera di cemento sulla statale vuota, implorando Josie di salvarla. Aveva cercato di dire le parole "per favore". Josie non era riuscita a salvarla. Non era stata nemmeno in grado di aiutarla. Cosa stava nascondendo? Cosa sapeva? Chi era disposto a ucciderla per mantenere il segreto?

«Non lo so.» disse Josie. «Ma credo che la prima cosa da fare sia cercare di seguire i movimenti di Vera.»

«E come lo possiamo fare?» domandò Mettner.

«Deve essere sbucata da qualche parte.» disse Josie. «Nessuno l'ha vista per sedici anni, poi il corpo di Beverly è stato ritrovato e un paio di giorni dopo Vera è ricomparsa qui in città.»

«Giusto.» osservò Noah. «Non può aver vissuto a Denton negli ultimi sedici anni. Per tutto questo tempo deve essere rimasta fuori dai radar. O meglio, deve aver vissuto sotto la falsa identità di Alice. In qualche modo, Alice è tornata qui e ovviamente ha passato la notte in città, in base alle telefonate che ha fatto a Josie.»

Gretchen annuì. «Se stava cercando di mantenere un basso profilo, non avrebbe scelto un hotel con telecamere di sicurezza.»

«Può darsi che alloggiasse al Patio Motel.» suggerì Josie. «È il posto più squallido della città e si dà il caso che si trovi tra i due luoghi che ha scelto dove darci appuntamento: lo Stop-N-Go e la pista da bowling abbandonata.»

«Dirò a qualcuno di passare dal parcheggio e di controllare tutte le targhe.» propose Mettner.

«Voglio parlare con il gestore.» disse Josie. «Deve aver lasciato alcune cose nella sua stanza.»

Chitwood la guardò contrariato. «Oggi hai rischiato di rimanerci secca, Quinn. Due volte. Ti prendi il giorno libero.»

«Signore...» protestò Josie, ma lui alzò una mano per farla tacere. «Ti faremo preparare un mandato da portare al Patio come prima cosa domattina. Ho già due auto di pattuglia pronte, perché l'alluvione è quasi arrivata al parcheggio del Patio e non si fermerà. Non posso fare a meno di Fraley o di Mettner in questo momento. Ho bisogno degli uomini al posto di comando.»

Sollevata, Josie lasciò affondare la testa nel cuscino. Noah le strinse la mano con affetto.

Poi Chitwood aggiunse: «Fraley, porta a queste due dei dannati pantaloni, così potranno andare a casa a riposare.»

VENTOTTO

Riposarsi non fu semplice. Ogni volta che Josie si muoveva, la gamba le pulsava. Ogni volta che cominciava ad addormentarsi, vedeva il volto di Vera, il suo ultimo tentativo di parlare e sentiva gli spari, poi il lamento della sirena dei soccorsi. L'unico altro pensiero che le passava per la testa, mentre si sdraiava sul divano e cercava di dormire, era una bottiglia di Wild Turkey. Ormai era da un pezzo che non ne sentiva un tale bisogno. Riusciva praticamente a sentirne il sapore, a sentirne il bruciore scendere lungo l'esofago fino allo stomaco, dove sarebbe rimasto caldo e formicolante, e avrebbe spento per un po' di tempo quel vortice di pensieri che la affliggevano.

Solo che a casa sua non c'era più Wild Turkey. Non avevano nessun alcolico. Solo caffè, un intruglio di tè verde che Misty aveva preparato e il succo di mela per Harris. Avrebbe voluto che fossero lì con lei, ma Misty era al lavoro e Harris era con la madre di Ray per tutto il giorno. Noah era di turno. Pensò di chiamare sua sorella Trinity, che viveva a New York, ma il suo telefono era andato distrutto. Avrebbe dovuto comprarne uno nuovo. Accanto a lei, Trout piagnucolava, come se percepisse il suo tumulto interiore. Pepper si accomodò sulla poltrona dall'altra parte della stanza, imperturbabile. Josie si alzò e guardò davanti a sé, nel viale d'accesso, dove si trovava la sua auto. Qualcuno della squadra l'aveva recuperata da Lockwood per lei. Le chiavi erano su un tavolino all'ingresso. Non doveva far altro che correre al negozio di liquori più vicino. Era tardo pomeriggio, avrebbe trovato il negozio ancora aperto. Inoltre, non era nella zona alluvionata.

Senza nemmeno rendersene conto, prese le chiavi. Ma non aveva i documenti. Il portafoglio e le credenziali erano ancora fradici. Noah aveva appoggiato tutto sul tavolo della cucina per lasciarli asciugare. Josie si girò dall'ingresso per andare a prenderli, ma suonò il campanello. Trout e Pepper si alzarono di scatto e corsero verso la porta, abbaiando furiosamente, finché Josie non aprì e si ritrovò davanti Gretchen e la dottoressa Feist. Gretchen era fresca di doccia e asciutta, si era messa un paio di jeans e una canottiera bianca sotto un maglioncino leggero. La dottoressa Feist indossava pantaloni cachi e una camicetta blu button-down, e aveva lasciato i capelli biondi argentati sciolti sulle spalle. Sotto il braccio teneva un piccolo computer portatile. Gretchen spinse un cartone di pizza tra le mani di Josie. «Volevo chiamarti...» cominciò a dire, «ma poi mi sono ricordata che non abbiamo più i telefoni.»

Josie si fece da parte e le fece entrare. Si riunirono in salotto per mangiare la pizza. Josie si sedette sul divano accanto alla dottoressa Feist. Gretchen sparì momentaneamente e tornò con tovaglioli e tre bottiglie d'acqua, che posò sul tavolino accanto alla pizza e al portatile della dottoressa Feist. «Non potevo stare a casa. Sono troppo agitata.» Si sedette a gambe incrociate sul pavimento di fronte a loro. La Feist si pulì una macchia di pomodoro dall'angolo della bocca con un tovagliolo e disse: «Si è presentata all'obitorio chiedendo se avevo finito l'autopsia di Vera.»

Josie rise, ma la risata suonava nervosa. Avrebbe dovuto essere lei a presentarsi senza preavviso all'obitorio in cerca di informazioni su Vera Urban. Invece, riusciva a pensare solo al Wild Turkey. Se Gretchen notò qualcosa di strano, non lo diede a vedere. Invece disse: «Poi ho pensato che avresti voluto sentire quello che la dottoressa Feist aveva da dire, così l'ho convinta a venire qui con me.»

«E abbiamo pensato che stessi morendo di fame.» aggiunse il medico legale. «Quindi eccoci qua.»

A dire la verità, Josie non aveva per niente fame, ma quando le vide che cominciavano a mangiare la pizza direttamente dalla scatola, ne prese comunque una fetta. «Grazie.» disse. «Cosa può dirci di Vera Urban?»

La dottoressa aprì il suo portatile, fece qualche passaggio e poi iniziò a leggere i risultati delle sue analisi. «Ho stimato che la sua età fosse compresa tra i cinquanta e i sessant'anni.»

«Questo corrisponde.» disse Josie. «Aveva cinquantotto anni.»

La dottoressa annuì. «La causa della morte è stata la ferita d'arma da fuoco all'addome. I polmoni pesavano più del previsto e quando l'ho aperta erano un po' gonfi, il che indica che ci era finita dentro dell'acqua prima che morisse, ma in base ai danni nella cavità addominale, ritengo che fosse morta ancora prima di avere la possibilità di annegare.»

Josie rimise la pizza mezza mangiata nella scatola e si accasciò sul divano. Trout saltò in piedi e le si accucciò in grembo, piagnucolando. Lei cominciò ad accarezzargli distrattamente la nuca.

«Abbiamo fatto tutto il possibile, Boss.» disse Gretchen.

«Tu dici?» chiese Josie. «Avremmo dovuto portarci dietro qualche tipo di rinforzo. Incontrarla da sole è stato stupido.»

«Per incontrare una persona con informazioni su un omicidio di sedici anni fa?» le fece notare Gretchen. «Non c'era alcun indizio che ci facesse pensare di dover portare con noi un esercito per incontrare Vera Urban. Non sapevamo nemmeno che fosse lei quando siamo andate a incontrarla. Sapevamo solo che avremmo incontrato una donna di nome Alice.»

«Ci aveva detto... mi aveva detto che non era sicuro, e io non l'ho presa abbastanza sul serio. Aveva ragione e ora è morta.»

«Non è colpa tua.» ribadì Gretchen.

«Josie, se può esserle d'aiuto, non credo che sarebbe sopravvissuta abbastanza a lungo da arrivare in ospedale.» si intromise la dottoressa Feist. «Anche se foste riuscite a metterla al sicuro e ad aspettare un'ambulanza, sarebbe morta prima di arrivare al pronto soccorso, e il Denton Memorial non è un centro traumatologico.»

Josie scosse la testa, combattendo contro le lacrime. «Non avrei mai dovuto mettere nessuna di noi a tiro di chi ci poteva sparare addosso... Le hanno sparato per colpa mia.»

«Le hanno sparato perché era coinvolta in qualcosa che non avrebbe dovuto.» argomentò Gretchen. «Sapeva che sua figlia era stata uccisa e l'ha nascosto per sedici anni, Boss. Se non le avessero sparato sotto i nostri occhi, avrebbe potuto essere uccisa in un altro modo e in un altro momento dalle persone che le stavano dando la caccia.»

Nella stanza calò il silenzio, mentre si faceva strada il peso della violenza della morte di Vera Urban e la gravità di ciò che lei aveva nascosto. Poi la dottoressa Feist si schiarì la voce e disse: «Ci sono altri risultati incidentali che potrebbero interessarvi: il suo fegato era estremamente danneggiato, a causa dell'uso prolungato di alcolici oppure di qualche altra patologia sottostante.»

«Oppiacei.» aggiunse per lei Josie. «Riteniamo che fosse dipendente dagli oppiacei.»

La Feist annuì. «Sì, gli oppiacei avrebbero sicuramente ottenuto un simile effetto. Inoltre, nella parte bassa della schiena ho trovato tracce di una vecchia operazione lombare. Una fusione lombare a tre livelli.»

«Sì.» disse Gretchen. «Diverse persone che la conoscevano hanno riferito che aveva subito un'operazione alla schiena.»

«Ho anche visto che aveva un utero bicorne.»

Il trancio di pizza di Gretchen si bloccò a metà strada verso la bocca.

«Che roba è?» chiese Josie.

«L'utero di Vera Urban era a forma di cuore. L'utero bicorne è un difetto congenito. Vi risparmio i dettagli scientifici. In pratica, l'utero si forma con due cavità separate. Nella parte superiore dell'utero si forma una profonda rientranza che sostanzialmente lo divide nel mezzo. Al giorno d'oggi si può correggere chirurgicamente e forse anche quando Vera Urban era giovane, ma il suo non è stato corretto. Non influisce sulla fertilità, ma rende molto difficile portare a termine una gravidanza.»

«Ma sappiamo che ha avuto una figlia.» disse Josie. «Non ha trovato cicatrici da parto sull'osso pubico?»

«No...» disse la dottoressa, «ma non tutte le donne sviluppano quelle cicatrici. Ho visto molte donne che avevano partorito senza cicatrici da parto nei miei esami autoptici. Di solito me ne servo solo come indizio che una donna ha partorito.»

«Cioè, se ce ne sono, è certo che abbia avuto un figlio.» ricapitolò Josie.

«Esattamente. Però, la mancanza non è un segno che la donna non abbia mai partorito. Come ho detto, la condizione di Vera non le avrebbe impedito di avere un figlio; ha solo reso le probabilità di successo della gravidanza molto più basse. È stata molto fortunata a portare a termine la gravidanza di Beverly.»

«Questo potrebbe spiegare perché era stata a lungo costretta a letto e perché aveva dovuto partorire al Geisinger e non qui a Denton.» osservò Gretchen.

Il peso della tragedia delle donne Urban gravava sulle spalle di Josie. Povera Vera. Secondo la sua ex responsabile, aveva desiderato ardentemente un bambino ed era stata entusiasta quando Beverly era arrivata, anche se il padre non era presente. Ma a un certo punto le cose erano andate male. Beverly aveva sviluppato problemi comportamentali. Josie sapeva bene quanto la propensione di Beverly a comportarsi in modo violento potesse causare non solo drammi emotivi, ma anche danni fisici. In che guai si erano cacciate Beverly e Vera, tali da far rimanere Beverly incinta e uccisa a diciassette anni e da costringere Vera a nascondersi per oltre i quindici anni successivi? Da cosa si stava nascondendo Vera? Dove era stata per tutto quel tempo? Chi l'aveva uccisa? E perché l'aveva uccisa?

«Era preoccupata che qualcuno ci avesse seguite quando siamo andate a incontrarla, non che qualcuno stesse seguendo lei.» ricordò Josie. «In effetti, il motivo per cui voleva incontrarci da sole e in un posto fuori mano era perché non pensava che il comando di polizia fosse un luogo sicuro.»

«Chi è rimasto nella polizia di Denton che avrebbe potuto essere coinvolto nell'omicidio di Beverly sedici anni fa?» chiese la dottoressa. «Pensavo che aveste fatto piazza pulita cinque anni fa, dopo il caso delle ragazze svanite.»

«Amber Watts.» disse Gretchen.

Affinché la dottoressa Feist fosse informata, Josie condivise con lei i suoi sospetti sulla nuova collaboratrice delle relazioni con la stampa.

«Quanti anni ha questa donna?» chiese la Feist.

«È giovane.» rispose Gretchen. «Non poteva essere più che una bambina delle elementari quando Beverly è stata uccisa.»

«Non deve necessariamente essere lei.» osservò Josie. «Potrebbe essere il sindaco Charleston. Amber sapeva che avremmo incontrato la misteriosa Alice questa mattina, ma non sapeva dove. Avrebbe potuto informare il sindaco.»

«Quindi pensi che sia una spia?» chiese Gretchen.

«Non ne sono sicura. Ma qualcuno sapeva che avremmo incontrato Vera Urban. Qualcuno che la voleva morta. Qualcuno che le ha sparato perché non potesse dirci quello che sapeva.»

«So che il sindaco Charleston riesce a mentire molto bene e a coprire certe cose.» disse la dottoressa Feist. «Non è più molto benvoluta in città, con questa storia dei Quail Hollow Estates, benché ho l'impressione che anche Kurt Dutton sia coinvolto a sua volta. Ma non penso che il sindaco sarebbe in grado di commettere un omicidio.»

«Nemmeno io lo penso.» concesse Josie. «E forse non è direttamente coinvolta in quello che sta succedendo in questo caso. Dico solo che è una strana coincidenza che Amber sia stata assunta dal sindaco proprio questa settimana e che si sia presentata subito dopo che abbiamo recuperato un corpo sotto le fondamenta della casa in Hempstead Road. Ha partecipato a tutte le riunioni e sapeva che avremmo incontrato una persona a conoscenza di ciò che era successo a Beverly, e da un momento all'altro ci sparano addosso e Vera Urban rimane uccisa. Forse sto ingigantendo troppo le cose, ma quale sarebbe l'alternativa?»

«Che qualcuno abbia seguito Vera Urban per tutto questo tempo... da quando è tornata a Denton, da qualsiasi posto si trovasse prima, e che lei non se ne sia resa conto.» propose Gretchen.

Josie indicò il portatile aperto della dottoressa Feist. «Le dispiace?»

La dottoressa glielo spinse davanti, Josie e Gretchen si sedettero accanto sul divano, osservando lo schermo del computer mentre Josie faceva una ricerca approfondita su Amber Watts, ma senza trovare niente di strano e nessun dettaglio sospetto.

«L'annuncio.» borbottò Josie. «Chitwood voleva che verificassi se il sindaco avesse effettivamente pubblicato un annuncio per cercare un addetto stampa diversi mesi fa. Amber dice che è stato allora che ha risposto.» In effetti, Josie trovò l'annuncio pubblicato su diversi siti di offerte di lavoro risalenti a due mesi prima.

La dottoressa Feist sospirò. «Sembra che la pista Amber Watts e sindaco Charleston sia un vicolo cieco.»

«Per ora concentriamoci su Vera.» propose Gretchen. «Speriamo di trovare qualcosa che porti al suo assassino e anche a quello di Beverly.»

VENTINOVE

Per il resto della serata non si presentarono occasioni per sgattaiolare al negozio di liquori. Misty e Harris arrivarono prima che Gretchen e la dottoressa Feist se ne andassero e, poco dopo, anche Noah tornò a casa. Josie si comportò come se niente fosse, trascorrendo il resto della serata in uno stato di stordimento e rispondendo con un poco convincente "sto bene" ogni volta che Misty o Noah le chiedevano come stesse. Il sonno le sfuggiva, soprattutto a causa del dolore alla gamba che l'ibuprofene non riusciva ad alleviare. Nel momento in cui la luce grigiastra del mattino cominciò a trasparire dalle finestre della camera da letto, si alzò, si fece la doccia e portò Trout a fare una corsa. Si fermò al negozio Spur Mobile per comprare un nuovo telefono prima di andare a incontrare Gretchen nel parcheggio della centrale.

Con i mandati pronti, si diressero al Patio Motel. Esisteva da quando Josie riusciva a ricordare, era una piaga per la comunità. La polizia cittadina vi aveva effettuato più arresti per droga e prostituzione che in qualsiasi altro luogo della città. Era un edificio cadente a due piani con otto stanze per piano. La maggior parte dei numeri delle stanze era ormai segnata sulle porte con il pennarello. Nei posti auto di fronte agli alloggi stazionavano veicoli malandati. Josie sapeva, avendolo chiesto a Noah la sera prima, che nessuno dei veicoli trovati nel parcheggio era intestato a una persona di nome Alice, quindi, in qualunque modo Vera fosse tornata a Denton, non era arrivata con un'auto propria.

Tra il parcheggio e il piccolo ufficio del motel c'era una piscina interrata che da tempo era stracolma di rifiuti. Nel corso degli anni, qualcuno aveva tentato di coltivare un piccolo giardino a un'estremità della piscina, ma ora tutto ciò che ne rimaneva era un tulipano rosso brillante che sporgeva da un terreno disseminato di vetri rotti e involucri di fast food.

Alla reception del motel li accolse una donna arcigna, con i capelli neri e gli occhi piccoli. Anche con un mandato, ci vollero non poche trattative per farle ammettere che una donna corrispondente alla descrizione di Vera Urban si era effettivamente fermata due giorni prima. Vera non aveva fornito al personale del Patio alcun nome e il personale del Motel non lo aveva chiesto. Era così che funzionavano le cose al Patio Motel: l'unica attrattiva per gli ospiti era la garanzia dell'anonimato.

Solo dopo che Josie e Gretchen le ebbero illustrato le sanzioni previste per il mancato rispetto di un mandato di perquisizione e le ebbero assicurato che Vera Urban era deceduta, la donna acconsentì a mostrare loro la sua stanza. «Portatevi via le sue cose.» disse dopo aver aperto la stanza numero due. «Questa camera mi serve, se non tornerà.»

Come tutte le altre camere del Patio, quella occupata da Vera Urban era piccola, vecchia e puzzava di sigarette, di odori corporei stantii e di cibo avariato. Buona parte della stanza era occupata da un letto matrimoniale. Il logoro piumone a motivi floreali era intonso. Di fronte al letto, sopra un piccolo cassettone scrostato, c'era un televisore. Vicino alla finestra, appena dietro la porta, c'era una poltrona arancione con i cuscini macchiati. Si sarebbe detto che la stanza non fosse mai stata occupata.

Josie passò davanti al letto ed entrò nel bagno, che non era altro che un ripostiglio trasformato, con il gabinetto e il lavandino che praticamente si toccavano. Non c'era una vasca, ma solo una doccia con lo scarico arrugginito e la tenda ammuffita. E comunque, non c'erano prove che ci fosse stato qualcuno nella stanza. Gretchen stava frugando sotto il letto quando Josie si affacciò dal bagno. «Qui non c'è un bel niente...» constatò Gretchen.

«Eppure dev'esserci qualcosa.» insistette Josie. «Doveva essersi portata almeno un cambio di vestiti.»

Si avvicinò di nuovo alla poltrona e la guardò attentamente. Tirando fuori dalla tasca della giacca un paio di guanti di lattice, li infilò e sollevò il cuscino della poltrona. «Ecco!» disse, tirando fuori un piccolo zaino blu. Quando anche Gretchen si fu infilata i guanti svuotarono il contenuto sul letto. C'erano alcuni indumenti intimi, due paia di jeans, due camicie, una camicia da notte con diversi gatti a fumetti con la scritta "Cat Nap", una spazzola per capelli, diversi trucchi e alcuni articoli da toilette. Josie mise in fila uno spazzolino e un tubetto di dentifricio, un deodorante e alcune bottigliette di shampoo e balsamo.

«Non ci sono né il portafoglio né il telefono.» osservò Gretchen.

«L'ho notato.» concordò Josie. «Sappiamo che ieri aveva con sé il telefono e, se aveva un portafoglio, probabilmente aveva anche quello. Sarà stato portato via dalla piena.»

«Cos'è quello?» chiese Gretchen, indicando una piccola bottiglia di plastica arancione.

Josie la girò e un piccolo brivido di eccitazione la attraversò come una scossa elettrica. «È un flacone di pillole su prescrizione.» disse.

«Per una donna di nome Alice Adams. Sembra che sia una richiesta di lorazepam.»

«Ativan.» disse Gretchen. «È un farmaco ansiolitico. Sul flacone c'è scritto la farmacia o il medico?»

Josie tirò fuori il telefono e scattò alcune foto dell'etichetta. Poi cercò su Google dove si trovava. «È una farmacia locale a Colbert.»

«È a circa novanta minuti da qui.» disse Gretchen.

«Dobbiamo procurarci i mandati.» dichiarò Josie. «Per i registri della farmacia e poi per qualsiasi indirizzo troveremo per questa Alice Adams. Dovremo chiamare anche la polizia locale per informarli di quello che stiamo facendo.»

«Andiamo.» disse Gretchen.

TRENTA

Tornate alla centrale, Gretchen preparò i mandati mentre Josie chiamava la polizia di Colbert per coordinare le operazioni. Nel giro di mezz'ora, Josie fu informata che l'abitazione in cui Alice Adams risiedeva era in affitto. L'agente di Colbert le fornì il nome e il numero di telefono del proprietario e si offrì di fargli visita e di spiegargli cosa stava accadendo, per spianare la strada a Josie e a Gretchen in modo che potessero procedere con il mandato di perquisizione nell'appartamento di Alice quello stesso giorno, se necessario. «Ora dobbiamo solo aspettare che ci richiamino.» annunciò a Gretchen.

Amber, che per tutto il tempo era rimasta seduta qualche scrivania più in là, si avvicinò. «Speravo che poteste aggiornarmi sui vari sviluppi dell'indagine.» disse. «Sembra che siano successe parecchie cose da ieri. So che "Alice" era in realtà Vera Urban e che ora è morta, questo me l'ha detto il capo Chitwood, ma non mi ha detto altro. Non ha voluto darmi alcun dettaglio. Ma ho sentito alcuni agenti di pattuglia parlare di una sparatoria. Hanno detto che lei e la detective Palmer eravate presenti. Li ho sentiti raccontare che Vera Urban è rimasta uccisa in quella sparatoria. Potete dirmi cos'è successo? Aveva qualche informazione da darvi?»

«Nessun altro le ha detto niente?» chiese Gretchen. «Il capo? Il tenente Fraley? Mett?»

«Non ho avuto modo di parlare con nessuno. Sono tutti così impegnati che...»

Josie alzò lo sguardo e incrociò il suo. «E con il sindaco? Avete avuto modo di parlare delle indagini?»

«No, io... Perché avrei dovuto parlarne con il sindaco?»

Josie tornò a battere alla tastiera il suo rapporto. Dopo alcuni istanti di imbarazzo, Amber si intromise di nuovo. «Avrei solo qualche domanda.»

Josie scostò la sedia dalla scrivania e si diresse verso le scale. I punti di sutura della gamba le facevano male a ogni passo. Amber la seguì continuando a tempestarla di domande, reggendo il tablet in una mano e scrivendo con l'altra mentre seguiva Josie dall'ufficio alla sala ristoro. Quando poteva, Josie le forniva risposte monosillabiche oppure le diceva di rivolgersi al capo. Era più concentrata a prendere il caffè che a rispondere alle domande di Amber. Si riempì una tazza e si avvicinò al frigorifero per prendere panna e latte, ma Amber le si parò davanti, sbarrandole la strada. «Detective Quinn!» disse, mutando il suo sorriso caratteristico in uno sguardo così serio da rasentare la disperazione. «Se devo fare il mio lavoro, devo sapere quello che sa lei.»

«Si sposti, per favore.» disse Josie.

Amber si raddrizzò, superando almeno di cinque centimetri Josie con il suo tacco dieci. «Si può sapere perché ce l'ha con me?» sbottò.

Josie si strofinò la fronte. Sentiva che le si stava formando un mal di testa dietro gli occhi. Incrociando le braccia al petto, affrontò lo sguardo di Amber. «Senta, non ho tempo per queste cose. Inoltre, si sta frapponendo tra me e il mio caffè. Se vuole trovarsi bene qui, non lo faccia mai più.»

Il mento di Amber si protese ostinatamente verso Josie. Le sue labbra formarono una linea retta e prese a battere freneticamente le palpebre, rivelando quanto fosse nervosa. Josie non riuscì a trattenersi. Scoppiò a ridere. Amber si sgonfiò davanti a lei, allontanandosi dal frigorifero in segno di sconfitta. «Solo un minuto.» disse Josie prima di uscire dalla stanza. Amber si fermò sulla soglia.

Recuperando panna e latte, Josie tornò al tavolo al centro della stanza e preparò il caffè come piaceva a lei. «Capisco che deve fare il suo lavoro, ma il fatto è che è stato il sindaco a mandarla qui.»

«Gliel'ho detto.» brontolò Amber. «Non sono uno strumento del sindaco.»

Josie diede un sorso al suo caffè caldo, assaporandone l'aroma. Non aveva senso discutere con Amber dei suoi sospetti perché se lo fosse stata, non avrebbe mai ammesso di essere in combutta con il sindaco. Se, al contrario, era del tutto innocente e aveva inavvertitamente fornito informazioni al sindaco, non poteva di certo sapere come le avrebbe utilizzate. Perciò, le disse: «Lei è in contatto con l'ufficio del sindaco, il che la rende una persona non affidabile in questo particolare momento. Tra lo scandalo di Quail Hollow e...» si trattenne dal pronunciare le parole "l'omicidio di Vera". Concluse invece dicendo: «È un problema. Quindi sì, in questo frangente stiamo cercando di non far trapelare troppi particolari.»

Amber emise un profondo sospiro e si scostò una ciocca di capelli dal viso. «Allora, cosa dovrei fare?»

«A questo non posso rispondere io...» le disse Josie. Con la tazza in mano, si diresse verso la porta. Amber non si mosse. «Posso solo dire...» aggiunse Josie, «che la fiducia va guadagnata.»

Si infilò tra Amber e lo stipite della porta, sfiorandola. Prima che potesse risalire le scale verso l'ufficio, il sergente Dan Lamay le si avvicinò lungo il corridoio del primo piano. «Boss!» chiamò. «C'è un problema che...»

Josie alzò una mano per farlo tacere, finché non sentì Amber che attraversava il corridoio dietro di lei e tornava al piano di sopra. «Parla, Dan.» disse lei. «Cosa c'è?»

«Il sindaco è qui per vederla. È nell'atrio in questo momento.»

«È qui per vedere me, nello specifico?»

«Sì, dice che vuole parlare con lei e solo con lei.»

«Falla accomodare nella sala conferenze, per favore. Prima devo andare di sopra per avvisare Gretchen su dove può trovarmi e poi andrò a parlarci.»

Pochi minuti dopo, Josie si portò dietro la tazza di caffè mezza finita nella sala conferenze dove l'attendeva il sindaco Tara Charleston. Camminava lungo un lato del grande tavolo, con il cellulare premuto all'orecchio. Indossava un tailleur di un tenue verde acqua e le sue lunghe gambe erano accentuate da un paio di tacchi da quindici centimetri. I capelli le arrivavano al collo ed erano elegantemente acconciati, il viso era perfettamente truccato in modo che le rughe fossero quasi invisibili. Mentre sbraitava istruzioni a qualcuno al telefono su un'imminente riunione del consiglio comunale, Josie rimase in piedi dall'altra parte del tavolo, sorseggiando il suo caffè.

Tara riattaccò e lanciò il telefono sul tavolo facendolo rimbalzare. Tirò un lungo sospiro e appoggiò le mani sullo schienale della sedia più vicina. «Detective Quinn...» cominciò.

Josie non disse nulla.

Tara attraversò la stanza e chiuse la porta. Josie sentì che il cuore prendeva a battere più forte. L'ultima volta che era rimasta completamente sola con Tara Charleston, il sindaco le aveva chiesto di fare qualcosa di illegale e quando Josie si era rifiutata, aveva minacciato di licenziarla.

Tara tornò a posizionarsi di fronte a Josie e ridusse gli occhi castani a una fessura, fissando lo sguardo su Josie. «Ho bisogno di fare un passo avanti.»

Josie alzò una mano e disse: «Se si tratta di Quail Hollow, deve parlarne con il capo Chitwood. Non spetta a me...»

«Calma.» ordinò Tara. «Non si tratta di Quail Hollow. Si tratta di Vera Urban.»

«Vera Urban?» L'identità di Vera non era ancora stata resa nota alla stampa. Gli unici a sapere che era stata uccisa il giorno prima erano i poliziotti.

Tara si mise una mano sul fianco. «Ho chiesto ad Amber di tenermi informata su quello che succede qui.»

E così Amber non era altro che una spia del sindaco, pensò Josie con amarezza.

Intanto, Tara continuò: «So che Vera Urban è stata uccisa ieri in circostanze molto insolite.»

«Le hanno sparato.» precisò Josie con tono deciso.

«Sì, e prima di ieri risultava scomparsa da sedici anni, non è vero?»

Josie non rispose.

«Detective Quinn, so com'è fatta. So quanto scaverà in questo caso, per cui le faccio risparmiare un po' di fatica. Conoscevo Vera.»

Josie provò un brivido di disagio. Il sindaco aveva la reputazione di proteggere aggressivamente i propri interessi, spesso oltrepassando i limiti per farlo. «Cosa intende dire?» chiese Josie. «Che nel corso della mia indagine, pensa che dovremmo parlarne?»

Tara emise un sospiro esasperato. «Sì, è quello che sto dicendo. Sono qui a dirle che conoscevo Vera, ma è stato molto, molto tempo fa. Era la mia parrucchiera in un salone chiamato Bliss. Sto parlando di almeno vent'anni fa. Quando sua figlia era piccola e anche prima. È per questo che voglio parlarne prima che lei si avventi su di me con tutte le sue forze, prima che scopra che la conoscevo e pensi che volevo nascondere qualcosa.»

«Sta nascondendo qualcosa?» chiese Josie.

Tara sorrise, ma non con gli occhi. «Certo che no.»

«Però mi sta chiedendo di tacere sul fatto che lei conosceva la madre di un'adolescente assassinata.»

Tara fece un verso, visibilmente spazientita. «Non le sto chiedendo di tacere su nulla, le sto chiedendo di non diffonderlo. È irrilevante. Quella donna era solo la mia parrucchiera, per l'amor del cielo.»

Josie la guardò con aria di sfida. «Sara Venuto mi ha detto che molte delle clienti di Vera erano sue amiche anche fuori dal salone. Lei si annovererebbe in questo gruppo?»

«È già stata al salone?»

Josie sorrise. «Non è la prima volta che risolvo un caso di omicidio. Sì, sono già stata al salone.»

Tara agitò una mano con fare liquidatorio. «Non ha importanza. Non è rilevante. Sì, occasionalmente, fuori dal salone, avevo una certa confidenza con lei. Non direi che eravamo amiche, ma all'epoca ero la giovane moglie di un chirurgo, ero senza ambizioni, senza lavoro e senza nulla da fare tutto il giorno. Mi annoiavo. Avevo soldi. La mia famiglia mi aveva lasciato un fondo fiduciario. Ero stata io a mantenere mio marito agli studi di medicina, ma con lui impegnato in una specializzazione in chirurgia, rimanevo sola per quasi tutto il tempo. Mi è capitato di invitare Vera un paio di volte per un bicchiere di vino e una chiacchierata. Niente di più.»

«E quando Vera è rimasta incinta? Se lo ricorda?»

«Molto vagamente, sì.»

«Sara Venuto dice che alcune clienti di Vera le organizzarono una festa per la nascita della bambina. Lei faceva parte di quel gruppo?»

«No, non c'ero. Come ho detto, eravamo conoscenti, non amiche.»

«Cosa ricorda di Vera?» chiese Josie.

Tara posò una mano curata sul tavolo e si protese in avanti. «Niente, a parte quello che le ho appena detto. Era la mia stilista. Abbiamo bevuto insieme un bicchiere di vino una o due volte. Aveva una figlia di nome Beverly. Nient'altro.»

«E in quelle occasioni l'aveva invitata a casa sua?» chiese Josie.

«Sì.»

«Lei è mai stata ospite di Vera, prima o dopo che si fu trasferita nella casa di Hempstead Road?»

«Certo che no.»

«Quando è stata l'ultima volta che si è messa in contatto con Vera?»

«Detective Quinn, è stato così tanto tempo fa che non saprei nemmeno dirglielo. Decenni.»

«Dove si trovava ieri mattina alle sette?»

«Oh, ma per favore. Non penserà davvero che io... Ero nel mio ufficio in Municipio, in riunione con il responsabile della mia campagna elettorale e alcuni assistenti. Almeno una mezza dozzina di persone possono confermarlo.»

Josie la osservò, chiedendosi cosa esattamente stesse cercando di nascondere. Doveva esserci qualcosa. Altrimenti non si sarebbe presentata alla centrale di polizia e non avrebbe chiesto di vedere lei da sola. «Si rende conto che dovrò riferirlo alla mia squadra, vero?»

Tara sospirò. «Non vedo alcuna ragione per doverne parlare con qualcuno. Le ho appena detto tutto quello che so, e sono cose del tutto irrilevanti per un caso di omicidio avvenuto nel 2004.»

«E per un caso di omicidio avvenuto ieri?» chiese Josie.

«Comunque irrilevante. Quando Beverly è stata uccisa, non parlavo con Vera da quasi dieci anni. Dico davvero, detective. So che abbiamo avuto i nostri... problemi nel corso degli anni, ma apprezzerei la sua discrezione in questa faccenda.»

«La mia discrezione?» rise Josie. «Sta scherzando, vero? È dal primo giorno che cerca di sbarazzarsi di me. Qual è il suo scopo? Sta cercando di proteggersi o di incastrarmi in qualche modo?»

Tara la fissò.

Lentamente, Josie prese la sua tazza di caffè e ne bevve un lungo sorso, senza mai staccare gli occhi da Tara. Rimise la tazza sul tavolo e disse: «Sindaco Charleston, lei sa come funzionano queste indagini. Dovrebbe anche conoscermi in qualche misura, ormai. Non ho mai avuto segreti con la mia squadra. Non c'è quantità di influenza che lei possa esercitare per rendermi disonesta.»

«Non è il caso di essere così drammatici, Detective Quinn. Non le sto chiedendo di essere disonesta. Sto semplicemente dicendo che qualsiasi indagine su di me, per quanto riguarda Vera Urban, finirà in un vicolo cieco. Le chiedo di considerarlo come tale.»

«Il fatto che mi chieda di considerarlo tale è la cosa che mi fa pensare che lei abbia davvero qualcosa da nascondere. Perché non mi dice cos'è che non vuole che la gente scopra?»

Tra loro calò un momento di tensione. Ogni secondo che passava, il volto di Tara diventava sempre più rosso. Josie aspettò, accontentandosi di lasciare che il silenzio nella stanza aumentasse la pressione. «D'accordo.» sputò infine Tara. «Se proprio vuole saperlo, Vera era una spacciatrice. Va bene? Contenta adesso?»

Josie si avvicinò con interesse. «Di cosa sta parlando?»

«Cosa ho appena detto? Vera Urban spacciava droga. Io scoprii quello che faceva e presi le distanze da lei, chiaro? Lei non mi ha mai dato niente e io non ho mai comprato niente da lei.»

«Che tipo di sostanze spacciava?» si informò Josie. «Antidolorifici. A volte marijuana, ma quasi sempre antidolorifici.»

«Dove se li procurava?»

Tara alzò le braccia in aria. «Come diavolo faccio a saperlo? Ovunque gli spacciatori si procurino la droga.»

«D'accordo, d'accordo...» disse Josie, alzando le mani per indicarle di calmarsi. «Come fa a sapere che era una spacciatrice?»

«Perché la vidi vendere droga alle altre clienti del salone. Deve capire che all'epoca ero appena sposata con un chirurgo. Un medico. Capisce? Non potevo essere accomunata a qualcuno che vendeva sostanze ad altre persone!»

«Perché avrebbero potuto pensare che fosse stato suo marito a fornirgliele.» aggiunse Josie.

«Proprio così.» disse Tara. Sospirò e tirò fuori la sedia di fronte a lei e si mise a sedere.

«Perché non l'ha detto subito?» chiese Josie.

Tara emise un lungo respiro. «Perché so che non si fida di me.»

«Suo marito aiutava Vera a rifornirsi di farmaci da prescrizione?»

«Certo che no.»

«Dovevo chiederglielo. Li vendeva anche altrove o solo nel salone?»

Tara sospirò. «Non lo so. Credo che principalmente li vendesse in occasione di eventi sociali... Credo che alcune delle sue clienti la invitassero a casa loro per divertirsi un po', non tanto perché volessero passare del tempo con lei, ma perché lei vendeva gli antidolorifici. Io non ho mai acquistato nulla da lei. Solo che... lo sapevo.»

Josie disse: «Possiamo tenere queste informazioni lontane dalla stampa, se può confermare che né lei né suo marito avete nulla a che fare con gli omicidi di Beverly e Vera. È l'unica cosa che posso prometterle. Ma devo dirlo alla mia squadra. Se tutto quello che mi ha detto è la verità, non ha nulla di cui preoccuparsi.»

Tara la guardò poco convinta. «Non si può dire che il suo

capo sia il mio più grande sostenitore in questo momento. Come faccio a sapere che non userà queste informazioni come leva per avere la meglio sulla situazione di Quail Hollow?»

Josie roteò gli occhi. «Non posso esprimermi al riguardo. È una questione tra lei e il capo Chitwood. Il mio compito è trovare la persona che ha ucciso Vera e Beverly Urban e consegnarla alla giustizia. Tutto qui.»

«Quindi non mi aiuterà con il suo capo?»

Josie rise. Si avvicinò alla porta e l'aprì. Prima di uscire, la guardò fisso e disse: «È lei che lo ha assunto.»

TRENTUNO

2004

Josie era seduta su una delle dure sedie di metallo della sala d'attesa della Wellspring Clinic da neanche dieci minuti e già le faceva male il sedere. Se proprio dovevano far aspettare così tanto i pazienti prima dell'appuntamento, avrebbero dovuto mettere delle sedie più comode. E perché mai ci voleva così tanto? Si chiese. Era l'unica persona nella sala d'attesa, si accorse, e proprio mentre se ne rendeva conto, la porta d'ingresso si aprì.

Faranno meglio a non far entrare questa persona prima di me, pensò Josie. Era lì solo per una visita medica per il suo lavoro di bagnina. Sarebbe entrata e uscita in quindici minuti.

Beverly Urban varcò la porta. Josie la fissò a bocca aperta. Era sfortuna, pura e semplice. Josie distolse lo sguardo da Beverly e prese una rivista, sfogliando le pagine e fingendo di leggere. Pochi secondi dopo, la porta cigolò di nuovo. Alzò lo sguardo. Beverly non c'era più.

Josie girò la testa e guardò fuori dalla finestra, scorgendo Beverly che attraversava la strada di corsa. Correva lungo la recinzione di sicurezza davanti al cantiere dove lavorava Ray. Lui era di turno in quel momento.

Avrebbe cercato di vederlo dopo il suo appuntamento. Ma che diavolo stava combinando Beverly? Forse ci stava solo passando davanti. Ma non era così. La vide fermarsi al cancello d'ingresso dove Josie era andata a prendere Ray solo un paio di settimane prima. Josie la guardò mentre parlava con l'uomo dietro la recinzione.

«Matson? Josie Matson?» chiamò una voce alle sue spalle.

Josie si voltò e vide l'infermiera in piedi sulla porta che conduceva agli ambulatori, con in mano una cartella clinica. Si voltò di nuovo verso la finestra. Beverly stava ancora parlando con l'uomo.

«Mi dispiace.» disse Josie. «Devo andare.»

«Vuoi fissare un altro appuntamento?» chiese la donna, ma Josie era già fuori dalla porta.

Si allontanò di qualche passo dalla clinica, verso un grande furgone che era stato parcheggiato poco distante, da cui poteva vedere Beverly da dietro. Da parte sua, Beverly non sarebbe stata in grado di individuarla tanto facilmente. Dopo qualche minuto, la vide salutare l'uomo dietro la recinzione e riprendere il cammino in direzione della gelateria dove lavorava. Josie aggirò il furgone e, non appena si aprì un varco nel traffico, attraversò la strada.

Seguì Beverly lungo l'isolato. Di che cosa aveva parlato con il guardiano? Perché lo aveva salutato con tanta familiarità, come se fossero vecchi amici? L'unico modo in cui avrebbero potuto essere vecchi amici era che Beverly fosse un'assidua frequentatrice del cantiere.

Josie era a pochi metri da lei. Stava tornando al lavoro? Si stavano avvicinando all'angolo. Josie lo avrebbe scoperto presto. Solo che non la vide attraversare la strada per raggiungere la gelateria. Si fermò davanti al vecchio teatro, che secondo il notiziario era in ristrutturazione. O meglio, stava per essere "portato a nuova vita". Josie rimase indietro di qualche metro per vedere cosa avrebbe fatto Beverly. Questa esitò davanti al vetro riflettente della porta, ravvivandosi i capelli e sbottonando il primo bottone della camicia. Mentre allungava una mano verso la maniglia della porta, una donna la attraversò dall'altro lato. La porta colpì in pieno Beverly, facendola cadere a terra. La donna, vestita con un completo nero aderente a maniche e pantaloni lunghi nonostante il caldo, cominciò a scusarsi. Portava degli enormi occhiali da sole che la facevano sembrare una specie di insetto. Li sollevò e scrutò Beverly. «Mi dispiace tanto.» stava dicendo. «Non ti ho proprio vista. Stai...»

Si fermò a metà frase, fissandola, come se Beverly si fosse appena trasformata in un serpente a tre teste davanti ai suoi occhi. Josie fece un passo in avanti, avvicinandosi abbastanza da vedere i lividi gialli intorno a entrambi gli occhi della donna, prima che abbassasse gli occhiali da sole. Raddrizzando la postura, si scostò i lunghi capelli castani e superò Beverly, andandosene a testa alta.

Ancora a terra, Beverly girò la testa e guardò la donna allontanarsi. Scorse Josie in mezzo al marciapiede. Si guardarono negli occhi per la seconda volta quel giorno. Il momento si prolungò fino a quando Josie sentì di dover dire qualcosa.

«Stai bene?»

Beverly si alzò in piedi, spazzolandosi i pantaloni. «Lasciami in pace!» sbraitò. Invece di entrare nel teatro, andò nella direzione opposta, correndo dall'altra parte della strada verso la gelateria. Non aspettò il semaforo e un'auto suonò il clacson mentre la evitava. Il conducente abbassò il finestrino e le urlò qualcosa di incomprensibile.

Beverly continuò a correre.

TRENTADUE

«Una spacciatrice?» fece Gretchen. «Questo sì che è interessante.»

«Dobbiamo trovare delle conferme, se ci riusciamo.» disse Josie.

Si sedettero alle loro scrivanie nel grande ufficio, in attesa di avere notizie dal padrone di casa della proprietà che Vera Urban, spacciandosi per Alice Adams, aveva preso in affitto a Colbert. Erano passate da poco le dieci del mattino. Noah era arrivato e poi era stato rimandato subito fuori per le chiamate dei servizi di emergenza. Finalmente aveva smesso di piovere, e in tutta la mattinata non era caduta una goccia, ma non avevano ancora visto il sole. Mettner era davanti alla fotocopiatrice e stava aiutando Amber a metterla in funzione. Josie osservò con la coda dell'occhio la mano di Amber che passava dall'avambraccio di Mettner alla sua spalla, poi rideva per qualcosa che lui le stava dicendo e lui arrossiva.

«Pensa al modo in cui Beverly è stata uccisa.» disse Gretchen. «In stile esecuzione. Poi c'è l'omicidio di Vera. È un modo simile a quello di alcune bande di tossicodipendenti.»

«Credi che dovremmo considerare la pista della droga

anziché quella del padre del bambino di Beverly?» chiese Josie mentre frugava nella sua scrivania alla ricerca di un ibuprofene. Per sua fortuna, nel flacone erano rimaste due compresse, che inghiottì a secco. «Non possiamo essere sicuri che siano state uccise dalla stessa persona.»

Gretchen alzò le spalle e si passò una mano tra i corti capelli. «Penso che dovremmo approfondire ogni punto di vista. Hai ragione, non possiamo essere sicuri di nulla, ma Vera si stava nascondendo da qualcuno e quel qualcuno l'ha uccisa per farla tacere.»

Il cellulare di Josie squillò. Sperando che fosse la polizia di Colbert, scorse su "Rispondi" senza guardare il numero.

«Detective Quinn?» disse una voce femminile. «Sono Sara Venuto. Abbiamo parlato ieri. Ho alcune cose per lei.»

«È un'ottima notizia.» le disse Josie. «Oggi c'è la mia collega con me. Possiamo raggiungerla adesso, se le fa comodo.»

Gretchen la accompagnò in macchina da Envy. Sara stava aspettando all'interno, dietro al bancone di accoglienza. Il salone era pieno di clienti e le parrucchiere erano in piena attività. Nessuna le degnò di uno sguardo. Sara fece loro cenno di seguirla nel suo ufficio. Sulla sua scrivania erano distese diverse fotografie e un foglio di carta per fotocopie con un elenco di nomi scritti a mano. «Ho parlato con un paio di ragazze che lavoravano qui quando c'era Vera.» annunciò Sara. «Tra noi tre, siamo riuscite a tirar fuori una manciata di nomi. Non so quanto vi siano utili, ma abbiamo trovato delle foto nei vecchi album del salone.»

Gretchen si infilò gli occhiali da lettura e si mise a consultare la lista. Poi, si rivolse a Josie dicendo: «C'è anche il nostro amabile sindaco su questa lista.»

«Oh sì, era piuttosto giovane all'epoca.» disse Sara. «Nessuna di noi si sarebbe aspettata che sarebbe entrata in politica.»

Josie guardò attentamente le fotografie: erano circa una mezza dozzina e ritraevano Vera sorridente e orgogliosa accanto a una cliente seduta, che mostrava il nuovo taglio o il nuovo colore e la fresca acconciatura. Josie riconobbe in una di quelle foto una giovane Tara Charleston.

«Se guardate sul retro, abbiamo cercato di identificare ogni cliente.» disse Sara.

Josie ne girò una. C'era scritto: *Marisol*. Ne prese un'altra, con su scritto: *Connie P?* Prese il telefono per fotografare il fronte di ciascuna foto e poi il retro, che riportava il nome della cliente. Una volta terminato con quella pila di fotografie, passò a quella successiva. Sfiorò una fotografia di Vera Urban in piedi in quella che sembrava la reception del salone, anche se era arredata in modo diverso, circondata da altre donne, alcune delle quali erano le clienti delle altre foto. Vera sfoggiava un ampio sorriso e teneva in testa un cappellino di carta traboccante di fiocchi e nastri. Indossava un abito nero piuttosto largo e si passava una mano sul ventre. Non lo stava cullando, si accorse Josie, come sembrava facesse la maggior parte delle donne incinte. Era più un gesto protettivo.

«Era la festa per l'arrivo della bambina di cui le avevo parlato.» disse Sara. «Sono riuscita a trovare solo alcune foto.»

Josie le sfogliò. Vera su una sedia imbottita, circondata da palloncini rosa e grandi regali, che guardava un passeggino davanti a lei. Vera, con in mano vari regali. In una foto, teneva in una mano un baby monitor e nell'altra un bigliettino. Il biglietto era aperto. Josie si avvicinò e vide che c'era scritto: "Mi dispiace di non poterci essere. Con amore, Marisol". Seguirono altre foto. Vera sulla sedia d'onore, circondata da diverse altre donne che sorridevano, ognuna delle quali mostrava una tutina diversa con la scritta *Tesorino*. Una di loro era Tara Charleston. Perciò, il sindaco aveva mentito sul fatto di non aver partecipato alla festa per l'arrivo della bambina. Tutto faceva supporre che Tara e Vera fossero molto più vicine di quanto avesse lasciato intendere.

«Sara...» disse Josie, mentre faceva altre foto agli scatti della festa. «C'è mai stato qualcosa che indicasse che Vera si drogava?»

Sara rise: «Oh no. Non Vera.»

«Forse non si drogava, ma ha mai notato se dava o vendeva droga a qualcuna delle clienti?» chiese Gretchen.

Sara sembrò stordita. Si portò una mano al petto. «Pensate che avrei mai permesso una cosa del genere?»

«Dovevamo chiederglielo.» disse Josie. «Le donne che l'hanno aiutata con la lista, pensa che potremmo parlare con loro? Sono qui?» L'espressione di Sara era passata da un sorriso di disponibilità a uno sguardo attonito e pallido. Gretchen si affrettò a dire: «Lo chiediamo solo per il modo in cui Beverly è stata uccisa. Presenta i tratti di un omicidio legato a un giro di droga. Beverly era minorenne. Per quanto ne sappiamo, l'unico adulto significativo della sua vita era Vera. Dobbiamo considerare tutte le possibilità.»

In silenzio, Sara annuì, riprendendo un po' di colore sul viso. «Vado a chiamarle...» borbottò.

Josie e Gretchen aspettarono che fossero tutte e tre di fronte a loro prima di dare la notizia che Vera era stata uccisa il giorno prima. Apparvero tutte visibilmente sconvolte. Gretchen rispose con competenza alle loro domande per quanto glielo permettessero le poche informazioni che potevano divulgare, mentre Josie respinse un'altra ondata di dolore per gli eventi del giorno prima. Poi Josie e Gretchen passarono un po' di tempo con le due parrucchiere che si ricordavano di Vera. Nessuna di loro ricordava che vendesse droga alla clientela o che ne facesse uso lei stessa, anche quando glielo chiesero in assenza di Sara.

Finito l'interrogatorio, Josie e Gretchen portarono l'elenco e le foto alla centrale per rintracciare il maggior numero possibile delle sue vecchie clienti. L'elenco non era lungo. C'erano solo sette nomi e non erano tutti completi: Sara Venuto e le sue dipendenti erano riuscite a fornire solo i cognomi di alcune di loro e di altre addirittura l'iniziale del cognome e basta.

Erano comunque nomi risalenti a trent'anni prima. C'era la possibilità che alcune di loro avessero cambiato nome a quel punto, sposandosi o divorziando. Lei e Gretchen ordinarono il pranzo e cercarono di rintracciare le donne dell'elenco. Due di loro erano decedute. Una viveva in California e un'altra in Texas. Josie parlò con entrambe per telefono. Le loro versioni coincidevano. Si ricordavano vagamente di Vera, ne parlavano bene e dicevano di non aver avuto alcun contatto con lei da quando aveva lasciato il salone dopo l'infortunio. Nessuna delle due ricordava che vendesse o facesse uso di droghe.

Rimanevano tre nomi: uno era quello del sindaco Tara Charleston. Josie la depennò. Poi c'era una donna di nome Marisol e un'altra di nome Connie P. Marisol era un nome piuttosto insolito. Josie impiegò solo mezz'ora per trovare Marisol Dutton, moglie del consigliere comunale e candidato sindaco Kurt Dutton. I vicini di casa dei Dutton, a loro volta residenti nel complesso originario prima che diventasse Quail Hollow Estates, erano Joseph e Constance Prather. Connie P. Josie trovò la foto della patente di Constance Prather e la confrontò con la foto di Connie P. scattata alla festa per l'arrivo della bambina di Vera. Era la stessa persona.

Dalla polizia di Colbert non erano ancora arrivate notizie. Avevano comunque molto tempo a disposizione prima che la giornata finisse. «Gretchen...» disse Josie, «finisci di mangiare in fretta. Ho trovato le altre clienti di Vera.»

TRENTATRÉ

Tornarono al quartiere di Quail Hollow con Josie al volante. Questa volta non pioveva e c'erano ancora più manifestanti in strada. Di fronte a loro, dall'altra parte del viale che portava alle proprietà, c'era un gruppetto di persone che, come Josie intuì subito, erano residenti di Quail Hollow. Erano riuniti, compatti e gridavano ai manifestanti: «Lasciateci in pace!» e «Andate via!» Una donna gridava: «Queste sono le nostre case! Tornatevene alle vostre!» Un uomo sulla quarantina gridava: «Fatevi gli affari vostri.» I manifestanti replicavano con accuse indignate.

«Forse dovremmo chiamare Chitwood.» propose Gretchen. «O chiedere a qualcuno di pattuglia di venire qui a controllare la situazione?»

Josie accostò appena dentro i cancelli e parcheggiò. «Vedi se riesci a contattare un'unità di pattuglia.» disse. «Credo di aver visto Connie Prather in quel gruppo. Andiamo a parlarle.»

Mentre si avvicinavano ai gruppi in protesta, calò il silenzio tra i manifestanti. Josie sentì che sussurravano il suo nome e lei li salutò. Insieme a Gretchen si diresse verso gli abitanti dei Quail Hollow Estates. Grata del fatto che le pulsazioni alla coscia si fossero ridotte a un dolore lieve, Josie accelerò il passo.

Individuò una donna sulla cinquantina che indossava un maglione color antracite sotto un giubbotto rosa a sbuffo, pantaloni bianchi elasticizzati e stivaletti Ugg. Portava un cagnolino bianco al guinzaglio che camminava pigramente con un'aria completamente indifferente a tutto ciò che gli accadeva intorno.

«Constance Prather?» chiese Josie.

La donna le guardò alzando un sopracciglio. «So che non siete qui per arrestarmi. Non ho nulla a che fare con il "dirottamento" o il "furto" di risorse. Sono qui solo per aiutare a liberarci di queste persone. Non ci danno un attimo di pace. A dirla tutta, vivo qui da trentacinque anni e non avevo mai avuto problemi di questo tipo. Se volete parlare con qualcuno delle vostre preziose risorse di emergenza, andate a parlare con Marisol Dutton. È suo marito che sta cercando di risolvere la questione con il vostro capo.» e senza dare a Josie o a Gretchen un secondo per parlare, Constance Prather si girò leggermente e guardò alle sue spalle. «Marisol.» gridò. «Marisol!»

Josie riconobbe la donna che si incamminava verso di loro dalla foto che la ritraeva insieme a Vera al salone, oltre che dalle foto che erano apparse sulla stampa negli ultimi mesi, in cui la si vedeva sempre in piedi, doverosamente accanto al marito durante gli eventi della campagna elettorale. Marisol era più bassa di Constance Prather, con i capelli castani striati di grigio e acconciati a onde fino alle spalle. La sua pelle era chiara ed era molto truccata. Indossava un paio di pantaloni neri elasticizzati e stivali alti fino al ginocchio. Stringeva i risvolti di un golfino color lavanda e li tirava sul suo ampio seno. «Che succede?» chiese quando le raggiunse.

Josie aprì la bocca per parlare, ma Constance Prather riprese a parlare. «Queste sono della polizia. Non si capisce? Sono sbirri. Devi parlare con loro delle scorte.»

Marisol lanciò un'occhiata a Constance Prather. «Mi stai prendendo in giro, vero Connie?» Si voltò di nuovo verso Josie e Gretchen e allungò una mano verso di loro, che strinsero. «Sinceramente non so proprio niente delle forniture, ma potete parlare con mio marito. Come sicuramente saprete, è candidato a sindaco.»

«Lo sappiamo.» disse Gretchen.

Connie aggiunse: «È anche un imprenditore immobiliare. È lui che ha avuto la brillante idea di ampliare questo complesso e di chiamarlo Quail Hollow Estates.» Agitò una mano tutt'intorno a loro. «Non so perché abbia voluto rovinare un quartiere perfettamente a posto, ma non riusciva a rinunciarci. Doveva renderlo più elegante. Ora guardate: c'è un fossato che allaga la metà posteriore delle proprietà e una fila di manifestanti.»

«Cristo santo, Connie.» sbottò Marisol. «Chiudi il becco.» Tornando a guardare Josie e Gretchen, disse: «È nel suo ufficio. Se volete, posso darvi l'indirizzo.»

Josie tirò fuori distintivo e tesserino e li mostrò alle due donne perché li esaminassero. «In realtà non è per questo che siamo venute qui.»

Le due donne si guardarono perplesse. Marisol fece un debole sorriso. «E allora per cosa?»

Rispose Gretchen dicendo: «Dobbiamo parlare con entrambe di Vera Urban.»

Constance Prather esclamò: «Vera chi?»

Marisol le diede un leggero schiaffetto sulla spalla. «Per favore, Connie. "Vera chi?" Non ti ricordi? Era al notiziario ieri sera.»

«Oh...» fece Connie, «era quella che avete trovato nel fiume in piena, tutta avvolta in un telone.»

«No.» disse Josie. «Quella era sua figlia, Beverly.»

«Oh, giusto...» disse Connie.

Marisol scosse la testa. «Non posso credere che non ti ricordi! È una vera tragedia.»

Josie e Gretchen si guardarono l'un l'altra, concordando silenziosamente di non rivelare anche la notizia dell'omicidio di Vera per il momento. Alcuni degli altri residenti avevano smesso di discutere con i manifestanti e avevano iniziato ad avvicinarsi a loro.

«Vi dispiace se ne parliamo da un'altra parte?» domandò Connie.

«Andiamo a casa mia.» propose Marisol. «È la più vicina.»

Tutte e quattro si incamminarono lungo i viali alberati di Quail Hollow finché non raggiunsero la zona in cui vivevano i proprietari originari. Marisol Dutton viveva a un isolato di distanza da Calvin Plummer, in una grande e maestosa casa di mattoni. Quando entrarono furono accolte da un silenzio di tomba. In fila indiana, seguirono Marisol attraverso un ampio atrio fino alla cucina. Connie prese il suo cagnolino e lo portò in braccio. Su un lato della cucina c'era una zona solarium che dava su una terrazza. Le porte scorrevoli in vetro erano chiuse, ma al di là Josie poteva vedere il grande giardino dei Dutton e gli alberi sullo sfondo. Vicino alle porte c'era un tavolino con quattro sedie, una per ciascuna di loro.

Senza dire una parola, Connie prese posto al tavolo. Josie e Gretchen la seguirono. Uno dei vetri vicino al tavolo era stato rotto. Qualcuno ci aveva attaccato sopra un sacchetto di plastica in modo approssimativo. Sul pavimento sottostante si trovavano frammenti di vetro. Marisol vide che lo stavano fissando e disse: «È stato Kurt a romperlo. Non ha ancora chiamato per farlo riparare.»

Dal frigorifero, Marisol tirò fuori una bottiglia di vino rosso. Se ne versò un bicchiere, poi allungò la bottiglia nella loro direzione. «Ne volete?»

«Siamo in servizio, Mrs. Dutton.» le fece notare Gretchen.

Lei scrollò le spalle. «Come volete. Connie?»

Con un cipiglio, Connie rispose: «Sai che non bevo, Marisol.»

Marisol alzò gli occhi al cielo e si avvicinò al tavolino, prendendo languidamente posto a sedere. «Oh, giusto. L'eterna tossicodipendente.»

Connie arrossì visibilmente. «Sono un'alcolista, Marisol. Non è una cosa che passa così...»

Marisol alzò il bicchiere e bevve un sorso di vino. La manica del maglione scivolò giù e Josie vide una serie di lividi violacei lungo l'interno del polso. «Come dici tu. Non mi va di discutere adesso.» Si girò verso Josie e Gretchen. «Perché siete qui a chiederci di Vera Urban?»

«Sappiamo che siete state entrambe sue clienti quando lavorava in uno dei saloni locali. Quando si chiamava Bliss.» spiegò Josie. «Siamo venute a chiedervi cosa potete dirci di lei.»

Connie strinse le labbra in una linea sottile, riflettendo. «Dio mio, sarà stato... quanto? Trent'anni fa? Qualcosa del genere? Non mi ricordo granché.»

Con un sorriso malizioso, Marisol fece ruotare il vino nel bicchiere e disse: «Perché eri ubriaca.»

La mascella di Connie si serrò. «Maledizione, Marisol! Ecco perché non ho mai...» Si alzò in piedi, stringendo il cagnolino al petto. «Me ne vado.»

Marisol scosse la testa. «Datti una calmata, Connie. Davvero. Sei troppo nervosa. Siediti.» Si rivolse a Josie. «Eravamo clienti di Vera. Ma è stato molto, molto tempo fa. Avevamo tutte vent'anni, eravamo sposate con uomini potenti e di successo. Ci annoiavamo a morte. Non è vero, Connie?»

Lentamente Connie si rimise a sedere, allentando la presa sul cane. «Parla per te.»

Marisol rise. «Ma figurati. Ti annoiavi come tutte quante noi.»

«Come tutte quante voi?» chiese Josie.

«Beh, avevamo formato un gruppo, le clienti di Vera, ed eravamo diventate amiche. Eravamo Connie, io, Tara...» si protese verso Josie e Gretchen e, fingendo di sussurrare, disse forte: «Il sindaco.» Tornando ad appoggiarsi allo schienale, chiese: «Chi altro, Connie?»

Connie mantenne la schiena dritta. «Non lo so. Come facciamo a sapere quali erano le clienti di Vera?»

«Sto parlando del nostro club MURA.»

«Club MURA?» le fece eco Gretchen.

«Ci dava un'idea di forza.» spiegò Marisol. «È un acronimo. Mogli di Uomini Ricchi Assenti. MURA.»

Gli occhi di Connie si abbassarono sul cane che teneva in grembo e gli accarezzò la testa. «I nostri mariti erano sempre in viaggio. Per questo li chiamavamo "uomini assenti". E ti sei scordata di Whitney.»

Marisol schioccò le dita. «Whitney! Giusto. Non viveva da queste parti, ma si univa a noi per alcune feste.»

Gretchen tirò fuori il suo blocco note e sfogliò alcune pagine. Trovò l'elenco dei nomi che avevano ricevuto da Sara Venuto. Whitney era una delle donne dell'elenco che poi avevano scoperto essere deceduta.

«Che tipo di feste?» chiese Josie.

«Oh, non erano proprio feste.» precisò Connie.

«Certo che erano delle feste.» la contraddisse Marisol.

«Un gruppetto di noi che si sedeva a bere e a lamentarsi dei propri mariti.» disse Connie. «Stenterei a definirla una festa.»

Marisol fece un'alzata di spalle come per dire "come vuoi".

«Vera Urban partecipava mai a queste feste?» chiese Gretchen.

«Certo.» disse Connie.

Josie guardò prima una e poi l'altra. «Mrs. Prather...» disse. «Di che cosa vi occupate lei e suo marito?»

«Lei non fa niente.» la prese in giro Marisol. «Suo marito è l'amministratore delegato di una società di software.»

Connie si irrigidì. «Io ho un lavoro.» disse girandosi verso Josie e Gretchen. «Sono a capo della Fondazione Prather. Offriamo borse di studio alle studentesse che vogliono specializzarsi in materie scientifiche, tecnologiche, ingegneristiche, artistiche e matematiche.»

«Un'iniziativa meravigliosa.» disse Josie.

Connie sorrise, un vero sorriso una buona volta. «La mia figlia più grande è epidemiologa e la più giovane è architetto di reti informatiche.» disse con orgoglio.

«Deve essere molto orgogliosa di loro.» aggiunse Gretchen, poi si rivolse a Marisol. «Sappiamo cosa fa suo marito, ma lei cosa fa?»

Marisol sospirò e mandò giù il resto del vino. «Sono l'elegante e devota moglie di Kurt Dutton. Me ne sto tutto il giorno a farmi bella e a escogitare modi ingegnosi per spendere i suoi soldi. Questo è il mio lavoro. E non è diverso da quello che faceva Connie prima di diventare la paladina del proibizionismo.»

Connie le lanciò un'occhiata.

Josie cercò di riportare la conversazione su Vera. «Voi due, così come il sindaco Charleston e questa Whitney, eravate tutte benestanti, tutte sposate a mariti estremamente impegnati, e passavate molto tempo insieme... e invitavate Vera? La vostra parrucchiera?»

Connie deglutì. «Sì. Vera era un'amica.»

Marisol sbatté il bicchiere di vino sul tavolo, con occhi lampeggianti. «Per carità, Connie. Diglielo e basta. Che importanza ha a questo punto?»

Connie rimase a occhi spalancati, ma non parlò.

Marisol guardò Josie e Gretchen e lasciandosi andare a una risata, disse: «Vera era la nostra spacciatrice.»

«Marisol!» esclamò Connie.

«Oh, ma fammi il piacere!» disse Marisol. «Che c'è? Pensi che ci arresteranno per aver comprato delle pillole da una parrucchiera trent'anni fa? Ma dai!»

«Tuo marito è candidato a sindaco, Marisol!» le ricordò Connie.

«E se non verrà eletto, sarà meglio per tutti.» commentò Marisol con una risata. Prese il bicchiere di vino per berne un altro sorso, ma si accorse che era vuoto e lo rimise giù.

«Abbiamo già saputo da altre fonti che Vera forniva antidolorifici a molte delle sue clienti.» le informò Gretchen. «Non siamo qui per arrestare nessuno o mettere qualcuno nei guai. Stiamo solo cercando di scoprire il più possibile su Vera. Non siamo riusciti a rintracciare nessuno che la conoscesse bene all'epoca in cui sua figlia è stata uccisa.»

«Sì, beh, dopo che aveva avuto la figlia, ci siamo allontanate tutte.» ammise Marisol. «Abbiamo smesso di frequentarci. Abbiamo perso tutti i contatti. Connie è stata la prima ad allontanarsi, non è vero, Connie?»

Connie annuì, tenendo gli occhi puntati sul tavolo. «Non potevo fare altrimenti. Mia figlia...» ma non riuscì a finire, teneva gli occhi puntati su Josie e Gretchen, imploranti. «Cominciai io a chiederle le pillole, va bene? Ma capitò per caso, non lo feci intenzionalmente. Non è che ci frequentassimo soltanto per cercare di procurarci la droga. Con la mia prima figlia avevano sbagliato l'epidurale e il travaglio era stato straziante e a quel punto avevo avuto dolori alla schiena e alle gambe per mesi. I medici non mi credevano. Vera disse che conosceva qualcuno da cui poteva ottenere dell'ossicodone.»

«Chi esattamente?» chiese Josie.

Connie strinse il cane a sé. «Non lo so. Un suo ex, un suo amico o un qualche conoscente. Comunque, me lo procurava e mi fu veramente d'aiuto. Non potete immaginare quanto le fossi grata. Veniva persino a trovarmi qualche volta quando mio marito era fuori città e mi aiutava con mia figlia. Aveva sempre desiderato un bambino, sapete. Sperava di incontrare un uomo con cui sposarsi e poi avere un bambino, ma non è andata così.»

«Allora siete diventate amiche.» disse Josie.

Connie annuì. «Conoscevo già Marisol e Tara. Vivono entrambe qui vicino. Qualche volta le avevo invitate a casa mia quando c'era anche Vera. Alla fine, eravamo diventate un piccolo gruppo, fissavamo per ritrovarci, talvolta a casa mia, talvolta qui e altre da Tara, e passavamo del tempo insieme.»

Marisol prese il suo bicchiere di vino e tornò al frigorifero per riempirlo. «Uscivamo e bevevamo.» precisò. «E alla fine Vera procurava per tutte delle pillole, a volte dell'erba e altre volte...»

Connie la guardò di sottecchi. «Smettila un po', Marisol.»

«Perché? Ha importanza ormai?»

Quando Connie non rispose, Marisol disse: «Cocaina. Era la passione di Whitney. Ma lei aveva problemi di cuore. Sono due cose che non vanno d'accordo. Quando il suo cuore cedette ormai si faceva di cocaina da anni.»

«Sappiamo che Whitney è deceduta.» chiarì Josie. «È stata Vera a fornirle la cocaina per tutto il tempo?»

«No, non per tutto il tempo.» disse Marisol. «Solamente all'inizio.»

Gretchen guardò i suoi appunti. «Whitney è morta nel 1998.» Affinché Josie potesse darle conferma, disse: «Quindi, Beverly andava per gli undici anni.»

«Esatto.» disse Josie. «Vera ha continuato a vendere antidolorifici e altre sostanze dopo la nascita della figlia?»

«Non ne sono del tutto sicura.» disse Connie.

«E perché?» chiese Gretchen.

Connie si schiarì la gola. «Io... avevo avuto un incidente. Accadde prima che Vera rimanesse incinta. Ero talmente imbottita di antidolorifici che mi ero addormentata. Ero a casa da sola con la mia figlia maggiore, che all'epoca era molto piccola. Sono svenuta per ore. Dodici, per l'esattezza. Mio marito tornò a casa, mi trovò svenuta sul divano e nostra figlia al piano di sopra nella sua culla, completamente da cambiare e lavare, affamata e in lacrime.» Cominciò a piangere. «Non riesco neanche a dirlo quanto è stato orribile. Quella è stata la fine. La fine di tutto. Il bere, le pillole. Mi vergognavo da morire.»

A quelle parole Marisol alzò di nuovo gli occhi al cielo. «Oh, ma andiamo. A sentire te sembra così drammatico. La bambina stava bene!»

Gli occhi di Connie lampeggiarono verso Marisol. «Tu non hai idea di come ci si sente. Non hai mai avuto figli, quindi non capisci cosa si prova a sapere che la tua bambina ha sofferto per ore e ore, piangendo per chiamarti, perché tu non le hai dato da mangiare e non l'hai cambiata e non l'hai confortata... perché eri strafatta.»

«Anch'io sono finita in riabilitazione, Connie!» le fece notare Marisol.

Gretchen alzò una mano. «Signore, per favore. Calmatevi. Connie, dopo l'incidente con sua figlia, che cosa è successo?»

Connie si spostò il cane in grembo e lanciò a Marisol un'ultima occhiataccia prima di rispondere. «Sono entrata in un programma di riabilitazione ospedaliera di trenta giorni. Mia madre è venuta a prendersi cura della bambina. Mio marito ha annullato tutti i viaggi di lavoro di quel periodo e del mese successivo. Da allora non ho più toccato nulla.»

«E ha smesso anche di andare alle feste con Vera e le altre signore?» domandò Josie.

«Non avevo altra scelta. Lo scopo di quelle feste era bere e sballarsi. Inoltre, avevo una bambina a casa che dipendeva da me e un marito che mi aveva sostenuto durante la riabilitazione. Non potevo deluderli.»

«Ma ha comunque mantenuto i contatti con Vera?» chiese Gretchen.

«Beh, Vera è stata la migliore parrucchiera che abbia mai avuto.» spiegò Connie. «Ed era un'amica, in fin dei conti. Solo che non la vedevo più fuori dal salone.»

«Ha partecipato alla festa per l'arrivo della bambina, però.» osservò Josie.

«Sì, questo sì. Come abbiamo detto, Vera aveva sempre desiderato un bambino. Ero felice per lei. È accaduto in modo imprevisto e non nel modo che aveva sempre desiderato: prima un matrimonio e poi un bambino, ma era lo stesso contentissima. Andai a trovarla qualche volta quando Beverly era nata da poco. Era esausta, come tutte le neomamme, e un po' sopraffatta.»

«Sappiamo che Vera era stata costretta a letto durante la gestazione, ben prima del parto.» aggiunse Josie. «Qualcuna di voi è andata a trovarla in quel periodo?»

«No.» disse Connie. «Era andata a stare da suo fratello.»

Josie sospettava che fosse una bugia. Una bugia che Vera aveva detto alle persone che avrebbe dovuto considerare come amiche intime. Ne avrebbe avuto la certezza quando avesse avuto notizie dalla polizia in Georgia in merito alla loro indagine su Floyd Urban.

Connie riprese: «Mi è capitato di vederla ogni tanto, una volta tornata a casa con Beverly, ma poi ci siamo allontanate. Marisol, invece, è rimasta in contatto con lei.»

«Ti sbagli.» disse Marisol. «Tu sei rimasta in contatto con lei più a lungo di me.»

«Non l'abbiamo vista nelle foto della festa di Vera, Marisol.» disse Gretchen.

«Ero in riabilitazione a quel tempo.» rise senza umorismo. «Ci siamo passate tutte dalla riabilitazione, a un certo punto. Tranne Tara, suppongo.»

«E Whitney.» aggiunse Connie.

Marisol posò il bicchiere di vino e incrociò le braccia sul petto. «Non ho una storia drammatica da raccontare. Semplicemente mi sono resa conto che prendevo così tante pillole che di giorno dormivo più ore di quante ne passassi da sveglia. Avevo messo su una tonnellata di peso. Non ero me stessa. Quando mio marito rientrava a casa dopo un viaggio, era un'impresa rimanere sveglia per passare un po' di tempo con lui. Aveva cominciato a preoccuparsi. Diceva che non mi riconosceva nemmeno. Credo che più che altro si preoccupasse che fossi depressa. Non sapeva minimamente delle pillole. Alla fine, ho dovuto confessare. Gli ho raccontato tutto: che mi annoiavo a morte quando lui non c'era e che avevo preso l'abitudine di ritrovarmi con delle ragazze per bere qualcosa, che poi era sfociata nell'uso di pillole e che alla fine avevo cominciato a prenderle anche quando non ero con le ragazze. Insomma, l'intera spirale. Ne parlammo e decidemmo che sarei andata in riabilitazione.»

Connie sbottò: «È così che la chiami? Ne devi aver fatta parecchia di riabilitazione, per una che è al secondo bicchiere di vino a metà giornata.»

Marisol agitò una mano sprezzante verso Connie e riprese a sorseggiare il suo vino prima di tornare su Josie e Gretchen: «È solo invidiosa del fatto che io ho potuto davvero fare riabilitazione. Non avevo figli e sono andata in un posto di lusso in Colorado.»

«Soldi ben spesi, questo è sicuro.» commentò sprezzante Connie.

«Oh, pensa ai tuoi soldi!» disse Marisol. «Avevo un problema con le pillole, non con l'alcol.»

Josie cercò ancora una volta di riportare la conversazione su Vera. «Allora, ritornata dal Colorado, Marisol, ha rivisto Vera?»

«Certo. Volevo vedere la sua dolce bambina. Sapevo quanto fosse entusiasta di diventare mamma. Io personalmente non lo capivo, non ho mai voluto figli, ma potevo farmi un'idea di come si sentisse. Sono andata a trovarle un paio di volte. Ma poi ci siamo perse di vista.»

«Non le è capitato di rivedere Vera al salone?» le chiese Josie.

«No.» rispose Marisol. «Mio marito aveva ritenuto che fosse meglio dare un taglio netto a tutte le mie vecchie abitudini. Per lui il salone era come una scena del crimine. Così iniziai a frequentarne un altro e, alla fine, io e Vera ci siamo perse di vista. La vita è andata avanti.»

«Invece Whitney aveva continuato a vedere Vera?» chiese Gretchen.

Le rispose Connie: «Probabilmente, ma non ne sono sicura. Whitney non viveva da queste parti, quindi non la vedevamo quasi mai.»

«Nemmeno io saprei dirlo con certezza.» aggiunse Marisol.

«Vera ha mai rivelato a qualcuna di voi chi era il padre di Beverly?» chiese Josie.

Connie scosse la testa.

«No.» disse Marisol. «Si è sempre limitata a dire che lui non voleva essere coinvolto. Io avevo l'impressione che fosse una cosa da una notte e via.»

«E voi due siete rimaste amiche?» chiese Gretchen.

Le due donne si guardarono. «Siamo rimaste *vicine di casa*.» disse poi Connie.

Marisol alzò il bicchiere di vino. «Non ho avuto figli. Quando non hai figli e la tua amica li ha, non hai più nulla in comune.»

«Avremmo potuto rimanere legate.» disse Connie.

«Lasciatemi chiarire.» disse Marisol. «Non mi piacciono i bambini.»

«A queste feste che organizzavate...» chiese Josie, «partecipavate sempre solo voi signore o capitava che partecipasse anche qualcun altro?»

«No.» rispose Connie. «Solo noi ragazze.»

«Conoscete i nomi di qualcun altro con cui Vera aveva rapporti o era in confidenza? Altri amici, o magari la persona che le forniva la droga?»

«No.» disse Marisol. «Questo faceva parte dell'accordo. Non volevamo saperlo. Lei si procurava sempre tutto quando lo volevamo.»

Josie si rivolse a Connie. «Lei ha detto che è andata a casa di Vera per aiutarla quando Beverly era piccola. C'era mai qualcun altro?»

Connie scosse la testa. «No. Solo Vera. Ma era felice. Affaticata e sempre assonnata, sì, come tutte le neomamme, ma veramente felice.»

«Abbiamo solo un'ultima domanda.» disse Gretchen. «Dove eravate ieri mattina? Diciamo, verso le sette del mattino?»

Marisol e Connie si guardarono e risero. «Alle sette del mattino?» fece Marisol. «Eravamo a casa, probabilmente ancora a letto. O almeno, io sicuramente lo ero.»

«Io ero sveglia.» disse Connie. «Però, sì, ero a casa.»

«I vostri mariti possono confermarlo?» chiese Josie.

«Beh, certo.» disse Marisol. «Il mio può confermarlo. E Joe, Connie? Era in casa?»

«Non esce per andare in ufficio prima delle otto e mezza.» rispose Connie. «Quindi sì, può confermare che ero a casa. Perché ce lo chiedete?»

Gretchen si alzò e porse a entrambe un biglietto da visita. «Sono soltanto domande standard da indagine. Grazie per il vostro tempo. Chiamateci se vi torna in mente qualcos'altro.»

Marisol le fissò, come se stesse per chiedere ulteriori spiegazioni, ma poi si tappò la bocca.

Anche Josie si alzò. «Sappiamo dov'è la porta.»

TRENTAQUATTRO

«D'accordo...» disse Gretchen, quando furono in macchina per tornare alla centrale. «Ricapitoliamo quello che sappiamo.»

Josie uscì agevolmente dall'ingresso di Quail Hollow, salutando i manifestanti e l'unità di pattuglia che ora si trovava tra loro e i residenti. «Sappiamo qualcosa? Non mi sembrava...»

Gretchen rise. «Sembra sempre che non abbiamo scoperto niente, finché non capiamo che cosa abbiamo per le mani.» Tirò fuori il suo taccuino e sfogliò alcune pagine. «Vera Urban era una parrucchiera in un salone di lusso, il Bliss.»

«Una parrucchiera molto brava.» aggiunse Josie.

«Sì.» disse Gretchen. «La sua clientela, la sua responsabile e le sue colleghe ce l'hanno tutte confermato.»

«Non aveva relazioni» aggiunse Josie, «e se aveva amici maschi rilevanti, nessuno ne ricorda i nomi.»

«Giusto. Aveva iniziato a spacciare antidolorifici alle clienti del salone, all'insaputa del suo capo e delle colleghe.»

«Sembra che la cosa sia iniziata con Connie Prather. Vera ha cominciato a procurarglieli e hanno instaurato un'amicizia. Poi il gruppo ha cominciato a invitare Vera a diversi eventi, dando così il via a un piccolo giro di droga con le altre donne.»

«Ma mantenendo la cosa all'interno di una cerchia piuttosto ristretta.» precisò Gretchen. «Ma nessuno sa chi le forniva questi antidolorifici. È possibile che a fornirli fosse il marito del sindaco Charleston? È un chirurgo, giusto?»

«Sì, è un medico.» confermò Josie. «L'ho chiesto al sindaco e naturalmente ha negato. Non mi fido di lei. Non mi fido di suo marito. Lui l'ha tradita in passato, il che significa che non ha problemi a mentire, ma trovo difficile credere che avrebbe messo a repentaglio la sua carriera in questo modo. All'epoca era solo uno specializzando. Inoltre, Vera forniva anche erba e cocaina. Non avrebbe potuto ottenerli da un chirurgo.»

«È vero.» disse Gretchen. «Possiamo effettuare dei controlli, ma non lo riterrei il fornitore. Inoltre, se Marisol Dutton sapesse che il marito di Tara forniva droga a Vera Urban quando era uno specializzando, non credi che lo avrebbe detto a suo marito per potersene servire contro Tara nella campagna elettorale?»

«No.» disse Josie. «Non credo che Marisol vorrebbe che tutto questo venisse reso pubblico data la sua parte nella vicenda. Sarebbe terribile per Tara e suo marito, ma metterebbe in cattiva luce anche i Dutton. Per caso hai notato i lividi sul polso di Marisol?»

«No.» disse Gretchen. «Non li ho notati. Pensi che Kurt Dutton maltratti la moglie?»

«Non posso dirlo con certezza, ma i lividi erano sospetti. Comunque, probabilmente possiamo escludere che il marito chirurgo di Tara sia il fornitore di Vera, il che ci riporta, molto probabilmente, a qualcuno del traffico di droga locale.»

«Connie ha detto che era un ex di Vera o un amico a rifornirla. Quindi, se questa persona aveva accesso a diversi tipi di droga, allora sì, probabilmente era conosciuta nel traffico di droga locale. Ricapitolando, la nostra Vera si procurava la droga da una persona a noi sconosciuta e la vendeva a queste ricche casalinghe durante le feste nelle loro case mentre i loro mariti erano assenti.» proseguì Gretchen.

«Il sindaco sostiene che aveva declinato gli inviti a queste feste fin dall'inizio.» disse Josie. «Lasciando sole Whitney, Connie e Marisol, anche se da quello che hanno raccontato Connie e Marisol sembra che non sia vero.»

«Giusto.» disse Gretchen. «Per lo meno, sappiamo che il sindaco non ha smesso di partecipare a queste feste così presto come sostiene, ma ipotizziamo che alla fine vi abbia partecipato sempre meno. Whitney è morta. Connie e Marisol sono andate entrambe in riabilitazione.»

«Vera ha avuto Beverly.» continuò Josie. «Le feste sono cessate. Le donne si sono perse tutte di vista, anche se Vera ha continuato a lavorare al salone fino a quando Beverly ha compiuto tredici anni.»

«Beverly e Vera hanno litigato, e Beverly ha spinto Vera giù per le scale. Vera si è procurata una lesione alla spina dorsale, tanto che ha dovuto subire un intervento chirurgico...»

«...E prendere antidolorifici.» concluse Josie.

«Se prendeva tutti gli antidolorifici che tua nonna ha lasciato intendere, tanto da svenire quando doveva andare a un colloquio con il preside, allora non glieli prescriveva un medico.» sentenziò Gretchen.

«Aveva trovato qualcuno da cui comprarli illegalmente.»

«Oppure conosceva già qualcuno che poteva fornirglieli.» argomentò Gretchen.

«Esattamente.»

«Se spendeva parecchio per gli antidolorifici di provenienza illegale, questo potrebbe spiegare i problemi che aveva nel pagare l'affitto.»

«Corretto.» concordò Josie. «La sua dipendenza è peggiorata. Si è ritrovata al verde. Beverly ha problemi comportamentali e successivamente è rimasta incinta e alla fine Vera lo ha scoperto.»

«E il loro rapporto era già teso.» disse Gretchen. «Sono sicura che la notizia della gravidanza non abbia aiutato.»

«Sono d'accordo. Ma ora ci troviamo di fronte a un altro vicolo cieco: un periodo della loro vita in cui non abbiamo idea di cosa sia successo. L'unica cosa che possiamo concludere è che qualcuno ha ucciso Beverly e l'ha seppellita sotto la loro casa.»

«Esatto.» disse Gretchen. «Successivamente, Vera si è nascosta. Se fosse coinvolta nell'omicidio o se fosse solo una testimone, a questo punto non possiamo ancora dirlo, l'unica cosa certa è che è scomparsa dalla faccia della terra.»

«E non ti sembra strano...» aggiunse Josie, «che neanche una singola persona nelle loro vite si sia preoccupata della loro scomparsa?»

Le lanciò un'occhiata, abbastanza a lungo da scorgere che Gretchen alzava le spalle.

«Non pensi che sia strano?» insistette Josie.

Gretchen chiuse il taccuino, con gli occhi puntati sulla periferia della città che scorreva davanti a loro. «Non credo che sia così strano. Quando mi sono trasferita qui, a parte i miei colleghi di lavoro, non c'era nessuno che sarebbe venuto a cercarmi se fossi scomparsa.»

«Non è vero.» obiettò Josie. «Il tuo vecchio collega di Philadelphia sarebbe venuto a cercarti nel caso non ti fossi fatta risentire.»

Gretchen sorrise. «Immagino di sì.»

Josie disse: «Come minimo lo spacciatore di Vera se ne sarebbe accorto. O il tizio che mia nonna mi ha detto che dava a Vera un passaggio avanti e indietro da scuola per incontrare il preside ogni volta che Beverly si metteva nei guai...»

«Potrebbero essere la stessa persona.» puntualizzò Gretchen. «Il suo spacciatore e il suo unico amico. Per quanto ne sappiamo, è lui che le ha uccise.»

«Allora dobbiamo trovarlo. E io so a chi chiedere.»

TRENTACINQUE

Noah era in piedi accanto alla sua scrivania nella sala grande della stazione di polizia e si stava asciugando i capelli con una vecchia felpa. I suoi jeans e la polo della polizia di Denton erano fradici. Mettner non si trovava da nessuna parte. La porta dell'ufficio di Chitwood era chiusa. Seduta alla scrivania, di cui ormai si era appropriata, Amber scriveva freneticamente sul suo piccolo tablet. Josie si chiese a cosa stesse lavorando. Quando lei e Gretchen entrarono, Amber le salutò con un sorriso, ma loro non ricambiarono.

«Fraley, sai che puoi andare a casa a cambiarti dopo le chiamate di emergenza per le inondazioni?» gli disse Gretchen.

Noah fece una smorfia. «Non ero in servizio. L'acqua ha sfondato i sacchi di sabbia sul davanti e ci manca ancora la barriera antiallagamento che avremmo dovuto installare intorno all'edificio. Per il momento io e Lamay abbiamo preso delle transenne di plastica dal comune di Dalrymple e abbiamo posizionato quelle. Meglio di niente, ma chi lo sa quanto reggeranno...»

«È tutto il giorno che non piove.» osservò Josie. «Magari l'acqua si ritirerà prima di quanto crediamo. Ehi, di' un po'...

quegli sciacalli che hai preso l'altra sera sono ancora giù in detenzione?»

Noah si bloccò, con la felpa tra le mani e i capelli sporchi tutti spettinati. «Ehm, sì. Sono ancora giù, ma...»

«Lo so già.» disse Josie, interrompendolo. «So che c'è anche Needle tra loro.»

Amber si era alzata e si stava avvicinando a loro. «Chi è Needle?»

Noah appallottolò la felpa e la appoggiò sulla sedia. «È una questione personale, se non le dispiace...»

Amber fece un sorriso malinconico. «Oh, certo, scusate.»

Josie tenne gli occhi puntati su Noah. «So che è quello che stavi cercando di dirmi l'altra sera quando sei tornato a casa. Non c'è problema. È lui la persona con cui ho bisogno di parlare.»

Noah fece il giro delle scrivanie e si avvicinò a pochi centimetri da lei. Abbassando la voce, disse: «Hai bisogno di parlare con Needle? Perché diavolo avresti bisogno di parlarci?»

Anche Gretchen si avvicinò, inserendosi in mezzo a loro. «Si tratta del caso su Vera Urban.»

Noah la fissò. «Stai scherzando, vero?»

«Temo di no.» rispose Gretchen.

«Ha le informazioni che ci servono.» spiegò Josie. «Fa parte del giro degli spacciatori di Denton da prima che io nascessi. È molto probabile che si ricordi di Vera Urban e forse di chi le forniva la droga che spacciava alla clientela del suo salone.»

«Mandaci Gretchen.» le suggerì Noah. «Non hai motivo di parlarci tu.»

Josie si mise una mano sul fianco. «Non ne ho?»

«Ha ragione, Boss.» si intromise Gretchen. «Posso parlargli da sola.»

Josie spostò lo sguardo da Gretchen a Noah, spinse il mento in avanti e disse: «Ci parlo io con lui.»

Si girò per andarsene, ma Noah le prese la mano e con

calma, disse: «Non devi fare sempre le cose difficili. Le ultime ventiquattro ore sono state... complicate.»

Nelle ultime ventiquattr'ore Josie aveva assistito a un'inondazione biblica che aveva inghiottito la sua città, era rimasta coinvolta in una sparatoria, era stata spazzata via dalla piena e non era riuscita a salvare Vera Urban, l'unica pista solida che avevano nel caso Beverly Urban, e la somma di tutte queste cose l'aveva svuotata e spinta sull'orlo di un crollo mentale. Tuttavia, questo non le impedì di dire: «Noah, va tutto bene. Inoltre, io e Needle abbiamo una storia, per così dire. È più probabile che sia propenso a dire a me quello che vogliamo sapere piuttosto che a Gretchen. Fidati di me.»

Lui la lasciò. «Va bene, ma lascia che lo trasferisca in una sala interrogatori. Potrai addolcirlo con caffè e sigarette.»

«Bene.» disse Josie.

Una ventina di minuti più tardi, Josie e Gretchen entravano in una delle sale per gli interrogatori al secondo piano. La stanza era avvolta da una nuvola di fumo di sigaretta. Larry Ezekiel Fox, l'uomo che Josie aveva conosciuto come "Needle", era seduto su una sedia accanto al tavolo di metallo posto al centro della stanza. Davanti a lui c'era un bicchiere di carta di caffè nero mezzo vuoto e un posacenere che conteneva già due mozziconi di sigaretta. Josie non lo vedeva da tre anni, ma sembrava invecchiato di un decennio. Aveva circa sessant'anni, ma una vita dura fatta di consumo di stupefacenti, mancanza di una dimora fissa e attività criminali lo aveva invecchiato più di quanto ci si sarebbe aspettati. La sua pelle era bruciata e rugosa. Aveva capelli grigi, incolti e spelacchiati e una barba lunga che ingialliva ai bordi. Nelle celle di detenzione di Denton, gli era stato permesso di indossare i propri vestiti, tra cui una giacca verde oliva scolorita, che possedeva da quando Josie lo conosceva, ormai logora e consumata, che portava sopra una maglietta nera, jeans sporchi che avevano visto giorni migliori e un paio di scarponi anneriti dall'età e dalla sporcizia. Puzzava come se non si fosse lavato dall'ultima volta che lo aveva incontrato.

Alzò lo sguardo e le sorrise. «JoJo.» le disse, usando il suo soprannome d'infanzia. «Mi chiedevo se saresti venuta a farmi visita.»

«Zeke.» lo salutò lei, usando il nome con cui lo chiamavano tutti. Solo lei lo chiamava Needle, un soprannome tutto suo che gli aveva affibbiato durante l'infanzia perché per lei era l'uomo che portava gli aghi alla donna che si era spacciata per sua madre quando era piccola. Lui non sospettava neanche che lo chiamasse così. Da bambina, Josie non aveva mai capito che gli aghi servivano a Lila per iniettarsi la droga; tutto quello che sapeva era che quell'uomo passava spesso alla loro roulotte e, per quanto non sopportasse la sua presenza o la sua merce, la verità era che l'aveva salvata da cose terribili. Non da tutte quante le cose che le erano accadute: era rimasto a guardare mentre Lila la teneva chiusa in uno sgabuzzino per giorni, la faceva morire di fame e abusava di lei in altri modi, ma l'aveva salvata dalle cose peggiori che aveva cercato di farle. Per questo era sempre indecisa tra essergli grata per aver limitato gli effetti della presenza di Lila, anche solo in parte, o essere furiosa con lui perché non era mai intervenuto per cercare di allontanarla da quella donna. D'altra parte, era stato lo spacciatore di Lila. Il fatto che si fosse accorto di Josie e avesse cercato di aiutarla probabilmente era più di quanto potesse fare.

«Sedetevi.» disse Needle, facendo cenno di accomodarsi sulle altre sedie, come se le stesse ospitando nel suo salotto e non in una sala interrogatori della centrale di polizia.

Josie occupò il posto più vicino a lui, cercando di non fare smorfie di dolore sentendo i punti che tiravano. Gretchen si sedette di fronte, con il blocco per appunti in mano e la penna pronta a scattare. «Non sono qui per una visita di cortesia.» gli disse Josie.

Needle tirò una lunga boccata dalla sigaretta e soffiò il fumo verso l'alto, lontano da lei. «Lo so, JoJo. Ma è bello uscire da quella cella. Non mi sono mai piaciute molto le celle. A dire il vero, preferirei essere fuori, sotto le stelle, senza niente su cui appoggiare la testa, piuttosto che in una cella.»

Josie tirò fuori il telefono e recuperò una foto di Vera di quando lavorava al salone, prima che Beverly nascesse. La passò a Needle. «Ti ricordi di questa donna?»

Needle posò la sigaretta nel posacenere e bevve un sorso di caffè mentre la esaminava. «È morta?»

«Sì.» gli disse Josie.

Lui la guardò, sorridendo di nuovo, ma questa volta Josie vide uno sguardo familiare nei suoi occhi grigio pallido. Un po' di sospetto e molta durezza. «Stai cercando di incastrarmi per qualcosa, JoJo?»

«Devi ringraziare quella cella che odi tanto.» disse Josie. «Quella è il tuo alibi. Non sto cercando di incastrarti per qualcosa. Mi occorre soltanto che tu mi dia delle informazioni. Si chiamava Vera. Ho frequentato il liceo con sua figlia. Lavorava in un salone qui a Denton dove spacciava droga alle donne ricche. Antidolorifici, erba, quel genere di cose.»

Needle continuava a esaminare la foto. Josie si avvicinò e scorse altre immagini. Lui le guardò come se fossero una specie di geroglifico che stava cercando di decifrare. Josie aspettò. Dato che lui manteneva il silenzio, lei prese il pacchetto di sigarette che Noah aveva messo al sicuro per il colloquio e ne estrasse una nuova, porgendola a Needle.

Lui la prese, se la accese, inspirò e, buttando fuori il fumo, disse: «Mi ricordo di lei. Nessuno la vede da anni, però.»

«Da quanti anni?» chiese Gretchen.

«Un sacco di anni.»

Josie chiese: «Cos'altro può dirmi di lei?»

Sollevò lo sguardo dal telefono e Josie lo riprese.

«Non ci stava dentro pesantemente, nel giro, non all'inizio. Gli antidolorifici erano un'attività secondaria, per avere soldi in più. Hai ragione, a volte aveva bisogno di altre cose, ma per lo più vendeva antidolorifici. Aveva delle clienti ricche e stronze, ma erano poche, quindi non gliene serviva molta di roba. Finché non aveva iniziato a prenderla lei stessa.»

«Aveva avuto un incidente.» spiegò Gretchen. «È stato allora che ha iniziato a prendere gli antidolorifici.»

Needle scrollò le spalle. «Non so cosa le sia successo. È andata in giro a cercarne per un sacco di anni, poi è sparita, poi è tornata, ed era come se qualcuno l'avesse messa in una dannata macchina del tempo. Non riusciva quasi a camminare, non aveva soldi e tutto ciò che voleva era sempre di più, sempre di più. Poi un giorno... niente. Ho pensato che fosse andata in overdose.»

«Comprava da te?» chiese Josie.

Lui ridacchiò. «Dai, JoJo. Sono già qui perché volevo fare bottino. Hai detto che non mi avresti incolpato di nient'altro.»

«Non mi interessa se comprava da te o no.» disse Josie. «Non ti accuserò per la droga che hai venduto a una persona trent'anni fa o sedici anni fa... una persona che è morta. Ho bisogno di sapere chi la riforniva. Ho bisogno di un nome.»

Needle si appoggiò allo schienale e sbuffò via il fumo. Si accarezzò la barba. «Un nome...» disse. «Potrei avere un nome per te.»

«O ce l'hai o non ce l'hai.» disse Gretchen.

Gli occhi di Needle sfrecciarono nella sua direzione e poi tornarono su Josie. «Ce l'ho. Ma JoJo, mi hai beccato in un brutto momento, sai? Sono qui ora. Domani mi porteranno dentro e mi schederanno e prima che tutto questo venga sistemato dovrò stare dentro per qualche mese.»

Josie gli sorrise. «Tre pasti al giorno, Zeke. Ti poteva capitare di peggio.»

«Non ho mai avuto problemi a trovare da mangiare.» ribadì lui.

Josie si sporse verso di lui. «Che cosa vuoi?»

«Ora sei un pezzo grosso, JoJo. Potresti anche tirare qualche filo per un vecchio amico. Farmi ridurre le accuse. Farmi uscire definitivamente di qui, perfino.»

Sentì che qualcosa nel profondo si irrigidiva. «Non sei un vecchio amico e non intendo tirare alcun filo per te. Dammi il nome. Mi assicurerò che tu sia a tuo agio finché sei qui.»

Needle sospirò, spense la sigaretta e incrociò le braccia sul petto. «Forse non siamo amici, JoJo.» disse. «Ma sei sempre stata una ragazza intelligente. Sai come funziona il mondo. Io ho qualcosa che tu vuoi. Tu hai qualcosa che voglio io. Mi sembra uno scambio corretto.»

«Non so nemmeno se le informazioni che puoi darmi saranno utili.» obiettò Josie. «E se la persona che sto cercando fosse morta? Cosa me ne farei? Non puoi garantire un bel niente. Non farò nessun accordo con te. Puoi scegliere se darmi quel nome oppure no.»

«E se non lo faccio?»

Josie sorrise. «Sono una ragazza intelligente. Lo scoprirò da me.»

Needle la guardò con occhi severi. «JoJo...» iniziò, ma le sue parole furono troncate dallo squillo del nuovo cellulare di Josie sul tavolo in mezzo a loro. Josie guardò lo schermo e poi guardò Gretchen. «È la polizia di Colbert. Forza, andiamo.»

TRENTASEI

In una decina di minuti, Josie e Gretchen erano già per strada, dirette a Colbert con la macchina. Il padrone di casa era stato rintracciato ed era più che disponibile ad aiutarle. Disse che le avrebbe incontrate all'indirizzo di Alice con le chiavi e una copia del contratto d'affitto che lei aveva firmato. Le montagne russe emotive dell'ultimo giorno sembrarono rallentare con questa notizia. Sapevano di avere una pista vera e propria.

«Penso che quando torniamo dovresti parlare di nuovo con Needle.» disse Gretchen.

Josie strinse più forte il volante. «Non intendo chiedergli ancora chi era il fornitore di Vera e non intendo fargli alcun favore.»

«Boss...» disse Gretchen. «È il modo più veloce per ottenere queste informazioni.»

«Cioè chiedere al Procuratore Distrettuale di riservargli un trattamento speciale? Gretchen, è un criminale di carriera.»

«Sì, lo so, ma è anche un criminale non violento. Nella sua fedina penale, fino a quest'ultima settimana, c'erano esclusivamente reati di droga.»

«Cosa stai dicendo?»

Gretchen sospirò. «Sto dicendo che se parli con l'ufficio del Procuratore Distrettuale e gli chiedi di prendere in considerazione un'accusa ridotta in cambio di informazioni su un caso di omicidio in corso, e loro accettano, non è che stai mettendo in pericolo la popolazione, perché non si direbbe che possa aggredire o uccidere qualcuno.»

Josie alzò una mano dal volante per asciugarsi il sudore dalla fronte, scoprendo che stava tremando. Doveva essere una di quelle volte in cui non riusciva a pensare in modo abbastanza lucido, si disse. La strada che stavano percorrendo era invasa dall'acqua. Josie si accostò al cartello che annunciava una strada chiusa e si fermò, premendo forte il piede sul freno. Quando parlò, le tremava la voce. Si interruppe e riprovò, cercando di controllarla. «Per tutta la vita quell'uomo è rimasto in disparte senza fare niente mentre mi capitavano cose terribili. No, non mi capitavano, mi venivano inflitte cose terribili. Cose violente. Cose indicibili. Sì, è intervenuto un paio di volte quando la situazione era veramente brutta, ma mi ha lasciata lì. Mi ha lasciata lì... nelle mani di una pazza. Le dava le droghe che la rendevano... la rendevano...» Le parole le si bloccarono in mezzo alla gola. Un singhiozzo in arrivo le fece tremare le spalle. Gretchen le mise una mano sulla spalla.

«Boss...» disse dolcemente. «Va tutto bene.»

Le lacrime le pungevano gli occhi. Cosa diavolo le stava prendendo? Perché piangeva in continuazione in quei giorni? Era consapevole dei suoi sentimenti per la morte di Vera Urban, aveva cercato di salvarla senza riuscirci. Aveva cercato di salvare quella donna e aveva fallito. Questo giustificava le lacrime, anche se perfino quelle erano un anatema per la professionalità su cui aveva costruito la sua carriera. Ma non era da lei piangere per una cosa del genere. Di certo non per cose accadute decenni prima. Cose che non poteva cambiare. Cercò di buttar giù tutto come aveva sempre fatto, ma non funzionò.

Gretchen allungò una mano sul cambio e lo inserì in modalità parcheggio. «Prendiamoci un minuto.» suggerì.

Josie scosse la testa. Tremava tutta. Aprì la bocca, sforzandosi di far uscire le parole "sto bene" ma invece ne uscirono altre, acute e stridule. «Lila ha cercato di tagliarmi la faccia! Ha cercato di tagliarmi la faccia. Era pazza e lui le forniva tutto quello che gli chiedeva, anche quando non aveva un soldo, e non importava né a lui né a nessun altro quello che lei mi faceva. Lui non è... non è...»

«Boss.»

«Lui non è un brav'uomo!»

Una volta pronunciate quelle ultime parole, Josie si sentì come se stesse per crollare. Sprofondò all'indietro sul sedile, con le mani in grembo. Improvvisamente si sentì leggera, come se non pesasse nulla. Tutto intorno a lei cominciò a girare. Una specie di nebbia calò ai margini della sua vista periferica. Gretchen le batté sulla spalla. «Boss.» disse di nuovo. «Guardami.»

Josie la guardò negli occhi. «Concentrati sulla mia voce.» le disse Gretchen.

Josie annuì. Era facile. Ascoltò Gretchen che parlava con un tono calmo e uniforme. Normale, concreto. Non commiserante. Non comprensivo da risultare saccente. Non paternalistico. «Non sei obbligata a fare nulla che tu non voglia fare.» disse Gretchen. «Troveremo un modo per risolvere la questione. Troveremo un altro modo per ottenere il nome che ci serve. Sai dove bazzicano i soliti sospetti. Andremo a parlare con loro. Potrebbe esserci qualcun altro, oltre a Needle, che sa chi era il fornitore di Vera.»

Più Gretchen parlava, più Josie vedeva chiaro, il suo respiro tornava normale, il suo corpo riacquistava pesantezza e sentiva un rossore che le saliva dal colletto fino alle radici dei capelli. Annuì. «D'accordo, sì.» disse. «Sì, facciamolo.»

Gretchen attese ancora qualche istante perché Josie recuperasse la sua piena compostezza.

Josie guardò dritto davanti a sé. Poi sussurrò: «Cosa mi è successo un attimo fa?»

«Non si può tenere a bada un trauma abbastanza a lungo senza che cominci a riaffiorare nei modi e nei momenti sbagliati.» spiegò Gretchen.

«Pensavo di averlo superato...» disse Josie.

Gretchen sorrise. «Facendo questo lavoro? No, non è la stessa cosa che affrontarlo, elaborarlo e superarlo.»

Josie sapeva che Gretchen conosceva bene il trauma quanto lei. «Tu che cosa fai?»

«Da quando tutta la storia è venuta alla luce, qualche anno fa...» disse Gretchen, «sono in terapia.»

Niente suonava altrettanto doloroso per Josie quanto la terapia. Gretchen dovette leggerglielo in faccia, perché disse: «So che non pensi che ti aiuterebbe. Molte persone non ne vedono il valore, il che è comprensibile, ma a me ha aiutato molto. Comunque, che ne dici di rimetterci in strada e riprendere il viaggio? Andiamo a dare un'occhiata all'appartamento di Vera e vediamo cosa riusciamo a scoprire.»

«Certo.» sospirò Josie. «Mi sembra una buona idea.»

TRENTASETTE

Colbert era una piccola città a ovest di Denton, con le sue strade pittoresche disposte a griglia con tutti i servizi e i negozi indispensabili nel suo centro, all'interno di vecchi edifici in mattoni che sembravano essere stati costruiti nell'Ottocento. L'appartamento che Vera Urban aveva affittato con il nome di Alice Adams si trovava al primo piano di una bifamiliare a circa cinque isolati dalla strada principale di Colbert. L'immobile era ben tenuto, ma privo di personalità, proprio come la strada in cui si trovava. Il padrone di casa le incontrò davanti alla porta d'ingresso. Dopo le presentazioni, consegnò loro una copia del contratto di locazione. Josie la lesse attentamente. Era stato firmato cinque anni prima. «È sempre stato rinnovato mese per mese.» disse loro. «Pagava sempre in contanti, si lamentava raramente. Era un'inquilina modello, davvero. Mi dispiace per quello che le è successo.» Aprì la porta d'ingresso e le fece entrare. «Aveva detto che non aveva famiglia. Immagino che questo significhi che tutte le sue cose sono... beh, non sono sicuro di cosa ne farò, quindi sentitevi libere di prendere tutto quello che volete. Io aspetterò fuori.»

L'appartamento era piccolo ma luminoso, arioso e pulito.

Nel soggiorno c'erano un divano e un tavolino da caffè di fronte a un piccolo mobiletto con un televisore e un lettore DVD. Lungo una parete c'era una fila di scaffali, metà dei quali contenevano DVD e l'altra metà libri tascabili con le orecchie alle pagine e gli angoli consumati. Oltre il salotto c'erano una zona cucina e una sala da pranzo che poteva ospitare non più di due persone. Un disimpegno dalla cucina conduceva a un bagno e a una grande camera da letto.

Josie e Gretchen cercarono meticolosamente, ma trovarono pochi oggetti personali, a parte qualche busta di pubblicità non richiesta indirizzata a "Residente". Nel bagno c'erano altri flaconi di medicinali: antidolorifici, ansiolitici e farmaci per il bruciore di stomaco. Nella camera da letto, sul comodino, c'erano altri libri tascabili molto usati, ma ancora una volta niente di personale. Niente foto, niente biglietti, nemmeno oggetti di arredamento come soprammobili o decorazioni da parete. Era evidente che qualcuno aveva vissuto in quella casa, ma l'intero appartamento sembrava molto impersonale. Quasi come una stanza d'albergo.

Un rumore proveniente dall'armadio della camera da letto le fece trasalire. La mano di Gretchen si fermò sulla Glock alla cintura. A un cenno di Josie, aprì la fondina ed estrasse l'arma, tenendo la canna rivolta verso il suolo. Josie fece lo stesso. Gretchen si spostò alle spalle di Josie e insieme si avvicinarono alla porta dell'armadio. Con il cuore che le rimbombava nel petto, Josie la aprì e alzò la pistola, cercando di mettere a fuoco ogni potenziale minaccia. Prima ancora di riuscire a elaborare ciò che stava vedendo, Gretchen scoppiò a ridere dietro di lei. Riposero le armi nelle fondine e rimasero a guardare il grosso gatto arancione a strisce che faceva i suoi bisogni in una lettiera piazzata sul fondo dell'armadio. Un attimo dopo, il gatto uscì dall'armadio con un forte miagolio. Si avvicinò subito a Gretchen, strusciandosi contro le sue gambe. Lei si abbassò per accarezzarlo e il gatto inarcò la schiena al suo tocco.

Josie fece un paio di respiri, aspettando che il battito cardiaco tornasse a un ritmo normale. «Sembra che Vera, o Alice, non vivesse da sola, dopo tutto.»

Gretchen prese in braccio il gatto e gli parlò dolcemente. Il gatto cominciò a fare le fusa tra le sue braccia. Lo guardò tenendolo sollevato e poi lo abbracciò di nuovo. «È una femmina.» disse a Josie. «Non ha il collare, però. Speriamo che Alice la portasse regolarmente da un veterinario. Forse sapranno come si chiama.»

Rimise la gatta sul pavimento per aiutare Josie a esplorare il contenuto dell'armadio, ma la gatta le rimase vicino, intrecciandosi tra le gambe di Gretchen. «Le piaci.» notò Josie.

L'armadio occupava quasi un'intera parete della camera da letto. C'era uno scaffale pieno di vestiti e poi diversi scaffali dal fondo al soffitto che contenevano scarpe, maglioni piegati e jeans, oltre ad alcuni contenitori di plastica. Josie ne tirò giù uno e lo passò a Gretchen prima di recuperarne un altro. Li sistemarono sul letto e cominciarono a rovistare dentro.

«Sembrano vecchie fatture mediche di Alice Adams.» osservò Gretchen. «Pagata, pagata... sono tutte pagate. In contanti, a quanto pare. Oh, qui c'è una fattura di un veterinario. Dice che il gatto si chiama Poppy.» La fotografò e continuò, borbottando: «Una copia del contratto d'affitto e le ricevute di quando pagava le rate...»

Josie frugò nell'altro contenitore. «Qui ci sono delle foto.» Vi erano state ammassate centinaia di foto. Sembravano spaziare dall'infanzia di Vera alla nascita di Beverly e oltre. C'erano diverse foto della festa per l'arrivo della bambina, simili a quelle che Sara Venuto aveva mostrato. Poi c'erano foto di Beverly da neonata, addormentata sul dondolo, nella culla e una o due di lei cullata tra le braccia di Vera.

«Mi chiedo chi le abbia scattate...» disse Gretchen, guardando sopra la spalla di Josie.

«Ecco...» disse Josie. «Connie Prather.»

Sfiorò un'altra serie di foto che mostravano Connie che teneva in braccio la piccola Beverly. C'erano anche alcune foto delle colleghe di Vera insieme a Beverly, scattate sia al salone che in quella che doveva essere la casa di Vera. Tuttavia, da quando Beverly aveva compiuto cinque o sei anni, da quello che Josie poté stimare, nelle foto c'era solo lei. In una era travestita per Halloween, in una spegneva le candeline su una torta di compleanno in un parco circondata da altri bambini della stessa età, in un'altra ancora indossava uno zainetto per quello che doveva essere il primo giorno di scuola. Quelle foto catturavano tutti i momenti fondamentali e altri segni distintivi di una normale infanzia americana. Momenti e segni distintivi che Josie invece non aveva mai potuto conoscere. Ancora una volta si chiese cosa fosse andato storto tra Beverly e Vera. O forse non c'era niente che fosse andato storto tra loro. Forse nel corso di un'infanzia altrimenti idilliaca a Beverly era capitato qualcosa che aveva causato i suoi problemi comportamentali. O magari era una questione clinica? Possibile che avesse una condizione psicologica di qualche tipo o un problema di salute mentale che l'aveva resa così instabile? Allo stato delle cose, Josie si chiedeva se l'avrebbero mai scoperto.

Poppy saltò sul letto, passando sopra le foto che Josie aveva steso e dirigendosi di nuovo direttamente verso Gretchen. Josie rise. «Di' alla tua nuova amica che deve mettersi dei guanti se vuole maneggiare queste prove.»

Le foto arrivavano fino alle scuole superiori, anche se verso l'adolescenza di Beverly sembravano improvvisamente diminuire di numero. Forse Vera aveva scattato meno foto in quel periodo oppure Beverly si era rifiutata di farsi fotografare. Una combinazione delle due alternative era plausibile. Oppure, pensò Josie, dopo l'infortunio alla schiena di Vera, semplicemente non se la sentiva di scattare fotografie.

Josie tornò all'armadio per recuperare un altro contenitore. «Non ti sembra strano che le abbia tenute?» chiese Gretchen.

«Si è nascosta, ha cambiato nome, eppure ha conservato tutte queste prove della sua vita precedente.»

Josie posò il contenitore accanto agli altri sul letto. «È vero, ma a quanto risulta, amava davvero sua figlia. Non sappiamo ancora cosa sia successo alla fine della vita di Beverly e quanto Vera fosse coinvolta. Sappiamo che Vera sapeva che la figlia era incinta, ma non abbiamo idea di come si sentisse Vera nei suoi confronti in quel momento. Vera è tornata a Denton dopo il ritrovamento del corpo di Beverly. Perché lo ha fatto?»

Gretchen non rispose. Josie sollevò il coperchio del contenitore e iniziò a tirare fuori diversi oggetti: c'erano gli annuari della Denton East High School. «Credo che queste siano le cose di Beverly.» disse Josie. C'erano alcuni CD di gruppi musicali che anche a Josie erano piaciuti al liceo, alcuni pezzi di bigiotteria e una manciata di foto che ritraevano Beverly con le sue migliori amiche: Lana Rosetti e Kelly Ogden. C'era anche un diario, che diede a Josie un sussulto di speranza, finché non lo aprì e trovò un'annotazione poco entusiasta su come la sua "stupida mamma" riteneva che dovesse "scrivere i suoi sentimenti" e poi pagine vuote.

«Immagino che Beverly non fosse un tipo da diario.» sospirò Gretchen.

C'erano tre libri tascabili, tutti piuttosto consumati e con le orecchie alle pagine. Uno di questi era *Falsa Memoria* di Dean Koontz. Gli altri due erano di Cleo Victoria Andrews, uno intitolato *Ruby* e l'altro *La Perla di Ruby*. Josie si ricordava di come le ragazze della sua scuola amassero passarsi i libri di Victoria Andrews, sussurrandosi i dettagli scandalosi delle storie che narravano. Aprì *Ruby* e ne sfogliò le pagine. Una foto cadde e volò sul letto. Gretchen la raccolse, mentre Josie sfogliava il resto del libro per vedere se c'era qualcos'altro tra le sue pagine. Non trovò niente. Josie gettò di nuovo il libro sul letto e studiò la foto. Era un giovane uomo con i capelli biondi. Indossava una maglietta bianca e dei jeans con una cintura da lavoro stretta in vita. Qualcosa nella tensione del suo sorriso suggeriva che non si sentiva a suo agio a essere protagonista della foto. Dietro di lui c'era una parete con un telone blu appeso e, accanto, una porta che sembrava condurre a una serie di gradini che scendevano verso il basso. Josie disse: «Questo è Ambrose, il ragazzo della ditta di impermeabilizzazione per seminterrati a cui Beverly faceva il filo.»

Gretchen la scrutò. «Sì, corrisponde alla foto della patente che abbiamo di lui.»

«Questa deve essere la casa di Hempstead Road.» Josie indicò la porta. «Stava scendendo nel seminterrato per lavorare.»

«Sì.» concordò Gretchen. «E scommetto che quel telo è uno di quelli usati dall'assassino per avvolgere Beverly.» Prese la foto da Josie e la girò, ma sul retro non c'era niente.

Josie prese in mano *La Perla* di Ruby e ne scosse le pagine. Ne uscì solo un vecchio segnalibro. Lo posò e prese *Falsa Memoria*, sfogliando le pagine. Ne uscirono tre fotografie. Una per una, Josie le mise in fila per poterle esaminare. In una foto c'erano Vera e un uomo in una cucina, con alle spalle un lavello e un piano cottura. Nella foto erano stati colti di profilo, l'uno di fronte all'altra. L'uomo era magro e più alto di Vera. Da quello che Josie riuscì a vedere, sembrava avesse circa trent'anni. Aveva corti capelli castani e una leggera barba che copriva ciò che si poteva vedere del suo viso. Sembrava che la foto fosse stata scattata da dietro una porta, dato che metà della foto mostrava il primo piano di una modanatura in legno. Josie la indicò. «L'ha scattata senza che loro lo sapessero.»

Gretchen annuì. «Pensi che questo fosse lo spacciatore di Vera? O il suo amico?»

«E chi lo sa... certo, non è da escludere. Non abbiamo modo di stabilire quando è stata scattata, ma è l'unico collegamento che possiamo stabilire in modo definitivo tra Vera e una persona diversa dalle sue colleghe e dalla sua vecchia clientela.»

Rivolsero l'attenzione alla foto successiva. A Josie mancò il fiato in gola quando vide il volto del suo defunto marito che sorrideva. Era Ray, a sedici anni, nella sua uniforme da baseball. Teneva il berretto leggermente sollevato, nel modo in cui lo tirava su per asciugarsi il sudore dalla fronte. Era appoggiato sui gomiti a una recinzione. Alle sue spalle c'era il campo da baseball della Denton East, gremito dagli altri giocatori, ridotti a macchie sfocate contro l'erba verde.

«È piegata.» disse Gretchen, strappando Josie ai suoi ricordi di quel periodo. Prese la foto e Josie vide il punto in cui era stata piegata. Gretchen sollevò il lembo e apparve Josie adolescente, con solo una parte del viso visibile. Era in piedi sul lato opposto della staccionata rispetto a Ray, e si era avvicinata per dargli un bacio di buon augurio. Josie ricordava che c'erano state molte partite e molti momenti come quello immortalato nella fotografia; era stata una stagione entusiasmante per i Denton East Blue Jays e lei non si era persa nemmeno una partita. I giocatori si erano sempre riuniti in quella sezione della recinzione prima di ogni incontro per ricevere un ultimo giro di auguri dai familiari e dagli altri compagni di scuola. C'era sempre una gran folla. Quello che Josie non aveva mai capito era che Beverly era da qualche parte dietro di lei in quella folla, a scattare una foto a Ray senza che nessuno dei due lo sapesse. O forse Ray ne era al corrente? Aveva visto Beverly scattare quella foto? Glielo aveva permesso? C'era stato qualcosa tra loro, dopotutto?

«Guarda questa.» disse Gretchen, rimettendo la foto di Josie e Ray sul letto e prendendo l'ultima.

Josie scosse leggermente la testa, cercando di liberare la mente dai pensieri su Ray e Beverly per concentrarsi sul presente. La foto ritraeva un uomo sdraiato su un letto. Era nudo, riverso su un fianco, rivolto nella direzione opposta a quella della macchina fotografica, infatti, di lui si vedeva solo la schiena, dalle spalle in giù, e una parte dell'anca. «Guarda.»

disse Josie, indicando la scapola sinistra. «È il tatuaggio di un teschio.»

Gretchen si avvicinò, infilandosi gli occhiali da lettura, e scrutò la foto. «È inconfondibile.» disse sommessamente. Indicò un angolo della foto in cui una mano dell'uomo si protendeva verso la macchina fotografica, come se cercasse di allontanare la persona che stava scattando. La mano era leggermente sfocata, ma Josie vide bene il dettaglio che aveva catturato l'attenzione di Gretchen.

«È una fede nuziale.» disse a Gretchen.

«Esatto.»

«Questo è l'uomo che frequentava.» disse Josie. «Quello con cui era davvero in intimità. Non c'è da stupirsi che non ne avesse parlato con nessuno. Era sposato.»

Esaminarono di nuovo la foto per vedere se c'erano indizi sul luogo in cui era stata scattata, ma tutto ciò che riuscirono a capire dallo sfondo fu che l'uomo era in un letto con lenzuola bianche e che apparentemente era giorno.

Gretchen scattò una foto con il cellulare. «Non solo, ma se la faceva con una minorenne.»

«Avrebbe dovuto rispondere di accuse penali se fossero stati scoperti.»

«E inoltre la sua reputazione e il suo matrimonio sarebbero andati distrutti, ammesso che avesse una reputazione che gli interessava mantenere.»

«Giusta osservazione.» concordò Josie. Sospirò e tornò a guardare l'armadio dove era rimasto solo un piccolo contenitore di plastica. «Non abbiamo ancora idea di chi fosse questo tizio o di come lo abbia conosciuto.»

Gretchen recuperò dal mucchio la foto di Vera con l'uomo in cucina. «Potrebbe trattarsi di quest'uomo?»

Josie confrontò le due foto, ma non c'era modo di capirlo. «Non lo so. Non si capisce nemmeno se in questa foto porta la fede nuziale.»

Gretchen tornò verso l'armadio e tirò fuori l'ultimo contenitore, per portarlo sul letto. Poppy si avvicinò immediatamente e si strusciò contro le braccia di Gretchen, facendo scorrere la coda sul coperchio del contenitore. Con cautela, Gretchen la prese in braccio e la depose sul pavimento. Poppy aspettò un attimo prima di saltare di nuovo sul letto, ma questa volta si tenne a distanza, osservando le due donne con sospetto.

«Vuoi dare un'occhiata a queste?» ansimò Gretchen mentre estraeva diversi oggetti dal contenitore.

Josie si rese conto che erano patenti di guida. Tre, tutte con nomi diversi, tutte scadute. Josie ne prese una e passò un dito sulla foto di Vera. Sentì una piccolissima imperfezione sul bordo. «Queste sono state falsificate.» dichiarò. «E neanche molto bene.»

Gretchen ne prese un'altra e, con un certo impegno, riuscì a staccare la foto di Vera per scoprire che sotto c'era quella di una donna completamente diversa. «Hai ragione.» disse. «Non è affatto di buona qualità.»

Josie tirò fuori il telefono e scattò una foto a ciascuna patente «Controlleremo questi nomi quando torneremo in centrale.» Iniziarono a impacchettare le prove che intendevano portare via.

Mentre si davano da fare, Poppy miagolò forte dalla testa del letto.

«Mi chiedo quando abbia mangiato l'ultima volta.» disse Josie.

«Occupiamoci della gatta e poi torniamo a vedere cosa riusciamo a scoprire su queste patenti falsificate.» propose Gretchen. «Dopodiché potremo cercare di rintracciare l'uomo della foto con Vera.»

TRENTOTTO

Poco più di mezz'ora dopo erano di nuovo in macchina con Poppy chiusa in un trasportino sul sedile posteriore dell'auto. Il veterinario aveva fornito tutti i documenti senza fare domande, ma poi aveva suggerito di portare la gatta in un rifugio vicino. Quando arrivarono, Josie parcheggiò e Gretchen entrò con Poppy. Le bastarono quindici minuti per tornare fuori. Con la gatta. «Non posso lasciarcela.» annunciò Gretchen a Josie.

Sembrava che Josie non fosse l'unica a provare un sovraccarico di emozioni in quel periodo.

Con Poppy sistemata sul sedile posteriore, si avviarono verso Denton. Gretchen usò il Mobile Data Terminal per cercare Alice Adams e gli altri nomi che avevano trovato sulle patenti nell'armadio di Vera Urban. «Sembra che il modus operandi di Vera fosse quello di rubare fisicamente le patenti di queste altre donne e cambiare la foto. Tutte queste donne hanno denunciato il furto della patente e se la sono fatta sostituire. Tutte e quattro vivevano a più di un'ora di distanza da dove viveva Vera a Colbert, anche se non abbiamo idea di dove abbia vissuto prima di trasferirsi lì.»

«Vera ha rubato anche le loro identità?» chiese Josie. «Non ha aperto carte di credito a loro nome o falsificato cose del genere? Conti bancari, spese condominiali, magari?»

Gretchen annotò qualcosa sul suo taccuino. «No.» disse. «Non c'è traccia di un bel niente.»

«Ma se avesse voluto affittare una stanza in certe strutture, anche pagando in contanti, o addirittura un appartamento, avrebbe avuto bisogno di un documento d'identità.» insistette Josie.

«Buona parte dei proprietari di casa non richiede garanzie di solvibilità al giorno d'oggi?» chiese Gretchen.

«Credo di sì, ma se fossi stata in lei e avessi usato un'identità rubata, avrei cercato di trovare qualcuno che non facesse questo tipo di controlli. Tuttavia, se il padrone di casa lo avesse fatto, e Alice Adams, per esempio, fosse risultata solvibile, questo avrebbe giocato a favore di Vera.»

«È vero.» concesse Gretchen. «E se la vera Alice Adams non avesse monitorato attentamente il suo credito, avrebbe potuto non accorgersi di alcuna operazione. Quindi pensi che abbia rubato queste patenti e ci abbia messo la sua foto solo per avere un appartamento?»

«E anche per andare dal medico. Finché non fosse andata a richiedere il rimborso di una fattura, la vera Alice Adams non avrebbe avuto idea che Vera andava dal medico o si faceva prescrivere le ricette a suo nome.»

«Questa è frode assicurativa.» sentenziò Gretchen.

«Supponendo che avesse un'assicurazione. Hai detto che le fatture mediche che hai trovato nel suo armadio mostravano che le aveva pagate in contanti.»

«Questo comportava un grosso rischio.» le fece notare Gretchen. «Non avendo un'assicurazione. Se fosse successo qualcosa di catastrofico, si sarebbe trovata in guai seri.»

«È vero.» concordò Josie. «Ma guarda come viveva. E a

proposito di soldi, non sappiamo nemmeno in che modo Alice si mantenesse: da dove arrivavano le sue entrate? Come faceva a pagarsi quell'appartamento?»

«Avrebbe avuto bisogno di un documento di identità anche per incassare un assegno o un ordine di pagamento.» disse Gretchen.

«Appunto.» disse Josie. «Il padrone di casa ha detto che pagava sempre in contanti, ma doveva pur procurarseli da qualche parte.»

Gretchen tirò fuori il telefono. «Chiamerò la polizia locale e vedrò se possono interrogare qualche vicino, chiedere in giro per la città, vedere se qualcuno parlava regolarmente con lei o se aveva qualche tipo di lavoro in nero.»

Qualche minuto dopo, riattaccò. «Ci richiameranno.» le disse. Girandosi sul sedile, cercò nel pianale e sfogliò alcuni dei documenti che avevano portato con loro, finché non trovò il contratto di locazione. Sfogliò le pagine e le scorse velocemente. «Tutte le utenze erano pagate dal padrone di casa e incluse nell'affitto.» disse. «Il che significa che Alice Adams non ha mai avuto bisogno di intestare le utenze a suo nome. A meno che non avesse bisogno della TV via cavo, suppongo.»

Josie pensò al piccolo appartamento e a ciò che non conteneva. «Non c'era quasi nessun apparecchio elettronico.» disse. «Nessun portatile. Niente tablet.»

«C'era però un televisore e un lettore DVD, chiaramente oltre a tutti quei film.»

«Non voleva lasciare traccia del suo nome da nessuna parte e non poteva permettersi che la vera Alice Adams scoprisse che qualcuno le aveva rubato l'identità. Non voleva essere rintracciata, però è riuscita a sopravvivere in tutti questi anni, in un modo o nell'altro. Deve essersi fatta aiutare da qualcuno.»

«Ci sta sfuggendo qualcosa.» disse Gretchen. «Qualcosa di grosso.»

Mentre entravano in città, Rockview Ridge si stagliò sopra

di loro sul lato destro. Josie mise la freccia e si preparò a svoltare. «Sai cosa facciamo? Andiamo a sentire se mia nonna riconosce l'uomo nella foto insieme a Vera. Ha detto di averla vista con un uomo un paio di volte.»

Nel giro di pochi minuti si fermarono. Poppy sonnecchiava nel suo trasportino sui sedili posteriori. La lasciarono lì, certe che la gatta sarebbe stata al sicuro in macchina per qualche minuto, ed entrarono. A Josie faceva male la gamba per essere rimasta a lungo nella stessa posizione in macchina, ma riuscì a tenere il passo di Gretchen. La porta della stanza di Lisette era aperta. La trovarono seduta nella sua poltrona reclinabile che guardava fuori dalla finestra, con la luce del sole che faceva brillare i suoi riccioli d'argento. Aveva uno scialle bianco tirato intorno alle spalle: era sempre freddolosa, anche nella sua stanza, nonostante il termostato fosse sempre impostato a ventiquattro gradi. Teneva il deambulatore di fronte a sé, tra il letto e il cassettone. Le stanze del Rockview erano belle ma molto piccole. Josie bussò leggermente allo stipite della porta per attirare l'attenzione della nonna.

Lisette sorrise. «Ciao, tesoro. Gretchen! Entrate pure. O preferite se andiamo a parlare in mensa?»

Josie diede un rapido bacio alla nonna e si sedette ai piedi del letto. Gretchen si sedette accanto a lei. «Qui va bene. Abbiamo una foto che vorremmo farti vedere, se non ti dispiace.»

Gretchen tirò fuori il telefono e trovò la foto. Passò il telefono a Lisette.

«Per caso, è questo l'uomo che hai visto accompagnare Vera alle riunioni a scuola?»

Lisette guardò attentamente la foto. «Mi sembra proprio che sia lui, sì. È passato veramente tanto tempo, ma gli assomiglia.» Restituì il telefono a Gretchen. «Purtroppo non mi ricordo come si chiamava. Mi dispiace, non posso esservi di grande aiuto.»

«Hai già fatto tanto, nonna.» le disse Josie.

«Potrebbe pensarci un po' e vedere se ricorda qualche altro dettaglio su di lui?» chiese Gretchen. «Ogni minimo dettaglio potrebbe esserci utile. Per esempio, qualcos'altro che Vera aveva detto su di lui. O se Beverly aveva parlato di lui il giorno in cui Vera era stata male e lei era venuta al posto suo al colloquio...»

Lisette scosse lentamente la testa. «No, no. Beverly non lo nominava mai. Non davanti a me, almeno. Non ricordo che Vera abbia mai detto niente su di lui, se non che era l'amico che le dava un passaggio. Oh, ma... aspetta!» disse sollevando un dito nodoso in aria. «Indossava sempre una specie di... divisa. Lo vedevo solo in macchina, ma indossava sempre la stessa camicia. Una camicia azzurra, molto spessa, a volte sporca. Aveva una targhetta cucita sopra, con il nome, ma non mi sono mai trovata abbastanza vicino per leggerlo.»

Josie si raddrizzò. «Che tipo di divisa?»

Lisette abbassò la mano e aggrottò le sopracciglia. «Non ne sono sicura, tesoro. Quali tipi di lavoro richiedono una divisa? Che tipo di azienda avrebbe il nome cucito sopra l'uniforme?»

Gretchen iniziò a elencarne alcuni. «Gli addetti alle consegne, talvolta, gli autisti degli autobus...»

«I meccanici.» disse Josie.

«A pensarci bene.» disse Lisette. «Questo avrebbe senso. A volte era piuttosto sporca. Scommetto che era un meccanico. Ma potrei sbagliarmi. Dovete tenere presente che è stato tanto tempo fa. Tutte queste cose me le ricordo solo perché all'epoca le tue liti con Beverly occupavano una quantità di tempo a dir poco considerevole.»

Strizzò l'occhio a Josie e le tese una mano, che Josie prese e strinse. «Nonna...» disse. «Sei una delle persone con la memoria più formidabile che io conosca! Facciamo subito delle ricerche!»

Prima che Lisette potesse rispondere, un'infermiera entrò nella stanza con un grande vaso di fiori. «Buongiorno.» salutò da dietro la rigogliosa e colorata composizione. «Mrs. Matson! Una consegna per lei!»

Posò il mazzo di fiori sul cassettone di Lisette e li guardò con un sorriso.

«Santo cielo!» esclamò Lisette.

L'infermiera staccò il biglietto spillato alla plastica e lo porse a Lisette, prima di lasciarle sole.

Gretchen si alzò e annusò i fiori. «Sono bellissimi, Lisette.»

Sorridendo, Lisette si sforzò di estrarre il biglietto dalla minuscola busta. «Bellissimi, davvero!»

«Hai bisogno? Ti aiuto?» chiese Josie, chiedendosi chi fosse a mandare dei fiori a sua nonna. Aveva forse uno spasimante di cui non era a conoscenza? Non sarebbe stata la prima storia d'amore a Rockview Ridge. Lisette le porse la busta e Josie estrasse facilmente il biglietto. Lo lesse una prima volta, con il cuore che faceva un salto. Poi lo lesse di nuovo, senza capire.

«Chi è che li manda?» volle sapere Lisette.

Avvertendo qualcosa di sgradevole dentro di sé, Josie consegnò il biglietto alla nonna, che strizzò gli occhi per leggere. Le parole scorrevano a ciclo continuo sullo schermo mentale di Josie, procurandole un brivido di freddo.

Lisette, grazie per essere stata così gentile e disponibile nei miei confronti. Per me è un grande onore e un'emozione averti finalmente incontrata. Spero che potremo passare ancora molto tempo insieme. Con affetto, Sawyer

Ma che cavolo era quella storia?

Il sorriso di Lisette vacillò mentre leggeva. Intuendo la situazione, Gretchen disse: «Boss, vado a controllare Poppy. Ci vediamo alla macchina, okay?»

Josie annuì. Gretchen si chiuse la porta alle spalle e se ne andò.

Rivolgendosi a Lisette, Josie chiese: «Nonna, perché Sawyer Hayes ti manda dei fiori?»

Lisette si sporse in avanti e infilò il biglietto in una delle tasche del cestino fissato al suo deambulatore. «Josie, voglio che tu stia calma.»

Josie si alzò in piedi, l'agitazione che le saliva dentro era troppo forte perché potesse rimanere seduta. Pensieri inquietanti le rimbalzavano nella mente come palline in un flipper. Cosa voleva da sua nonna Sawyer Hayes?

Una cosa era incrociare la nonna quando si trovava a Rockview in qualità di operatore di emergenza e scambiare quattro parole, ma questa era tutta un'altra faccenda. Stava cercando di truffarla in qualche modo? Era per ciò che lei gli aveva detto? Pensava forse che, grazie alla fama di Josie, Lisette potesse avere qualcosa che lui avrebbe potuto farsi consegnare con l'inganno? Soldi? Una sorta di eredità? Se le cose stavano così, lo aspettava un brusco risveglio. O peggio: stava facendo la corte a Lisette? Non poteva essere. La differenza di età era...

Le parole di Lisette tagliarono la strada a quei torbidi pensieri. «Josie! Guardami.»

Josie si rese conto di aver iniziato a camminare. Si fermò e incrociò lo sguardo di Lisette. «Nonna, mi sembra un po' inappropriato. Lo conosci a malapena quel ragazzo. Non è normale. È una cosa dolce da parte sua, ma di cosa sta parlando? Che cosa intende dire con "disponibile"?»

Lisette si alzò, si aggrappò al suo deambulatore e si spostò ai piedi del letto, nel posto che Josie aveva appena lasciato libero. Si sedette e le fece cenno di sedersi accanto a lei. «Per favore, Josie. Vieni a sederti.»

Con riluttanza, Josie si lasciò cadere sul letto. Le loro spalle si sfiorarono. Lisette trovò la mano di Josie e la prese, stringendola forte. «C'è una cosa che devo dirti, tesoro.»

Il cuore di Josie cominciò a tuonare, il ruggito nelle sue orecchie diventò sempre più assordante. Perché aveva paura? Che cosa poteva avere da dirle Lisette che avesse a che fare con Sawyer Hayes? Se la stava ingannando o perseguitando, Josie poteva ancora fermarlo. Era un'agente di polizia. Lo avrebbe inseguito con tutto il sostegno del suo dipartimento.

Le dita ossute di Lisette si strinsero intorno alla mano di Josie fino a farle male. Lisette dava le notizie nello stesso modo in cui le dava Josie, in modo rapido e senza troppi giri di parole. Per Josie era sempre stato come strappare un cerotto. Prima la facevi finita, prima le persone potevano elaborare ciò che stavano per apprendere.

Lisette disse: «Sawyer è mio nipote.»

Nella stanza calò un silenzio perfetto. Tutto divenne così immobile che persino i puntini di polvere che fluttuavano nel fascio di luce che entrava dalla finestra sembrarono congelarsi. I rumori del resto della struttura fuori dalla porta di Lisette si ridussero al nulla. Sicuramente doveva aver sentito male.

«Che cosa hai detto, nonna?»

Lisette fece un respiro profondo e ripeté con un sospiro: «Sawyer è mio nipote.»

Josie iniziò a contare i secondi nella sua testa, cercando di mantenere la calma. Stava organizzando una truffa. Quel figlio di puttana. *Uno, due, tre.* Si alzò di scatto dalla sedia, strappando la mano dalla presa di Lisette e camminando freneticamente nella piccola stanza.

«Nonna, non so cosa ti abbia detto, ma è evidente che pensa di poter ottenere qualcosa da te. Una grande eredità o qualcosa del genere. È una truffa. È un artista della truffa. Sapevo che c'era qualcosa che non mi piaceva in quel tipo. Ascoltami, voglio che tu interrompa ogni contatto con lui finché non avrò risolto la questione. Parlerò con la direzione e dirò loro che non deve più venire qui.»

«Josie...» disse Lisette, «Sawyer è davvero mio nipote.»

Josie si puntò un dito contro il petto. «Io sono tua nipote. Io. Solo io. Sawyer Hayes è un perfetto sconosciuto.»

Lisette si alzò, spingendo via il deambulatore. Usando il letto per sorreggersi, si diresse verso il comodino e aprì il cassetto. Tirò fuori un mucchio di fogli e li portò a Josie. «È tutto vero, Josie.»

Cercando di calmare il maremoto di inquietudine che stava per travolgerla, Josie prese alcuni fogli e li lesse. Stava guardando una specie di rapporto sul DNA. Veniva da uno di quei siti in cui si invia un campione di DNA prelevato dalla saliva, e loro fanno delle analisi sui tuoi antenati; inoltre, se scegli di partecipare, ti inseriscono in un database con altre persone e ti abbinano a membri della famiglia che potresti non sapere di avere. Secondo il rapporto, Sawyer Hayes condivideva con Lisette Matson il ventisei per cento di DNA, pari a trentotto segmenti. *Life Lineage prevede che Lisette Matson sia sua nonna*, concludeva il rapporto.

Un forte tremore alle mani la costrinse a posare il rapporto sul letto. «Quando l'hai fatto? Quando hai consegnato il tuo DNA? Chi ti ha aiutato? È stato lui?»

Lisette allungò una mano verso il braccio di Josie, ma lei lo tirò via. «L'ho fatto da diverse settimane, tesoro, e sì, è stato Sawyer ad aiutarmi. È venuto da me un paio di mesi fa...»

«Quindi ha mentito l'altro giorno quando ha detto di averti incontrato qui!» disse Josie, rendendosi subito conto che la sua voce si era alzata fino a diventare un grido.

«Josie, per favore.» disse Lisette. «Non ti agitare. Ti spiegherò tutto.»

«Non può essere vero.» disse Josie, indicando il rapporto. «È una truffa. L'ha fatto per ingannarti. Non so cosa voglia o cosa pensi di ottenere da te, ma è una bugia. Tutta questa storia è una bugia. Nonna, sei vulnerabile.»

A queste parole, Lisette barcollò e dovette aggrapparsi al suo deambulatore per tenersi in piedi. «Non parlarmi così, signorina. Non sono una povera vecchietta rimbambita. Ho ancora la testa a posto. Credo di poter capire cosa è reale e cosa no.» la rimbrottò indicando i fogli. «E questo è reale. Ho fatto il test. Ho chiesto ad una delle infermiere di aiutarmi a collegarmi al sito per assicurarmi che non mi fornisse risultati falsificati. Sapevo che avresti reagito male, per questo non te l'ho detto subito.»

«Da quanto tempo lo sai?»

Lisette sospirò. «I risultati sono arrivati solo una settimana fa.»

«Quando avevi intenzione di dirmelo?»

Lisette alzò le mani in aria. «Non lo so, va bene, Josie? Presto. Ma non finché avessi lavorato a un caso importante o mentre fossi stata sommersa dall'alluvione in corso in questa città. Te l'avrei detto. Come potevo non farlo?»

Josie sentì le gambe afflosciarsi. Si sedette di nuovo sul bordo del letto. Lisette la raggiunse. Nessuna delle due parlò per un lungo momento. Quando Josie fu sicura di poter parlare senza lasciarsi sfuggire un singhiozzo, disse: «Com'è possibile?»

Lisette si lisciò il tessuto dei pantaloni sulle cosce, guardando il pavimento. «Non so se ti ricordi quando te l'ho detto qualche anno fa, ma tuo padre, il mio Eli, era uscito con Lila Jensen per molto tempo prima che arrivassi tu.»

«Mi ricordo.» sussurrò Josie. «Non ti piaceva. Eri felice quando si erano lasciati.»

Lisette annuì.

Se solo fosse finita lì. Se solo Lila fosse rimasta lontana per sempre. Eli sarebbe stato ancora vivo. Lisette sarebbe stata una persona intera, non rotta dalla morte di un figlio. Josie non avrebbe mai conosciuto né Eli né Lisette, ma avrebbero avuto una bella vita. Lisette non avrebbe mai dovuto sopportare l'orribile peso della perdita di un figlio. Invece Lila era andata a vivere in un posto a un paio d'ore da Denton. Aveva trovato lavoro presso un servizio di pulizie domestiche ed era andata a lavorare a casa di Shannon e Christian Payne. Entrambi avevano avuto successo nella loro carriera: lei come chimico della Quarmark Pharmaceutical e lui come responsabile del settore marketing della stessa azienda. Avevano avuto due figlie gemelle. Quando Shannon si era resa conto che Lila rubava i suoi gioielli, l'aveva denunciata al suo capo, provocandone il licenziamento. A quel punto, poco più che ventenne, Lila doveva essere già malata di mente e sociopatica, probabilmente con più di un disturbo della personalità. Per vendicarsi, aveva dato fuoco alla casa dei Payne e, mentre l'incendio infuriava, aveva lasciato che solo una delle gemelline, nate da appena tre settimane, venisse salvata e aveva rapito l'altra. Quella bambina era Josie. Così, i Payne avevano creduto che la loro bambina fosse morta nell'incendio, ma in realtà Lila l'aveva portata con sé ed era tornata a Denton dopo un anno di lontananza da Eli Matson. Aveva portato la piccola Josie a Eli e gli aveva detto che era sua figlia, che gli aveva tenute nascoste la gravidanza e la nascita ma che a quel punto non poteva più nascondere la bambina. Eli non aveva avuto motivo di dubitare di lei. All'epoca non c'erano test del DNA, non c'era modo di provare la paternità, ma a Eli non era mai passato per la testa di farlo. Aveva accolto Josie come sua figlia e l'aveva amata più di ogni altra cosa al mondo fino alla sua morte.

«Mi hai anche detto che papà frequentava un'altra persona dopo che Lila se n'era andata.» disse Josie. «Era lei, vero?»

Lisette annuì. «La madre di Sawyer. Si chiamava Deirdre Hayes. Erano usciti solo qualche volta, ma si piacevano molto. Quando Lila era tornata a Denton con te e aveva detto a Eli che eri sua figlia, lui ruppe con lei. Voleva te. Era così felice di essere tuo padre. Voleva provare a far funzionare le cose con Lila. Darti una vera famiglia. Allora non sapeva che sarebbe stato impossibile.»

«La madre di Sawyer... perché non l'ha mai detto a nessuno? Almeno lo disse a papà?»

«La madre è morta l'anno scorso di cancro. Prima di morire, gli ha detto la verità su suo padre. Per tutta la vita aveva creduto che suo padre fosse morto, il che era vero, in fin dei conti. Voi due avete circa la stessa età, quindi Eli è morto quando anche Sawyer aveva circa sei anni. Lei voleva che lui sapesse la verità prima di morire, infatti andò per dire a Eli che era incinta ma incontrò Lila.»

«Lila la minacciò.» disse Josie. «Perché Lila non permetteva a nessuno di ostacolare ciò che voleva, e all'epoca voleva Eli.»

«Proprio così.» disse Lisette. «Evidentemente le bastò per non mettersi più in contatto con Eli. E poi se n'è andato.»

«E lei non aveva intenzione di mettersi contro Lila.» disse Josie.

«Esatto.»

Josie si mise il viso tra le mani. «Che situazione...»

Dopo qualche istante, Lisette circondò con un braccio le spalle di Josie e la tirò a sé. «Josie, questo non cambia nulla tra noi, lo capisci? Sei sempre mia nipote. Lo sarai sempre. È solo che Sawyer... beh, per tutta la vita non ha mai saputo la verità e io sono l'ultima della famiglia che ha da parte di padre.»

Josie si alzò in piedi, ancora tremante. «Nonna...» disse. «Sai che non mi metterei mai in mezzo fra te e Sawyer. Se tutto questo è vero e lui è davvero tuo nipote, allora, naturalmente, io... per me va bene. Io...» ma non riuscì a dire tutto quello che voleva.

«Josie...» disse Lisette, prendendole una mano.

Josie indietreggiò. Le lacrime minacciavano di nuovo di uscire e si chiese ancora una volta cosa le stesse succedendo. Alzò le mani davanti a sé, in posizione di difesa. «Ho solo bisogno di tempo.» disse alla nonna. «Tempo per...»

Per che cosa? si chiese. Che senso aveva tutto questo? Non era una parente di sangue di Lisette. Ne avevano passate tante insieme, ed erano sempre state loro contro il mondo. Per molto tempo Ray aveva fatto parte del loro piccolo nucleo familiare. Ma il più delle volte erano state soltanto loro due. Ora c'era qualcun altro. Un estraneo che aveva più diritto di Josie all'affetto di Lisette.

Non riusciva a respirare. Le ci volle uno sforzo enorme per costringere il suo corpo a muoversi. Si avvicinò e baciò la guancia di Lisette. «Ne riparleremo presto...» disse con voce strozzata. «Devo tornare al lavoro.»

Prima che la nonna potesse protestare, Josie uscì dalla stanza, con il profumo dei fiori che la seguiva.

TRENTANOVE

Gretchen la stava aspettando in macchina e guardava il telefono. Josie arrivò a metà strada prima di piegarsi in due, con i polmoni in fiamme e un groppo in gola così grosso che pensò di soffocare. Pochi secondi dopo, sentì sbattere la portiera dell'auto e Gretchen che si avvicinava. «Boss?»

Josie alzò una mano per fare segno a Gretchen di concederle un momento. Ma il respiro non arrivava. Sentì la mano di Gretchen sulla nuca. Lentamente si raddrizzò. Gretchen tenne il palmo sulla sua schiena e la guidò verso la macchina, la fece sedere sul sedile del passeggero, prese le chiavi dalla tasca della giacca, fece il giro e si mise al posto di guida. Avviando l'auto, disse: «Non ti chiederò cosa ti ha detto. Non ho bisogno di saperlo, a meno che tu non voglia parlarmene.»

«Grazie.» riuscì a dire Josie.

«Intanto ti aggiorno.» le disse Gretchen. Josie annuì.

Gretchen inserì la marcia e diede gas, percorrendo le strade di Denton che non erano state allagate mentre parlava. «Il Dipartimento di Polizia della città della Georgia dove vive Floyd Urban ha chiamato la centrale mentre eravamo fuori e ha lasciato un messaggio. Ho appena parlato al telefono con loro.

Per quanto possono dire, la storia di Floyd Urban è confermata. Hanno interrogato diverse persone che lo conoscono. Nessuno sapeva che avesse una sorella. Nessuno del vicinato ricorda di averla mai vista a casa sua e uno dei suoi vicini ha vissuto accanto a lui dal giorno in cui ha comprato la casa.»

«Floyd ci ha detto la verità, allora.» disse Josie. «Dunque, Vera ha mentito sul fatto di essere andata a stare da lui durante i mesi che ha passato a letto quando era incinta di Beverly.»

«Sembra che sia così. Ascolta, è molto tardi. Torno alla centrale di polizia, così puoi lasciare me e Poppy alla mia macchina. Penso che dovresti andare a casa, mangiare un boccone e farti una dormita. Domani ci vediamo in ufficio e controlliamo quali officine meccaniche erano aperte trenta o più anni fa. È una pista piuttosto debole, ma possiamo provare a rintracciare l'amico di Vera e vedere se sa qualcosa che ci aiuti a trovare l'assassino... o gli assassini.»

Josie annuì.

«Te la senti di guidare fino a casa o devo chiamare Noah?»

Josie scosse la testa. «No. Ti prego, non chiamarlo. Starò bene.»

Josie non ricordava di aver guidato fino a casa, ma quando varcò la porta d'ingresso fu subito assalita da due cani che saltavano e da un bambino molto eccitato. «JoJo!» Harris disse gettandole le braccia intorno alle gambe. Lei lo prese in braccio e gli annusò i capelli biondi mentre lui le raccontava di tutto quello che aveva visto e fatto durante il giorno: i cani che avevano litigato per una pallina da tennis, l'ultimo episodio di *Paw Patrol*, la gita che lui e Misty avevano fatto al posto di comando per lasciare i prodotti da forno, i biscotti che Misty non gli aveva permesso di mangiare per colazione. La lista continuava, sembrava infinita, e Josie non poté fare a meno di sorridere, come sempre, della sua innocenza e della sua sfrenata eccitazione per tutto. Josie lo portò in cucina dove Misty stava preparando la cena. Aveva tirato fuori pentole e padelle che Josie non sapeva nemmeno di possedere.

Dal suo posto davanti ai fornelli, le sorrise. «Harris...» disse. «Dai a JoJo qualche minuto per sistemarsi.»

«Sistemarsi per cosa?» chiese Harris.

Josie rise. «Non preoccuparti.» disse, prendendo posto al tavolo della cucina e tenendo Harris in grembo mentre lui chiacchierava.

Quando si stancò di raccontarle ogni minimo dettaglio della sua giornata, saltò giù per inseguire Trout e Pepper.

«Noah mi ha chiamato.» la avvertì Misty.

Josie tirò fuori il cellulare e accedendo trovò cinque chiamate perse di Noah.

«Gli ha telefonato Lisette.» spiegò Misty. «È bloccato al lavoro e non riusciva a contattarti.»

Josie si massaggiò le tempie. «Che cos'è questa? Una specie di rete che avete messo su? Chi altro sa che mia nonna ha un nipote perso da tempo ed è preoccupata che io possa perdere la testa?»

Misty scrollò le spalle. «Hai già perso la testa in passato. Questa è davvero tanta roba da digerire.»

Spense i fornelli e si sedette di fronte a Josie, concentrando tutta l'attenzione sul suo viso. I suoi occhi azzurri fissavano Josie, facendola sentire come se fosse l'unica persona sul pianeta. Dondolandosi sulla sedia, si aspettò una raffica di domande pietose, che però non arrivarono. Invece, Misty disse: «Hai fatto delle ricerche su questo ragazzo?»

Josie resistette all'impulso di fare il giro del tavolo e abbracciare Misty. «Non ancora.»

«Non credi che dovremmo risolvere almeno quello?»

Josie rise. «Mi conosci molto bene.»

«Vado a prendere il portatile.»

Josie ingurgitò altro ibuprofene e passò l'ora successiva a cercare su Internet e in ogni database a cui aveva accesso

Deirdre e Sawyer Hayes. Non c'era niente che non andasse. C'era il necrologio di Deirdre dell'anno precedente. Da quello che Josie riuscì a capire, si era trasferita da Denton poco dopo la nascita di Sawyer. Josie si chiese che cosa avesse detto esattamente Lila a Deirdre per farle ritenere che non solo doveva starle fuori dai piedi, ma che doveva proprio lasciare la città. Avevano vissuto a lungo a Williamsport. Sawyer aveva fatto gli studi alla Pennsylvania State University, poi aveva girato un po' tutto lo Stato prima di stabilirsi, qualche anno prima, appena fuori Denton e accettare il lavoro di paramedico nella vicina Dalrymple Township.

«Non c'è niente qui.» disse Josie mentre Misty le metteva davanti un piatto colmo di bistecca e verdure al vapore.

«Vuoi dire che non c'è nulla di sospetto.»

«Esatto.»

Josie sentì il rapido ticchettio di zampe di cane sulle piastrelle dell'ingresso. Un attimo dopo, Harris gridò eccitato: «Noah!»

Pochi minuti dopo, dopo aver salutato a dovere cani e bambino, Noah fece il suo ingresso in cucina. Si guardò intorno e andò subito ai fornelli per prepararsi un piatto. «Misty!» disse. «Josie e io ne abbiamo parlato e vorremmo che ti trasferissi da noi a tempo pieno.»

Misty rise. «Sai, è solo un'impressione che la mia cucina sia buona. Però vi ringrazio.»

Prendendo un boccone di carne, Josie disse: «Fidati, la tua cucina è imbattibile.»

Noah si sedette a tavola con un piatto pieno e si mise a mangiare. «O forse è che la cucina di Josie è a dir poco terribile.»

Josie replicò: «Potrei prendermela, ma non posso contraddirlo. Però devi ammettere che la tua cucina è appena passabile.»

Noah ridacchiò. «E io potrei prendermela per questo, ma è vero.»

Finirono di mangiare in silenzio. Misty andò a cercare Harris perché si unisse a loro. Noah posò la forchetta e guardò Josie. «Vogliamo parlarne?»

Lei non disse nulla.

«Josie...» fece lui, ma lasciò le domande in sospeso. Sapeva che se le avesse chiesto se stava bene, lei avrebbe risposto che stava bene. Stava sempre bene. Ma non avrebbe lasciato perdere. Non finché lei non avesse detto qualcosa. Non la lasciava mai sola per niente. A volte la faceva impazzire, ma lei capiva che era il modo con cui cercava di dirle una cosa: che le sarebbe stato vicino, che le piacesse o meno.

«Mi ci vorrà ancora un po' per riprendermi.»

«Posso immaginare.» disse lui. «Lisette voleva che ti dicessi che questo non cambia nulla.»

Ma certo che cambia, pensò Josie. Cambia tutto, avrebbe voluto gridargli, ma se lo tenne per sé. Quello che voleva più di ogni altra cosa era che quella conversazione finisse. Ormai sapeva che c'era un solo modo per riuscirci. Riuscì a sfoderare un sorriso per Noah e disse: «Ho solo bisogno di un po' di tempo, d'accordo?»

Lui ricambiò il sorriso e annuì. «Agli ordini.»

Quella notte, dormire fu ancora più difficile di quanto non lo fosse stato la notte precedente. La sua mente era così piena che le sembrava potesse esplodere. I suoi pensieri turbinavano con domande su Lisette e il suo nuovo nipote, Sawyer, e sul caso delle Urban. Beverly, Vera, il club MURA, il sindaco e Ray. Vera era davvero una specie di spacciatrice di lusso, che vendeva antidolorifici alle donne ricche? Cos'altro aveva tenuto nascosto il sindaco? Cosa c'entrava Ray in tutta quella storia? E come aveva fatto Beverly a procurarsi il suo giubbotto? Perché Vera si era nascosta per tutti quegli anni se sapeva esattamente chi era stato a uccidere sua figlia? Chi aveva ucciso Vera? Era stata la stessa persona che aveva ucciso Beverly? Era tutto legato alla droga o c'era qualcos'altro in gioco?

Si tirò su e uscì dal letto prima che si svegliasse chiunque altro in casa. Lasciò un biglietto a Noah e andò al lavoro. Sorprendentemente, Gretchen era già seduta alla sua scrivania nell'ufficio comune, a digitare sulla tastiera. Quando Josie prese posto alla sua scrivania, Gretchen le porse un bicchiere di carta pieno di caffè.

«Ti ho già detto quanto tengo alla nostra amicizia?» le disse Josie.

Gretchen ridacchiò. «Uno dei ragazzi che lavorano nelle celle di detenzione, ieri ha lasciato una busta sulla tua scrivania.»

Josie la trovò in cima a una pila di scartoffie. Davanti c'era il suo nome. La girò e infilò un dito sotto il sigillo per aprirla. «Com'è andata la prima notte con Poppy?» le chiese.

Gretchen si passò una mano tra i capelli. «Anche lei non dorme, quindi credo che andremo d'accordo.»

Dentro la busta c'era un foglio bianco di carta da stampante. Puzzava di fumo di sigaretta. Josie lo aprì e lo lesse. La calligrafia era sorprendentemente ordinata.

JoJo, il nome è Silas. È tutto quello che ho. – Z

Josie si sentì liberata da un peso. Una sorta di tensione che aveva trattenuto per così tanto tempo da non riuscire a ricordare quando era iniziata. Forse quando era una bambina. Non aveva idea del motivo per cui Needle avesse scelto di aiutarla proprio in quel momento, quando per lui non c'era assolutamente nulla da fare, ma quell'atto portò in superficie ogni tipo di sentimento. Li spinse di nuovo in profondità e mostrò a Gretchen il biglietto. Nel giro di una decina di minuti si erano procurate la foto della patente, la fedina penale e il registro dei precedenti di un certo Silas Murphy, di cinquantacinque anni. Anche se nella foto della patente era molto più vecchio, era sicuramente lo stesso uomo che avevano visto nella foto trovata tra gli oggetti di Beverly, quella in cui Vera era stata immortalata nella sua cucina mentre parlava con un uomo.

La sua storia occupazionale mostrava che aveva lavorato in diverse officine di riparazione auto locali e, da quello che potevano vedere, si era sposato nel 2000. Non c'era la documentazione sul divorzio, quindi non era chiaro quanto tempo fosse stato sposato o se lo fosse ancora, ma era sicuramente l'uomo che stavano cercando.

Josie approfondì le ricerche. «Non ha mai acquistato legalmente un'arma da fuoco.»

«Non ne sarebbe stato capace.» disse Gretchen. «Non con la sua fedina penale. I registri penitenziari mostrano che è stato in prigione per possesso di droga in diverse occasioni e, guarda guarda, ha un grosso tatuaggio sulla schiena. Sotto la descrizione c'è scritto: teschio.»

L'adrenalina prese a scorrere nelle vene di Josie. «Andiamo a cercarlo.»

QUARANTA

L'appartamento di Silas Murphy si trovava in un edificio di sei piani nella zona occidentale di Denton. La zona era allagata, l'acqua era alta circa cinque centimetri nelle strade, quindi il livello non era abbastanza da raggiungere le abitazioni. Ora che la pioggia era cessata, le pattuglie avevano riaperto al traffico la zona. Josie parcheggiò davanti al palazzo. L'immobile aveva visto giorni migliori. La facciata in mattoni si era sgretolata in diversi punti. In prossimità delle finestre, dove il mattone si era consumato, gli uccelli avevano scavato all'interno delle pareti. Al primo piano dell'edificio si trovava una serie di porte a doppio vetro. Una di esse era stata rotta e murata con compensato e nastro adesivo. All'ingresso c'era una piccola stanza piena di cassette postali di metallo ammaccate, ognuna delle quali riportava un numero di appartamento. Il numero di Silas era 612, il che significava che l'abitazione si trovava al sesto piano.

Gretchen si guardò intorno. «Non c'è l'ascensore.»

Josie scosse la testa. «Figurati se c'era.» commentò facendo strada, trascinandosi per sei rampe di scale, cercando di ignorare il dolore alla gamba; fu contenta di tutte le corse mattutine che lei, Noah e Trout facevano. Eppure, anche se era in buona forma, sentiva perle di sudore lungo l'attaccatura dei capelli. L'aria viziata della tromba delle scale era calda e stucchevole. Quando arrivarono al sesto piano, anche Gretchen aveva il viso madido di sudore. Il corridoio era almeno cinque gradi più fresco. Josie e Gretchen si concessero un momento per prendere aria prima di cercare l'appartamento 612.

Josie bussò alla porta. Non ci fu risposta. Aspettarono qualche minuto, bussarono di nuovo e aspettarono ancora. Si voltarono quando sentirono il rumore della porta del vano scale che scricchiolava dietro di loro. Ne uscì Silas Murphy, in maglietta nera e jeans, con una busta di plastica bianca da asporto in una mano e un mazzo di chiavi nell'altra.

«Silas Murphy?» disse Gretchen.

Lasciò cadere la busta e le chiavi e corse via, sbattendo la porta delle scale. Josie superò Gretchen e gli corse dietro. Era più veloce e più in forma, anche se i punti nella coscia le facevano male per lo sforzo. Quando arrivò alla tromba delle scale, sentì Silas Murphy che scendeva, scendeva e scendeva. Josie si precipitò dietro di lui, saltando tutti i gradini di ogni pianerottolo che poteva senza farsi male.

Quando raggiunse l'atrio, le doppie porte si chiudevano. Lo stava raggiungendo. Quando uscì, lo vide attraversare la strada di corsa, schizzando acqua a ogni passo, e infilarsi in un vicolo tra due edifici: uno abbandonato e l'altro speculare al suo condominio. Con uno scatto, Josie gli andò dietro, correndo lungo il vicolo, cogliendo un frammento della sua maglietta prima che girasse a sinistra, dietro l'edificio inagibile. Si ritrovò in un lotto fiancheggiato da alti muri di cemento su due lati. C'era un cassonetto riverso su un lato in una pozza di acqua torbida di un metro e mezzo; l'acqua dell'alluvione si era accumulata senza potersi ritirare. Silas attraversò di corsa il lotto verso il cassonetto e vi saltò sopra. Josie si rese conto che stava per scavalcare il muro.

«Fermo!» urlò. «Polizia!»

Le suole delle scarpe da ginnastica scivolarono sulla superficie del cassonetto e lui cadde a quattro zampe. Si rimise in piedi e cercò di aggrapparsi alla sommità del muro, ma era troppo alto.

«Ho detto fermo.» disse ancora Josie. «Fermo! Polizia!»

Saltò su, cercando di raggiungere di nuovo il bordo del muro mentre Josie guadava un'acqua così sporca, limacciosa e unta da essere diventata nera, con una chiazza d'olio arcobaleno che la attraversava.

Ma non c'era tempo per preoccuparsi di quello che le stava penetrando nella pelle attraverso i pantaloni e i punti di sutura freschi. Saltando sul cassonetto, si avventò su Silas, colpendolo alle spalle e facendogli perdere il fiato. Lui cadde in avanti e lei gli rimase addosso, facendolo girare a pancia in giù e applicandogli delle fascette ai polsi. «Mi lasci.» ansimò quando riprese fiato. «Non ho fatto niente!»

Gretchen apparve dal vicolo, sbuffando e pallida. Josie saltò giù dal cassonetto e trascinò Silas in mezzo alla pozza fino a dove si trovava Gretchen, appoggiata al muro dell'edificio.

Josie spinse l'uomo in avanti e questi si fermò, voltandosi verso di lei, con gli occhi scuri che lampeggiavano. «Ma è matta? Non ho fatto niente. Mi tolga questa roba di dosso.»

«Se non ha fatto niente, perché scappava?» chiese Gretchen.

Lui si mise davanti a loro, all'imbocco del vicolo. «Non mi fido dei poliziotti, ecco perché.»

Josie sospirò. «Ho visto la tua fedina penale, Silas Murphy. Dovresti sapere che il modo più rapido per mettersi nei guai con la polizia è scappare. Non riesco a crederti quando mi dici che non hai fatto nulla.»

Sottovoce, lui si lasciò sfuggire un fiume di imprecazioni. Alla fine disse: «Allora mi arrestate o cosa?»

Gretchen rispose: «Dipende se rispondi o meno alle nostre domande.»

Lui sogghignò. «Dipende da quali sono queste domande.»
«Dobbiamo parlarti di Vera Urban.» gli disse Josie.

«Oh Cristo. Si tratta di questo? Va bene, va bene. Sì, ho visto quelle cose al notiziario su sua figlia. Ma sentite, non vedo Vera da quasi vent'anni. Mi stava addosso ogni giorno per questo e per quello, mi doveva un sacco di soldi, e poi un giorno è sparita dalla città senza dire una parola.»

«L'hai cercata?» chiese Gretchen.

«Certo.» rispose lui. «Ma non l'ho più ritrovata.»

«Hai detto che ti doveva dei soldi.» disse Josie. «Per quale motivo?»

La sua espressione mutò quando si rese conto dell'errore che aveva fatto e Josie capì dal modo in cui alzava gli occhi al cielo che stava cercando di inventarsi una bugia credibile. Josie disse: «Non serve che ti inventi nulla. Non siamo qui per il tuo spaccio di droga.»

«Io non spaccio droga.»

Josie sapeva che stava mentendo ma, per il momento, non aveva importanza. Avevano bisogno di informazioni sul passato. «Silas.» riprese. «Non ci interessa. Dobbiamo sapere di Vera Urban.»

«Dove ti trovavi due mattine fa?» gli chiese Gretchen.

Lo sguardo di Silas scattò verso di lei. «Cosa?»

«Due mattine fa.» ripeté Gretchen. «Intorno alle sette. Dov'eri?»

«Perché?»

«Secondo te perché?» chiese Josie.

«Non so cosa diavolo sia successo o per cosa stiate cercando di incolparmi, ma ero a casa a dormire.»

Josie gli chiese: «Qualcuno può confermarlo?»

«Ma porca...» disse lui. «Il mio cane, può andare? Lui può confermarlo senz'altro. Perché mi chiedete queste cose?»

«Raccontaci dell'ultima volta che hai visto Vera Urban.» disse Gretchen.

«Non lo so, sarà stato quasi vent'anni fa. Era... era l'anno in cui i Jays hanno vinto il campionato statale.»

Josie e Gretchen si scambiarono uno sguardo. Josie disse: «Vuoi dire i Denton East Blue Jays?»

«Sì.» disse Silas. «Tutti in città li seguivano. Non vi ricordate?»

«Io non sono di qui.» disse Gretchen.

Silas scosse la testa. «Beh, è stata una cosa importante. Non abbiamo squadre sportive professionistiche. La gente era appassionata, sa? Comunque, è stato più o meno a quell'epoca e quella è stata l'ultima volta che l'ho vista.»

«Da quanto tempo conoscevi Vera?» chiese Josie.

«Non lo so. Da tutta la vita, praticamente. Andavamo a scuola insieme. Lei aveva qualche anno in più di me, ma ci conoscevamo già da un po'.»

«Silas...» disse Josie, «abbiamo dato un'occhiata alla tua fedina penale prima di venire qui. Sappiamo che sei entrato e uscito di prigione per tutta la vita per reati di droga. Quindi te lo chiedo di nuovo, e ribadisco che non ci interessa arrestarti: hai mai fornito droga a Vera Urban?»

«Non potete arrestarmi.» protestò lui. «Tutto questo è in via non ufficiale.»

«Non siamo giornalisti, Silas.» gli disse Gretchen. «Ma, come ha detto la detective Quinn, quello che ci interessa non sono i reati legati alla droga che potresti aver commesso decenni fa. Vogliamo solo che tu ci fornisca delle informazioni.»

«Va bene.» concesse lui. «Potrei aver aiutato Vera a procurarsi della droga in passato.» Si girò leggermente e agitò le mani legate. «Ora me le togliete?»

Ignorando la sua richiesta, Josie chiese: «Che tipo di droghe?»

«Pillole.» disse lui. «Era tutto quello che voleva. Non le usava nemmeno per sé, tanto per capirci. Vera non era così. Voglio dire, non allora.»

«Per chi erano le pillole?» chiese Gretchen.

«Lavorava in un negozio di parrucchiere, sapete? Aveva tutta una serie di clienti ricche e stronze. Le buttavano giù come caramelle. Vera era molto legata a loro. Le piaceva far parte del loro gruppetto, credo. Quindi sì, l'ho aiutata.»

«Tutto qui?» lo incalzò Josie.

Lasciò che lo scomodo silenzio si protraesse fino a quando Silas si agitò, battendo un piede sul lastricato. «Va bene, d'accordo.» disse. «A una di loro piaceva l'erba e ce n'era un'altra che era diventata dipendente dalla cocaina, e intendo dire che c'era rimasta proprio imbrigliata. Avrebbe fatto qualsiasi cosa.»

Josie gli chiese: «Come fai a saperlo? Non era Vera a fornire loro la droga?»

Strabuzzò gli occhi quando si rese conto di aver detto di nuovo una cosa di troppo. «Ma porca...» ripeté.

«Hai mai conosciuto queste donne?» chiese Gretchen. «Le clienti di Vera?»

«Ascoltate...» disse lui. «Non ho fatto nulla di male. Quelle donne... dovete capire che si annoiavano. Delle stronze ricche e annoiate.»

«Vera ti ha mai invitato alle loro feste?» chiese Josie.

«All'inizio no, ma poi una sera stavano festeggiando e avevano bisogno di altra roba, così Vera mi ha chiamato e io sono andato in una delle loro case di lusso e dopo non mi lasciavano più andare.»

«Non ti lasciavano andare via?» gli fece eco Gretchen.

«Mi stavano addosso. I loro mariti erano dei ricchi coglioni, in viaggio e a giocare a golf o a fare qualsiasi altra cosa facevano i ricchi coglioni. Tutto quello che è successo... lo avevano voluto loro. L'avevano chiesto loro.»

«Era consensuale?» disse Josie.

«Sì, consensuale.»

«Esattamente cosa c'è stato di consensuale, Silas?» chiese Gretchen.

«Oh, andiamo. Volete farmelo dire? Sapete di cosa parlo. Il sesso, va bene?»

«Hai avuto una relazione con una di loro?» chiese Josie.

Lui scoppiò a ridere. «Una relazione? No, non era quello che cercavano. Volevano soltanto uno che le facesse divertire.»

«Volevano?» lo incalzò Josie. «Quante donne c'erano, Silas? Sei andato a letto con tutte?»

«Più o meno.»

«Hai avuto una "più o meno" relazione sessuale con tutte loro?» chiese Josie.

«Un paio di loro hanno cominciato a fare le smorfiose con me, ma poi, quando le cose hanno cominciato a farsi... calde, si sono tirate indietro.»

«Ti ricordi i nomi delle donne con cui hai avuto effettivamente dei rapporti?» chiese Gretchen.

«Vi è chiaro che è stato molto tempo fa?»

«E Vera?» chiese Josie. «Hai mai fatto sesso con lei?»

«Quello è stato un errore enorme.» disse lui. «Avrei dovuto saperlo. Era sempre stata ossessionata da me, capite? Siamo stati insieme un paio di volte, ma poi ho dovuto interrompere la cosa. Stava diventando appiccicosa e gelosa. Dovevo starne alla larga. Voleva una relazione e tutto il resto. Voleva sposarsi. Non è roba che fa per me.»

«Ma alla fine ti sei sposato, vero?» chiese Gretchen. «Nel 2000?»

Lui roteò gli occhi e scosse il capo. «È stato un errore, capito? È durato un paio d'anni e poi mi sono disfatto di quella pazza.»

«Avete divorziato?»

«Sì, ci ha pensato lei. Ho dovuto solo firmare dei documenti.»

«Sappiamo che c'erano quattro donne che partecipavano regolarmente a queste feste con Vera e le sue amiche ricche. Ti ricordi i loro nomi?»

«Come ho detto, non ricordo nessun nome. Sono passati troppi anni.»

«Però ti ricordi che c'erano quattro donne?» chiese Gretchen.

«Sì. Quattro.»

«Di quelle quattro, con quante sei andato a letto? Due?» disse Josie.

«Credo di sì. Cioè, non nello stesso momento. Non sapevano l'una dell'altra. Non credo. A meno che non si parlassero alle mie spalle.»

Josie si chiese se fosse questo ciò che il sindaco Tara Charleston nascondeva. Una tresca di quasi trent'anni prima con uno spacciatore locale mentre lei era già sposata?

«Sai che una di quelle donne è diventata sindaco di Denton?» disse Josie.

«Mi sembra che fosse lei, sì.» rispose lui.

«È con lei che sei andato a letto?»

Una lieve sfumatura rossa si affacciò sulle sue guance. «Non voglio dirlo.» disse. «In realtà non me lo ricordo. Una notte ci abbiamo dato dentro, ma non ricordo cosa sia successo. Ero piuttosto ubriaco per la maggior parte di quelle volte.»

«Hai mai cercato di usare queste informazioni contro il sindaco in qualche modo?» si informò Josie.

Lui la guardò tentennante. «In quale modo? Con un ricatto? Non è che abbia delle prove. Nemmeno io sono sicuro di quello che è successo. Sarebbe solo la mia parola contro la sua... e lei è il sindaco.»

Ma Josie sapeva che non era questo il modo in cui Tara Charleston gestiva le cose. Silas Murphy era una questione in sospeso e Tara lo doveva aver sistemato in un modo o nell'altro.

«Non è mai venuta da te? Non si è mai offerta di aiutarti in qualche modo in cambio del tuo silenzio sui vostri incontri? Sulla questione di aver mai partecipato a quelle feste? E in particolar modo sui vostri rapporti?»

Lui non fece un fiato.

Josie guardò Gretchen. «Per caso hai la sua fedina penale sul telefono?»

«Certo, Boss.» disse Gretchen. Ci mise un attimo a tirarla fuori. Silas le fissò confuso. Per un momento, la mente di Josie si affollò dei pensieri di Lisette e Sawyer Hayes, ma li allontanò in fretta. Infine, Gretchen le passò il telefono.

Josie scorse l'elenco. «Silas, qui ci sono molte accuse che sono state annullate.»

«Mi sono state ritirate delle accuse, e con questo?» disse lui.

«Non sono state ritirate.» precisò Josie. «*Nolle prosequi.* Significa che il pubblico ministero ha scelto di non procedere in giudizio. Ma non significa che le accuse siano state ritirate. Potresti ancora essere processato.»

«Un momento, che cosa? No, no. Sono state archiviate. È quello che ha detto lei. Sono state archiviate. Sparite.»

«È stata lei a dirtelo?» chiese Josie, riconsegnando il telefono a Gretchen. «Quindi il sindaco ti ha aiutato?»

«Ma dai, cavolo.» si lamentò Silas con un gemito. «Perché mi state facendo questo? Dove sta il problema? Il sindaco ha messo una buona parola per me ogni tanto con il Procuratore. Abbiamo concordato che non era mai successo nulla tra noi e che non era necessario che ne parlassi. Non so nemmeno perché vi interessi. Insomma, non è che abbiamo mai fatto roba indecente. Quello che facevamo io, Vera, il sindaco, le loro amiche era solo divertirci. Eravamo tutti giovani, sui venticinque anni, strafatti e ubriachi, e facevamo festa insieme. La gente fa festa in quel modo quando è giovane. A volte finivo in camera da letto con una di loro e succedeva qualcosa, ma non era niente di grave.»

«Per quanto tempo?» chiese Gretchen. «Per quanto tempo è andata avanti così?»

«Non lo so. Finché una di loro non è dovuta andare in riabilitazione. Ho partecipato a un altro paio di feste e poi basta.

Vera ha smesso di andarci. La cocainomane l'ho vista ancora per un po'. Aveva smesso di passare attraverso Vera e veniva direttamente da me. È andata avanti molti anni, ma poi è morta.»

«Ne siamo a conoscenza.» affermò Josie. «Quindi fornivi droga per queste "feste" che la tua amica Vera organizzava per un numero selezionato di clienti del suo salone. Lei partecipava a queste feste e alla fine tu finivi per consumare rapporti sessuali con alcune di queste donne. Poi una di loro è entrata in riabilitazione e le feste sono cessate. Ma tu hai mantenuto la tua relazione con Vera.»

«Beh, sì. Eravamo amici. Mi è capitato di vederla dopo la fine delle feste, ma poi è rimasta incinta e praticamente da allora non l'ho più vista.»

Josie pensò alla foto che Beverly aveva scattato. «Mai più?»

«Sono passati decenni, per l'amor del cielo. Sua figlia era già cresciuta quando ha ricominciato a farsi viva. Si era fatta male alla schiena e aveva bisogno di un aiuto, così ci ho pensato io.»

«L'hai aiutata procurandole degli antidolorifici.»

«L'ho aiutata con il dolore.» la corresse Silas.

«Altre cose in cui l'hai aiutata?» insinuò Gretchen.

«Per esempio?»

«Diccelo tu.» disse Josie.

«Non lo so. Credo di sì. Le davo passaggi e cose del genere. A volte andavo a prenderle la spesa o le sigarette. Quel genere di cose. Era in pessime condizioni e la figlia era sempre in giro a bighellonare. Vera aveva difficoltà a controllarla. Quella ragazzina era un vero problema.»

«Beverly...» disse Josie. «Quanto bene la conoscevi?»

«Non tanto bene.» Notò che lo stavano fissando con attenzione e aggiunse: «Non sono un pervertito, quindi non pensatelo nemmeno. Era grande, ma troppo giovane per me. E poi era la figlia di Vera, sapete? Non mi immischio in porcate del genere.»

«Ne sei sicuro?» chiese Gretchen. «Perché abbiamo le prove che Beverly si era fissata con te.»

«Non era un mio problema. Quella ragazzina era selvaggia. Comunque, quello che le interessava davvero non ero io, cercava solo di far arrabbiare sua madre, ma io non le ho mai dato nessun appiglio.»

«Che cosa significa?» chiese Josie.

Fece un gran sospiro. «Significa che faceva la gatta morta con me ogni volta che ne aveva l'occasione, ma solo quando sua madre poteva vederla, e puntualmente io mi assicuravo di respingerla. Ho provato a dire a Vera che lo faceva solo quando c'era anche lei, che era una messinscena per farla arrabbiare, ma non mi credeva. Quella ragazzina non mi avrebbe degnato di uno sguardo se non ci fosse stata sua madre a vedere tutta la scena. Voleva farla ingelosire. Non mi sarei mai immischiato in quella faccenda. Non avevo motivo di sopportare queste stronzate e, come vi ho già detto, non sono un pervertito. Non mi faccio incantare dalle ragazzine. Non è normale.»

«Quindi, non hai mai avuto rapporti sessuali con Beverly Urban?»

«Certo che no! Anche se avessi voluto, e non lo volevo, Vera mi avrebbe massacrato il sedere a calci.»

«Vera ti ha mai parlato del padre di Beverly?» chiese Josie.

«All'inizio no. Ma poi, poco prima di sparire, ha cercato di farmi credere che la bambina era mia. Pazzesco, vero?»

«Era tua figlia?» chiese Josie.

Lui le rivolse uno sguardo incredulo. «Certo che no. Vera e io siamo stati insieme qualche volta, ma certo non l'ho messa incinta.»

«Come fai a esserne sicuro?» gli chiese Gretchen.

«Perché lo so, chiaro? So contare.»

«Ti ricordi esattamente quando è stata l'ultima volta che hai avuto rapporti sessuali con Vera?» chiese Josie.

«No, no. So solo che non posso essere stato io, accontatevi. Non ricordo date e cose del genere. Solo che in quel momento, quando me lo disse, sapevo che non potevo essere io.»

Josie gli chiese: «Saresti disposto a fare il test del DNA?»

«Fa male?»

«No, si tratta di un semplice tampone sulla guancia.»

«In tal caso va bene. Non mi importa.»

Gretchen tirò fuori il suo taccuino e la sua penna. Lo sfogliò su una pagina bianca e annotò alcuni appunti. «Ottimo. Faremo venire a casa tua un paio di agenti della nostra Squadra di Raccolta delle Prove per fare il test. Cerca di non scappare quando li vedi.»

«Questo significa che mi lascerete andare?»

Ignorando la sua domanda, Gretchen chiese: «Sai se Beverly aveva una relazione con qualcuno? Con un uomo?»

«Che diavolo ne so io! Sentite, so che dovete fare il vostro lavoro, che dovete fare tutte queste domande e tutte le vostre supposizioni, ma non so cosa volete da me. Io e Vera eravamo amici. Le ho dato un po' di roba nel corso degli anni quando frequentava il salone e andava a quei festini a base di droga. Poi non l'ho più vista per molto tempo. Si è rimessa in contatto con me dopo l'operazione alla schiena. Ho fatto in modo che non soffrire, per quanto possibile. L'ho aiutata perché eravamo amici, anche se era in ritardo con i pagamenti. Poi un giorno se n'è andata e da allora non l'ho più vista.»

«Hai idea di dove potesse essere andata, o se c'era qualcuno che poteva averla aiutata ad andarsene? Ti viene in mente qualcuno che potrebbe averle offerto un aiuto, prestandole dei soldi magari?» chiese Josie.

Silas rise di nuovo. «Prestandole dei soldi? Vera doveva soldi a tutti. All'epoca aveva un vero e proprio problema. Ho sempre pensato che fosse questo il motivo per cui se n'era andata. Ho pensato che avesse preso sua figlia e si fosse trovata un posto dove stare tranquilla.»

«Aveva altri amici, che tu sappia?» chiese Gretchen. «Oltre a te?»

Lui scosse la testa. «No. Era riservata. L'ultima volta che l'ho vista, il suo unico vero amico era il Percocet. Allora, mi lasciate andare o no?»

«Dipende.» disse Josie. «Saresti disposto a farci vedere il suo tatuaggio sulla schiena?»

Lui emise un sospiro di frustrazione. «Volete qualcos'altro? Una ciocca dei miei capelli o una provetta di sangue? Ma porca... Va bene. Se volete dare un'occhiata alla merce, fate pure.»

Josie lo fece girare e lei e Gretchen gli sollevarono la maglietta, tirandola su fino al collo.

«Non è un teschio.» disse Gretchen.

«Che significa che non è un teschio?» chiese Silas. «È un teschio di coyote. Ci sono volute settimane per farmelo.»

Non era difficile capire il perché: il teschio di coyote occupava tutta la parte superiore della schiena. Era chiaro, perciò, che Silas Murphy non era l'uomo sposato che stavano cercando.

«Lasciamolo andare.» disse Josie con un tono che faceva trasparire quanto si sentisse sconfitta.

QUARANTUNO

«Pensi che ci abbia detto la verità?» chiese Gretchen mentre si metteva alla guida per tornare alla stazione di polizia.

Josie controllò che i suoi jeans non fossero sporchi di sangue. La ferita sulla gamba le bruciava. Era convinta che i punti fossero saltati, ma non aveva perso sangue. Ad ogni modo, l'acqua sporca rischiava di infettare la gamba. Doveva pulirla al più presto. Ma il dolore e la preoccupazione per la possibilità di un'infezione erano solo distrazioni momentanee dai pensieri su sua nonna e Sawyer Hayes. Era riuscita a eluderli mentre interrogavano Silas Murphy, ma nel momento in cui erano risalite in macchina, il pensiero di quello che stava succedendo era tornato a galla. «Che cosa hai detto?» chiese Josie.

«Silas...» disse Gretchen. «Pensi che ci sia qualcosa di vero in quello che ci ha detto? Di non aver avuto una relazione con Beverly e di non aver visto Vera in tutti questi anni.»

«In realtà sì.» disse Josie. «È piuttosto facile da smascherare. A parte il fatto che è scappato, ha svelato i suoi segreti molto velocemente.»

«Beh...» disse Gretchen. «Non è la lampadina più brillante dell'albero.»

Josie scoppiò a ridere. «Sì, è piuttosto sprovveduto.»

«Oppure finge di essere sprovveduto per farci credere che non rappresenta una minaccia di alcun tipo. Non ha un alibi per quando Vera è stata uccisa.»

«È vero.» concordò Josie. «Però non abbiamo prove che lo colleghino all'omicidio di Vera. Non vedo quale motivo avrebbe avuto per ucciderla.»

«A meno che non sia stato lui a uccidere Beverly e Vera non lo abbia visto, e che sia questo il motivo per cui è rimasta nascosta per tutti questi anni.» disse Gretchen. «La sua fedina penale indica che è uno e ottantacinque. Per quello che ha detto la dottoressa Feist, è sicuramente abbastanza alto, anche se per confermare una cosa del genere sarebbe necessario un controllo balistico.»

«Non ne vedo il motivo, però.» disse Josie. «Silas è il tipo di persona che si preoccupa sempre e solo del prossimo pagamento, della prossima fumata o del prossimo drink. In questo senso è come Needle. Non pensano a lungo termine. Cercano di rimanere il più possibile lontani dai radar delle altre persone, a meno che queste non vogliano comprare della droga. La violenza non è nelle loro corde. Non che non possano mai essere violenti, ma visti i precedenti di Silas e questo interrogatorio, non ce lo vedo proprio a uccidere Beverly o Vera.»

Josie osservò il parcheggio comunale mentre arrivavano. Era pieno di furgoni della WYEP. Una folla di giornalisti molto più numerosa di quella che si era radunata il giorno del ritrovamento del corpo di Beverly si trovava davanti alla porta posteriore. Di fronte ai furgoni dei notiziari c'erano due auto di pattuglia, con i lampeggianti accesi. Il capo Chitwood e Amber si trovavano davanti alla prima auto. Il capo aveva un'aria compiaciuta e trionfante, mentre Amber sembrava terrorizzata.

«Andiamo.» disse Josie mentre Gretchen infilava la macchina nel posto auto più vicino. «Vediamo cosa sta succedendo.»

I giornalisti non le notarono nemmeno mentre si dirigevano verso Chitwood. Agenti in uniforme uscirono dalle auto e iniziarono a far scendere le persone arrestate dai sedili posteriori. «Santo cielo.» mormorò Gretchen sottovoce mentre il sindaco e suo marito scendevano in manette della prima auto. Connie Prather li seguiva, anche lei ammanettata. Dal sedile posteriore della seconda auto, gli agenti fecero uscire Marisol Dutton e due uomini, uno dei quali Josie riconobbe come Kurt Dutton. Lo aveva visto solo nelle foto della campagna elettorale in città, ma le insegne della Dutton Enterprises sulla sua polo blu non lasciavano dubbi. Furono tutti fatti allineare in fila indiana. Il capo iniziò a farli entrare in centrale. Quando il sindaco passò davanti ad Amber, la fulminò con lo sguardo. «Lo sapevi? Lo sapevi? Se scopro che lo sapevi e non me l'hai detto, sei licenziata.»

«Chiudi il becco, Charleston.» disse il capo Chitwood sopra le sue spalle. «Non la licenzierai. Volevi un collegamento con la stampa... ora abbiamo un collegamento con la stampa. Watts! Occupati della stampa!»

Lasciò Amber indietro, in piedi davanti a un gruppo di giornalisti. Josie e Gretchen la superarono ed entrarono nell'edificio dove Chitwood stava dirigendo le donne in una cella di detenzione e gli uomini in un'altra. Tutti, tranne Connie Prather, gridavano, chiedevano di poter fare una telefonata e di avere un avvocato e urlavano che il capo non aveva il diritto di arrestarli.

Il capo Chitwood si piazzò davanti alle due celle, tenendo le mani alzate fino a quando non ottenne il completo silenzio. «So quali sono i vostri diritti. Ognuno di voi avrà diritto a una telefonata per far venire qui il proprio avvocato. Ma prima dovrete aspettare di essere schedati.»

«Questo è oltraggioso.» gridò Tara Charleston, con la voce piena di veleno. «Sei finito in questa città, Chitwood.»

«Risparmiatelo.» le disse il capo. «Non sono interessato.»

Kurt Dutton fece un passo avanti, stringendo le mani

intorno alle sbarre. Quando parlò, la sua voce era calma e ragionevole. «Capo...» disse. «Capisco che lei stia cercando di affermare una posizione, e ci è riuscito. Cosa possiamo fare per risolvere la questione senza dover coinvolgere i nostri avvocati?»

«Kurt!» lo ammonì Tara. «Non hai visto la stampa qui fuori? È troppo tardi per rinunciare a coinvolgere i nostri avvocati! Se non altro, dovremmo fargli causa per diffamazione.»

Il marito di Tara Charleston, che sedeva su una delle panche della cella degli uomini vestito con un camice da chirurgo, disse con voce stanca: «Tara, smettila adesso. Lascia che se ne occupi Kurt.»

Il terzo uomo, un tipo tarchiato con i capelli biondi e radi, vestito in giacca e cravatta, si avvicinò alle sbarre e chiamò: «Connie? Stai bene?»

Connie Prather parlò per la prima volta da quando erano entrati nella stazione. «Sto bene, Joe.» rispose a denti stretti.

Era suo marito, realizzò Josie. Il signor Prather rivolse la sua attenzione a Chitwood. «Sono interessato a sentire la sua risposta, Capo. Cosa possiamo fare per evitare di andare oltre?»

Chitwood lo guardò sorpreso. «Sono giorni che discuto con voi, e ora siete pronti a parlare? Ora ho la vostra attenzione?»

L'espressione di Kurt Dutton era conciliante. «Senta, Capo, le chiedo scusa. Forse alcune forniture della città sono state... sottratte.»

Chitwood sbuffò, ma Dutton proseguì. «Le dobbiamo delle scuse per aver reso il suo lavoro più difficile.»

«Avreste potuto sacrificare delle vite in questa città, sottraendo risorse destinate ad altri settori.» disse Josie.

Chitwood non la zittì. Guardò invece i suoi detenuti, con le sopracciglia inarcate, come se aspettasse che uno di loro desse una spiegazione. Dalla cella delle donne Connie Prather si avvicinò alle sbarre e disse: «Quello che abbiamo fatto è sbagliato, è vero. È questo che volete sentire?»

«No.» disse Chitwood. «Quello che voglio sentire è che

restituirete tutte le attrezzature che avete sottratto ai servizi di emergenza della Protezione Civile.»

«E se le restituiscono?» disse il marito di Tara. «Kurt?»

Dutton lanciò un'occhiata al chirurgo, sembrava a disagio per essere stato chiamato in causa in modo specifico. Rivolgendo la sua attenzione a Chitwood, disse: «Ci riporti a Quail Hollow e i suoi agenti potranno supervisionare la restituzione di ogni singola risorsa. Non succederà più e potremo dimenticare tutta questa storia.»

Chitwood lo studiò per un momento. Josie gli si avvicinò e, senza muovere le labbra, parlò a voce abbastanza bassa in modo che solo lui potesse sentirla. «Dobbiamo parlare con le mogli della questione Urban.»

«Bene.» disse Chitwood a Dutton. «Ma solo voi tre. Una pattuglia vi riporterà a Quail Hollow. Una volta restituita tutta l'attrezzatura, potrete venire a prendere le vostre mogli. Chiederò ai Servizi di Emergenza di pattugliare il retro del vostro complesso fino a quando tutto questo non sarà finito, per assicurarci che non ci portiate di nascosto dei rifornimenti.»

Dalle due celle scoppiarono vibranti proteste e Chitwood sbraitò: «Non ho ancora finito!» e loro si zittirono. «Sarete anche citati.»

«Stai scherzando.» disse Tara.

«Per cosa?» chiese Prather.

«Mi inventerò qualcosa!» disse Chitwood. «Non ve la caverete senza problemi, capito?»

«Niente da fare.» disse Tara. «Te lo puoi scordare.»

Chitwood alzò le spalle. «Benissimo, faremo come volete. Vi schediamo tutti così potrete chiamare i vostri avvocati uno alla volta.»

Se ne andò, seguito da Josie e Gretchen.

Gli agenti di pattuglia raggiunsero la scrivania. Uno di loro iniziò ad avviare il computer. Tutti i presenti nelle celle cominciarono a gridare contemporaneamente. Il rumore salì a un crescendo assordante prima che Chitwood si fermasse e si guardasse alle spalle.

Anche Josie si voltò a guardare. Il volto di Tara era rosso fuoco per la furia. Kurt Dutton disse: «Pagheremo tutte le multe che riterrete necessarie, ma per favore... preferiremmo fare a modo vostro.»

Josie capì, dal modo in cui le labbra di Tara si stringevano in una linea sottile, che la uccideva non avere il controllo della situazione, ma rimase in silenzio. Dopo un lungo momento di attesa, Chitwood fece un cenno agli agenti di pattuglia. «Riporta queste persone a Quail Hollow.»

Un sospiro di sollievo si levò dal fondo di entrambe le celle. Chitwood tornò di sopra. Josie e Gretchen rimasero in attesa che gli uomini venissero riaccompagnati alle auto di pattuglia. Si udì il fruscio della porta seguito dalle grida dei giornalisti e poi il silenzio quando la porta si richiuse. Josie controllò di nuovo i suoi pantaloni bagnati e sporchi, ma non c'erano tracce di sangue. Avrebbe comunque dovuto pulire la ferita il prima possibile.

Rimaste sole con le donne, Josie e Gretchen presero posizione appena fuori dalla cella. Tara rimase davanti, con le mani strette alle sbarre. Connie e Marisol si sedettero sulle panche dietro di lei, Connie abbracciandosi in vita e dondolandosi leggermente, Marisol accasciata con aria annoiata.

«Oggi abbiamo parlato con un vostro vecchio amico.» cominciò Josie. «Silas Murphy.»

Connie alzò di scatto la testa. Marisol le guardò lentamente, apparentemente affatto colpita. Il rosa sulle guance di Tara diventò rosso scuro.

«È interessante che nessuna di voi lo abbia menzionato quando si è parlato di Vera Urban e delle sue abitudini legate al consumo di droga, o meglio, delle vostre abitudini legate al consumo di droga.»

«Silas Murphy è irrilevante.» sbottò Tara.

«Ma davvero?» domandò Josie. «O magari il vero motivo per cui nessuna di voi ha parlato di lui è che avete avuto rapporti sessuali con lui pur essendo già sposate?»

Tutte e tre spalancarono gli occhi e le fissarono. Dopo un paio di secondi, Tara disse: «Ma non diciamo assurdità.»

Connie si girò verso Marisol. «Sei andata con lui, Marisol?»

Marisol si stropicciò il naso. «Certo che no. Era il nostro spacciatore. Mi annoiavo con Kurt, ma non fino a questo punto.»

Connie si guardò i piedi, ma non prima che Josie notasse il suo labbro inferiore fremere. «E tu, Tara?»

Tara si girò di scatto. «Oh Connie, per l'amor del cielo. Secondo te?»

Connie alzò lo sguardo su di lei. «Non so cosa pensare. Allora dimmi. Sei andata con Silas?»

«Era Whitney.» esclamò Marisol. «Lei aveva una relazione con lui. È andata avanti per anni. Finché non è morta.»

Connie si asciugò una lacrima.

«Aspetta un attimo.» proruppe Marisol. «Tu ci sei andata, Connie?»

Tutte si voltarono a fissare Connie Prather, che disse: «Vi scongiuro, non ditelo a mio marito. È successo solo qualche volta. Ero giovane e stupida. È stato prima che arrivassero le mie bambine e prima della riabilitazione. Ora sono una persona diversa. Lo sono da molto tempo. Si è trattato solo di un errore.»

«Alcune persone riescono a dimenticare i propri errori.» disse Josie. «Altre passano la vita a cercare di tenerli nascosti. Non crede, Tara?»

Imprecando sottovoce, Tara si voltò verso Josie. «Non sono mai andata con Silas Murphy, quindi la smetta di cercare di addossarmi questa colpa.»

«Sicura di non aver avuto un rapporto sessuale con quell'uomo?» si intromise Gretchen.

Con un sospiro esasperato, Tara alzò le mani in aria. «Certo che sono sicura. Ero attratta da lui? Sì. Lo eravamo tutte. All'epoca era giovane e bello e completamente diverso dai nostri vecchi e noiosi mariti. Veniva alle feste e noi lo trattavamo come se fosse una specie di dio. Non c'è da stupirsi che abbia cercato di andare a letto con tutte quante. Ci ha provato con me, sì, ma ho sempre respinto le sue avances. Il problema era che uno come lui avrebbe potuto facilmente mentire. E dato che io partecipavo a quelle feste, prendevo pillole e bevevo, avevo paura che andasse in giro a dire che era stato a letto con me. Sapevo che si era fatto strada nel giro.»

«Ehi!» protestò Connie. «Non è giusto.»

Marisol rise. «Non è giusto? Fa' a tutti un favore, smettila di comportarti come se, per qualche grazia, fossi migliore di tutte noi, Connie. Eravamo tutte presenti. Tutte noi lo adoravamo. Ci piaceva il modo in cui ci sentivamo a quelle feste. Ci piaceva fare qualcosa di proibito.» Pronunciò la parola "proibito" con un tono ansimante di finta eccitazione. «Alcune di noi hanno esagerato.»

«Ti riferisci a me.» disse Connie. «Io ho esagerato.» Marisol alzò le spalle. «Tu, Whitney, Vera.»

Anche a queste parole, Connie la guardò sbalordita. «Vera?»

Marisol alzò gli occhi al cielo. «Oh, andiamo, Connie. Ma davvero non lo sapevi? Sì, Vera. Era innamorata di quel ragazzo.»

Tara si strofinò il naso. «Vera non è mai stata in grado di prendere buone decisioni.»

«Oh, e invece noi altre sì?» domandò Marisol, ridendo.

«Beh, mi pare ovvio.» ribadì Tara. «Noi siamo qui e lei no.»

«Neanche noi abbiamo preso grandi decisioni.» la corresse Marisol. «Non so se ve ne siete rese conto, ma siamo in prigione.»

«Siamo in prigione per colpa di tuo marito!» precisò Connie.

Marisol puntò un dito contro Tara. «È stata una sua strama-ledetta idea. È il sindaco!»

Prima che potesse nascere una vera e propria discussione, Josie alzò la voce per farsi sentire. «Vera Urban è stata uccisa due giorni fa. Il sindaco lo sa, ma non è ancora stato reso pubblico.»

Il silenzio cadde così assoluto che Josie poté sentire il ticchettio dell'orologio a muro sopra la scrivania degli agenti. Poi cominciarono a fare domande. Prima che Josie potesse calmarle di nuovo, il suo cellulare squillò. Era Paige Rosetti. Dovevano vedersi nel giro di mezz'ora per collegarsi in videochiamata con Lana, per vedere se aveva qualcosa di utile da dire che le fosse venuto in mente dopo la loro ultima chiacchierata.

«Scusatemi.» disse Josie e si allontanò.

QUARANTADUE

Gretchen rimase a rispondere alle domande delle mogli, mentre Josie usò il bagno della stazione e la cassetta del pronto soccorso per pulire e medicare la ferita alla gamba prima di andare a casa di Paige Rosetti. Dovette fare diverse deviazioni per arrivarci perché c'erano ancora molti quartieri chiusi, dal momento che l'acqua dell'alluvione tardava a ritirarsi. Sola in macchina, alzò il volume della radio, cercando di spegnere i pensieri su Lisette e Sawyer che tornavano ad affollarle la mente.

Era un po' più sollevata quando arrivò. Cercò di schiarirsi le idee mentre Paige la conduceva di nuovo in cucina, dove le aspettavano due tazze di caffè. Ne porse una a Josie e prese l'altra, accomodandosi davanti al portatile aperto. Josie si sedette accanto a lei e la ringraziò bevendo un sorso. Era morbido e preparato alla perfezione. I nodi alle spalle si sciolsero mentre aspettavano che Lana si collegasse. Si rese conto di sentirsi a proprio agio in quello spazio luminoso e arioso in compagnia di Paige Rosetti.

Qualche minuto dopo Lana apparve sullo schermo. Dopo che lei e Paige si furono salutate, tacquero entrambe e Josie capì che era il suo turno di fare le domande. Ma non gliene veniva in mente nessuna. Cosa le stava succedendo al cervello ultimamente?

«Scusatemi.» disse. «Lana, ti sei ricordata qualcos'altro di Beverly che potrebbe esserci utile?»

Lana scosse la testa. «Non mi sembra. Ci ho pensato parecchio ma non mi è venuto in mente altro. Penso solo che Beverly volesse attirare l'attenzione.»

«Questo si spiega facilmente» disse Josie, «e spiegherebbe molti dei suoi comportamenti.»

Lana annuì. «Beverly sentiva che sua madre non la voleva veramente. È cominciata quando eravamo alle scuole medie, dopo che aveva sentito sua madre al telefono che parlava di lei. Beverly non ha mai saputo con chi stesse parlando, ma le aveva sentito dire cose come "non è per questo che l'ho fatto" e "vieni a prenderla perché non riesco più a gestirla".»

Josie tenne la sua tazza con entrambe le mani. «Beverly ha mai fatto ipotesi su chi potesse essere la persona con cui Vera stava parlando?»

«Sì.» disse Lana. L'immagine tremolò momentaneamente e poi tornò a fuoco. «Beverly credeva che Vera stesse parlando con suo padre, ma Vera non parlò mai della telefonata e non disse mai a Beverly nulla di suo padre. Dopo questo fatto, Beverly divenne triste e arrabbiata.»

«E poi il suo comportamento peggiorò ulteriormente.» disse Josie. Sentì un dolore acuto nel petto. La povera Beverly era una bambina che stava entrando in una delle fasi più difficili della crescita, quella della preadolescenza, quando aveva sentito sua madre dire a qualcuno che non la voleva più, chiedendo che venisse a prenderla. Ma nessuno era venuto a prenderla. Di certo, nessuna figura paterna. Invece, era morta di una morte orribile ed era stata sepolta da sola sotto una casa e dimenticata. La sua stessa madre era a conoscenza dell'orribile fine che aveva fatto e non l'aveva nemmeno denunciata. Il dolore nel petto di Josie si indurì trasformandosi in qualcos'altro. Risolutezza. Non le importava cosa doveva fare. Avrebbe scoperto chi aveva ucciso Beverly e avrebbe fatto in modo che fosse assicurato alla giustizia.

A bassa voce, Paige disse: «Credo che poche cose siano peggiori del sentirsi indesiderati, soprattutto quando si è bambini.»

«Ha ragione.» disse Josie.

Lana riprese il discorso. «Beverly ha odiato Vera da allora. Vera non le avrebbe mai detto la verità. Beverly ha fatto di tutto perché Vera le dicesse chi era suo padre, ma Vera si è sempre rifiutata.»

«Beverly ha mai parlato di un uomo di nome Silas?» chiese Josie.

«Non che io ricordi.» disse Lana. «Oh, volevo dirtelo, mi sono ricordata che una delle ultime volte che ho parlato con Beverly era preoccupata e sconvolta per qualcosa. Le ho chiesto cosa stesse succedendo.

Mi ha detto che Vera aveva scoperto tutto, che sapeva tutto, ad esempio del bambino e dell'identità del padre. Mi ha detto che sua madre l'avrebbe uccisa. Non riusciva a capire come avesse fatto Vera a scoprire l'identità del padre, non lo conosceva nemmeno. È tutto quello che ricordo. Mi dispiace.»

Josie sorrise. «Non c'è bisogno di dispiacersi. Sei stata davvero utile.»

Paige e Lana chiacchierarono ancora per qualche minuto mentre Josie finiva il suo caffè. Poi, Paige la accompagnò alla porta. Prima che Josie potesse aprirla, Paige disse: «Mi dispiace di non essere stata di maggiore aiuto.»

«Non c'è problema.» disse Josie. «In realtà sono stata piuttosto bene. Sono stati giorni difficili e lei e Lana siete una buona compagnia.»

Paige disse: «Non deve andarsene, sa. È la benvenuta se

vuole restare a fare due parole, se le va. Sono brava ad ascoltare la gente.» Con una risata, fece un gesto verso l'altro lato della casa, dove Josie sapeva che si trovava il suo ufficio.

«Oh.» disse Josie. «Non sono... la terapia non fa per me.»

«Di solito sono le persone che lo dicono a trarne i maggiori benefici, sa...» disse Paige, con un sorriso caloroso sul volto.

«Non credo che sia appropriato.» disse Josie. «Ho frequentato il liceo con sua figlia. Sono qui per un caso...»

Paige annuì. «Mi sembra giusto. Ma potremmo semplicemente parlare. Comincio io. A volte mi preoccupo che Lana non mi creda quando le dico che sono orgogliosa di lei, perché sono sempre molto preoccupata per la sua sicurezza e la sua salute. Mi sento una madre terribile. Sono orgogliosa di lei, ma vorrei che fosse qui, più vicina a me, non a mezzo mondo di distanza in un paese sottosviluppato. È un atteggiamento egoista, ma a volte non riesco a farne a meno. Ma sono davvero orgogliosa di quello che sta facendo. Penso che sia una ragazza straordinaria.»

«Glielo ha mai detto?»

Paige rise. «Certo. Ne abbiamo discusso molte volte. A questo punto penso che non creda più a nulla di ciò che dico. Ho perso ogni credibilità. Ricorda quando era un'adolescente e attraversava delle fasi in cui nulla le sembrava giusto? Si sentiva impacciata e forse un po' bruttina, e sua madre...»

«Mia nonna.» la corresse Josie, con la voce rotta da quella parola.

Paige annuì. «Sua nonna. Forse le disse che era bella e perfetta. Le credette?»

In effetti, Lisette aveva usato quelle stesse parole, oltre a molte altre, in diverse occasioni. La cosa che preferiva dire a Josie in quei momenti di crisi di autostima adolescenziale era che Josie era "straordinaria".»

«No.» disse Josie. «Non le credevo neanche per un secondo. Ma sono contenta che me lo dicesse.»

Paige annuì. Guardò il pavimento, sorridendo. Sentendo improvvisamente la necessità di riempire quel silenzio, Josie disse: «Mia nonna mi ha dato una notizia ieri e non la sto gestendo molto bene. Non voglio parlarne perché...» si interruppe.

Paige finì per lei: «Perché poi dovrà affrontarla da sola.»

Josie annuì.

«Lei sta bene? Sua nonna?»

«Oh, sì.» rispose Josie. «Non si tratta di problemi di salute. Anzi, per lei è un'ottima notizia.»

«Ma non per lei?»

«Non lo so. Non credo sia un male per me. È solo che cambia le cose.»

«In senso negativo?» chiese Paige.

Josie alzò le spalle. «Non lo so. Non lo so davvero.»

«Il cambiamento fa paura, ma non è sempre negativo.» le disse Paige.

Lo è se si viene lasciati indietro, disse una voce in fondo alla mente di Josie. Non lo disse ad alta voce. Non voleva, ma sentiva di dover dire a Paige qualcosa di vero, qualcosa che nasceva dalla sua vulnerabilità, visto che Paige lo aveva appena fatto. Inoltre, si sentiva a suo agio con quella donna. Forse perché non era a conoscenza di tutti gli orribili dettagli del suo passato. Proprio in quel posto, proprio in quel momento, Josie era solo una donna con un problema, non una persona danneggiata la cui infanzia era stata costellata da torture indicibili.

«Ho paura di passare... in secondo piano.» disse Josie con circospezione. «Siamo sempre state solo io e mia nonna. Noi contro il mondo, più o meno. C'era anche Ray.»

«Il suo ragazzo del liceo?» chiese Paige. «Ricordo che ne ha parlato con Lana l'altro giorno.»

«Sì. Dopo l'università ci siamo sposati. Poi è morto. Io e mia nonna ne abbiamo passate tante insieme, compresa la morte di Ray. Ora c'è...» Si fermò. Non voleva nemmeno dirlo. Non poteva essere vero, no? Era stata reale quella conversazione o se l'era immaginata? Gretchen non era rimasta per ascoltarla. Era forse in una specie di delirio da febbre? No. Lisette aveva chiamato Noah, lo aveva informato della notizia bomba. Ora lui e Misty si aspettavano una reazione emotiva e drammatica da parte sua, ma lei ancora non riusciva a credere che fosse tutto vero.

«Ora un uomo si è fatto avanti e dice di essere suo nipote. Nessuno sapeva della sua esistenza. Neanche lui sapeva di lei fino a poco tempo fa.»

«È meraviglioso che abbiano potuto conoscersi.» disse Paige.

«Questo sì.» concordò Josie. A prescindere da ciò che provava per la situazione, non avrebbe mai negato a sua nonna la felicità, soprattutto quella che derivava dal ritrovare un membro della famiglia dopo averne persi tanti. A pensarci bene, era la stessa gioia che aveva provato lei ricongiungendosi con la sua famiglia biologica. Per quanto la situazione la mettesse a disagio o per quanto si sentisse territoriale nei confronti di sua nonna, questo doveva essere un momento eccezionalmente felice sia per Lisette che per Sawyer ed era giusto che lo fosse. Josie lo sapeva in cuor suo e sapeva che doveva superare i propri sentimenti. Non avevano molta importanza. Ciò che contava era Lisette e la sua felicità.

«Ma è preoccupata di non contare più nulla ora che c'è un altro nipote?» chiese Paige.

Josie rise. «Sembra ridicolo. Me ne rendo conto. È stata una pessima idea.»

Paige le toccò il braccio. «No, non è ridicolo.»

Josie si allontanò. «Sì che lo è. Sono una donna adulta e questa è una sciocchezza. Non posso temere che qualcun altro prenda il mio posto accanto a mia nonna. Non sono una bambina di cinque anni.» Andò alla porta e girò il pomello per aprirla.

«Josie.» disse Paige, con voce più ferma. «Nessuno sta insinuando che tu sia una bambina di cinque anni. Penso che sia una preoccupazione valida che la dinamica con tua nonna possa cambiare date le circostanze. Anzi, cambierà sicuramente, ma non è detto che diventerà una cosa negativa.»

Josie attraversò la porta. «Mi dispiace. Non avrei dovuto... Grazie per il caffè. Mi scusi. Devo andare.»

QUARANTATRÉ

Tornata alla stazione di polizia, le celle di detenzione erano vuote e la squadra era riunita nella sala grande. Josie si avvicinò alla sua scrivania. «Immagino che Chitwood abbia fatto uscire le mogli dalla cella...»

«Sì.» disse Noah. «Le cose sembrano essersi appianate con quelli di Quail Hollow, anche se il sindaco è piuttosto arrabbiato perché tutta la vicenda è finita sotto i riflettori della stampa. Sono sicuro che starà sveglia tutta la notte con i suoi collaboratori per cercare di trovare un modo per risolvere la questione. Cosa ha detto Lana Rosetti?»

«Niente di utile.» disse Josie con un sospiro.

Noah disse: «Hummel non è riuscito a ricavare impronte dai bossoli trovati alla pista da bowling abbandonata, ma li sta inviando al laboratorio della Polizia di Stato per le analisi balistiche.»

«Che potrebbero richiedere settimane...» si lamentò Josie. «Se non mesi, e anche allora i risultati ci diranno soltanto se Beverly e Vera sono state uccise dalla stessa pistola, ma non ci avvicineranno a scoprire l'identità dell'assassino. Non so proprio in che direzione procedere.»

«Però, hai fatto fare il test del DNA su Beverly e sul bambino, giusto?» disse Noah. «Potrebbe venirne fuori qualcosa.»

«Solo se il DNA del padre è presente nel sistema. Se non c'è, siamo al punto di partenza. Sappiamo solo che il padre del bambino di Beverly era un uomo sposato con un tatuaggio a forma di teschio sulla schiena.»

Noah disse: «Se era sposato, allora dobbiamo cercare gli uomini adulti con cui Beverly è stata in contatto: comincerei dagli insegnanti. Ti ricordi se aveva un lavoro durante le superiori?»

«Ottima osservazione.» disse Josie. «Lavorava in una gelateria in Aymar Avenue, ma ha chiuso secoli fa. Adesso ci hanno messo qualcos'altro.»

Josie tirò fuori il suo annuario da una pila di scartoffie sulla scrivania. «Farò una lista dei professori che facevano parte del corpo docente della Denton East quando io e Beverly ci andavamo.»

Sfogliando l'annuario, scartò tutti gli insegnanti uomini che all'epoca erano single: ne identificò cinque, che vivevano tutti nella zona, e due di loro lavoravano ancora al liceo. Josie iniziò a telefonare per fare qualche domanda. Per la gran parte di loro non si ricordava di Beverly fino a quando non avevano appreso del suo omicidio al notiziario qualche giorno prima. Avevano tutti un alibi per la mattina dell'omicidio di Vera.

Altri vicoli ciechi. Josie iniziò a esaminare tutti i rapporti, i documenti e le foto di Beverly e Vera Urban che si erano accumulati negli archivi, nella speranza di trovare qualche indizio che avevano trascurato.

Gretchen ricevette una telefonata dal Dipartimento di Polizia di Colbert. Avevano interrogato i vicini di Alice Adams e diversi locali della zona. Sebbene molte persone in città la conoscessero, nessuno le era vicino. Nessuna azienda avrebbe ammesso di averla assunta in nero. Era l'ennesimo vicolo cieco.

«Ci sfugge qualcosa.» disse Josie, riprendendo una delle loro conversazioni precedenti. «Cosa diavolo può essere?»

Prima che Gretchen potesse rispondere, Hummel emerse dalle scale con un fascio di fogli in mano. «Ehi, Boss.» disse, avvicinandosi e porgendolo a Josie. «Altri rapporti. Per lo più riguardano gli indumenti che Beverly e Vera Urban indossavano al momento della loro morte. Abbiamo anche analizzato tutto ciò che avete trovato nella stanza del motel di Vera Urban per rilevare impronte e DNA. Nessuna impronta, oltre a quelle di Vera. Mi dispiace di non avere altro da darvi.»

«Nessun problema.» lo rassicurò Josie. «Questo caso è un susseguirsi di vicoli ciechi, uno dopo l'altro.» Sfogliò i rapporti e un nome familiare attirò la sua attenzione. «Cos'è questo?» chiese, indicandolo.

Hummel si chinò sopra la sua spalla. «È la ricevuta della clinica Wellspring che abbiamo trovato nella tasca del giubbotto di Beverly. C'erano delle impronte non identificate, probabilmente le sue, e poi anche quelle di Ray.»

Josie fissò il nome di Ray nero su bianco sul rapporto. Il cuore cominciò a martellare nel petto. Riuscì a dire un "grazie" soffocato in modo che Hummel se ne andasse. Sentì tre paia di occhi puntati su di lei: Gretchen, Noah e Mettner la fissavano.

Non importava, si disse. Non era importante. Che importanza aveva se le impronte di Ray erano sulla ricevuta della clinica in cui Beverly era andata poco prima di morire? Forse c'era qualcosa tra di loro. Forse davvero avevano avuto una relazione alle spalle di Josie. Forse Ray era il padre del bambino di Beverly. Questo avrebbe spiegato il motivo per cui Beverly indossava il suo giubbotto. Lana aveva detto che Beverly aveva rapporti intimi con un solo uomo, ma non era da escludere che Beverly avesse mentito a Lana. Josie non credeva ancora che Ray avesse ucciso Beverly e di certo non avrebbe potuto uccidere Vera. C'era qualcosa di più grande in ballo in quella faccenda. Qualcosa che non aveva nulla a che fare con Ray. Era una storia vecchia, comunque, pensò. Sia Beverly che Ray se ne erano andati. Qualsiasi cosa potesse essere accaduta tra di loro non aveva più importanza; l'unica cosa che contava era trovare quelli che avevano ucciso Beverly e Vera e metterli in galera perché non facessero mai più del male a nessuno.

Allora perché Josie si sentiva come se il cuore stesse per scoppiare dal petto?

Posò il rapporto sulla scrivania e disse: «Devo andare in bagno.»

Poi entrò nella tromba delle scale, scese i gradini e uscì nel parcheggio. Si accorse a malapena dei giornalisti. Le loro grida erano soffocate dall'impeto del sangue nelle sue orecchie. Senza nemmeno rendersene conto, salì in macchina e iniziò a guidare. Il suo cellulare squillò, ma lei lo ignorò. Uscì dal suo stato di stordimento quando si trovò a parcheggiare di fronte al negozio di liquori più vicino che, fortunosamente, si era salvato dalla zona alluvionale. I piedi la portarono fuori dall'auto e dentro il negozio. Una parte di lei lottava per farsi sentire. La parte che era stata sepolta sotto la valanga di emozioni causate dalla notizia di Lisette, il senso di colpa per la morte di Vera, il terrore di essere quasi annegata quando erano state travolte dal fiume e la possibilità che Ray le avesse mentito, quando entrambi erano ancora innocenti e innamorati.

La sua mano si chiuse intorno al collo di una bottiglia di Wild Turkey.

Non farlo, disse una voce soffocata.

Solo un sorso, disse la voce che ora aveva preso saldamente il controllo del suo corpo. La voce del panico, forte e sgradevole, che scacciava la ragione, che voleva solo placare i demoni che ora turbinavano alla periferia della sua coscienza. Demoni che erano presenti fin dall'infanzia. Pensava di averli scacciati, esorcizzati. Non avevano più importanza. Eppure, c'erano ancora.

«Contanti o carta di credito?» disse una voce maschile.

Josie guardò un giovane cassiere che metteva la bottiglia di Wild Turkey in un sacchetto. «No.» disse.

Lui le fece un sorriso sbilenco. «Beh, questi sono gli unici due modi per pagare, quindi...»

«Mi dispiace.» disse Josie. «Io... io devo andare.»

Tornò alla macchina, cercando di rallentare il battito del cuore, e uscì dal parcheggio. Non si rese conto di dove fosse diretta finché non ebbe oltrepassato i cancelli del cimitero. Una volta lasciata la macchina, si fece strada tra le lapidi fino alla tomba di Ray. Dopo la sua morte, si era recata spesso alla sua tomba, ma erano mesi che non ci andava. Un mazzo di fiori giaceva moscio alla base della lapide. Probabilmente li aveva portati Misty, pensò Josie. Misty veniva a fargli visita religiosamente. Il terreno era umido a causa di settimane di pioggia incessante, ma Josie si sedette lo stesso, a gambe incrociate. Non sapeva nemmeno lei perché ci fosse andata. Dopo qualche minuto, si rese conto di non sentirsi meglio.

«Non importa.» mormorò a denti stretti davanti alla lapide.

Doveva concentrarsi sul suo lavoro. Lasciare che cose come la notizia di Lisette e gli stupidi errori del liceo che il suo defunto marito poteva aver commesso all'epoca interferissero con la sua vita attuale, rappresentava un rischio enorme. Che cosa le stava succedendo?

Sentì la voce di Gretchen nella sua testa. *Non si può tenere a bada un trauma abbastanza a lungo senza che cominci a riaffiorare nei modi e nei momenti sbagliati.*

Chiudendo gli occhi, fece diversi respiri profondi. Si sarebbe calmata, avrebbe ripreso il controllo. Poi avrebbe preso tutte quelle strane, ingombranti sensazioni che minacciavano di sopraffarla e le avrebbe spinte giù fino a un buco nero della sua mente. Sarebbe andata avanti. Sarebbe tornata al lavoro.

«Josie.»

La voce di Noah la fece trasalire. Balzò in piedi e si passò la mano sul retro dei jeans, spazzolando via la terra e l'erba. Lo vide a diversi metri di distanza, con le mani infilate nelle tasche dei pantaloni cachi.

«Cosa ci fai qui?» gli chiese.

Lui si avvicinò finché non rimase a un metro da lei. «Non sei tornata. Ero preoccupato.»

«Come sapevi dove trovarmi?»

Lui alzò le spalle. «Vieni qui quando qualcosa ti affligge davvero, soprattutto se si tratta di qualcosa che appartiene al tuo passato. Dato che hai appena visto il nome di Ray sul rapporto delle impronte digitali, è stato piuttosto facile indovinare dove fossi andata; ma a dire il vero, con quello che sta succedendo con Lisette, avrei scommesso che saresti stata qui comunque.»

«Sto bene.» disse lei. «Sono pronta a tornare al lavoro.» Odiava sentire la sua voce tremare.

«Mettiamo le cose in chiaro prima di tornare al lavoro.» disse lui. «Qui ci siamo solo tu, io e Ray. Di' tutto quello che devi dire e poi andiamo.»

Avrebbe voluto dargli un pugno. «Perché devo sempre dire qualcosa?»

Lui sorrise. «È così che si fa per parlare. Davvero, potrebbe aiutare.»

«Non mi aiuterà.»

«Va bene.» concesse Noah. «Allora di' qualcosa semplicemente per sentirti parlare.»

Nonostante la tensione che le annodava le spalle, Josie scoppiò in una risata che si trasformò in un grido strozzato. Si mise una mano sulla bocca. Quando fu certa che non le sarebbe sfuggito un singhiozzo, allontanò la mano. «Non so cosa mi stia succedendo ultimamente. Sono troppo emotiva. Anche le minime cose mi mettono a dura prova.»

«È stata una settimana tremenda, Josie. La nostra città è quasi distrutta. Hai trovato un cadavere. Ti hanno sparato. Hai rischiato di morire nel fiume insieme a Vera Urban. Se a questo si aggiunge la notizia di Lisette, vedi che c'è parecchio a cui far fronte.»

«Ma la notizia della nonna non ha importanza.» disse Josie. «Anche aver trovato le stupide impronte di Ray su quello scontrino e il suo giubbotto sul corpo di Beverly non ha importanza.»

Noah la guardò scettico. «Com'è possibile che non abbia importanza?»

«Nulla di tutto questo dovrebbe riguardare me o il mio lavoro.»

«Lo riguarda invece e forse è giusto che sia così. Forse è un bene che tu passi un periodo di tempo in cui hai bisogno di elaborare mentalmente cose importanti e complesse come una persona normale.»

«Io non sono normale.» mormorò.

«A causa di tutti i casini che ti sono capitati?» domandò Noah.

«Non solo...» disse Josie. «Perché ora dovrei dare la caccia all'assassino di Beverly Urban e invece mi ritrovo in questo dannato cimitero dov'è sepolto il mio ex marito perché quando eravamo alle superiori potrebbe avermi tradito e messo incinta una mia compagna di classe. Chi se ne frega?» Alzò le braccia in aria e cominciò a camminare.

«A te importa.» disse Noah. «Quindi proviamo a pensarci. E se Ray si fosse davvero visto con Beverly alle tue spalle? Se fossero andati a letto insieme e lui l'avesse messa incinta? Come ti farebbe sentire?»

Josie si prese un attimo per rifletterci, poi si lasciò sfuggire un gesto di stizza. «Cos'è? Hai fatto un corso accelerato di psicologia e comunicazione? Me lo stai chiedendo seriamente? Vuoi sapere come mi fa *sentire*?»

Quando lui non rispose e rimase a fissarla in un modo che lasciava intendere che si aspettava una risposta, lei disse: «Mi fa sentire a pezzi. Mi fa sentire triste e sola, come se tutta la mia vita fosse una bugia.»

«Tutta la tua vita?» la incalzò lui.

Lei scosse la testa come se questo potesse chiarire quello che cercava di dire. «Noah, niente della mia vita era come sembrava. Mia madre non era davvero mia madre. Mio padre non era davvero mio padre. Non si era davvero suicidato. Mia nonna non era davvero mia nonna. Perfino il mio nome non è quello che ho sempre usato. Non capisci? L'unica cosa che era reale, che era vera, che era coerente nella mia vita era Ray. Da quando avevo nove anni lui era...» Cercò la parola, la metafora giusta. «La mia... la mia ancora. Il mio... che stupidaggine...»

«Era la tua costante.» spiegò Noah.

«Sì.» disse Josie, provando una scarica di sollievo nel vederlo comprendere. «Era l'unica persona che sapeva tutto quello che mi era successo e mi amava ugualmente. Nemmeno mia nonna ha mai saputo tutte le cose che Lila mi ha fatto. Ray è stato presente in tutto questo. Mi ha mantenuta sana di mente, lucida. Mi faceva sentire come se valessi qualcosa. So che si è rivelato un ubriacone, un bugiardo e una figura disonorevole, ma sto parlando di Ray il ragazzo che amavo ai tempi della scuola, non di Ray l'uomo che ho sposato. Ray era la mia colonna portante, Noah. Se tutto era una bugia, se anche allora non era chi fingeva di essere, che cosa dice di me?»

«Niente.» disse Noah. «Non dice nulla di te.»

Le lacrime le punsero il fondo degli occhi. Lottò per trattenerle. «Ti sbagli.» obiettò. «Se l'unica persona che mi amava quando ero al mio peggio non mi amava davvero, se era un bugiardo, allora cosa significa? Come posso essere... come posso essere...» Non riuscì a finire.

Noah le si avvicinò e le mise le mani sulle spalle. «Josie...» disse. «Eri una bambina.»

«Ma se tutto ciò che consideravo il meglio della mia infanzia era una bugia, cosa significa? Se le fondamenta della mia vita, o meglio l'unica cosa che mi era rimasta, Ray... erano una bugia, cosa significa per me? Chi diavolo sono?»

«Sei Josie Quinn.» disse Noah con semplicità. «E questo non dipende da Ray o da Lisette o dalla tua famiglia biologica o da me o da chiunque altro. E a proposito delle fondamenta, di cui parli... non era Ray. Le fondamenta si costruiscono, Josie. Si costruiscono con il tempo. Ray ti ha aiutato a gettare le fondamenta, proprio come ha fatto tua nonna, ha rappresentato una forza positiva, amorevole e stabile quando tutto intorno a te era irrimediabilmente malvagio. Le fondamenta di cui parli sono tutte tue.»

«Come fai a saperlo? Come... come fai ad amarmi? Non sai nemmeno chi sono. Non so nemmeno io chi sono!»

Noah sorrise di nuovo. Con una mano le sollevò il mento perché lo guardasse. «Io so esattamente chi sei. Tutti quelli che ti amano sanno chi sei. Sei la donna che mi ha sparato, cercando di salvare un'adolescente che aveva un disperato bisogno di aiuto.»

Lei distolse lo sguardo. «Preferirei che non ne parlassi più. Mi sento ancora in colpa per quello.»

«Non devi.» disse lui, toccandole la guancia per riportare il suo sguardo su di lui. «Sei la donna che ora è la migliore amica della ragazza di Ray, una donna che un tempo odiavi. Sei la zia JoJo di Harris. Sei la donna che ha salvato un bambino dall'annegamento in un fiume, che è saltata in un'auto in fiamme per cercare di salvare un uomo perché era l'unico che sapeva dove si trovavano due persone scomparse. Sei la donna che ha risolto l'omicidio di mia madre. Sei la donna che ha fatto nascere un bambino nel retro della tua auto durante un tremendo temporale. Corri verso il pericolo, Josie. Ogni volta. Non esiti mai. Che cosa ti rende? Io so cosa ti rende per me, ma solo tu puoi dire cosa ti rende per te stessa. Il punto è che nulla di ciò che scoprirai sul passato, per quanto terribile, potrà cambiare tutto questo.»

Josie affondò tra le sue braccia, premendo il viso contro il suo petto. Il sentore del suo profumo familiare le fece immediatamente tornare il battito cardiaco a livelli normali. «Grazie...» mugugnò. «Ma vorrei ancora sapere con certezza di Ray e Beverly.»

Noah le diede un bacio sulla fronte. Dopo qualche istante, disse: «Sai, potremmo chiedere a Misty un campione di DNA di Harris. Anzi, se vogliamo iniziare a chiedere campioni di DNA in giro, potremmo andare direttamente da Mrs. Quinn. Pensi che ce ne darebbe uno da confrontare con il profilo del DNA del bambino di Beverly?»

«Probabilmente sì.» disse Josie. «Ma forse sono solo... non lo so. Non avrei mai creduto che Ray fosse andato a letto con Beverly. All'epoca era così buono. Era ancora innocente, in un certo senso. Eravamo profondamente innamorati in quel modo folle e ormonale in cui solo gli adolescenti possono essere. Avevamo tutti quegli stupidi progetti. L'estate prima dell'ultimo anno avremmo fatto un viaggio in macchina, saremmo andati al mare e avremmo trascorso una settimana là. Avevamo una lista di posti che avremmo visitato durante il tragitto. Era tutto così assurdo e inoltre non avevamo un centesimo. Ma Ray era intenzionato a farcela, per me, e l'ha fatto. Trascorse l'intera estate lavorando nell'edilizia. Era un operaio a giornata per un appaltatore. Lo vedevo a malapena. Doveva essere in cantiere alle sei del mattino e quando finiva era stanchissimo. Stavano costruendo quell'edificio adibito a uffici... oh mio Dio.»

Si allontanò da Noah, che la guardò, confuso.

«Che cosa c'è?»

«Buon Dio.» disse lei. «So cosa ci è sfuggito. So perché Beverly aveva il giubbotto di Ray e perché le sue impronte erano sulla ricevuta della Wellspring.»

QUARANTAQUATTRO
2004

Ray e Josie si trovavano fuori dal cantiere. La struttura aveva ora muri e finestre e cominciava ad assomigliare a un vero edificio e non più a una specie di costruzione del Meccano. Il rumore dall'interno era ancora costante, ma meno assordante. Josie si asciugò il sudore sopra la bocca e strizzò gli occhi guardando Ray, rammaricandosi di non aver portato gli occhiali da sole e mentre fantasticava sulle cose da fare, avrebbe voluto che fossero in un posto con l'aria condizionata. Il caldo di luglio era soffocante. Non aveva idea di come facesse Ray a lavorare tutto il giorno.

«Ray?» disse lei. «Quanto manca?»

Lui controllò l'orologio. «Non molto. Ha detto che sarebbe venuto a controllare il sito oggi verso mezzogiorno.»

«Ma non sai se si presenterà davvero. Questi amministratori dicono un sacco di cose che non pensano. È una perdita di tempo.»

«No, non lo è.» insistette Ray. «Ti dico che questo tizio è davvero simpatico. Era uno degli sponsor della squadra l'anno scorso. Era presente alla partita. Non ti ricordi che abbiamo dovuto fare tutte quelle foto?»

«Sì, ma non ho conosciuto nessuno di loro.» disse Josie.

«Non importa.» disse Ray. «Gli ho detto tutto di te. È stato lui a dirmi di coinvolgerti. Ha una fondazione o qualcosa del genere, e tutto quello che fanno è dare borse di studio alle ragazze. No, anzi, alle giovani donne.»

«Tutto qui?» chiese Josie. «Basta essere una femmina?»

Ray fece una mezza alzata di spalle e si aggiustò la cintura degli attrezzi che portava in vita. «Voglio dire, immagino che si debba studiare in un determinato campo. Come la scienza o roba simile, tipo tecnologia, computer...»

«Voglio iscrivermi a Criminologia, Ray. Non c'entra niente con tutto questo.»

«Dai, Jo. Parlaci. Anche se non sei qualificata, vale la pena provare.»

Due grosse gocce di sudore scesero lungo la schiena di Josie prima di impregnare la camicia. «Dieci minuti.» disse. «Poi sarò così sudata che non vorrà nemmeno stringermi la mano.»

Ray si tirò giù il caschetto in modo da ripararsi gli occhi e guardò in fondo alla strada. «Eccolo!» disse. «Sta arrivando!»

Due uomini camminavano in direzione del vecchio teatro.

Indossavano entrambi un completo, nonostante l'intensa calura estiva. Quando si avvicinarono, Josie li riconobbe dalla partita di campionato. Uno portava gli occhiali e l'altro era l'uomo che aveva incontrato. Quello sulla sua lista. Abbronzato e tonico. Stava per dire a Ray che non si sentiva a suo agio, ma Ray si stava già avvicinando ai due uomini, con la mano tesa. L'uomo con gli occhiali gliela strinse. «Salve, Ray.»

«Mr. Prather.» disse lui. «Piacere di vederla.»

QUARANTACINQUE

Noah seguì Josie all'ufficio del Catasto. Essendoci stato di recente, fu in grado di aiutarla a trovare quello che cercava in tempi relativamente brevi. E anche così, ci volle più di un'ora. Josie passò quel tempo al telefono, trovando gli altri pezzi di cui aveva bisogno per presentare la sua teoria alla squadra. Una volta tornati alla stazione di polizia, trovarono Gretchen, Mettner e Chitwood che li aspettavano. C'era anche Amber, in agguato in un angolo.

Erano tutti seduti alle proprie scrivanie, tranne il capo Chitwood che stava dietro Josie, con le braccia conserte sul petto sottile. «Allora, che cos'hai trovato, Quinn?»

Sulla sua scrivania Josie stese una mappa del quartiere commerciale centrale di Denton che aveva preso dall'ufficio del Comune su cui indicò Aymar Avenue, che si trovava a pochi isolati dalla loro posizione ed era ancora sott'acqua. «Qui» disse, «all'angolo con la Aymar c'è il Denton Theater Ensemble Playhouse. È un punto di riferimento in città da prima che io nascessi.»

«E allora?» chiese Chitwood.

«Lei non è di qui, quindi non conosce i retroscena.» spiegò

Josie. «È un edificio storico. Un tempo era gestito da varie compagnie teatrali. Poi finirono i soldi. Alla fine, lo rilevò l'università. Ora ospita solo studenti che si esibiscono e relatori ospiti.» Josie indicò la strada di fronte al teatro.

«Ecco, qui» disse, «ora è una pizzeria, ma un tempo era la gelateria dove Beverly Urban lavorava nell'autunno del 2003 e nella primavera del 2004, quando io, Ray e Beverly eravamo al terzo anno delle superiori. Nello stesso anno il teatro era in fase di ristrutturazione.»

«Fin qui ti seguo.» disse Chitwood.

Fece scorrere il dito lungo la linea che rappresentava Aymar Avenue. «Qui.» disse Josie. «Questo è l'angolo tra la Aymar e la Stockton. È un complesso di uffici. Una delle attività che ospita è la società di software di Joe Prather. E nel complesso ha sede anche la Fondazione Prather. La costruzione di questo edificio era iniziata sei mesi dopo la ristrutturazione del teatro, nella primavera del nostro primo anno. Ray lavorò al cantiere come operaio durante l'estate tra il nostro terzo e il quarto anno. E qui...» indicò un'altra piazza proprio di fronte al complesso degli uffici, «c'era la clinica Wellspring.»

Chitwood era passato da un'espressione di frustrazione a quella di noia. «Beverly lavorava a un isolato dalla clinica e dal cantiere dove Ray stava lavorando l'estate in cui è stata uccisa.»

«E i Prather si sono trasferiti dopo la costruzione di questo palazzo.» aggiunse Mettner. «Sembra un po' una coincidenza.»

«Non proprio.» lo contraddisse Josie. «Indovinate chi ha organizzato e supervisionato la ristrutturazione del teatro e la costruzione di quel complesso di uffici?»

Tutti fissarono lo sguardo su di lei.

«La Dutton Enterprises!» esclamò Josie. «L'ho verificato. È tutto lì, nei permessi e nei registri immobiliari. Kurt Dutton si è sempre occupato di sviluppo immobiliare commerciale. I Dutton sono stati amici e vicini dei Prather per decenni, quindi non sorprende che abbiano concesso loro uno spazio in affitto.»

Noah esaminò una serie di documenti che aveva stampato prima dell'inizio della riunione. «Poi c'è questo.»

Si accalcarono tutti in modo che lo potessero vedere meglio: era un articolo del Denton Tribune del 3 settembre 2003. Il titolo recitava: *La Dutton Enterprises darà nuova vita allo storico teatro cittadino.*

«Limitati solo ai punti salienti, Fraley.» disse Chitwood.

Noah lesse rapidamente e poi riassunse per gli altri: «In buona sostanza, il teatro è passato di mano diverse volte nel corso dei centoquindici anni dalla sua costruzione. La Dutton Enterprises lo comprò per quattro soldi. Kurt promise di restaurarlo e collaborò con il Comune per farlo inserire nel registro storico della città. Voleva fare una ristrutturazione completa, che avrebbe richiesto circa un anno, per riportarlo al suo "antico splendore". Poi, alla fine dell'articolo, dichiara: "Sarò personalmente presente ogni giorno fino alla conclusione del progetto. È un onore far parte di un progetto così prezioso per questa città".»

Una volta finito di leggere i punti salienti dell'articolo, Noah disse: «C'è anche una foto qui.»

Josie la guardò con attenzione mentre lui la porgeva a tutti. C'erano Kurt Dutton e diversi altri funzionari della città davanti al teatro, allora in rovina, che sorridevano. Dutton aveva un aspetto affascinante, proprio come lei ricordava quando si erano incontrati dietro le gradinate durante la partita di campionato. Il suo aspetto era molto diverso ora che aveva sessant'anni. Josie non si era resa conto che l'attuale candidato alla carica di sindaco che aveva negoziato così agevolmente con Chitwood da dietro le sbarre era lo stesso uomo che l'aveva palpeggiata alla partita di baseball del campionato.

«Quindi, durante il terzo anno delle superiori, Beverly Urban lavorava al chiosco dei gelati che si trovava proprio di fronte al teatro dove Kurt Dutton stava personalmente supervisionando una ristrutturazione.» ricapitolò Gretchen.

«Proprio così.» disse Josie.

«E l'estate alla fine del vostro terzo anno di liceo, Ray cominciò a lavorare in un cantiere di fronte alla clinica Wellspring, dove Beverly si recò, probabilmente per confermare la sua gravidanza.» proseguì Gretchen.

«Precisamente.» disse Josie. «Penso che sia così che ha preso il suo giubbotto e che le sue impronte siano finite sullo scontrino. Ray deve averla vista arrivare o tornare dalla clinica. Probabilmente l'ha vista sconvolta. Ray non riusciva mai a trattenersi quando si trovava di fronte a donne vulnerabili e sconvolte. Aveva passato tutta l'infanzia a cercare di consolare la madre ogni volta che il padre la picchiava. Poi, quando finalmente il padre se ne andò, Ray divenne ferocemente protettivo nei suoi confronti.»

«Ma Ray era ferocemente protettivo anche nei tuoi confronti.» sottolineò Noah. «E tu eri in conflitto con Beverly.»

«Lo so.» concordò Josie. «Ma se avesse visto Beverly uscire dalla clinica con un'aria sconvolta, l'avrebbe aiutata o avrebbe cercato di confortarla. Di questo sono più che sicura.»

«Quindi Ray l'ha vista, l'ha raggiunta e l'ha confortata. E le ha dato il suo giubbotto. Ecco perché non ha mai detto la verità su ciò che gli era successo. Non poteva riprenderselo perché lei lo indossava quando era stata sepolta e come tutti gli altri compagni di scuola avrà pensato che Beverly si fosse trasferita e si fosse portata dietro il giubbotto.»

Josie annuì. «E Ray sapeva bene di piacerle, quindi non si sarà sorpreso che lei avesse lasciato la città con il suo amato giubbotto. Di sicuro non mi avrebbe detto quello che era successo all'epoca perché avrebbe saputo che sarei andata su tutte le furie.»

«Bene, abbiamo risolto il collegamento con Ray.» annunciò Mettner. «Ha senso, e se ci sbagliamo, lo sapremo dal test del DNA del bambino. Se abbiamo ragione, Ray non l'ha uccisa. Qual è l'ultimo tassello?»

«Kurt Dutton.» disse Josie. «Lui e Beverly avevano una relazione. Era il padre del bambino. Questo sarebbe stato problematico per una serie di ragioni, tra cui il fatto che Vera aveva avuto un precedente legame con la moglie di Dutton.»

«Come siete passati da Beverly che lavorava di fronte a Dutton a lui che era il padre di suo figlio?» domandò Chitwood.

«Con questo.» disse Josie. Posò un altro documento sulla scrivania perché tutti lo vedessero. Era una fotografia a colori presa dalla pagina Facebook di Marisol Dutton. Il post era stato pubblicato quasi dieci anni prima, ma questo non aveva importanza. L'immagine diceva loro tutto ciò che dovevano sapere. Si vedeva Kurt Dutton in piedi in spiaggia che guardava il tramonto. In mano aveva un drink. Il suo sguardo era rivolto verso la macchina fotografica, sorrideva. Sulla spalla sinistra aveva il tatuaggio di un teschio. Marisol aveva scritto una didascalia semplice: *Paradiso*. Josie mise accanto la foto che avevano trovato tra le cose di Beverly per confrontarla.

Mettner emise un fischio basso. «Dannazione.»

«Va bene.» disse Chitwood. «Abbiamo un solido collegamento tra Beverly e Kurt Dutton. Credo che l'avvocato della difesa sosterrà che nella foto di Beverly non si vede il volto dell'uomo, quindi non possiamo provare che si tratti di Dutton, ma lasceremo che siano gli avvocati a stabilirlo nel corso del processo.»

«E per quanto riguarda Vera?» chiese Gretchen. «Che ruolo ha avuto in tutto questo?»

«Potrebbe aver assistito quando Dutton ha ucciso Beverly?» ipotizzò Noah. «Dopodiché si è data alla macchia perché aveva paura che lui uccidesse anche lei e poi, quando il corpo di Beverly è stato ritrovato, è tornata a Denton e lui è riuscito a farla fuori.»

Gretchen scosse la testa. «Non mi sembra che quadri del tutto. Se Vera avesse assistito all'omicidio, perché non avrebbe dovuto denunciarlo? Stiamo parlando di sua figlia.»

«Dutton era ricco e potente e, all'epoca, era candidato al consiglio comunale.» spiegò Noah.

Gretchen disse: «Ma non era un potente del cartello o del governo federale. Avrebbe potuto consegnarlo facilmente. Credo che ci sfugga ancora qualcosa. Inoltre, ha un alibi per la mattina in cui hanno sparato a Vera. Dopo aver incontrato Connie e Marisol, ho fatto alcune telefonate per confermare i loro alibi. Entrambe erano a casa con i loro mariti.»

«Però Marisol potrebbe aver mentito per suo marito.» suggerì Mettner. «O magari quella mattina potrebbe aver dormito fino a tardi e non essersi accorta che lui era uscito. Potrebbe aver bevuto molto la sera prima ed essere svenuta. È plausibile che lui sia sgattaiolato fuori e sia rientrato prima ancora che lei si svegliasse. Ora abbiamo una buona pista, è un inizio. Inoltre abbiamo controllato i registri di acquisto di armi da fuoco di Dutton. Possiede una pistola nove millimetri dal 2000.»

«Avete abbastanza per convocarlo qui e parlargli.» annunciò il capo Chitwood. «Fatelo. Domani. Programmate il suo incontro. Due di voi resteranno qui per interrogarlo, mentre gli altri due eseguiranno il mandato per la pistola a casa sua. Da lì capiremo come muoverci.»

QUARANTASEI

La mattina seguente, Josie e Noah si appostarono in macchina ad aspettare appena fuori dall'ingresso dei Quail Hollow Estates. I manifestanti e i residenti che protestavano erano spariti. Josie sorseggiava il suo caffè mentre Noah guardava il telefono. «Dutton doveva presentarsi in centrale dieci minuti fa.»

«È in ritardo.» disse Josie.

Al loro arrivo ai Quail Hollow Estates erano passati davanti alla residenza dei Dutton e avevano visto entrambe le loro macchine nel vialetto. Poi si erano posizionati all'esterno del complesso in modo da vederlo non appena fosse uscito. Ma di lui non v'era traccia.

Il cellulare di Josie trillò con l'arrivo di un messaggio, che si affrettò a leggere. «È Gretchen.» disse senza guardare Noah. «L'avvocato di Dutton è lì che lo aspetta. Lo ha chiamato al cellulare ma non ha ricevuto risposta.»

Noah fece una smorfia. «Vuoi entrare o preferisci aspettare ancora qualche minuto?»

«Diamogliene ancora dieci.» disse Josie. «Dopodiché ci presentiamo alla porta.»

I dieci minuti passarono lentamente. Gretchen inviò un

altro messaggio per informarli che l'avvocato di Dutton aveva cercato di nuovo di contattare Dutton, anche stavolta senza successo. E ancora il veicolo di Dutton non aveva lasciato il complesso.

Con una profonda sensazione di scoramento, Josie mise la macchina in moto e si diresse verso la casa dei Dutton; la lasciò sulla strada e insieme a Noah si avvicinò alla casa. Bussarono alla porta, ma non ricevettero nessuna risposta. Suonarono il campanello. Niente.

«Non mi piace...» disse Josie.

«Non possiamo entrare senza un motivo.» disse Noah.

Josie tirò fuori il telefono e mandò un messaggio a Gretchen. «Le chiederò di assicurarsi che siano stati fatti dei tentativi di contattare sia il marito che la moglie. Aspetta qui, vado a vedere se qualcuno dei vicini è in casa. Uno di loro potrebbe avere un doppione delle chiavi.»

Noah rimase davanti alla porta d'ingresso, bussando e suonando il campanello sempre senza ottenere risposta, mentre Josie andava di porta in porta lungo la strada. Delle sei villette in cui si recò, tre dei vicini non erano in casa o non risposero, e due non avevano le chiavi. L'ultima vicina era Connie Prather. Andò ad aprire la porta in jeans e una maglietta aderente con la scritta *Mama Bear* e il suo cagnolino saldamente in braccio.

«Mrs. Prather...» disse Josie, «per caso ha la chiave della casa dei Dutton?»

«Che succede?»

«Mr. Dutton doveva incontrare il suo avvocato alla stazione di polizia questa mattina, ma non si è presentato. Entrambi i veicoli sono lì, ma non riusciamo a metterci in contatto con Marisol o suo marito.»

«Oh.» disse Connie. «Non... beh, è possibile che abbia una copia, anche se è di tanto tempo fa. Non so se funziona ancora, ma posso...»

«Potrebbe darcela?» chiese Josie, tagliando corto.

«Sì, ma certo. Aspetti qui.»

Da dove si trovava, Josie poteva vedere la sagoma di Noah sui gradini della casa dei Dutton. Connie impiegò quasi un quarto d'ora per trovare la chiave. Lasciò il cane in casa e seguì Josie dai Dutton. «È piuttosto strano.» disse Connie. «Probabilmente non vogliono pagare le multe.»

Josie stava valutando se dire o meno a Connie che era chiaro che Dutton non sarebbe dovuto andare alla centrale di polizia per risolvere la questione delle multe che il capo Chitwood gli aveva comminato per le forniture illegalmente sottratte dai Quail Hollow Estates, quando un boato esplosivo scosse l'aria intorno a loro, che le lasciò entrambe pietrificate. Josie guardò verso la casa dei Dutton, dove Noah stava già prendendo a calci la porta d'ingresso. Josie si lasciò Connie alle spalle e corse verso Noah, aprendo la fondina mentre correva; quando lo raggiunse, Noah aveva già divelto la porta dal telaio, aveva estratto la pistola e si stava introducendo all'interno della casa. Dietro di lui Josie, pronta e con la pistola in pugno, lo seguiva. Ispezionarono ogni stanza del piano terra e, non trovando nessuno, Noah indicò il soffitto e Josie annuì, lasciando che Noah la precedesse su per le scale.

Dietro la seconda porta del corridoio del piano superiore, trovarono Marisol accasciata sul pavimento, ai piedi di un letto matrimoniale. Aveva i capelli unti e scarmigliati. Da una spaccatura sul labbro inferiore colava qualche goccia di sangue. Quando alzò lo sguardo verso di loro, Josie vide che le avevano rotto il naso e che l'occhio sinistro era nero e gonfio.

«La pistola.» disse Josie a bassa voce verso Noah.

«La vedo.» disse lui, avanzando verso Marisol e indicando la Glock sul pavimento accanto a lei. «Mrs. Dutton, deve allontanarsi dall'arma.»

Josie si diresse nella direzione opposta, verso Kurt Dutton, che giaceva tutto raggomitolato sul pavimento vicino a una grande cabina armadio. Aveva una ferita d'arma da fuoco in pieno petto che sprizzava sangue. Josie controllò che non ci fossero altre armi in giro, ma non ne vide. Si mise in ginocchio, si tolse la giacca e la usò per fare pressione sulla ferita, mentre con l'altra mano cercò il polso. Era debole e flebile. «Noah.» disse. «Non ce la farà. Ci serve subito un'ambulanza.»

Noah aveva aiutato Marisol a salire su un lato del letto. Tirò fuori il telefono e fece la chiamata.

«Marisol, cos'è successo qui?»

Noah e Josie guardarono verso la porta dove videro Connie, immobilizzata, con il volto pallido e gli occhi spalancati, sconcertata nel contemplare la devastazione in cui era piombata la grande camera da letto: mobili rovesciati, lampade rotte, macchie di sangue sul tappeto.

«Connie, resti lì, non si avvicini.»

Connie sembrò non sentirla, con gli occhi ancora incollati sulla sua amica, ma non entrò nella stanza. «Marisol?» disse.

Marisol cominciò a piangere. Si strinse le braccia intorno alla vita, trasalendo, e guardò Josie. «È morto?»

«No.» disse Josie. «Ma ha perso molto sangue.»

«Gli chieda cosa ha fatto.» disse Marisol.

Noah riattaccò il telefono e lo rimise in tasca. Ripose la pistola nella fondina e si avvicinò a Marisol. «È ferita?» chiese.

«Mi ha picchiata.» rispose Marisol. «Mi ha inseguita. Era come impazzito.»

«Non ha ferite da arma da fuoco, però.» disse Noah.

Lei scosse la testa. «Sono io che ho sparato a lui.» disse.

Connie sussultò e si coprì la bocca con una mano.

«Non dovrei dirlo.» disse Marisol. «Lo so. Dovrei aspettare un avvocato. Non sapete cosa ha fatto. Chiedetegli cosa ha fatto.» Josie guardò Noah e scosse leggermente la testa. Sotto le sue mani, Kurt Dutton stava morendo dissanguato. Respirava a malapena. Non c'era modo che rispondesse a nessuna domanda.

«Non è in grado di parlare in questo momento, Mrs.

Dutton.» disse Noah. «Perché non andiamo di sotto ad aspettare...»

Marisol si alzò di scatto dal letto, ma sussultò, perché il movimento le procurò evidentemente dolore, dal modo in cui mise la mano destra sul lato sinistro della cassa toracica. «È un mostro. Le ha uccise entrambe. Vera e Beverly... e il bambino di Beverly. Sapevate che aveva messo incinta Beverly prima di ucciderla?»

«Mrs. Dutton, lei è in stato di shock in questo momento. Potrà rilasciare una dichiarazione quando sarà stata controllata da un medico.»

Cercò di prenderla per un braccio, ma lei lo respinse. «L'ho vista una volta, sapete. Era venuta al teatro per incontrarsi con lui, ma c'ero io quel giorno. Non l'ho mai dimenticato. Ieri sera mi ha detto che oggi sarebbe dovuto andare alla stazione di polizia. Gli ho chiesto per quale motivo e lui mi ha risposto che si trattava delle attrezzature per l'alluvione della città. Ma poi ha chiamato il nostro avvocato e ho capito che mi aveva mentito. Per tutta la notte gli ho chiesto cosa stesse realmente accadendo, finché alla fine mi ha colpita. Gli ho chiesto se avesse a che fare con il ritrovamento del corpo di Beverly Urban. Me l'ha detto. Lo ha ammesso. L'aveva uccisa lui, tanti anni fa, e ha ucciso Vera perché non aveva più intenzione di mantenere il suo segreto. Stava per raccontare la verità alla polizia.»

Connie sussultò di nuovo, ma non disse nulla.

Marisol continuò: «Gli ho chiesto quale fosse la verità e lui mi ha detto che lui e Beverly avevano una relazione. Quando lei era al liceo! Sapevo che diceva la verità grazie alle ragazze.»

«Oh, Marisol.» sussurrò Connie.

«Quali ragazze?» chiese Josie. Controllò di nuovo il polso di Kurt. Era appena percettibile.

«A mio marito piacevano le ragazzine.» sbraitò Marisol. «All'inizio, dopo che ci eravamo sposati, frequentava solo ragazze in età universitaria. Specializzande. Stagiste non retribuite. Le assumeva dall'Università di Denton e poi se ne andava in lungo e in largo per la città insieme a loro. Come se non avessi potuto scoprirlo.»

Josie guardò Connie. «Lei lo sapeva?»

Connie annuì. «Mio marito l'ha visto qualche volta con delle ragazze del college. Era ovvio che fosse... interessato a loro, ma erano adulte, quindi non abbiamo mai detto nulla.»

«Ma non erano tutte adulte.» precisò Marisol. «Beverly Urban aveva sedici anni quando iniziarono la loro relazione. Gli ho chiesto se era per questo che l'aveva ammazzata: perché se qualcuno avesse scoperto che aveva avuto una relazione sessuale con una minorenne, si sarebbe rovinato la vita. Avrebbe rischiato la prigione. Mi ha risposto che non aveva avuto intenzione di ucciderla, ma solo di spaventarla perché era incinta del suo bambino e lei minacciava di tenerlo. Lei lo aveva invitato a casa sua, in un momento in cui pensava che sua madre fosse fuori, e glielo disse. Litigarono di brutto. Vera era intervenuta e le cose erano peggiorate. Lui voleva pagarla, pagarle entrambe, per risolvere il problema, ma Beverly si era rifiutata. Mi ha detto di aver tirato fuori la pistola per spaventarla, per spaventare entrambe e costringerle a fare ciò che voleva, ma le cose gli erano sfuggite di mano e le aveva sparato.»

Josie capì che si trattava di una bugia. Non poteva immaginare uno scenario in cui Kurt Dutton avesse sparato a Beverly alla nuca per caso o nella foga del momento. Stando alla ricostruzione dei fatti della dottoressa Feist, Kurt Dutton avrebbe dovuto trovarsi in piedi alle spalle di Beverly, a pochi metri di distanza, e lei avrebbe dovuto allontanarsi da lui nel momento in cui aveva premuto il grilletto. Ma quella che stavano ascoltando era la confessione di seconda mano di Dutton.

«Perché Vera non si rivolse alla polizia?» domandò Noah.

«Non ne ho idea.» rispose Marisol. «Ha detto che si era offerto di pagarla a patto che sparisse e non ne facesse mai parola con nessuno. Le disse che se fosse andata alla polizia, avrebbe raccontato che per anni aveva spacciato droga a sua moglie e alle sue amiche. L'avrebbe rovinata. Gli ho chiesto perché non avesse ucciso anche Vera sedici anni fa, quando già aveva sparato a Beverly, e lui mi ha risposto che non era lucido e che non aveva intenzione di uccidere Beverly. Vera era così spaventata che si limitò a fare quello che lui le aveva detto. Avevano fatto una specie di accordo. Non so di cosa si trattasse o che cosa prevedesse, so solamente che lui l'aveva pagata e che lei aveva mantenuto il silenzio. Ma ha detto che Vera era tornata dopo il ritrovamento del corpo di Beverly. Lo aveva pregato di andare alla polizia, di spiegare che era stato un errore, e gli aveva detto che ci sarebbe andata lei stessa se lui non avesse voluto. Ma lui non poteva rischiare, specialmente in un momento come questo, che stava per concludersi la corsa alla carica di sindaco, e così ha ucciso anche lei. Sapeva dove alloggiava, così l'ha seguita e l'ha fatta fuori. Quel giorno ho dormito fino a tardi. Pensavo che fosse stato sempre in casa, ma non era così. Ero il suo alibi e non lo sapevo nemmeno. Alla fine, ha detto che avrebbe ucciso anche me se lo avessi raccontato. Ho cercato di raggiungere il mio telefono e lui ha iniziato a picchiarmi.»

In lontananza si sentivano le sirene in avvicinamento. Marisol si accasciò sul letto, in lacrime. Noah passò accanto a Connie e uscì dalla stanza per raggiungere i soccorsi all'esterno. Josie si abbassò per controllare di nuovo il polso di Kurt Dutton, ma non c'era più.

QUARANTASETTE
UNA SETTIMANA PIÙ TARDI

Josie era seduta alla sua scrivania nella stazione di polizia di Denton e stava sfogliando le pagine dei documenti recuperati nell'appartamento di Vera Urban, quando avvertì una presenza alle sue spalle e girò la testa per ritrovarsi davanti il capo Chitwood che indugiava. «Ti stai ancora occupando del caso delle Urban, Quinn?»

«Non abbiamo ancora trovato nessuna prova che Kurt Dutton abbia sostenuto finanziariamente Vera Urban. Ho chiesto all'avvocato di Marisol se potevamo avere i registri finanziari di suo marito e mi ha risposto che avrebbe controllato di persona, il che significa che non vedrò nemmeno uno straccio di documento.»

Chitwood accostò una sedia vuota alla scrivania di Gretchen, si sedette e si avvicinò a Josie. «Quinn...» disse. «Il caso è chiuso. Abbiamo la dichiarazione della moglie. La valutazione balistica della pistola di Kurt Dutton corrisponde al proiettile trovato nel cranio di Beverly e ai bossoli trovati nella vecchia sala da bowling. Tutto corrisponde. Hummel non è riuscito a ricavare impronte dai bossoli, ma la balistica corrisponde e questo mi basta.»

«Signore, alcune cose non quadrano. Specialmente tutto ciò che riguarda Vera.»

«Pensi che sia stato qualcun altro a uccidere Vera?»

Con un sospiro, Josie si appoggiò allo schienale della sedia. «No. Penso che l'abbia uccisa Dutton.»

«Allora qual è il problema?»

Josie raccolse una pila di fogli che aveva davanti a sé e li lasciò ricadere alla rinfusa sulla scrivania. «Vera era una questione in sospeso. Non ha avuto problemi a togliersela di mezzo quando è tornata in città, dopo che aveva passato sedici anni a nascondersi. Allora perché non l'ha uccisa subito? Perché spendere tutti quei soldi per mantenerla? Soldi di cui, tra l'altro, non riesco a trovare traccia.»

«Quinn...» disse Chitwood. «Non ti è venuto in mente che potesse avere una relazione con Vera?»

«No.» disse Josie. «Marisol ha detto che gli piacevano le donne più giovani e Connie Prather lo ha confermato.»

«E tu sei riuscita a dimostrarlo? Hai parlato con qualcuna delle giovani donne con cui Dutton aveva avuto una relazione?»

«Beh, no, ma...»

«Quinn...» disse Chitwood. «Lascia perdere.»

«Credo che Marisol sapesse qualcosa.» sbottò Josie.

«Cosa, per esempio? Credi che sapesse che suo marito aveva messo incinta una minorenne sedici anni fa, che l'aveva uccisa e seppellita, e che aveva pagato sua madre per quasi vent'anni perché non dicesse nulla e che questa madre avrebbe deciso di chiudere la questione solo la settimana scorsa?»

«No.» disse Josie. «Non esattamente. Non lo so. Penso solo che avesse capito qualcosa. Non sono in grado di dire se sapesse qualcosa in modo concreto o se lo sapesse semplicemente perché aveva la costante sensazione che ci fosse qualcosa che non andava, però aveva scelto di ignorarlo e di non porre domande perché le piaceva la sua vita comoda e perché non c'era niente di particolarmente eclatante sotto i suoi occhi. Che sia l'una o l'altra, penso che sappia molto di più di quanto ci ha detto.»

Chitwood la guardò con attenzione. Piegò le mani sullo stomaco. «Quinn, faccio questo lavoro da molto tempo...»

«Lo so, lo so. Da quando ero in fasce.» disse Josie con un gemito. Immediatamente si pentì. Aspettò che Chitwood balzasse dalla sedia, le puntasse contro un dito storto e la ammonisse. Invece, non successe nulla di tutto ciò. Al contrario, si mise a ridere. Josie rimase così sbalordita che per un momento si chiese se non soffrisse di allucinazioni. Si guardò intorno nell'ufficio, sconvolta nel constatare che nessuno dei suoi colleghi era presente. Non le avrebbero mai creduto.

Chitwood disse: «Da quando eri in fasce, Quinn... ho avuto per le mani più casi di quanti ne possa contare e molti mi hanno lasciato una sensazione di malessere anche quando si erano conclusi, anche quando avevo catturato il colpevole, come se mi fosse sfuggito qualcosa. A volte è così e non ci si può fare niente. A volte, Quinn, devi convivere con quel malessere.»

Detto questo, si alzò e se ne andò. Josie lo guardò tornare nel suo ufficio e chiudere la porta, chiedendosi se quell'ultima frase riguardasse il caso Urban o lei. Quando voltò lo sguardo alla porta, si accorse che Gretchen stava emergendo dalle scale con due caffè in mano, entrambi presi al Komorrah's Koffee. In buona parte della città, l'alluvione si era finalmente ritirata, le attività commerciali stavano riaprendo e i residenti stavano riprendendo la loro quotidianità. C'erano ancora diverse aree allagate che i servizi di emergenza monitoravano costantemente e zone inagibili che venivano pattugliate regolarmente, ma per la maggior parte, la vita precedente all'alluvione stava riprendendo. Misty aveva preso Harris e Pepper ed era tornata a casa sua, lasciando Josie e Noah stranamente soli e molto affamati.

Gretchen mise un bicchiere di carta davanti a Josie e si avvicinò alla sua scrivania. Josie tirò indietro la linguetta del coperchio e lasciò che il profumo della sua ricetta preferita del Komorrah la avvolgesse.

«Potresti essere la mia anima gemella.» le disse.

«Fraley sarebbe dispiaciuto di sentirlo.» commentò Gretchen.

Mettner entrò sventolando un fascio di fogli. «Boss, ho appena incontrato Hummel.» annunciò. «Mi ha dato i risultati dei test sul DNA del caso Urban. A quanto pare, il sindaco Charleston ha fatto pressione per farli accelerare. Un altro chiodo nella bara di Dutton a pochi giorni dalle primarie. Immagino che questo significhi che ce la ritroveremo tra i piedi per altri due anni.»

Le consegnò i rapporti e lei li sfogliò. «Marisol aveva ragione. Kurt Dutton era il padre del bambino di Beverly e Silas Murphy era il padre di Beverly. Dunque, Vera aveva detto la verità quando gli aveva rivelato che era lui il padre.»

«Pensate che dovremmo dirlo a Silas?» chiese Mettner.

Josie posò il fascicolo sulla scrivania e sospirò. «Pensi che rimborserà al Comune le spese per il funerale di Beverly?»

Gretchen scoppiò in una risata secca.

Prima che qualcuno potesse dire qualcos'altro, Amber apparve dalla tromba delle scale. La sua pelle d'alabastro era tinta di rosso e camminava velocemente, quasi come se qualcuno la stesse inseguendo. «Detective Quinn!» esclamò. «Ho qualcosa per lei.»

Prese una sedia da una delle altre scrivanie e la spostò, mettendosi accanto a Josie. Dalla borsetta estrasse una piccola chiavetta USB e la porse a Josie.

«Che c'è qui?» chiese Josie.

«La guardi!» disse Amber. Ansimava e gonfiava il petto per prendere aria. «Per favore.»

Josie la collegò al computer e attese che il PC la riconoscesse.

Mettner si spostò dietro di loro. «Amber, che succede?»

Amber li guardò uno per uno e poi disse: «Sono stata nell'ufficio del sindaco.» Alzò una mano. «Lo so, lo so. Pensate tutti che io sia una specie di spia. Ma non è vero. Devo semplicemente tenere i contatti con il suo ufficio. Questo significa che devo comunicarle le informazioni che potrebbero essere pubblicate dalla stampa. Quindi stavo aspettando fuori dal suo ufficio quando ho visto Connie Prather che aspettava di incrociarla.»

«Dove, in municipio?» chiese Gretchen.

Amber annuì. «Connie Prather è entrata prima di me. All'inizio non ho sospettato niente, ma poi le ho sentite gridare l'una contro l'altra e ho spostato la mia sedia più vicino. Le ho sentite parlare di cosa fare dei documenti, ora che Kurt Dutton è morto. Il sindaco Charleston ha detto che quelli non erano affari suoi e che non poteva farsi coinvolgere, ma Mrs. Prather ha ribattuto che invece erano affari suoi perché lei era il sindaco. Non sono riuscita a sentire il resto di quello che si sono dette dopo, ma credo fosse qualcosa su Marisol Dutton. Il sindaco ha chiesto a Mrs. Prather perché non avesse portato i documenti alla polizia e lei ha risposto che non voleva che la polizia lo scoprisse, voleva che se ne occupasse solo il sindaco. Poi è entrata un'altra persona nella sala d'attesa e ho perso il resto della conversazione, però ho visto Connie Prather uscire in lacrime. Aveva una chiavetta USB in mano. L'ho seguita nei bagni. Era in uno dei cubicoli. Quando è uscita ha posato la borsa accanto al lavandino. Stava ancora piangendo e quando mi ha visto è tornata nel bagno per ricomporsi. Aveva lasciato la borsa sul ripiano. Ho infilato la mano e ho trovato la chiavetta. Non mi ha vista.»

«Aspetti un attimo...» disse Josie. «L'ha rubata? Non possiamo guardarla, Amber. Non è legale. Qualunque cosa ci sia qui dentro...»

«Per favore.» la implorò Amber. «Lo guardi e basta. È importante.»

«Amber, perché hai rubato una chiavetta a Connie Prather?» chiese Mettner.

Lei lo guardò, con gli occhi spalancati. «Nessuno in questo dipartimento crede che io sia dalla vostra parte. Tutti voi pensate che io sia il burattino del sindaco. E con quello che è successo, resterà in carica ancora a lungo. Ho bisogno che tutti voi vi fidiate di me. La fiducia si guadagna, non si compra.»

Josie cercò di non trasalire a quelle parole, mentre apriva i file PDF sulla chiavetta e li esaminava. «Sono file della Fondazione Prather.» disse. «Sembrano richieste di borse di studio.»

Scorse altri documenti. «Ci sono anche alcune e-mail. A quanto pare, ogni quattro o cinque anni Marisol Dutton sceglieva la studentessa a cui assegnare una borsa di studio dalla Fondazione.»

«La Dutton Enterprises è stata una grande finanziatrice della Fondazione Prather nel corso degli anni.» spiegò Amber.

«Non è illegale.» disse Gretchen. «E nemmeno che Marisol scegliesse a chi destinare la borsa di studio. La Fondazione Prather è privata. Non è vincolata dalle regole a cui sono soggette le organizzazioni no profit.»

Josie scorse le candidature più lentamente. I nomi le erano familiari, ma non riusciva a inquadrarli. «Come ha fatto Marisol a trovare queste studentesse e a selezionarle? Pensavo che il suo unico compito fosse quello di essere bella e di spendere i soldi del marito.»

Josie arrivò all'ultima domanda e quando lesse il nome si sentì attraversare da un brivido freddo.

Gretchen chiese: «Cosa c'è, Boss?»

«Alice Adams.» disse Josie. «Queste domande... sono tutti nomi che abbiamo trovato sulle patenti di guida usate da Vera.»

«E questo cosa significa?» domandò Mettner.

Josie scorse altri documenti. «La Fondazione poteva inviare gli assegni direttamente alle studentesse o ai loro genitori anziché alla scuola. Come ha detto Gretchen: fondazione privata, regole private. Ogni quattro o cinque anni, Marisol Dutton sceglieva una giovane donna che avrebbe ricevuto assegni continui dalla Fondazione dal primo anno fino al diploma. Connie approvava le domande e gli assegni venivano consegnati.»

«Ma non alle destinatarie.» disse Gretchen. «A Vera. Che si spacciava per queste donne.»

«Proprio così.» confermò Josie. «Non è stato Kurt Dutton a finanziare Vera in tutti questi anni, ma Marisol. Ha incanalato i finanziamenti attraverso la fondazione di Connie.»

«Porca miseria.» disse Mettner. «Ma perché?»

«Ho una mia idea.» disse Josie. «Ma prima dobbiamo parlare con Connie e Marisol. Purtroppo, dato che Amber ha rubato questi documenti, non possiamo usarli. Avremo bisogno che confessino tutto o una parte.»

Amber si morse il labbro inferiore e chiese: «Come farete?» «Non lo so.» disse Josie. «Ma credo che dovremmo iniziare parlando con Connie.»

QUARANTOTTO

Josie e Gretchen si trovavano sulla scalinata della casa di Connie Prather. Avevano già suonato il campanello e bussato diverse volte, ma non avevano ricevuto risposta. Alla fine, Gretchen ipotizzò: «Può darsi che stia portando a spasso il cane.»

«Facciamo due passi allora.» suggerì Josie.

Erano a metà dell'isolato successivo quando passarono davanti alla casa di Calvin Plummer. La Lexus LX dell'avvocato era parcheggiata sul vialetto, così come la Honda di Tammy. Mentre passavano, videro la segretaria uscire dalla casa e dirigersi verso la sua auto. Josie la salutò con la mano e lei ricambiò il saluto. «Agenti, cosa ci fate qui?»

«Stiamo cercando una persona.» le spiegò Josie. «Connie Prather, la conosce? Ha un cagnolino piccolo, minuscolo, a pelo bianco. Un cagnolino da borsetta.»

Tammy indicò la strada, nella direzione in cui erano dirette Josie e Gretchen. «L'ho vista scendere verso la zona alluvionata circa mezz'ora fa.»

«È ancora allagata?» chiese Josie.

«Sul retro del complesso, sì. Quando arrivate alla fine di questo isolato, girate a sinistra. Vedrete una grande casa in costruzione, dietro la quale si trova il punto in cui il fossato era stato inghiottito dall'inondazione più ampia. Laggiù la situazione è ancora piuttosto grave. Fate attenzione. Non so cosa sia andata a fare da quelle parti, ma so che ci vanno in molti per vedere di persona i danni.»

Josie la ringraziò e si avviò insieme a Gretchen seguendo le indicazioni finché non arrivarono alla casa cui aveva accennato Tammy: era alta e maestosa, ma coperta da teloni in Tyvek che si agitavano al vento, producendo un forte fruscio svolazzante come quello di un centinaio di enormi insetti volanti. Non c'era traccia di Connie e del suo cagnolino, così si diressero verso il lato della casa camminando nel fango e nella terra per raggiungere il giardino. Anche la terrazza sul retro della casa era incompiuta. Più avanti c'era almeno mezzo ettaro di terreno intriso d'acqua, in pendenza, che portava a una zona boscosa. Non si riusciva a vedere granché oltre le cime.

«Pensi che sia arrivata fin quaggiù?» le domandò Gretchen.

«Difficile.» disse Josie. «Per portare a spasso il cane? Mi sembra strano...» Si addentrarono nella proprietà.

«È acqua quella?» chiese Gretchen fermandosi e indicando più avanti. «Dall'altra parte di quegli alberi...»

Josie studiò il confine della proprietà finché non vide qualche chiazza d'acqua fangosa. «Credo che sia il famigerato fossato.»

Fecero ancora qualche passo verso gli alberi. «Guarda.» disse Gretchen, fermandosi e sbarrando la strada a Josie con un braccio. Guardandosi i piedi, Josie vide che l'erba lasciava il posto a un ampio terreno fangoso e pieno di frammenti di cemento. Un'occhiata alle loro spalle rivelò che erano circa a metà strada tra la casa e la fila di alberi. «Qui doveva esserci un muro.» aggiunse Gretchen. «Allora qui è dove finisce il cortile...»

«E il muro è crollato.» concluse Josie. Dal punto in cui si trovavano, le case vicine erano appena visibili, ma si vedeva che ognuna aveva un solido muro di sbarramento tra i loro prati ben curati e la linea degli alberi che separava le proprietà dal fossato.

«Cosa c'è dall'altra parte del fossato qui dietro?» chiese Gretchen.

«Una delle zone ancora alluvionate. Uno degli affluenti del fiume attraversa il quartiere vicino ai Quail Hollow da questo lato. Quando è esondato, si è riversato nel fossato, provocando l'allagamento. Ora è un'unica grande zona inondata.»

«A giudicare da questi pochi frammenti che ne rimangono, il muro di sbarramento sul retro di questa proprietà doveva essere incompiuto, oppure era troppo debole per resistere allo straripamento del fossato.» dedusse Gretchen. «Non c'è motivo per Connie Prather o per chiunque altro di venire fin quaggiù.»

«C'è qualcosa che non va.» disse Josie. «Lo senti?»

Rimasero in silenzio ad ascoltare. Il vento faceva frusciare le foglie degli alberi e le voci salivano dalla direzione del fossato.

«Andiamo!» disse Josie. «Fa' attenzione!»

Mentre iniziavano a percorrere il campo scivoloso e fangoso muovendosi tra i frammenti irregolari di cemento, Gretchen individuò una serie di impronte. Due serie, entrambe mescolate. «Cammina dove hanno camminato loro, così non dovremmo rischiare di cadere.»

Josie allargò le braccia per tenersi in equilibrio mentre passava da un blocco di pietra deforme all'altro. Gretchen mise entrambe le mani sulle spalle di Josie per sostenersi e la seguì lentamente. Le voci si fecero più forti. Alla fine le pietre lasciarono il posto al fango, venato dalle radici degli alberi. A circa trenta metri di distanza, oltre gli alberi, si vedevano le acque melmose e agitate del fossato. Più avanti ancora, si estendeva il resto della zona alluvionata.

Josie e Gretchen seguirono le voci tra gli alberi finché non divennero più nitide. Era difficile muoversi rapidamente perché il fango risucchiava le loro scarpe da ginnastica e a ogni passo emettevano un suono simile a uno schiocco, tanto che Josie si aspettava che a un certo punto le voci si sarebbero fermate. Invece, non accadde. Infine, arrivarono al punto in cui gli alberi finivano. Tra la linea degli alberi e il fossato sorgeva una stretta sporgenza di terra battuta, da cui spuntavano altre radici di alberi come braccia nodose. Erano gli evidenti segni che nei giorni precedenti doveva esserci stata una piccola frana in quel punto, probabilmente quando l'inondazione aveva superato e distrutto il muro di sbarramento alle loro spalle. Da dove si trovavano, Josie stimò che si trattava di un salto di tre metri e mezzo dalla sporgenza fino all'acqua. Si fermarono dietro una grande quercia e allungarono il collo per capire da dove venissero le voci.

A poco più di cinque metri, Josie vide per prima Connie Prather, che stava in piedi vicino agli alberi, con il suo piccolo cagnolino stretto al petto. Ai piedi portava degli stivali di gomma rosa acceso e un impermeabile abbinato completava l'insieme, anche se non pioveva più. «Torna indietro, non stare così vicina al bordo, Marisol. Dico sul serio. Mi stai spaventando.»

Marisol era tutta in nero e stava a circa due metri di distanza, il più vicino possibile al bordo prima del salto sotto i suoi piedi e, con uno degli stivali di gomma che aveva ai piedi, stava sfiorando la radice di un albero coperta di fango. Non ottenendo risposta, Connie continuò: «Non capisco perché hai voluto venire a parlare proprio qui.»

Marisol rise, ma continuò a dare le spalle a Connie. «Perché tu mi vuoi accusare di qualcosa di molto grave e io non voglio correre il rischio che qualcuno ti senta.»

«Non ti sto accusando di nulla. Ti sto dicendo che con tutto quello che è venuto fuori su Kurt, sembra che ci siano delle... irregolarità nella tua collaborazione con la nostra fondazione. Ne ho parlato con Tara e lei...»

Marisol si girò verso di lei, con occhi lampeggianti. Il gonfiore del viso era diminuito, ma sulla pelle rimanevano diverse sfumature di viola e di giallo a causa dei lividi sbiaditi. «Hai parlato con Tara? Hai perso la testa?»

Connie strinse il cagnolino più vicino a sé e fece un passo indietro. «Tara non voleva nemmeno starmi a sentire. Mi ha detto di andare alla polizia.»

Marisol parve calmarsi. Era sparito il momentaneo lampo di collera che Josie aveva visto. Al suo posto c'era un sorriso sardonico. «Vuoi andare alla polizia perché mi hai permesso di scegliere a quali studentesse destinare le borse di studio per la tua fondazione? Ma le senti le parole che dici? Connie, lo so che la tua vita è un mortorio e che forse stai cercando di movimentare un po' le cose, ma lasciami fuori da questa faccenda. Ho dovuto uccidere mio marito la settimana scorsa. Ne ho passate abbastanza.»

«Allora mi vuoi spiegare cosa hai fatto con quelle candidature?»

Marisol alzò gli occhi al cielo. «Non so di cosa stai parlando, Connie.»

«Era stata una tua idea quella di usare la mia fondazione.»

«Usarla per cosa?»

«Sai benissimo per cosa!» strillò Connie.

Il suo cagnolino emise un guaito e Connie lo posò a terra, con il guinzaglio allentato intorno al polso. «Le ragazze che tu avresti "selezionato" per le borse di studio... eri stata tu a compilare le loro domande. Quattro domande diverse, quattro nomi diversi, molte risposte simili e tutte le firma con la stessa calligrafia... la tua.»

«Non puoi dimostrarlo.» si schernì Marisol.

«Ma ho ragione, non è vero? Non hai scelto nessuna ragazza. Le avevi inventate e avevi compilato le domande a loro nome e poi avevi preso i soldi, dico bene? A cosa ti servivano?»

Marisol non rispose. Anzi, fece un altro passo verso il bordo. Josie e Gretchen uscirono da dietro l'albero.

«Stava mantenendo Vera Urban.» si intromise Josie.

Connie sobbalzò al suono della sua voce; Marisol alzò lo sguardo. Ora che erano più vicine, Josie poté vedere che i suoi occhi erano iniettati di sangue. «Oh, fantastico.» disse Marisol. «Connie, sei stata tu? Hai chiamato gli sbirri?»

Connie scosse la testa. «No, non le ho chiamate io.»

«Allora che ci fanno qui?» chiese Marisol, alzando la voce fino quasi a gridare, emanando una zaffata di alcol che si diffuse verso Josie e Gretchen.

Josie si avvicinò di un altro passo, Gretchen la seguì a ruota. Alla loro destra, l'acqua si estendeva per chilometri, in lontananza diverse case vuote spuntavano dal fango, con le finestre che sembravano occhi senza vista. «Siamo venute qui perché abbiamo qualche altra domanda...» disse Gretchen.

«Per me?» chiese Marisol. Fece un piccolo passo indietro e barcollò per un istante prima di riuscire a raddrizzarsi.

«Per tutte e due, in realtà.» disse Josie.

Marisol fece qualche passo in direzione degli alberi. «Non sono obbligata a rimanere qui per queste stronzate.»

Aveva appena superato Connie quando Josie gridò: «Non vuole spiegare alla sua amica come ha usato la sua fondazione per finanziare gli ultimi sedici anni della vita di Vera Urban?»

Marisol si fermò di botto. Guardò oltre Connie verso Josie. «Non sapete di cosa diavolo state parlando. Siete tutte pazze.»

Josie guardò Connie. «Se Marisol non avesse sfruttato la fondazione, non sarebbe stata in grado di spiegare al marito per cosa spendeva tanti soldi ogni anno. I nomi delle candidate erano quelli di donne in carne e ossa. Vera le sceglieva. Aveva rubato le loro patenti. Per anni la fondazione ha spedito a Vera assegni a nome dei suoi pseudonimi, senza che nessuno se ne accorgesse. Si serviva dei documenti d'identità che falsificava per incassare gli assegni presso le banche su cui erano stati emessi, probabilmente recandosi in una filiale lontana dal luogo in cui viveva per non essere identificata da nessuno del posto.»

Connie girò la testa per guardare Marisol. Ai suoi piedi il

cagnolino uggiolava. «È vero, Marisol? Perché? Perché l'hai fatto?»

Marisol non emise un fiato.

«Sì, Marisol...» continuò Josie. «Ci dica: perché ha mantenuto Vera per tutti questi anni, mentre si nascondeva? E perché aveva bisogno di nascondersi, tanto per cominciare?»

«Lo sapete il perché.» disse Marisol. «Ve l'ho detto.»

«Dopo aver sparato a suo marito ci ha detto che Vera si era nascosta perché aveva assistito all'omicidio di Beverly.» ricapitolò Josie. «Vera era presente la notte in cui Kurt ha ucciso Beverly, dico bene? Che cosa è successo veramente?»

Marisol infilò entrambe le mani nelle tasche della giacca. Lentamente, sollevò la testa per incrociare lo sguardo di Josie. «Ve l'ho già detto.»

«Ci ha raccontato una versione di quello che è successo. Ora vogliamo la verità.» la esortò Gretchen.

Connie fissò l'amica, sbalordita. «Marisol, di cosa stanno parlando? Hai detto che Vera aveva cercato di fermare Kurt e poi...»

Marisol emise un verso di gola per la frustrazione e interruppe Connie. «Vera non intervenne. Pensi che Vera avrebbe potuto fermare Kurt? Aveva la schiena malandata e lui era più avanti di un metro e mezzo. E poi, Kurt era spaventoso. Vera era rientrata a casa passando dalla porta sul retro e si era nascosta sentendo Kurt e Beverly che discutevano in salotto. Beverly voleva tenere il bambino. Voleva denunciarlo. Kurt la uccise a sangue freddo. Vera mi raccontò che Beverly gli stava dicendo che non c'era nulla che lui potesse dire per convincerla a sbarazzarsi del bambino e gli aveva intimato di andarsene. Poi si era girata dall'altra parte per uscire. Allora Kurt aveva tirato fuori una pistola dalla tasca, aveva preso la mira e le aveva sparato. Vera aveva visto tutto. Non appena Kurt ebbe sparato a Beverly, Vera era corsa a rintanarsi nell'armadio del corridoio. Aveva il terrore che le facesse lo stesso se l'avesse trovata lì. Avete visto cosa ha fatto a me. Poteva diventare molto cattivo. Ho sempre temuto che prima o poi mi avrebbe ammazzata. Non mi picchiava spesso, lo faceva solo quando gli rinfacciavo delle ragazze con cui si vedeva o quando minacciavo di andarmene. In quei momenti ci metteva tutta la foga che aveva in corpo. Diventava un mostro. Vera aveva visto di cos'era capace e aveva avuto paura.»

«Mio Dio, Marisol!» disse Connie. «Ma come fai a sapere tutto questo?»

«Perché me lo disse Vera.»

«Vera venne da lei invece che andare alla polizia?» chiese Josie.

«Perché?» chiese Gretchen.

«Kurt era mio marito...» spiegò Marisol, come se fosse la cosa più ovvia del mondo. «Vera era mia amica.»

«Ma non vedeva Vera da sedici anni.» disse Josie. «A detta di tutti, Vera non aveva mai incontrato Kurt. Non era mica presente alle vostre feste. Vera non nutriva alcuna fedeltà nei suoi confronti. Non aveva nemmeno motivo di temerlo, se fosse uscita di casa senza che lui si accorgesse della sua presenza.»

«Era un uomo molto potente.» disse Marisol.

«No.» la corresse Gretchen. «Non era così potente. Vera era una testimone oculare. Le sarebbe bastato raggiungere un telefono vicino per chiamare la polizia. L'avrebbero scoperto mentre seppelliva il corpo di Beverly sotto al pavimento del seminterrato.»

«Vera venne da lei per un altro motivo.» concluse Josie.

Connie passò lo sguardo da Marisol a Josie e Gretchen e viceversa.

«Di che cosa stanno parlando, Marisol?»

«Sta' un po' zitta!» ringhiò Marisol.

Josie continuò. «L'unica ragione per cui dopo sedici anni Vera si rivolse a lei anziché alla polizia è che entrambe avevate qualcosa da nascondere. Dipendevate l'una dall'altra per tenere nascosti i vostri segreti. Vi sareste trovate entrambe in grossi guai se fossero venuti fuori.»

«Se si fosse saputo cosa?» domandò Connie, con gli occhi che dardeggiavano avanti e indietro.

Josie incrociò lo sguardo di Marisol. «Era lei la madre di Beverly, non Vera.»

Marisol prese un profondo respiro.

Connie trasalì. «Marisol... è vero? Hai avuto un bambino?»

Il volto di Marisol si contorse in un orribile cipiglio. «Zitta!» urlò. Poi guardò Josie. «Non può provarlo.»

Josie alzò le spalle. «Potrei, se si sottoponesse al test del DNA.»

«Come... come fate a saperlo?» chiese Connie.

«Marisol era in riabilitazione nello stesso periodo in cui Vera era incinta. Infatti, le aveva mandato un biglietto per scusarsi di non essere stata presente alla festa per l'arrivo della bambina. Le scrisse che era in riabilitazione in Colorado per un anno. Tutto il tempo necessario per mettere al mondo un bambino. Vera fu costretta a letto fin dagli inizi della gravidanza, eppure non si sa chi l'abbia aiutata a prendersi cura di sé in quel periodo. Aveva detto a tutti di essere andata da suo fratello in Georgia, ma in realtà i registri mostrano che partorì al Geisinger.»

«Inoltre, Vera e suo fratello si erano allontanati da anni.» aggiunse Gretchen. «Non sarebbe mai andata da lui, e infatti non lo fece. No. Credo che Marisol sia tornata qui, in Pennsylvania, prima che fosse troppo tardi per viaggiare, e lei e Vera si siano rintanate nella casa di Hempstead Road finché non era entrata in travaglio.»

«Mrs. Dutton...» chiese Josie, «come ha fatto a far mettere il nome di Vera sul certificato di nascita?»

Marisol non rispose.

«Marisol?» esclamò Connie. «Sei stata tu a fare tutto questo? Hai messo tu in atto tutto questo?»

Guardando la sua amica, Marisol disse: «Non sono un'idiota, Connie. So che pensi che lo sia, ma ho tirato avanti per tutti questi anni, se non te ne sei accorta.» Guardò Josie e Gretchen. «Presi la patente di Vera e mi spacciai per lei. Era la prima volta che falsificava un documento. Ci aveva semplicemente messo sopra la mia foto. Nessuno ci conosceva al Geisinger. Nessuno fece domande. Qualche giorno dopo tornai in Colorado, dove a quel punto avevo un appartamento. Mio marito non sospettava nulla. Né gli importava.»

«Quindi non ha mai saputo che era incinta.» disse Josie. «E lei non voleva che lo scoprisse perché la bambina che aspettava era di Silas Murphy.»

Connie emise un grido strozzato. «Era lui il padre? Marisol? È vero?»

Ignorando Connie, Marisol fece una risata amara. «Sì, è il sogno di ogni marito che la moglie metta al mondo i figli di uno spacciatore. Naturalmente non potevo portare a casa quella bambina e non potevo nemmeno sopportare di... non averla.»

«Ha dovuto chiedere a Vera di prendere la bambina o si era offerta lei?» chiese Josie.

«Non lo so più.» ammise Marisol. «È tutto confuso. Vera voleva disperatamente un bambino mentre mio marito non voleva assolutamente figli...»

Connie si portò le mani alla vita. Il guinzaglio del cane le scivolò dal polso, ma non si mosse di un millimetro per raccoglierlo. Non riusciva a distogliere lo sguardo da Marisol.

«Perché non lasciarlo?» chiese Gretchen.

«Oltre al fatto che mi avrebbe ammazzata davvero? Perché sarei rimasta al verde. I soldi erano tutti suoi. Era lui che aveva i soldi quando ci siamo sposati e ha guadagnato sempre di più, a non finire. Avevamo fatto un accordo prematrimoniale. Io dovevo essergli fedele e senza figli per vent'anni prima di avere diritto a qualsiasi bene coniugale.»

«Ma è legale?» chiese Josie.

Il cane di Connie si allontanò al trotto tra gli alberi, annusando in giro, trascinandosi dietro il guinzaglio. Connie proruppe in un pianto silenzioso mentre ascoltava la sua amica che confidava segreti vecchi di decenni.

«Non lo so.» rispose Marisol. «Perché non lo chiedete alla Marisol di diciotto anni? Era una ragazza intelligente. Una ragazza che aveva conosciuto un ragazzo in un ristorante dove faceva la cameriera, aveva firmato tutto quello che lui le aveva chiesto di firmare e da quel momento era rimasta a casa a fare la brava mogliettina, a cucinare e a ristrutturare mentre lui se ne andava alla ricerca di un'altra diciottenne per soddisfare le sue pulsioni. Che si era ritrovata in quella vecchia e grande casa tutta sola, anno dopo anno, mentre lui viaggiava per il mondo, a volte per mesi interi. Che veniva picchiata quando si lamentava. La ragazza che pensava che tutto questo fosse fantastico probabilmente potrebbe dirvi se quell'accordo prematrimoniale, che non avrebbe nemmeno letto finché non compì venticinque anni, era legale.»

«È assurdo.» disse Josie.

Le lacrime brillavano negli occhi di Marisol. «Vera era mia amica. So che sembra una stupidaggine, ma è stata una buona amica per me. Avevamo escogitato questo piano. Eravamo stupide e giovani, e io avevo una paura tremenda. Ma sapevo che se ce l'avessimo fatta, Vera si sarebbe presa cura della bambina, e così è stato. Era una madre meravigliosa. Molto meglio di quanto sarei stata io. Almeno fino a quando Beverly non era diventata un po' più grande e aveva iniziato a comportarsi male.»

«Perché la situazione era diventata ingestibile per Vera, per questo alla fine l'aveva chiamata.» disse Josie. «Voleva che si riprendesse Beverly.»

Connie si avvicinò a Marisol, fissando il volto dell'amica come se fosse una completa estranea. «Hai fatto tutto questo?» chiese incredula.

Ignorandola, Marisol tirò su col naso e si rivolse a Josie. «Non so se lo intendesse davvero o se si stesse solo sfogando, però sì. Le dissi che non c'era modo. Non potevamo cancellare quello che avevamo fatto. Non potevamo semplicemente confessare. Le offrii più soldi. Nel corso degli anni sono riuscita a farle pervenire del denaro, finché Beverly non la spinse giù dalle scale. Kurt mi versava una rendita per le cure termali, per i vestiti, per il parrucchiere e cose del genere. Ridussi diverse spese per passare i soldi a Vera. Poi cominciò a prendere gli antidolorifici e a quel punto i soldi non bastavano mai. Vera mi dava il tormento. In quello stesso periodo Kurt, quel pervertito schifoso di Kurt, incontrò Beverly dall'altra parte della strada, dove c'era quel vecchio teatro. Lavorava in una pizzeria... o comunque un posto dove facevano da mangiare.»

«Era una gelateria.» precisò Josie.

Marisol alzò gli occhi al cielo. «Non importa. Il fatto è che era quello il suo modo di fare: andava in quei posti squallidi dove lavoravano le ragazzine del college, le rimorchiava, ci si divertiva un po' e poi se ne andava. Solo che Beverly non era una ragazza del college.»

«Lo sembrava.» disse Josie.

Marisol annuì. «Sì. Sembrava più grande. Comunque, lo scoprii. Sapevo di tutte le sue ragazze. Cercavo di tenerlo d'occhio. Aspettavo una buona occasione per ricattarlo, ma nessuna sembrava mai quella giusta.»

Connie alzò le mani e spinse violentemente Marisol. Inciampando all'indietro, Marisol per poco non finì sul bordo, incespicando per rimanere sul terreno solido, mentre il fango si sgretolava rapidamente sotto i suoi piedi. Josie balzò verso di lei, cadendo a pancia in giù e afferrandola per i polsi. Dai punti di sutura alla gamba partì un bruciore improvviso. «Aiutami!» gridò a Gretchen.

Gretchen si puntò sulle ginocchia, cercando di trovare un appoggio sul bordo che non cedesse e si allungò per aiutare Josie a tirare su Marisol. Una volta al sicuro, Marisol si sdraiò sulla schiena, con il petto ansante. Lanciò un'occhiata a Connie. «Ma che problemi hai?»

Connie le puntò contro un dito accusatore. «Che problemi ho? Il mio problema è che sei una stronza bugiarda e connivente senza spina dorsale!»

«Oh, piantala un po', Connie! Tu e il tuo matrimonio perfetto, le tue figlie perfette e la tua fondazione caritatevole. Mi fai vomitare. Stai sempre a giudicare tutto.»

Josie e Gretchen si alzarono in piedi, ripulendo il fango dai jeans e avvicinandosi a Connie per scongiurare altri tentativi di far cadere Marisol nel fiume. Le fitte alla coscia bruciavano, ma Josie cercò di ignorarle.

Una risata isterica sgorgò dalla gola di Connie. «Io? Giudicarti? Hai abbandonato tua figlia. Ne hai coperto l'omicidio! Sei andata a letto con Silas.»

«Anche tu sei andata a letto con Silas.»

Connie scosse la testa come per scrollarsi di dosso quell'accusa. «Hai fatto tutto questo e poi hai sfruttato la mia fondazione per tenere in piedi il tuo giro di menzogne. Una cosa del genere potrebbe rovinare le nostre vite se si venisse a sapere!»

Marisol si alzò in piedi. «Sei tu che parlavi di andare alla polizia. Beh, guarda un po', è arrivata!»

«Sei una criminale, Marisol. Avresti potuto lasciare Kurt decenni fa. Invece hai permesso che si approfittasse di una ragazza dopo l'altra. Hai lasciato che ti picchiasse. Gli hai permesso di andare a letto con tua figlia!»

«Non ho lasciato che mi picchiasse. Cavolo, Connie. Vedi come fai? Giudichi tutti quanti attraverso la lente della tua vita perfetta, la tua vita facile! Pensi che sia una cosa semplice divorziare da un uomo che per poco non ti riduce in fin di vita e in più di un'occasione? E per tua informazione, non ho permesso a Kurt di andare a letto con Beverly!» urlò Marisol. «Successe e io lo misi alle strette. Non gli ho mai detto chi era quella ragazza o come facevo a conoscerla. Mi limitai a dirgli che li avevo visti insieme e che l'avevo seguita, e così avevo scoperto che era una studentessa del liceo. Ne seguì una discussione che mise fine a tutti i litigi. Mi ruppe un polso. Sapevo che non avrebbe smesso di vederla e l'intera faccenda era troppo disgustosa...»

«Quindi bevesti fino a dimenticartene?» la accusò Connie.

«No, chiesi a Vera di intervenire, di parlare con Beverly.»

«Ma Beverly era già furiosa con Vera e piena di risentimento...» si intromise Josie, «perché pensava che sua madre le stesse nascondendo l'identità del padre.»

«In un certo senso era così...» disse Marisol. «Però sì, Beverly non aveva intenzione di stare a sentire. Poi era rimasta incinta. Vera e io stavamo cercando di capire cosa fare. Sapevo che Kurt non avrebbe voluto quel bambino. Non ha mai voluto figli. Prevedevo già che sarebbe finita in un disastro, ma non sapevamo che decisione prendere. E poi lui la uccise. Vera scappò e venne da me. Era terrorizzata, sconvolta... in stato confusionale. Voleva andare alla polizia.»

«Ma la convinse a non farlo.»

«Non potevo rischiare. Cosa sarebbe successo se il mio segreto fosse venuto fuori?»

«Vera aveva cresciuto Beverly come se fosse sua figlia.» disse Josie. «E accettò senza problemi?»

«All'inizio no.» disse Marisol. «Ci volle molto per convincerla a seguire il mio piano, ma alla fine lo fece. Le avevo detto che Kurt ci avrebbe ammazzate entrambe se avessimo provato a chiedere aiuto alla polizia e che se lei lo avesse fatto senza di me, Kurt l'avrebbe seppellita, in senso sia letterale che figurato. Le offrii una vita di lusso. Tutto quello che doveva fare era stare zitta, prendere i miei soldi, starsene seduta con il suo gatto e guardare la TV.»

«E così ha fatto fino al ritrovamento del corpo di Beverly.»

«Non avevamo mai saputo cosa ne avesse fatto. Quando Vera l'ha visto al notiziario, è tornata. Ha preso un Uber o qualche altro mezzo, e si è presentata alla mia porta. Non so cosa le sia passato per la testa.»

«Pensava che fosse arrivato il momento di fare la cosa giusta.»

«E Kurt l'ha uccisa per questo.» disse Marisol.

«No.» disse Josie. «Non è stato lui. Kurt non aveva la benché minima idea che fosse ancora viva, non sapeva nemmeno che avesse assistito all'omicidio. Lei non è tornata qui, da lui, a dirgli che avrebbe finalmente confessato. È venuta da lei ed è a lei che ha detto che avrebbe vuotato il sacco. Che avrebbe raccontato tutto alla polizia. Ogni minimo dettaglio.»

Connie mugolò. «Hai ucciso tu Vera?»

Marisol si voltò verso l'amica e la fissò per un lungo istante. Con la coda dell'occhio, Josie vide le mani di Marisol scomparire di nuovo nelle tasche della giacca.

«Marisol, ferma!» gridò Gretchen, ma era troppo tardi: la sua mano destra aveva già estratto una pistola dalla tasca. Prima ancora che Marisol la puntasse contro Connie, Josie aveva già estratto la sua arma d'ordinanza e l'aveva puntata contro il petto di Marisol. Gretchen si avvicinò a Josie. Anche lei aveva la sua arma puntata su Marisol.

«Ferma.» le disse Josie. «Non si muova.»

Marisol fece appena un mezzo passo verso Connie e premette la canna della pistola sulla fronte della sua amica. La voce di Connie uscì alta e stridula per lo sgomento, come se quello che stava accadendo non fosse reale. «Marisol, fermati! Sai almeno come si usa quell'affare?»

Marisol diede un colpetto alla testa di Connie con la canna della pistola. «Certo. Indovina chi me l'ha insegnato? Il mio amorevole marito. Ironico, vero? Voleva che fossi in grado di difendermi quando rimanevo a casa mentre lui era in viaggio. Ho sempre sperato che un giorno sarei stata in grado di usarla contro di lui e così è stato.»

E aveva intenzione di usarla anche contro Connie, per

questo l'aveva portata fino in riva al fiume, si rese conto Josie. Vedendo che Marisol non abbassava la pistola, Connie gridò: «Marisol, che intenzioni hai?»

«Marisol, si calmi.» le disse Gretchen. «Metta giù la pistola. Non deve spingersi a tanto.»

Marisol alzò di nuovo gli occhi al cielo. «Non devo spingermi a tanto? Siete due poliziotte. Vi ho appena confessato tutto. Pensate che vi permetterò di mettermi le manette e di portarmi in prigione?»

«Lei ha una pistola, noi ne abbiamo due.» le fece notare Josie.

Marisol rise e pungolò la pelle di Connie con la canna della pistola. «Oh, davvero? Pensate che una di voi riesca a spararmi prima che io uccida Connie? Non è così che fanno i poliziotti. Non dovreste preservare la vita o quello che è? Io ho preso un ostaggio. Non dovreste negoziare con me?»

«Possiamo parlarne.» le disse Josie. «Ma non in questo modo.»

Connie era scossa da brividi dalla testa ai piedi, il suo viso era così pallido da apparire traslucido. «Mi ammazzerà.» disse. «Se ha ucciso Vera e Kurt, ucciderà anche me.»

Marisol non provò neanche a correggerla.

Josie vide Gretchen che si avvicinava a Connie, così cercò di mantenere l'attenzione di Marisol su di sé. «Uccidere Kurt è stato molto più facile che uccidere Vera, non è vero?»

Marisol guardò dritto verso Josie con gli occhi ridotti a due fessure. Gretchen fece un altro passo verso Connie.

Josie continuò a parlare. «Kurt ha mentito per lei? Era il suo alibi per l'omicidio di Vera. Sapeva che l'aveva uccisa?»

Marisol scosse la testa. «Gli avevo detto che sarei andata a correre quella mattina. Non sospettava niente. Poi qualcuno della polizia ha chiamato per "verificare" il mio alibi. Kurt ha detto che ero a casa perché immaginava che avessi fatto una corsetta proprio qui nel quartiere, ma quando poi ha ricevuto la telefonata per presentarsi alla stazione di polizia in merito a Beverly e Vera Urban, ha capito che c'era qualcosa che non quadrava. È stato questo a dare il via alla nostra discussione.»

«Quella che ha portato alla morte di Kurt?» chiese Josie.

«Sì. Mi ha picchiata finché non gli ho raccontato ogni cosa. Ho cercato di assicurargli che sarebbe andato tutto bene perché finalmente ci eravamo tolti di mezzo Vera. L'avevo uccisa per risolvere la questione.»

«Come hai potuto fare una cosa simile?» piagnucolò Connie. «Come hai potuto ucciderla?»

«Chiudi quella bocca!» gridò Marisol.

Connie sbiancò, indietreggiando verso l'albero e accasciandosi leggermente. Gretchen l'aveva quasi raggiunta, tenendo ancora la pistola puntata su Marisol. Josie si sentì un po' sollevata, almeno per un momento, perché la canna della pistola di Marisol non era più puntata sulla fronte di Connie, che però continuò a mugolare. «Vera era tua amica! Come hai potuto farlo?»

«Gli amici nascondono dei segreti, Connie.» ribatté Marisol. «Vera non era una vera amica. Nonostante tutto quello che ho fatto per lei, non avrebbe mantenuto i miei segreti. Proprio come te.»

QUARANTANOVE

Da quel momento, ogni cosa sembrò rallentare: i secondi scorsero come un battito di ciglia. *Un battito di ciglia.* Il dito di Marisol premette il grilletto. *Un battito di ciglia.* Echeggiò il rimbombo di uno sparo che scosse l'aria intorno a loro. *Un battito di ciglia.* Gretchen si fiondò su Connie. *Un battito di ciglia.* Josie sparò a Marisol. *Un battito di ciglia.* Un altro scoppio squarciò l'aria. *Un battito di ciglia.* Gretchen e Connie caddero pesantemente a terra. *Un battito di ciglia.* Il mondo franò sotto i loro piedi.

Ci volle un altro battito di ciglia perché Josie si rendesse conto di ciò che era successo. Stava cadendo. Poi fu inghiottita dall'acqua. Fango e radici di alberi le scivolarono sulla testa. Aprì la bocca, solo per ingerire terriccio e acqua densa e sporca.

Una frana.

Il suo corpo lottò furiosamente per tentare di raggiungere la superficie. Aprì gli occhi, ma intorno a sé non vide altro che oscurità. La sporcizia che addensava l'acqua le rendeva quasi impossibile muoversi e persino trattenere il respiro. Qualcosa di pesante le cadde addosso. Deve essere verso l'alto, le disse una voce nella testa. La superficie. Iniziò a battere i piedi e ad agitare le braccia nella melma. Qualcosa si agganciò alla sua mano e tirò. Sforzandosi di raggiungerlo, batté i piedi più forte. Alla fine, la sua testa infranse la superficie. Con le dita cercò di ripulirsi la bocca dalla terra che le era franata addosso e che le si era conficcata tra i denti. Strofinandosi gli occhi, si guardò intorno. Connie era immersa nell'acqua fangosa fino al collo.

«Grazie...» le disse Josie. Freneticamente, si guardò intorno. L'intera sporgenza era franata nel fossato e gli alberi che crescevano dietro la sponda erano caduti e pendevano orizzontalmente sopra le loro teste.

«Dobbiamo uscire da qui!» disse Josie a Connie. La prese per mano e insieme si fecero strada nell'acqua, raggiunsero un punto dove il fango si disperdeva e loro poterono muoversi più liberamente. Man mano che si allontanavano dai Quail Hollow Estates e si dirigevano verso il quartiere adiacente, l'acqua del fiume in piena diventava più profonda e più fredda. Tenendosi in punta di piedi, Josie riuscì a tenere il mento fuori dall'acqua.

«Ha visto Gretchen?» chiese Josie. «La mia collega?»

Connie scosse la testa.

Josie si guardò di nuovo intorno. Un forte e inquietante scricchiolio riempì l'aria e altri alberi cominciarono lentamente a rovesciarsi nel fossato.

Dov'era finita Gretchen?

Ti prego, fa' che non sia morta, implorò Josie.

Josie si voltò quando sentì degli schizzi alle sue spalle. Marisol nuotava nella direzione opposta, verso le case in lontananza. Erano lontane, almeno un miglio. Josie non sapeva quanto Marisol fosse brava a nuotare, ma non se la sarebbe lasciata scappare.

«Resti qui!» disse Josie a Connie. «Cerchi la mia amica.»

Con lunghe bracciate regolari, Josie partì all'inseguimento di Marisol. «Ferma!» le gridò.

Marisol si fermò quando ormai Josie si trovava a un metro di distanza; si girò e si avventò su di lei, che cercò di stare in equilibrio sulle punte dei piedi per tenere la testa fuori dall'acqua. Alzò le mani per cercare di bloccare i colpi di Marisol, ma lei infilò le braccia tra le sue e le avvolse le dita intorno alla gola, stringendo. Josie si dimenò per liberarsi dalla presa e cadde all'indietro, sprofondando. Si aggrappò alle mani di Marisol, nel tentativo di strapparsele di dosso, mentre Marisol la spingeva e la teneva sott'acqua. Josie si contorse finché i piedi non trovarono un punto d'appoggio sul quale spingere verso l'alto, per raggiungere la superficie e trovare l'aria, ma Marisol la teneva saldamente sott'acqua. Josie sentiva i polmoni in fiamme. Rinunciò ai suoi sforzi per allentare la presa di Marisol sulla sua gola e si mise a sferrare pugni, cercando in qualche modo di colpire Marisol al busto. Ma nessuno dei suoi colpi andò a segno. Allora tornò a tentare di allentare la presa mortale di Marisol, facendo forza sulle dita. Stava cominciando a perdere i sensi quando individuò una lunga unghia. La fece schioccare all'indietro e la presa di Marisol si allentò quel tanto che bastava per riuscire ad allontanarla.

Scacciando le mani di Marisol, Josie sollevò la testa dall'acqua e prese fiato. Riuscì a fare qualche respiro profondo prima che Marisol le fosse di nuovo addosso, urlando, strattonandola per i vestiti, le braccia, la gola, i capelli. Josie voleva prenderla a pugni, per immobilizzarla, ma in acqua tutto il suo addestramento non serviva a niente. Le due donne si agitavano e si dimenavano, bloccate in una battaglia in cui Marisol cercava di intrappolare Josie sott'acqua abbastanza a lungo da affogarla e Josie combatteva per prendere aria abbastanza a lungo da respingere Marisol. Com'era possibile che quella donna fosse così forte?

Per disperazione, si rispose Josie. Quella forza era frutto dell'adrenalina pura di una donna che cercava disperatamente di mantenere i suoi segreti, di sfuggire al suo passato. Josie ne sapeva qualcosa del desiderio di sfuggire al proprio passato. Con rinnovato vigore, fece mulinare le braccia e le gambe e riuscì a divincolarsi dalla presa di Marisol sferrandole un poderoso calcio alle costole. Mentre Josie prendeva aria, si accorse dei rumori intorno a loro. C'era qualcuno che gridava e poi un rumore diverso, simile a un ronzio di qualche tipo.

Josie si allontanò, sfruttando i pochi secondi preziosi che aveva a disposizione mentre Marisol si riprendeva dal calcio alle costole. Aveva bisogno di recuperare le forze. Era sempre stata una nuotatrice agguerrita, ma la colluttazione le aveva tolto parecchie energie. Ma ancora una volta Marisol si lasciò guidare dall'adrenalina. Raggiunse Josie e la afferrò per una gamba e la tirò indietro per spingerla sotto il pelo dell'acqua. Josie scalciò e si sottrasse alla sua presa, tornando in superficie e tossendo così violentemente che una devastante fitta di dolore le percorse il petto. Marisol tornò all'attacco per fare un altro tentativo. Josie cercò di divincolarsi ma la sua vista si stava annebbiando.

Poi, all'improvviso, si sentì libera. Si voltò e vide Gretchen, completamente immersa nel fango, che aveva afferrato Marisol per i capelli. Josie provò un profondo sollievo che si diffuse in tutto il corpo. Marisol si dimenava ancora, cercando di allontanarsi da Gretchen. Josie si avvicinò per aiutare Gretchen a tenerla ferma, quando qualcosa urtò contro la sua nuca. Si voltò e vide il rosso acceso della fiancata di una barca di salvataggio. Muovendo braccia e gambe per tenersi a galla, si scostò alcune ciocche di capelli dal viso. Una mano la raggiunse. «Aggrappati!» disse una voce familiare.

Josie alzò lo sguardo ritrovandosi davanti Sawyer Hayes. Quando lei non gli prese la mano, lui gliela agitò davanti agli occhi. «Prendi la mia mano!» disse. «Sali.»

Lei si lasciò tirare a bordo e, una volta sul fondo della barca, si girò su se stessa, cercando di espellere gli ultimi residui di terra e acqua che aveva respirato. Con la vista ancora annebbiata, vide Gretchen che perdeva la presa su una Marisol Dutton impazzita, che scomparve sotto l'acqua. Il soccorritore alla guida della barca si stava già avvicinando a Gretchen.

Hayes la tirò a bordo e la fece mettere sedere accanto a Josie. Il suo corpo era sconquassato dagli spasmi, dalla tosse e dai rantoli. Quando finalmente passarono, si lasciarono cadere entrambe contro il fondo della barca. Josie abbassò lo sguardo accorgendosi che una striscia di sangue le macchiava i jeans. Questa volta aveva fatto saltare i punti della gamba. Intanto, lungo la riva, nel punto in cui gli alberi erano caduti, Connie si teneva aggrappata a un grosso ramo. Sul ciglio dello strapiombo, sopra la padrona, il suo cagnolino correva avanti e indietro, abbaiando. La barca virò in direzione di Connie e la prese a bordo.

«Marisol...» boccheggiò Josie. «Dov'è?»

Sawyer scosse la testa. «Non lo so. È finita sotto.» «Dobbiamo recuperarla.»

«L'ho appena vista che cercava di ucciderti.»

«Non importa.» disse Josie. «Io...»

Lui alzò una mano per farla tacere. Si slacciò il casco, se lo tolse e lo lasciò cadere sul fondo della barca. «Lo so.» disse. «Non lasci nessuno indietro. Vivi o morti che siano.»

Poi si tuffò in acqua.

CINQUANTA

Josie si trovava in piedi davanti alla lapide di Ray e guardava il personale del cimitero che si preparava a calare la bara di Beverly Urban nella tomba accanto alla sua. Guardando dietro di sé, Josie alzò una mano e salutò le persone che vi si erano riunite davanti. Nessuno di loro era imparentato con Beverly, ma erano tutti della sua famiglia. Noah, Lisette, Misty, Gretchen, Mettner, il capo Chitwood e persino Amber Watts si erano presentati per rendere omaggio a Beverly e Vera Urban.

Una volta che Sawyer aveva salvato Marisol dal canale in piena, l'aveva rianimata con il massaggio cardiopolmonare. Marisol aveva trascorso qualche giorno in ospedale prima di consegnarsi alla polizia su indicazione del suo legale. I dettagli del patteggiamento che voleva ottenere erano ancora in fase di definizione tra il suo avvocato e il Procuratore Distrettuale, ma nel frattempo aveva accettato di pagare tutte le spese per il funerale di Beverly e Vera. Josie aveva scelto le tombe e fortunatamente ce n'erano due disponibili proprio accanto a Ray.

Beverly avrebbe finalmente ottenuto ciò che voleva: nella morte, per l'eternità, sarebbe stata accanto al ragazzo che aveva sempre desiderato. Avrebbe avuto una sepoltura adeguata e

Josie si sarebbe presa cura della sua tomba proprio come aveva fatto con quella di Ray. Vera era stata sepolta un'ora prima e, dato che erano state seppellite nello stesso giorno, a pochi metri di distanza l'una dall'altra, Josie aveva deciso di organizzare una piccola cerimonia.

Uno degli addetti fece un cenno con la mano per indicare ai presenti di dare l'ultimo saluto e tutti gli altri si misero accanto a Josie. Misty aveva portato dei fiori e li distribuì tra i presenti. Ognuno si prese un momento per metterne uno sopra al feretro di Beverly prima di incamminarsi verso la propria macchina. Josie e Noah rimasero in disparte, osservando Gretchen e il capo Chitwood che assistevano Lisette, e Mettner che sosteneva il gomito di Amber ogni volta che i suoi tacchi affondavano nell'erba.

Josie sentì un formicolio alla nuca. Si voltò e vide la sua sorella gemella, Trinity, a diversi metri di distanza. Non riuscendo a sopprimere il sorriso che le nacque sulle labbra, Josie si allontanò dal gruppo del funerale e corse verso di lei, gettandole le braccia al collo.

«Accidenti.» disse Trinity scostandosi dai capelli di Josie. «Anche tu mi sei mancata.»

Josie la liberò dall'abbraccio e fece un passo indietro. Si presero un attimo per guardarsi a vicenda. Poi Trinity chiese: «Indossiamo lo stesso vestitino nero?»

Josie rise. «A quanto pare, sì. Ma cosa ci fai qui?»

Trinity la prese a braccetto. «Ho pensato che avessi bisogno di me.»

Josie la guardò perplessa. «No, in realtà no.»

Stavolta rise Trinity. «Va bene, come vuoi. Comunque, ho delle novità. Sembra che condurrò un programma della rete tutto mio.»

«Trinity! Ma è incredibile! Congratulazioni, sono davvero felice per te.»

«Questo merita dei festeggiamenti!» annunciò Noah, avvicinandosi a loro.

«Hai ragione!» convenne Josie. «Ce la fai a restare in città per un giorno o due?»

«Per organizzarmi una festa?» chiese Trinity. «E me lo chiedi?» Le fece l'occhiolino e andò a salutare Lisette.

Noah si avvicinò a Josie e infilò la mano nella sua. Rimasero a guardare Trinity che veniva accolta calorosamente da Lisette, Misty e da tutti i loro colleghi come una vecchia amica.

«Stai bene?» le chiese Noah. «E non dirmi che stai bene. Lo dici sempre.»

Josie sorrise. «Ci sto lavorando. Sto meglio ora che Trinity è qui.»

Noah si avvicinò e la baciò. «È la prima volta che rispondi sinceramente a questa domanda.»

Josie guardò Trinity e Gretchen che aiutavano Lisette a spostarsi con il deambulatore tra le lapidi. «Noah, che ne diresti se invitassimo mia nonna e Sawyer a cena?»

Noah fece un cenno con la testa, come se ci stesse pensando. «Solo se riesci a convincere Misty a preparare da mangiare.» disse poi.

Lei gli diede una gomitata. «Dico sul serio.»

Lui sorrise. «Credo che sarebbe un buon inizio. Le fondamenta di qualcosa di nuovo.»

UNA LETTERA DA LISA REGAN

Vi ringrazio molto per aver scelto di leggere *Salvate la sua anima*. Se vi è piaciuto e volete rimanere aggiornati su tutte le mie ultime uscite, iscrivetevi al seguente link. Il vostro indirizzo e-mail non verrà mai condiviso e potrete disiscrivervi in qualsiasi momento.

italia.bookouture.com/subscribe/

Sono davvero molto contenta di ricevere notizie dai lettori. Potete mettervi in contatto con me attraverso i contatti dei social media che trovate qui sotto, compreso il mio sito web e la mia pagina Goodreads. Inoltre, se ve la sentite, vi sarei molto grata se lasciaste una recensione e se poteste consigliare *Salvate la sua anima* ad altri lettori. Le recensioni e le raccomandazioni attraverso il passaparola sono di grande aiuto ai lettori che scoprono i miei libri per la prima volta. Come sempre, vi ringrazio infinitamente per il vostro sostegno. Significa tanto per me. Non vedo l'ora di ricevere le vostre impressioni e spero di ritrovarvi la prossima volta!

Grazie,

Lisa Regan

RIMANI IN CONTATTO CON LISA REGAN

www.lisaregan.com

facebook.com/LisaReganCrimeAuthor
x.com/LisaIregan
instagram.com/lisareganauthor

RINGRAZIAMENTI

Prima di tutto devo ringraziare i miei lettori. La vostra passione per questa serie rende ogni parola degna di essere scritta. Avete reso questa l'avventura più divertente che abbia mai fatto in tutta la mia vita. Adoro raccontare per voi le storie di Josie e spero che vogliate continuare a seguire le sue avventure insieme a me. Come sempre, voglio ringraziare mio marito, Fred, e mia figlia, Morgan, per il loro sostegno e la loro pazienza, e per aver sopportato tante ore senza la mia presenza mentre la mia testa era a Denton. Ringrazio anche le mie prime lettrici: Dana Mason, Katie Mettner, Nancy S. Thompson, Maureen Downey e Torese Hummel. Grazie ai miei lettori di Entrada. Ringrazio Matty Dalrymple e Jane Kelly: senza i nostri incontri di scrittura e senza tutti i vostri brillanti suggerimenti non sarei riuscita a scrivere questo libro! Grazie a Cindy Doty per il suo aiuto nella correzione delle bozze! Grazie a tutti i soliti sospetti per il vostro incrollabile sostegno e il vostro amore e per aver sempre sparso la voce: voi sapete a chi mi riferisco! Vorrei anche ringraziare tutti quei favolosi blogger e i recensori che continuano a leggere e a diffondere i libri di Josie Quinn. La vostra passione per questa serie è un'immensa fonte di ispirazione!

Voglio ringraziare il sergente Jason Jay che, come sempre, ha risposto a tutte le mie domande sulle forze dell'ordine e nel bel mezzo di una pandemia! Una persona davvero straordinaria. Grazie a Michelle Mordan per aver risposto a molte delle mie domande sui servizi di emergenza.

Voglio ringraziare mio cugino, John Conlen, per tutte le

informazioni sul salvataggio in acque rapide, che si sono dimostrate davvero preziose.

Grazie anche a John Matz, responsabile delle emergenze della contea di Schuylkill, per aver trascorso un intero sabato mattina durante la pandemia a rispondere a tutte le mie domande. La sua generosità mi ha lasciato senza parole!

Grazie a Noelle Holten, Kim Nash e a tutto il team di Bookouture per avermi regalato una vita normale mentre il mondo andava in crisi e per avermi aiutata a tenere alto il morale, oltre che per tutte le cose che fate dietro le quinte e che riuscite a creare in maniera così meravigliosa.

E infine, ma non per questo meno importante, un grazie all'impareggiabile Jessie Botterill per aver trovato in questo libro tutte le gemme nascoste che non riuscivo a vedere, e grazie per aver saputo come tirarmi fuori un lavoro che non credevo possibile, soprattutto durante una pandemia. Le tue capacità nell'editing sono straordinarie e sei una persona insostituibile, e per questo non vorrei fare questo lavoro con nessun altro se non con te!